Henri Queffélec

Henri Queffélec (1910-1992) est né à Brest. Normalien, agrégé de lettres en 1934, il est notamment l'auteur d'*Un recteur de l'île de Sein*, de *Tempête sur la ville d'Ys* et de *La Mouette et la Croix*. Considéré comme le grand romancier maritime de langue française du xxe siècle, Henri Queffélec est l'auteur de plus de 80 livres, dont beaucoup ont été inspirés par sa Bretagne natale et par la mer.

TEMPÊTE
SUR DOUARNENEZ

ÉGALEMENT CHEZ POCKET

UN RECTEUR DE L'ÎLE DE SEIN

ILS ÉTAIENT SIX MARINS DE GROIX... ET LA TEMPÊTE

LE PHARE

UN FEU S'ALLUME SUR LA MER

UN ROYAUME SOUS LA MER

TEMPÊTE SUR DOUARNENEZ

HENRI QUEFFÉLEC

TEMPÊTE SUR DOUARNENEZ

ÉDITIONS DES RÉGIONALISMES

ISBN : 978-2-266-33279-8
Dépôt légal : juillet 2023

AVANT-PROPOS

L'écrivain brestois Henri Queffélec (1910-1992) est décédé il y a déjà trente ans. Pourtant, grâce à la publication de six cahiers d'études et de sa correspondance, à l'organisation de nombreuses conférences et de deux colloques internationaux dans sa ville natale (en 1999 et 2010), à la pose de plaques commémoratives sur les lieux qui lui étaient chers (à Brest et Paris), au baptême de rues ou médiathèques à son nom, son souvenir demeure vivace, patiemment entretenu par l'Association des Amis d'Henri Queffélec (dont la présidente d'honneur est sa fille Anne, pianiste de renom).

Mais c'est avant tout par son œuvre qu'un artiste atteint l'immortalité. Et sa production doit être accessible au plus grand nombre. C'est pourquoi je tiens à remercier ici chaleureusement les Éditions des Régionalismes pour leur fidélité sans faille. Depuis 2013, Éric et Béatrice Chaplain s'attachent à rééditer l'œuvre abondante et protéiforme (plus de quatre-vingt-dix ouvrages de toute sorte) de cet auteur majeur, lauréat du Grand

Prix du roman de l'Académie française en 1958 pour *Un royaume sous la mer*[1] et du Grand Prix de littérature de l'Académie française en 1975. Déjà vingt-quatre livres ont été proposés au public en neuf ans, et les projets ne manquent pas pour les années à venir. À côté des neuf romans consacrés aux îles du Ponant, représentant de remarquables témoignages littéraires sur la vie dans ces petits mondes insulaires, quinze ouvrages ont trouvé leur place dans la bibliothèque de tout amoureux de la Bretagne.

La publication de la « trilogie de l'Ancien Régime et la Révolution » est désormais achevée : *Un recteur de l'île de Sein*[2], *Un homme d'Ouessant*[3] et *La Mouette et la Croix*[4]. Tout comme celle de la « trilogie

---

1. Queffélec (Henri) : *Un royaume sous la mer*, Presses de la Cité, 1957, 310 p., 22 cm, rééditions dans *Romans de mer* (collection « Terres »), Christian de Bartillat, 1992, Éditions du Rocher, Monaco, 2005, avec une préface de Julien Gracq, dans *Histoires de marins*, Omnibus, 2006, p. 489 à 667, et Pocket n° 17171, 2022, 336 p., 18 cm.

2. Queffélec (Henri) : *Un recteur de l'île de Sein*, 1944, rééditions Éditions des Régionalismes, Cressé, 2014 (édition du 70e anniversaire), avec une préface d'Éric Auphan, 170 p., 21 cm, et Pocket n° 17292, collection « Les grands textes du XXe siècle », 2018, avec une préface d'Éric Auphan, 224 p., 18 cm.

3. Queffélec (Henri) : *Un homme d'Ouessant*, 1953, réédition Éditions des Régionalismes, Cressé, 2013 (édition du 60e anniversaire), avec des bois gravés de Jean Chièze et une préface d'Éric Auphan, 172 p., 21 cm.

4. Queffélec (Henri) : *La Mouette et la Croix*, 1969, réédition Éditions des Régionalismes, Cressé, 2013, avec une préface d'Éric Auphan, 242 p., 21 cm.

moléno-ouessantine » : *Les Îles de la Miséricorde*[1], *Le Phare*[2] et *La Lumière enchaînée*[3]. *Ils étaient six marins de Groix... et la tempête*[4] propose une vision conradienne de la funeste tempête de 1930. Et *Un feu s'allume sur la mer*[5] raconte l'épopée de la construction du phare d'Ar-Men, dans la Chaussée de Sein. Enfin, dans *La Voile tendue*[6], l'intrigue effleure Bréhat dans son premier chapitre[7].

---

1. Queffélec (Henri) : *Les Îles de la Miséricorde*, 1974, réédition Éditions des Régionalismes, Cressé, 2014 (édition du 40e anniversaire), avec une préface d'Éric Auphan, 238 p., 21 cm.

2. Queffélec (Henri) : *Le Phare*, 1975, rééditions Éditions des Régionalismes, Cressé, 2015 (édition du 40e anniversaire), avec une préface d'Éric Auphan, 226 p., 24 cm, et Pocket n° 17918, 2020, avec une préface d'Éric Auphan, 448 p., 18 cm.

3. Queffélec (Henri) : *La Lumière enchaînée*, 1976, réédition Éditions des Régionalismes, Cressé, 2016 (édition du 40e anniversaire), avec une préface d'Éric Auphan, 196 p., 24 cm.

4. Queffélec (Henri) : *Ils étaient six marins de Groix... et la tempête*, 1979, rééditions Éditions des Régionalismes, Cressé, 2015, avec une préface d'Éric Auphan, 226 p., 21 cm, et Pocket n° 17511, 2019 (édition du 40e anniversaire), avec une préface d'Éric Auphan, 336 p., 18 cm.

5. Queffélec (Henri) : *Un feu s'allume sur la mer*, 1956, rééditions Éditions des Régionalismes, Cressé, 2016 (édition du 60e anniversaire), avec une préface d'Éric Auphan, 210 p., 24 cm, et Pocket n° 18304, 2021, avec une préface d'Éric Auphan, 416 p., 18 cm.

6. Queffélec (Henri) : *La Voile tendue*, 1967, réédition Éditions des Régionalismes, Cressé, 2017 (édition du 50e anniversaire), avec une préface d'Éric Auphan, 202 p., 24 cm.

7. Le livre constitue le dernier volet d'un triptyque intitulé *Le Livre de la Peine-aux-Poissons* qui raconte l'histoire d'une famille de marins, les Sirbin, ancrée en Normandie (à Rennetot, quelque part du côté de Fécamp). L'ouvrage fait suite à *Solitudes* (1963) et *Quand la terre fait naufrage* (1965).

Mais le vent du large souffle aussi plus au nord, dans le septentrion. C'est entre le Groenland et l'Islande que se déroule *Le Grand Départ* [1], récit poignant des derniers jours d'une célèbre figure de l'exploration polaire, le commandant Charcot, disparu au cours d'un naufrage en 1936. De son côté, *La Fin d'un manoir* [2] et *Au bout du monde* [3] constituent deux « perles rares », bretonnes mais non insulaires. Enfin, *Armor* [4] résonne comme un vibrant hommage rendu dans les années 1970 à une Bretagne que Peter Anson avait su si bien raconter et croquer dans les années 1930.

Henri Queffélec a conservé une véritable « passion de mer » pour les éléments et les hommes qui les affrontent. C'est dans cette veine que s'inscrivent *Tempête sur Douarnenez* [5], *Un royaume sous la mer* [6], *Les Grandes*

---

1. Queffélec (Henri) : *Le Grand Départ : Charcot et le* Pourquoi Pas ?, 1977, réédition Éditions des Régionalismes, Cressé, 2017 (édition du 40e anniversaire), avec une préface d'Éric Auphan, 232 p., 24 cm.

2. Queffélec (Henri) : *La Fin d'un manoir*, 1944, réédition Éditions des Régionalismes, Cressé, 2014 (édition du 70e anniversaire), avec une préface d'Éric Auphan, 178 p., 21 cm.

3. Queffélec (Henri) : *Au bout du monde*, 1949, réédition Éditions des Régionalismes, Cressé, 2019 (édition du 70e anniversaire), avec une préface d'Éric Auphan.

4. Queffélec (Henri) : *Armor : marins, ports et bateaux de Bretagne*, 1975, réédition Éditions des Régionalismes, Cressé, 2015 (édition du 40e anniversaire), avec des dessins de Peter Frederick Anson et une préface d'Éric Auphan, 206 p., 24 cm.

5. Queffélec (Henri) : *Tempête sur Douarnenez*, 1951, réédition Éditions des Régionalismes, Cressé, 2018, avec une préface d'Éric Auphan, 238 p., 24 cm.

6. Queffélec (Henri) : *Un royaume sous la mer*, 1957, réédition Éditions des Régionalismes, Cressé, 2018 (édition du 60e anniversaire

Heures de l'océan[1], *Frères de la brume*[2] et *Solitudes*[3]. Il n'a eu de cesse également de célébrer ce « pays couleur de mémoire » dès les années 1950, comme le prouve le Guide Bleu *Bretagne*[4]. C'est dans cet écrin que se placent *L'Évangile des calvaires bretons*[5], *Bretagne des îles*[6], *Promenades en Bretagne*[7] et *Ports de pêche en*

---

du Grand Prix du roman de l'Académie française), avec une préface d'Éric Auphan, 216 p., 24 cm.

1. Queffélec (Henri) : *Les Grandes Heures de l'océan*, 1968, réédition Éditions des Régionalismes, Cressé, 2018 (édition du 50e anniversaire), avec une préface d'Éric Auphan, 200 p., 24 cm.

2. Queffélec (Henri) : *Frères de la brume*, Presses de la Cité, 1960, réédition Éditions des Régionalismes, Cressé, 2021 (édition du 60e anniversaire), avec une préface d'Éric Auphan, 186 p., 24 cm.

3. Queffélec (Henri) : *Solitudes*, Presses de la Cité, 1963, réédition Éditions des Régionalismes, Cressé, 2021, avec une préface d'Éric Auphan, 190 p., 21 cm.

4. Queffélec (Henri) : *Bretagne : un pays couleur de mémoire*, 1956, réédition Éditions des Régionalismes, Cressé, 2016 (édition du 60e anniversaire), avec des photographies de Vincent Robert actualisées par Éric Chaplain et une préface d'Éric Auphan, 110 p., 24 cm.

5. Queffélec (Henri) : *L'Évangile des calvaires bretons*, 1957, réédition Éditions des Régionalismes, Cressé, 2017 (édition du 60e anniversaire), avec des photographies de Noël Le Boyer actualisées par Éric Chaplain et une préface d'Éric Auphan, 146 p., 24 cm.

6. Queffélec (Henri) : *Bretagne des îles*, 1959, réédition Éditions des Régionalismes, Cressé, 2019 (édition du 60e anniversaire), avec des photographies de Jacques Boulas actualisées par Éric Chaplain et une préface d'Éric Auphan, 198 p., 21 cm.

7. Queffélec (Henri) : *Promenades en Bretagne*, 1969, réédition Éditions des Régionalismes, Cressé, 2019 (édition du 50e anniversaire), avec des photographies d'époque actualisées par Éric Chaplain et une préface d'Éric Auphan, 208 p., 21 cm.

Bretagne[1]. Quant aux légendes de sa province natale, il leur fait la part belle dans *Tempête sur la ville d'Ys*[2].

La réédition de *Tempête sur Douarnenez* ravira tous les amoureux de la pêche[3]. À plus d'un titre, ce roman se présente comme une mise en bouche d'*Un royaume sous la mer*.

Beaucoup plus que les villages de la côte, les ports forment un véritable « microcosme socio-maritime ». Tous les habitants, directement ou de façon détournée, vivent de la mer. Le Douarnenez des années 1930 décrit par l'auteur est hautement représentatif de l'état d'esprit portuaire en Bretagne avant la Seconde Guerre mondiale.

Dès le milieu du XIXᵉ siècle, Douarnenez prend une place prépondérante dans le commerce de la sardine pressée. En 1864, pour 3 usines de sardines à l'huile, on y dénombre 115 presses. Les pêcheurs sentent

---

1. Queffélec (Henri) : *Ports de pêche en Bretagne*, 1960, réédition Éditions des Régionalismes, Cressé, 2022 (édition du 60ᵉ anniversaire), avec des photographies de Jacques Boulas actualisées par Éric Chaplain et une préface d'Éric Auphan, 158 p., 21 cm.

2. Queffélec (Henri) : *Tempête sur la ville d'Ys*, 1962, réédition Éditions des Régionalismes, Cressé, 2022 (édition du 60ᵉ anniversaire), 282 p., 21 cm (les pages mentionnées pour les citations dans cet article sont celles de l'édition originale).

3. Queffélec (Henri) : *Tempête sur Douarnenez*, Mercure de France, 1951, rééditions Gallimard, Folio, 1973, 384 p., 18 cm (les pages mentionnées pour les citations dans cet article sont celles de cette édition) et dans *Histoires de marins*, Omnibus, 2006, p. 255 à 487.

confusément que la nouvelle industrie risque d'ébranler l'équilibre d'un monde familier dans lequel ils trouvent leur place. Beaucoup de marins exploitent une presse à domicile et craignent de voir disparaître l'institution des chasse-marée. Au début du XXe siècle, le matériel s'est perfectionné avec l'adoption des machines hydrauliques, mais le marché du poisson salé se restreint de plus en plus. La Première Guerre mondiale fait disparaître le Douarnenez des bas quartiers, pressant la sardine et traitant le merlu, infectés par les saumures qu'épandaient les ateliers de salaison.

« *Telle est la puissance des habitudes parmi nos populations bretonnes,* [...] *telle est leur défiance de tout ce qui est nouveau, leurs préventions contre tout ce qui est étranger, que les premières fabriques de sardines à l'huile, les "confisures", les "fricasseries", comme on les appelait avec un certain dédain, eurent peine à se concilier les sympathies de nos pêcheurs ; cependant, en voyant le travail se développer à tel point que les bras lui manquaient quelquefois, en voyant qu'au produit de la pêche des hommes venait s'ajouter le salaire des femmes et des enfants de la famille, force a été de reconnaître que l'industrie nouvelle avait bien ses avantages*[1]... » Mais la multiplication des conserveries sur la côte bretonne va peu à peu modifier l'équilibre garanti par les chasse-marée.

En effet, ces petites chaloupes pontées achetaient en mer la plus grande partie des captures, puis, leur

1. Cité dans *Ar Vag : voiles au travail en Bretagne atlantique*, Éditions de l'Estran, Douarnenez, 1984, p. 153.

chargement achevé, elles portaient la sardine sur les points de la côte où la pénurie de poisson lui faisait atteindre des prix plus élevés que sur les lieux de pêche mêmes. Le rôle joué par les chasse-marée dans l'univers sardinier breton était celui d'un véritable poumon, régulateur économique et social. Les années 1840-1845, qui coïncident avec la première vague des créations de fritures, voient l'effondrement de l'armement traditionnel au cabotage sur le littoral du Morbihan. La relève est assurée en partie par les Groisillons [1].

Mais très vite, le trafic de la sardine se réduit à une activité de complément intermittente pour ces marins qui se retournent résolument vers la pêche hauturière au thon. Encore ce cabotage n'est-il bien souvent exercé qu'en contrebande, avec de la sardine achetée au Portugal ou en Espagne. Le métier de chasse-marée décline plus rapidement que les presses, puisqu'il disparaît définitivement vers 1890. Cette évolution marque la fin d'une ère dans l'économie maritime atlantique et se révèle dramatique à long terme pour les pêcheurs.

Si la pêche est stimulée quantitativement, les marins se retrouvent plus que jamais à la merci de coalitions d'industriels qui, pour la sardine, représentent leur débouché presque exclusif. Ainsi Douarnenez, à la fin du XIXe siècle, possède encore peu de traditions industrielles et pas de traditions syndicales. L'activité des presses reposait sur des structures artisanales et souvent décentralisées qui convenaient bien à la psychologie

1. Voir *Ils étaient six marins de Groix... et la tempête*, *op. cit.*

locale. Les rapports humains qu'impliquent les disciplines collectives propres aux grandes « fabriques » restent inconnus. Le réveil est très dur lors de la première grande crise des années 1880 à 1887. À partir de cette époque, de multiples conflits sociaux vont opposer les usiniers aux ouvriers et aux pêcheurs.

D'une part, achetant la sardine à des prix dérisoires, payant très mal une armée de soudeurs, les usiniers ont longtemps négligé d'assurer leur équipement progressif pour accroître la capacité d'absorption et diversifier la production. D'autre part, « *il reste entre pêcheurs et usiniers le souvenir de certaines années d'abondance où les fabricants, absolument maîtres du marché, tinrent les pêcheurs à leur absolue discrétion et en abusèrent pour leur imposer des prix de dérision. De cette époque malheureuse et qu'il faudrait faire oublier datent de profondes méfiances*[1] ».

Conjuguée au développement des pêches d'hiver et stimulée elle aussi par l'ouverture des nouvelles voies de communication, l'industrie de la conserve, depuis le dernier tiers du XIXe siècle et jusqu'à la Seconde Guerre mondiale, bouleverse l'économie d'une large bande côtière sur tout le littoral de la Bretagne méridionale. Les agriculteurs de la Cornouaille pauvre par exemple envoient très tôt leurs filles dans les usines de la côte. L'histoire imaginée par Henri Queffélec est totalement plausible : Maria Le Meur, dont les parents possèdent une ferme dans le Ménez-Hom, vient travailler dans une conserverie de la ville et tombe amoureuse

---

1. Cité dans *Ar Vag*, *op. cit.*, p. 155.

de Louis Marzin, pêcheur douarneniste. Souvent, plutôt que de continuer à s'échiner misérablement sur une terre ingrate, des familles entières émigrent vers la côte où le travail ne manque pas.

Douarnenez regroupe 7 usines en 1867, 10 en 1870, 15 en 1878, 24 en 1880 et culmine dans les premières années du XXe siècle à 30 conserveries. L'augmentation considérable de la population maritime n'est pas sans présenter quelques risques. La montée du prix des terrains autour des grands ports pousse les nouveaux venus à s'installer en ville dans des taudis insalubres que ravagent périodiquement des épidémies. Pour les paysans qui émigrent vers les ports, l'accession au métier de pêcheur est moins simple qu'il n'y paraît, car leur pauvreté ne leur permet pas toujours d'acheter les lots de filets indispensables pour être accueillis dans un équipage.

L'absence d'une véritable tradition familiale constitue un handicap plus lourd encore, quand on connaît l'importance du rôle des femmes et des anciens dans l'entretien du matériel d'un pêcheur professionnel. Dans ces familles, les hommes s'adonnent presque uniquement aux pêches d'été, maquereau de ligne ou sardine de rogue ; femmes et filles rapportent de la friture un complément indispensable, qui peut être appréciable dans les bonnes années. Dépourvus des ressources techniques des pêcheurs urbains de vieille souche, les immigrés ne disposent même plus de l'appoint traditionnel des marins saisonniers, caseyeurs ou sardiniers ; ceux-ci possèdent en général un peu de terre qu'ils cultivent en dehors de leur travail ordinaire et qui leur fournit des légumes et des pommes de terre.

C'est donc un véritable prolétariat maritime qui se constitue peu à peu. Totalement dépendant de la mono-industrie sardinière, il se désigne d'avance en victime aux crises périodiques de plus en plus dures qui affectent cette activité.

Henri Queffélec s'attache à rendre l'atmosphère du Douarnenez des conserveries, des luttes sociales qui opposent usiniers et marins sous la bannière du communisme, des bistros, des coups de tabac en mer, des deuils dans les familles, des jours avec et des jours sans. « *Une ville de pêcheurs, livrée à un métier fameux, mais dur et extravagant, ne pouvait espérer qu'elle échapperait à des coups de malheur*[1]. »

Au tournant du XXe siècle, le développement rapide du chalutage à vapeur a commencé à ruiner les fonds côtiers. À la rotation attentive des pêches saisonnières, au travail fin et précis du pêcheur traditionnel qui ménage ces fonds qu'il connaît à la perfection a succédé le pillage aveugle. Le poisson s'éloigne progressivement des baies, et c'est souvent au prix de risques énormes que les bateaux ramènent du large de belles pêches de maquereaux, bienvenues pour soulager la misère sardinière.

Certains, comme le *Saint-Joseph*, ne reviennent pas : Mme Lannuzel perd son mari et ses deux fils, les Cam leur fils Jean, les Masson leur fils Alexandre...

---

1. Henri Queffélec : *Tempête sur Douarnenez*, p. 382.

La science du patron-pêcheur Théo Magueur n'a pas suffi à sauver une embarcation vétuste prise dans une violente tempête. Les naufrages engendrent naturellement la modernisation : ainsi, l'*Albatros II*, rentré « *miraculeusement* » au port, « *a fini son temps* » et « *repose, couché sur tribord, au fond de l'anse de Pouldavid* »[1].

L'essor des conserveries à la fin du XIXe siècle, puis la fixation des conditions sociales de la pêche côtière après de nombreuses fluctuations au début du XXe siècle, ont engendré, dans les ports sardiniers, une organisation sociale stricte et originale.

Les patrons-pêcheurs étaient assez nombreux au XVIIIe siècle, mais les guerres de la Révolution et de l'Empire les ruinent et l'armement capitaliste reprend une belle vigueur avec le XIXe siècle. Le propriétaire des bateaux fournit la rogue et les filets. Parfois, il prévoit encore un local pour la cuisine, le bois pour le chauffage et l'éclairage, et des frais dits « de soupe » : on abandonne à l'équipage les sardines sans tête, éventrées et de qualité inférieure « en quantité suffisante pour sa subsistance ». À défaut de sardines, on lui donne quelquefois un peu de vieil oing pour mettre dans la marmite et faire potage gras. Des avances forfaitaires sont versées aux hommes en début de saison. C'est la coutume du « sillage ».

À Douarnenez, celui-ci est fort élevé, mais la participation aux bénéfices est très faible. La pêche est

1. *Ibid.*, p. 433.

partagée en 15 fractions égales : l'armateur en prélève 14, l'équipage se partage le 15e lot. Le patron prend une part et quart, chaque teneur de bout une part. Le quart de part du patron est prélevé sur la demi-part du mousse ou la part du novice selon leur force respective, leurs aptitudes et les services qu'ils rendent à bord. Les marins seraient peut-être demeurés dans cette situation de demi-servage sans l'établissement des chemins de fer qui, dès le milieu du XIXe siècle, permet le développement des pêches d'hiver.

Les bénéfices de ces pêches ne sont pas mangés par la spéculation sur la rogue ou les prix en usine. Les patrons les plus hardis, les marins les plus sérieux, les familles les plus nombreuses et les plus économes peuvent, après quelques saisons, s'équiper à leurs frais et même acheter des chaloupes en toute propriété. Cette forme de reconquête sociale va très vite se généraliser, car les patrons indépendants possèdent deux avantages essentiels.

D'une part, il est facile aux bateaux artisans de laisser les « bateaux de bourgeois » jeter la rogue en quantités parfois importantes pour faire lever la sardine avant de se mettre eux-mêmes en pêche. Les patrons surveillant de très près leur propre consommation d'appât peuvent faire des économies considérables. D'autre part, la forte structure familiale de la pêche traditionnelle bretonne permet aux patrons de faire assurer tout l'entretien des filets par leurs femmes, filles ou même belles-sœurs. L'armateur-usinier, en revanche, doit payer 40 à 50 ramendeuses, véritables spécialistes fort recherchées, pour cet indispensable travail. La présence de plusieurs fils du patron à bord d'une chaloupe augmente enfin ses gains dans une proportion considérable, tandis que l'armateur ne peut guère comprimer son personnel.

Le résultat est qu'en 1904 à Douarnenez, sur 850 unités inscrites, on ne dénombre plus que 74 bateaux à armement capitaliste. Le dynamisme de cette irrésistible émancipation due à l'initiative individuelle et à la solidarité des pêcheurs efface l'image stéréotypée d'une Bretagne routinière.

Les derniers « bateaux de bourgeois » sont les « bateaux d'usine » et les « bateaux de commerçants ». Ceux-ci appartiennent en général à des veuves de marins, qui confient la chaloupe de leur défunt mari à un de leurs proches, ou qui souhaitent faire travailler leur modeste capital au profit d'un jeune méritant. Mais la part du commerce intéressée par cette forme bretonne d'armement infra-capitaliste reste très faible.

C'est par excellence le débit de boissons qui joue un rôle prépondérant dans l'organisation à terre de la vie du pêcheur. Ce dernier vient y chercher la compagnie d'une veuve : Francine Abaléa au *Retour de la pêche*, ou Jeannie la Boiteuse au *Bar de l'Espérance*. Il se retrouve avec tous les compagnons du bord autour du patron pour la répartition des parts. Après une grande émotion, il vient boire un « coup de rhum »[1], mais d'ordinaire il consomme du vin rouge[2] ; le « demi de

1. Voir *ibid.*, p. 436 : « *Le rhum, c'est l'ami du marin !* »
2. Voir *ibid.*, p. 195 : « *Chez les Cam, on dîne au gros rouge.* »

bière » devient de plus en plus fréquent dans l'entre-deux-guerres [1], en attendant l'arrivée du pastis.

Même lorsqu'ils ne possèdent pas eux-mêmes les chaloupes, les patrons de bistro occupent une place importante dans l'armement. S'ils ne consentent pas de prêts aux individus, ils font des avances aux bateaux (représentés par les patrons). Seuls membres de la communauté à détenir quelques liquidités monétaires, ils facilitent ainsi les achats de filets et de rogue et le paiement des réparations pour des sommes parfois importantes. Celles-ci sont toujours prêtées sans intérêt, le profit sur les consommations en tenant lieu. Cet original système bancaire autonome fonctionne jusqu'à la généralisation du Crédit Maritime, postérieure à la Première Guerre Mondiale.

Au moment de la crise des années 1930 à Douarnenez, les barques de pêche constituent de véritables coopératives de production. C'est la propriété individuelle des outils de travail qui fonde cette société très solidaire, matériellement peu hiérarchisée, mais tout entière appuyée sur l'enracinement dans l'héritage familial. Cependant, les grandes pinasses appartiennent à une communauté d'actionnaires souvent familiale : il est difficile pour un marin qui veut devenir patron de « *se débrouiller sans actionnaires* [2] », sans emprunter et

---

1. Voir *ibid.*, p. 132 : « *C'est la cuite finale,*
Soûlons-nous et demain
La Bière nationale
Remplacera le vin... »

2. *Ibid.*, p. 195.

se trouver « *condamné à rendre les sous des emprunts, à payer des intérêts*[1] ».

Étienne Masson est patron et propriétaire de son bateau. Sa valeur est reconnue et il trouve toujours des hommes qui désirent s'embarquer sur sa chaloupe. Mais quand le poisson donne peu ou qu'il subit sur ses prix la pression des mareyeurs et des conserveurs, il a du mal à rentrer dans ses frais : souvent, les patrons se ruinent et redeviennent simples matelots. Inversement, Yves Le Saout veut affréter un bateau à partir d'un réseau d'entraide familial. Mais le père Cam le met en garde : « *Posséder un bateau, on ne serait pas un vrai pêcheur si l'on n'y songeait une fois le temps, mais il faut voir les choses en face*[2]. »

Ainsi, deux types d'organisation sociale coexistent. À la pêche à la sardine, les gains sont partagés en deux portions égales. La moitié est réservée à l'entretien du bateau et des filets, qui sont la propriété du patron, ainsi qu'à l'achat de la rogue. L'autre moitié est divisée en parts égales entre tous les hommes, patron compris. Seul le mousse ne touche qu'une demi-part. En revanche, à la sardine et au maquereau de dérive, l'égalité de la répartition est absolue : une part au bateau, une part à chaque homme et au patron, une demi-part au mousse. Chaque homme est tenu d'apporter son lot de filets, le capital personnel en engins est rémunéré en même temps que la force de travail individuelle.

---

1. *Ibid.*, p. 196.
2. *Ibid.*, p. 196.

La société douarneniste fournit un exemple type de l'organisation portuaire. D'un côté, entre hommes au bistro, « *résultats de la pêche, prix des poissons, valeur des bateaux et des capitaines, engins nouveaux, histoires de coups durs, projets de campagne, politique d'ici et d'ailleurs, les sujets ne manquent pas* [1] ». De l'autre côté, « *la soupe, la lessive, les filets à réparer ou à faire, les femmes triment. Les hommes donnent un coup de main. Pour les filets, sinon pour la soupe... Elles n'en demandent pas trop, il faut que les fils et les maris se reposent avant de repartir ; elles grognent si, avec les loisirs, les sous tombent dans les profondes caisses des débits* [2] ».

Mais la communauté s'efforce toujours d'assurer par des règles traditionnelles la sécurité matérielle des veuves. Ainsi, des filets supplémentaires sont souvent embarqués. Ils appartiennent à de vieux marins sans ressources atteints par la limite d'âge, à des hommes malades ou blessés et surtout à des veuves de marins, et donnent droit à une demi-part. Ces veuves, qui assurent elles-mêmes le ramendage, peuvent parfois embarquer leurs filets sur deux bateaux où « *elles ont de la parenté* » et gagner ainsi une pleine part.

Cette charge supplémentaire n'est pas seulement bien acceptée par les marins, elle est revendiquée avec fierté comme un témoignage éclatant de l'esprit de solidarité qui règne dans leur communauté. En dépit des rivalités

1. *Ibid.*, p. 432.
2. *Ibid.*, p. 433.

personnelles, on retrouve cet esprit lors de l'enterrement des camarades péris en mer en présence de l'évêque de Quimper[1].

Le roman d'Henri Queffélec, « *dont l'action se situe plusieurs années avant la guerre de 1939*[2] », constitue donc à la fois un document historique relativement bien daté et un tableau animé d'une ville et de ses habitants qui ne vivent que par et pour la pêche.

Le Douarnenez de cette époque, ce sont encore « *les coiffes, les sabots, les parapluies, les bérets et les mâts. Et toutes ces grosses pierres verdies par les algues, ces quais et ces digues. Et ces persiennes*[3]... ». C'est aussi la foi, naïve mais profonde, qui fend les vagues à bord de l'*Archange Gabriel*, de la *Notre-Dame des Flots* ou du *Saint-Joseph*. C'est bien sûr, toujours, « *le silencieux crachin breton, monotone et doux comme la neige, et qui tombe indéfiniment du même ciel gris sur une terre immobile*[4] ».

Les noms des débits de boissons évoquent toutes sortes de pêche et de fonds marins : *À la Sardine fraîche* rappelle la spécialité fameuse de Douarnenez, *À la Descente des Langoustiers* signale que certains posent des casiers et que Camaret n'est pas loin, *Chez les Gars de Mauritanie* prouve que les grands thoniers font des prises jusque sur les côtes de l'Afrique, *Au Marin breton*

1. Voir *ibid.*, p. 382 à 384.
2. *Ibid.*, note de l'auteur, p. 33.
3. *Ibid.*, p. 429.
4. *Ibid.*, p. 384.

transforme toute la Bretagne en drapeau qui claque au vent…

Et *Aux Gars de la Marine* symbolise la période : la célèbre chanson qui glorifie les « cols bleus » et les « loups de mer » date de 1931 [1]. Louis Marzin a fait la guerre dans la Marine. Comme Miserere à Ouessant [2], il rapporte à Douarnenez des idées inconnues, héritées de son expérience au loin, qui inquiètent sa communauté d'origine [3].

Car le Douarnenez de l'entre-deux-guerres, c'est aussi la conscience communiste qui s'enracine : face à « l'exploitation de l'homme par l'homme », c'est-à-dire des pêcheurs par les usiniers, Philippe Gourmelon et Joseph Goasduff, les « matelots rouges » de la *Thérèse Masson*, font des adeptes [4]. Parmi les bateaux, on relève

---

1. Elle est chantée par Jean Murat (1888-1968) dans le film *Le Capitaine Craddock*, dont le titre inspira Hergé pour son personnage du capitaine Haddock en 1941.

2. Voir *Un homme d'Ouessant*, *op. cit.*

3. Voir Queffélec (Henri) : *Tempête sur Douarnenez*, p. 49-50 : « *La religion, ça ne peut marcher qu'avec les mômes et les femmes. Enfer de qui, enfer de quoi ? Il y a des histoires qu'on ne raconte plus à celui qui a vu sauter un cuirassé aux Dardanelles et qui sait aujourd'hui le peu que représentent la vie d'un bonhomme ou les refus d'une mijaurée. La peine, la trime, l'argent dur, voilà qui existe. Le reste, bêtises !* »

4. Voir *ibid.*, p. 54 : « *Puisqu'ils votent communiste et que leurs adversaires disent pis que pendre du communisme, vive le communisme ! Vive également la Russie des Soviets, restant entendu que cela veut dire aussi le Douarnenez des pêcheurs douarnenistes !* […] *Douarnenez a plongé dans le communisme. La mer aux pêcheurs ! Les barques, le soleil, le jusant, les bancs de poissons et*

le *Gracchus Babeuf*, le *Mutin*, le *Fouquier-Tinville*. Certains rêvent déjà d'une « Internationale de la mer ».

Néanmoins, c'est oublier le monde fermé que forme chaque port : quand Arthur Lagadec remorque jusqu'à Camaret la *Thérèse Masson*, ce n'est pas un pêcheur qui est venu au secours d'un autre pêcheur, mais un patron camarétois qui a réussi à faire ravaler sa fierté à un patron douarneniste. Dans cette ville de pêcheurs heureux de l'être, les caractères profonds des gens de mer évoluent peu : « ... *dans le cœur des hommes brusques, apparemment orgueilleux et débauchés, contre lesquels s'insurgeaient les paysans, se dissimulaient des réserves d'innocence*[1] ».

Pourtant, autour d'eux, le monde change très vite, et ils ont souvent du mal à s'en apercevoir. Désormais, quand les matelots décident de « tirer une bordée », ils commencent par aller au cinéma : Louis emmène Maria voir *Topaze*[2]. Avec la radio, qui diffuse des informations, des chansons et des matchs de football, le cinéma constitue le principal facteur d'ouverture sur l'extérieur[3]. Pour limiter les naufrages et tenir face à la concurrence nationale ou étrangère, les patrons sont

---

les coquillages, rien qu'aux pêcheurs ! La fabrication des sardines à l'huile, cela regarde les pêcheurs, et non les messieurs à faux col dont les dames confient à leurs bonnes, ni plus ni moins qu'un pot de chambre, le vidage du poisson. »

1. *Ibid.*, p. 169.

2. Film de Louis Gasnier (1933), d'après la pièce éponyme de Marcel Pagnol, avec Louis Jouvet dans le rôle-titre.

3. Voir *ibid.*, p. 432 : « *Les cinémas sortent des films toniques, cargos en flammes, jeunes premiers en gros plan, fusillades. L'U.S.D.P. a gagné contre Orléans un match de Coupe de France.* »

poussés bon gré mal gré à la modernisation des équipements : la plupart des bateaux sont pontés et munis d'un moteur. Un mécanicien comme Auguste Jézéquel devient indispensable à bord. La Seconde Guerre mondiale achève l'évolution [1].

Comme à son habitude, Henri Queffélec rend hommage aux poètes de son panthéon littéraire par deux citations célèbres en exergue, la première de Lautréamont [2], la seconde de Valéry [3].

« *Vieil océan,* [...] *tu ne laisses pas facilement deviner aux yeux avides des sciences naturelles les mille*

---

1. Le lecteur désireux d'en savoir plus sur la pêche à la sardine se reportera aux nombreux articles et ouvrages de Jean-Christophe Fichou sur le sujet, en particulier « Les conserveurs bretons et le Front populaire », dans *Annales de Bretagne et des Pays de l'Ouest*, tome 111-1, 2004, p. 111-125 ; « La Grande Guerre et les conserveurs de sardines », dans *Guerres mondiales et conflits contemporains*, n° 219, 2005, p. 71-86 ; « Une technique de pêche archaïque : le filet à sardines de rogue », dans *Neptunia*, n° 245, mars 2007, p. 16-23 ; « La crise sardinière de 1902-1913 au cœur des affrontements religieux en Bretagne », dans *Annales de Bretagne et des Pays de l'Ouest*, tome 116-4, 2009, p. 149-170 ; *Les Pêcheurs bretons durant la Seconde Guerre mondiale*, P.U.R., Rennes, 2009, 352 p., 24 cm ; « Les syndicats ouvriers des filles de la conserve de poisson en Bretagne, 1905-1914 », dans *Annales de Bretagne et des Pays de l'Ouest*, tome 117-2, 2010, p. 85-100 ; et « La pêche sardinière et les conserveurs de poisson dans la Bretagne atlantique, 1852-1914 », dans *Revue d'histoire maritime*, n° 15, 2012, p. 221-235.

2. Isidore Ducasse, dit le comte de Lautréamont (1846-1870), écrivain français né à Montevideo (Uruguay) et mort à Paris.

3. Paul Valéry (1871-1945), écrivain français né à Sète et mort à Paris.

secrets de ton intime organisation : tu es modeste. L'homme se vante sans cesse, et pour des minuties. Je te salue, vieil océan[1] *!* »

« *Et là, titubera sur la barque sensible*
À chaque épaule d'onde, un pêcheur éternel[2]. »

À l'orée de la quarantaine, l'homme d'âge mûr, marié et déjà père de trois enfants, installé à Paris depuis bientôt dix ans, retrouve l'âme du jeune Finistérien qu'il fut vingt ans plus tôt, quand les études de lettres poursuivies rue d'Ulm ne détournaient jamais son regard du vieil océan d'Armorique. Publié juste après la sortie sur les écrans de *Dieu a besoin des hommes* (1950), le film que Jean Delannoy tira du roman *Un recteur de l'île de Sein* (1944), avec Pierre Fresnay dans le rôle du sacristain devenu prêtre Thomas Gourvennec, *Tempête sur Douarnenez* présente une belle galerie de personnages cinégéniques. D'ailleurs, Henri Queffélec envisagea un temps d'en faire une adaptation pour le

---

1. *Les Chants de Maldoror*, épopée fantastique, Albert Lacroix, Bruxelles, Belgique, 1869. La dernière incantation fut reprise par Henri Queffélec lui-même comme titre d'un essai paru en 1968 : *Je te salue, vieil océan* (Plon, réédition Éditions du Rocher, Monaco, 2006).

2. *La Jeune Parque*, long poème de 512 alexandrins, 1917. La strophe complète est la suivante :
« *Là, l'écume s'efforce à se faire visible ;*
Et là, titubera sur la barque sensible
À chaque épaule d'onde, un pêcheur éternel.
Tout va donc accomplir son acte solennel
De toujours reparaître incomparable et chaste,
Et de restituer la tombe enthousiaste
Au gracieux état du rire universel. »

7e art, avec Jean Gabin dans le rôle du pêcheur Louis Marzin. Dans plusieurs lettres adressées à son ami suédois Rolf Edgren, il s'enthousiasmait pour ce projet, qui finalement n'aboutit pas [1].

1. Voir *Cahiers Henri Queffélec*, n° 5 (*Lettres à un ami suédois. Correspondance avec Rolf Edgren de 1945 à 1974*), Association des amis d'Henri Queffélec, 2001, 224 p. En particulier la lettre d'Henri à Rolf datée du 19 février 1952, p. 58 et 59 [« Je t'adresse *Tempête sur Douarnenez*. T'ai-je dit qu'il était question d'un film, aussi, pour ce livre ? Avec Jean Gabin. Oui oui, le Jean Gabin de *Pépé le Moko*, *Quai des Brumes*, *Le jour se lève*, etc. J'ai dîné avec lui et il est tout pareil à ses rôles. Engueulant les maîtres d'hôtel parce qu'ils le bousculent au passage, disant d'un amiral "C'était le bon gars", etc., etc. Ne nous excitons point : en France les projets cinématographiques naissent et meurent avec une grande rapidité. La difficulté numéro un, la question des "sous", n'est pas résolue. Il faut attendre... même si rien n'arrive, j'aurai eu le plaisir de rencontrer Jean Gabin et de constater que des idées qui peuvent paraître absurdes (j'ai connu à Upsal les premiers films de Jean Gabin et je n'aurais pas osé penser alors que je partagerais avec lui, un soir, un plat de bouillabaisse) prennent forme quelquefois. Tu ne trouves pas ça drôle, vieux Rolf ? »], la lettre de Rolf à Henri datée du 20 octobre 1952, p. 61 (« Après avoir lu *Tempête sur Douarnenez*, je suis convaincu que Louis serait le rôle rêvé pour Gabin »), la lettre d'Henri à Rolf datée du 7 novembre 1952, p. 63 [« Peut-être as-tu deviné, en lisant que je t'écrivais dans le train, d'où je venais aujourd'hui et ce qui m'avait amené à ce voyage. Je reviens de Douarnenez, où j'ai passé un mois environ. Il y a des pourparlers sérieux au sujet d'une adaptation cinématographique de *Tempête sur Douarnenez* et le producteur en puissance nous avait envoyés – le metteur en scène possible et moi – faire une tournée de prospection. Je crois que nous aboutirons. Avant un mois nous aurons une réponse. Cette fois je suis tout à fait "dans le bain". Je dois m'occuper, si tout marche, du scénario (en collaboration avec le metteur en scène) et des dialogues. Tu devines que c'est intéressant mais tu devines aussi, peut-être, que cela ne me sourit

Puisse cette fiction prenante vous emporter dans un Douarnenez révolu, mais recréé de main de maître et à jamais grandiose dans ses luttes au vent du large. Les *Penn Sardin*[1] ont écrit des pages parmi les plus glorieuses de l'histoire maritime bretonne[2].

Éric AUPHAN*

qu'à moitié. J'aime mieux écrire, uniquement écrire… »] et la lettre d'Henri à Rolf datée du 13 janvier 1953, p. 65 (« Le projet de film pour *Tempête sur Douarnenez* a mûri encore. Il se dore. Le producteur est entré en pourparlers avec *Le Mercure de France* pour l'achat des droits d'adaptation. Je pense qu'avant quinze jours nous serons fixés. Ce serait pour nous une chose excellente »).

1. Nom donné aux habitants de Douarnenez, et par extension à la coiffe portée par les femmes, en référence au travail des ouvrières des conserveries qui consistait entre autres à couper la tête (*penn*, en breton) des sardines.

2. C'est en 1988 que les fêtes nautiques reprirent vie autour des vieux gréements. Elles se perpétuent depuis tous les quatre ans (les prochaines auront lieu en 2024). La revue *Le Chasse-Marée*, prestigieuse dans le domaine maritime, est éditée à Douarnenez par une société coopérative ouvrière de production depuis 1981. Et le port-musée à flot, ouvert d'avril à octobre depuis 1993, fut une expérience pionnière en France. Enfin, c'est un boulanger douarneniste qui, en période de pénurie de farine dans les années 1860, inventa la plus célèbre des pâtisseries bretonnes : le kouign-amann (littéralement, le « gâteau au beurre »).

* Éric Auphan est professeur d'histoire en classes préparatoires littéraires au lycée La Pérouse à Brest. Il est diplômé de Sciences-Po Paris, agrégé de l'Université et docteur en histoire. Sa thèse (publiée en 1998) portait sur *Les Îles de la mer d'Ouest : Approche historique des sociétés insulaires de l'Armor d'après le témoignage de la littérature régionale*. Il participe au salon d'Ouessant depuis sa création en 1999 et a co-dirigé les trois volumes de la *Bibliographie des îles de Bretagne* parus en 2000, 2001 et 2002. Il est également président de l'Association des Amis d'Henri Queffélec. À ce titre, il a co-organisé les deux colloques internationaux consacrés à l'écrivain brestois en 1999 et 2010. Enfin, il s'intéresse depuis longtemps à l'analyse filmique et est responsable de la rubrique « Cinéma » dans la revue *Historiens et Géographes* depuis 2004. Il prépare actuellement une HDR (habilitation à diriger des recherches) sur *John Ford insulaire*.

Vieil océan, [...] tu ne laisses pas facilement deviner aux yeux avides des sciences naturelles les mille secrets de ton intime organisation : tu es modeste. L'homme se vante sans cesse, et pour des minuties. Je te salue, vieil océan !

LAUTRÉAMONT

Et là, titubera sur la barque sensible
À chaque épaule d'onde, un pêcheur éternel.

VALÉRY

Ce livre, dont l'action se situe plusieurs années avant la guerre de 1939, est un roman. Ses héros, et leurs aventures, sont imaginaires. Toute ressemblance avec des personnages ou des faits réels ne pourrait donc être que fortuite.

PREMIÈRE PARTIE

I

Cela se passait avant les taxis de la Marne et les bas de soie couleur chair, la tour Eiffel et même Fachoda, cela se passait l'année où une baleine se promena trois jours dans le raz de Sein, et disparut sans crier gare. Le petit pain d'un sou coûtait un sou, les œufs se vendaient treize à la douzaine et les gendarmes portaient de grosses moustaches, mais ne croyez pas que la vie fût moins dure. Lorsque les sprats donnaient bien, il arrivait que les pêcheurs, le long du quai, en fissent de petits amoncellements où chacun piochait gratis. Après les coups de senne, infiniment plus nombreux et plus profitables qu'aujourd'hui, les badauds accouraient sur les plages avec des seaux et des musettes et ramassaient une belle cargaison de petites proies « choquées » et devenues dociles. Et surtout, en juin et juillet, des hauteurs de la baie au-dessus de laquelle roulait le ballon jaune du soleil, quelle magnificence pour les yeux dans le rassemblement des voilures, dont les caprices de teinte et de forme assuraient aux barques une personnalité gauche et suave ! Le premier matin du monde semblait renaître, aube après aube, tandis que se dessinaient au loin, contre la mer généreuse, tant de chatoyantes barbaries… Mais quoi ! Les mois noirs étaient déjà les mois noirs. Avant d'être pittoresques, les barques, déjà, étaient fragiles. Pendant les nuits de tempête, la violence des vagues possédait la même brusque, la même éclatante traîtrise. Telle voile en ciseau, qui avait enchanté des aquarellistes naïfs, avait sombré comme les autres dans les pays profonds d'où ne reviennent jamais les amateurs de cartes postales.

Louis avait cinq ans lorsqu'un soir il entendit son père lui dire : « Tu commences à être costaud. Demain, après la pêche, je te montrerai comment un bonhomme godille. » Phrases qui venaient d'une bonne intention – encore fallait-il, pour les prononcer, être sûr du lendemain ! Le père de Louis partit pour la pêche, mais il n'en revint pas. Même pas avec quelques jours de retard, les pieds devant et la peau blanche comme chemise de noces. Il ne revint jamais. Pas plus que ses trois camarades.

Et maintenant, au début des crépuscules d'automne, les joyeux richards, gardant leurs tuniques rouges, s'attablaient au GLOBE, le grand café du haut de la ville, pour arroser bruyamment leurs exploits de chasse, mais leur troupe n'était guère nombreuse. À peine plus nombreuse que le groupe des Amis, commerçants ou représentants sanguins et porteurs du chapeau melon, qui se réunissaient pour un banquet monstre, avec quatre plats de viande, à treize heures treize, chaque vendredi saint. Et si l'on voyait plus d'un homme ou d'une femme arracher des bernicles sur les roches avec une vieille lame de couteau et les dévorer séance tenante, cela ne signifiait sans doute pas que les coquillages du temps eussent une saveur particulière et que nous ne puissions plus connaître…

II

Voici Louis orphelin de père. Et d'un. Et quelques jours plus tard, après une nuit de cauchemars avec des naufrages et des linceuls, la mère faisait une fausse couche.

Complications. Médecin en redingote. Ordonnances. Vous ne pourrez plus avoir d'enfants. Puisque vous êtes veuve, ne vous plaignez pas.

Et pourquoi se fût-elle plainte ? Un cousin lointain de son homme, un palangrier à jambe de bois et à gains réduits qui la trouvait à son goût, songea qu'avec elle il n'y avait pas risque de bouches futures à nourrir, et il lui proposa le mariage. Elle accepta. En hommage pour le disparu, croyait-elle. « Preuve que j'aimais mon mari, c'est que j'en prends un secondaire », expliquait-elle aux premiers beaux-parents.

Comment un bonhomme godille, Louis le découvrit tout seul, sur les canots des uns et des autres, pour une douzaine de mornifles ou de coups d'aviron sur la tête. Pas davantage. Le palangrier, qui ne le touchait jamais quand même il eût peut-être mérité de sentir une poigne, ne lui taillait pas non plus les petits bateaux de liège que les pêcheurs offrent à leurs fils, et il ne s'occupait pas de son éducation.

D'une séance au lavoir qu'elle ne voulut pas interrompre malgré les averses, la mère attrapa une bronchite, qui empira. Le palangrier attribuait aux médecins la responsabilité de la gangrène qui avait infecté sa jambe et rendu l'amputation nécessaire, et il alla trop tard chercher l'homme en redingote. La mère mourut. Louis bouclait sa douzième année. Il venait de faire sa première communion et, bien qu'il fût enfant de chœur, il ne comprenait toujours pas comment le Christ pouvait naître à Noël et mourir à Pâques âgé de trente-trois ans. Difficulté dont il ne s'ouvrait à personne… Et, en tout cas, le voici orphelin de mère. Et de deux.

Le palangrier n'attendit guère avant de le placer comme mousse et ses compagnons de bord attendirent moins encore avant de lui infliger les brimades traditionnelles et quelques-unes de leur choix. À douze ans, Louis avait déjà pris une cuite, au cidre, comme un homme et il ne comptait plus ses bains forcés (ce qui ne l'empêchait pas d'ignorer la natation). C'était la vie ! Perhirin, le plus jovial et brutal de ses bourreaux, ne disait-il pas avoir été mousse lui-même et en avoir vu de toutes les couleurs ? La barque, dans ce temps-là était, allée une fois chercher le poisson vers Étel. Dans les ports, patron et matelots se réservaient le soin de descendre, confiant le bord au mousse Perhirin, qui devait charrier les gars au quai avec le canot, puis retourner les prendre. Et naturellement, tout jeune, il avait le sommeil profond et il n'entendait pas le coup de sifflet que les autres poussaient de terre. Aussi l'avait-on attaché par une corde au chien du bord, un molosse, qui humait l'odeur de ses maîtres et, avant même qu'ils n'eussent sifflé, traînait l'enfant sur le pont. Et un jour le petit avait eu l'idée malencontreuse, dans son début de sommeil, de se délier du chien qui, le moment venu, avait sauté à l'eau, tandis que son Perhirin continuait de dormir. Une heure plus tard, les ceintures de cuir prenaient la parole. Aïe aïe aïe ! quels orateurs !

Magueur, lui, ronchonnait contre la marine. Il n'avait pas digéré ce qu'il nommait l'« injustice » de son « temps ». De service dans la voilure, il avait oublié de s'attacher au mât ; il était tombé à la mer et, une fois repêché, il s'était trouvé jeté à fond de cale, avec les rats, au pain sec et à l'eau, et... les fers aux pieds. Lui qui s'attendait à percevoir un boujaron supplémentaire !

C'était la vie. Petit Marzin referait Petit Perhirin et Grand Magueur, qui eux-mêmes... L'on parlait évidemment d'un pupille de la Villeneuve assez chançard pour tomber des vergues sur le pont, juste aux pieds de l'Impératrice, une chute dont il était demeuré infirme, seulement, « en haut lieu », on avait pris son sort en main. Il était devenu quelque chose comme grand amiral ! Triple sot qui eût rêvé d'une telle fortune ! Tu verras, sacré Louis, si les capitaines d'armes ont une taie sur l'œil, et ce qu'il en coûte de ne pas dégringoler de son hamac quand le second maître arrive en criant « branle-bas ! ». Et si on t'envoie faire un tour du côté des Kerguélen, à toi tout le bonheur avec le scorbut ! Ceux qui naviguent dans le commerce ramènent des perruches et des singes – du moins à ce qu'il paraît ! – ne t'avise pas de l'essayer à bord d'un torpilleur !

Mathieu Bourhis, le palangrier à jambe de bois, s'était remarié après six mois de veuvage. Un dont une femme raisonnable a bien voulu ce doit être un parti, pas vrai ? Avant treize ans voilà Louis en puissance de beau-père et de belle-mère. C'est la vie. Le destin marche quelquefois droit, d'autres fois en tire-bouchon. À la maison, car il dit à la maison, les deux autres le traitent correctement. Il n'est que Louis Marzin, locataire du couple Bourhis, mais on ne le lui fait pas sentir.

III

Sur les conseils de ses camarades, Louis devance l'appel et s'engage. Col bleu et forte tête ! Comme il entrait à la caserne du deuxième dépôt, une fillette, Maria-Louise-Renée, naissait à Plomodiern, sur les contreforts du Ménez-Hom, dans la petite ferme des Le Meur. Bombance à la ferme, bombance au dépôt. Le menu du jour devant paraître dans un article de la *Dépêche de Brest*, le commissaire de première classe Lannurien avait soigné les choses. Le déjeuner des recrues comprenait vol-au-vent financière, beefsteak, pommes frites, baba au rhum, vin blanc et vin rouge. Un gueuleton d'archiduc ! Vive la France ! Vive la République !

Les années qui suivent manquent parfois d'enlever à Louis le goût du pain – notamment lors d'une panne qui garde au fond de l'eau, sur du sable coquillier, un jeune et sémillant sous-marin de Cherbourg qui procédait à des essais de plongée. Une heure d'angoisse, dans un cagibi minuscule et puant. Et puis, tandis que les idées commencent à zigzaguer, la voiture qui démarre et qui remonte. Pas encore pour cette fois-ci !

Louis, un soir d'ivresse, casse deux dents à un gendarme maritime. Dégradé, le petit quartier-maître !

Engueulé par le commandant comme un propre à rien ! Propre à rien, propre à rien, il ne faut pas exagérer : lorsque la France déclare la guerre aux Empires centraux, les autorités, loin de lâcher un bonhomme qui allait finir son temps, l'expédient chercher de la gloire aux Dardanelles.

Jean-François Le Meur, père de la petite Maria et de quelques autres enfants, s'acheminait, lui, vers les Hauts de Meuse.

Ah les jolis wagons
Qui nous emmènent mènent...

Et ça ne traînait guère pour son matricule. Dans un boqueteau de sapins (nous n'avons pas beaucoup de ces arbres par chez nous en Bretagne), sa patrouille tombait sur une patrouille allemande et, au juger, les deux troupes échangeaient des coups de feu. Jean-François Le Meur, pour tirer, s'était blotti derrière un sapin trop maigre : il reçut une balle en pleine poitrine.

Le régiment de Sambre-et-Meuse
Marche toujours au cri de Liberté
de Liberté !

De splendides musiques militaires avaient accompagné les marins sur les rivages de Grèce. Et l'amiral Guépratte, un autre chef que celui des Engliches ! démontrait en personne comment on traite le danger. Obus à droite, obus à gauche, Guépratte au milieu, jugulaire-jugulaire, qui salue. Les bateaux sautaient sur les mines, mais Guépratte restait vivant et les bonshommes tenaient le coup. « Adieu, braves camarades ! Dans une heure, dans les plis du drapeau, vous vous couvrirez d'une gloire nouvelle… Musique ! »

> La victoire en chantant nous ouvre la carrière,
> La Liberté guide nos pas…

Louis fait naufrage une fois, deux fois. Une blessure, une décoration, une crise de dysenterie, on le ramène en France où, remis d'aplomb, il embarque sur un chalutier armé pour la lutte anti-sous-marine. Et un temps de ronds sur l'eau commence, gentil et pépère jugé du dehors, nourriture à l'heure, et de la fine et de la chaude, préparée par un cuistot de grand restaurant – oui, monsieur ! – mais, du dedans, monotone et pénible. On ne voit rien, on ne sait rien, on attend. On tourne, on vire, on se lance dans un azimut, dans un second, dans un troisième, et tout à coup, zzzzz, une torpille bondit sur les vagues et passe à quelques mètres du bord. D'où vient la sale bête ? Le crépuscule tombe et lui succède une nuit opaque. Le commandant, un premier maître, a fait stopper la chaffuste. Interdiction de parler, de se moucher, de fumer une cigarette. Tout le monde écoute. La mer invisible et murmurante semble grouiller de sous-marins ennemis qui, eux aussi, guettent en silence…

Un soir, fuyant le mauvais temps, le chalutier se réfugie dans la baie de Morgat, près des falaises de Kadorc'h. Des barques de pêche gagnent le cher Douarnenez. Des plages blanches, attaquées par le flux, sourient entre les caps… C'est l'heure où une religieuse du Saint-Esprit, sœur Mathilde, ordonne le rassemblement des fillettes – chaussez-vous et partons.

Prête avant ses camarades, Maria Le Meur s'est assise sur la dune et elle regarde l'immense Lieue de Grève où charge une cavalerie glauque, et un drôle de petit navire qui se glisse honteusement devant Pile Vierge. Ça fume et pourtant c'est minuscule. Ce ne doit pas être du civil et pourtant ça paraît noir…

IV

D'un côté, la montagne ronde à la pierraille tapissée de bruyère, butant contre le ciel. De l'autre, une pente tortueuse, avec des genêts, des prairies, des tailles et des champs, après quoi tout le sol rebondit et, derrière un fantasque carrelage de cultures, s'étire la baie longue et plate, ouverte sur le large… À la portée de la main, une petite ferme aux dépendances misérables, quatre vaches aux flancs croûteux, une jument borgne, un jardinet de pommes de terre, quelques arpents de lande et de blé noir – au loin, tout autour, un gigantesque paysage, riche en hommes, en aventures et en rêves, en églises, en solitudes prestigieuses.

> J'ai été dans plusieurs batailles…

chantent les deux fillettes qui apprêtent la corde. Maria saute et saute encore.

« Une, deux, une double ! » crient-elles. Et la chanson continue.

> Sans jamais avoir été blessé…
> « Une, deux, une double ! »

En Russie comme en Espagne…
« Une, deux, une double ! »
C'est le ciel qui m'a protégé…
« Une, deux… »

Un coup de sifflet. Sœur Mathilde arrête les récréations « individuelles » et toute l'école des filles se met en rang, depuis les moutardes qui ne savent ni lire ni écrire et viennent ici pour débarrasser leurs mères, jusqu'aux grandes bien peignées qui déjà aident singulièrement « la maîtresse ». À un signal, tout cela s'ébranle et, à un nouveau signal, jaillit le braillement collectif d'une chanson où, dans un bois, il y a un arbre, dans cet arbre une branche, sur cette branche un nid, dans ce nid un oiseau…

Maria chante comme les autres et rêvotte. Elle est heureuse. Le père a été tué sur le front et son corps ne repose pas en terre bretonne, et la mère dit chaque soir que tant qu'à perdre son mari c'est quand même dur de ne pouvoir prier sur sa tombe et que ça lui fait drôle – mais de puissantes raisons règlent le cours des choses. Dans cet arbre il y a une branche et sur cette branche un nid – dans une école il y a Maria, dans un paysage une ferme – dans le lointain il y a une guerre, dans cette guerre des morts…

Priez pour nous, Sainte Vierge Marie,
Obtenez-nous grâce auprès du Sauveur…

Près de Dieu il y a la bonne Notre-Dame, sûr et certain, comme entre le tableau noir et la chaire de sœur Mathilde il y a la grande carte d'une France rouge avec des noms de ville bleu pervenche. Dieu ne peut pas nous tromper. Après l'école vient le retour de l'école. Après la dictée où il est question de vaches « *magnifiques, orgueil du maître, avec leurs larges flancs bruns, beaux et pleins de reflets comme des tapisseries* », vient la traite du soir, assurée par Maria, de petites bêtes maigrichonnes et sales. Quand les gens n'ont pas beaucoup de sous, leur bétail ne peut ressembler à celui des dictées. C'est tout à fait dans l'ordre.

La grand-mère se tenait assise sur le banc *tossen*, devant le lit clos à deux étages. Dans l'ombre, on ne voyait guère qu'elle avait un œil blanc. Maria embrassait le long visage au menton relevé. La vieille femme respirait à petits coups, selon le rythme de ce cœur mystérieux frappé du même mal que celui de l'évêque. Une fissure à l'aorte, les mots auraient pu effrayer, mais, puisque l'on rencontrait le monseigneur de Quimper dans les parages, on rejoignait encore l'ordre des choses.

— Raconte-moi une histoire, grand-mère, demandait Maria, qui retrouvait à la ferme, simple comme bonjour, l'usage de la langue bretonne.

— Pas maintenant. Quand nous serons couchées, tout à l'heure…

De l'autre côté du couloir dessiné par les deux rangées de bahuts, dans la pièce à l'écrémeuse, dormaient la mère et les sœurs. Les garçons ronflaient là-haut, avec les échalotes. La fillette se hissait jusqu'à son lit… Il fallait chuchoter pour ne pas réveiller la mère.

— Raconte-moi Roulic…

— Mais je t'ai déjà raconté !

— J'ai oublié.

— Si tu oublies, alors c'est pas la peine que je me fatigue…

— Faut pas être méchante, grand-mère, faut pas…

— Eh ben voilà. Il y avait une reine qui était belle, belle, très très belle. Et toujours avec de belles robes, un joli chapeau avec de grandes plumes, de beaux souliers. Son mari l'aimait bien. C'était du bon monde comme tout. Et alors une fois, comme c'était la fête de sa femme et qu'il avait justement gagné beaucoup d'argent, voilà que…

Maria, pour ne pas s'endormir, s'oblige à rester sur le dos. L'oreille légèrement tendue, elle écoute. Mais souvent, bientôt, elle n'entend plus qu'un murmure, elle se détache, elle est partie dans le sommeil.

D'autres fois, la grand-mère prend l'initiative d'une longue série de prières. Trois *Notre Père* et trois *Ave Maria* spéciaux pour que la guerre finisse. Cinq autres pour le repos de l'âme du père et pour que son corps vienne au cimetière de Plomodiern. Et de temps en temps s'insinue dans la cérémonie une vague méditation à haute voix. Des choses que la grand-mère improvise, avec des « Mon Dieu je vous demande… », et des « Mon Dieu je ne vous demande pas que… », et, au terme de ces suppliques personnelles, il faut absolument que Maria dise : « Ainsi soit-il. »

L'enfant ne comprend pas très bien quand ni pourquoi elle doit intervenir, mais qu'elle intervienne fait plaisir à la grand-mère. Bonne, suffisante raison. Et puis, lorsque Maria s'est ainsi soumise à un long débrouillage de prières, la grand-mère, ensuite, mieux que de coutume, se laisse interroger. Quand tu as perdu ta première fille, est-ce qu'elle avait vraiment le visage tout blanc ? Est-ce que c'est toi qui lui as fermé les yeux ? Grand-mère, est-ce que tu es sûre qu'elle ne voyait vraiment plus rien ?

Monsieur le recteur déclare que, pour devenir prêtre ou religieuse, il faut se sentir appelé.

— Grand-mère, explique-moi ce que cela veut dire.

— On se sent appelé… eh ben ça veut dire qu'on se sent appelé ! Forcément. Et pas autre chose.

— Tu n'es pas gentille, tu ne veux pas dire…

Pour ne pas décevoir tant de confiance, la vieille femme se creuse la tête.

— Eh ben… tu es tranquille… tu couds par exemple ou bien tu ramasses des pommes de terre… et puis brusquement tu entends une voix qui te dit : « Tu seras religieuse… »

— Mais la voix, comment est-elle ? S'il y a quelqu'un à côté de moi dans le champ, est-ce qu'il entend aussi ?

— Est-ce que je sais, ma petite, est-ce que je sais ?

— Si, tu sais très bien ! Oh ! grand-mère, tu n'es pas gentille…

Maria est la meilleure élève de l'école. Il lui arrive de s'ennuyer au travail de la ferme. Ses frères se moqueraient d'elle et la mère crierait s'ils apprenaient la chose, mais elle croit pouvoir penser que la grand-mère, en silence – un silence complice –, la devine et approuve.

Le tableau noir, la craie, le plumier, la règle, la gomme, autant d'objets nécessaires, beaux, essentiels. Mais la paille bouseuse de l'étable ? les flaques de purin dont la pluie s'empare devant la porte de la cour ?

À mi-pente la famille possède un champ, bordé de gros talus où montent des ormes et des chênes intacts. En ce lieu tout chargé de mystère se rend Maria pour scruter le silence. La fameuse voix va-t-elle se faire entendre ? Mais non, c'est Gustave qui passe. Il monte à cru la jument et, en balançant au-dessus de terre ses sabots fendus bourrés de paille, il siffle un cantique. Par lui on dirait que Dieu se moque. Et pourtant, quand il a disparu avec son tapage, quel décor pour l'événement !

Maria parle de vocation à la plus vieille des religieuses, sœur Hélène, qui porte de grandes lunettes de fer. Sœur Hélène demande que Maria répète sa phrase, puis elle rit et lui caresse les cheveux. Que Maria ne se tourmente point. La vocation ne vient pas aussi facilement qu'on le croit. La petite Maria doit continuer à aimer Dieu, elle sera une grande fille sérieuse, une mère excellente, comme il en faut beaucoup… Maria se sent froissée – vaguement soulagée aussi. Changerait-elle vraiment avec Françoise Kernéis, que les religieuses choient déjà comme une élue – une pauvre fille qui ne lève jamais la main, qui pleure si les garçons la bousculent et, un dimanche, en plein *Credo* de la grand-messe, est tombée de son banc évanouie, presque morte ?

Peut-être ne faut-il pas non plus désespérer de mettre un jour ces grandes jupes où bruit le chapelet comme une toute petite chaîne, cette large coiffe raide, ce lourd manteau blanc. Ni de tenir un crucifix près de son cœur. Ni de se trouver en amitié secrète et intime avec toutes les croix qui se présentent au hasard des chemins de campagne. Ni de figurer dans la fameuse procession qui, le dernier dimanche d'août, marche sur la dune de Sainte-Anne-la-Palud, en brandissant des bannières, des bateaux, des reliques. Tandis que, jusqu'à présent, Maria se contente de suivre ses frères jusqu'à la grand-route, de s'asseoir avec eux sur le talus et de regarder passer les piétons et les voitures à cheval qui connaissent la chance d'aller là-bas…

En attendant, et à défaut de jouer un rôle plus solennel, on peut se rendre à pied au pardon de Sainte-Anne, une fois qu'avec l'âge les jambes sont devenues fortes, et se mêler à ceux qui prient, qui chantent et qui regardent. Et c'est ce qui arrive à Maria et aux trois fils Le Meur qui, munis d'un pain de six livres, de crêpes, de pommes et d'un morceau de lard, dévalent enfin, heureux et suants, pour leur petit voyage…

Plusieurs monseigneurs bénissent la foule qui, à vrai dire, s'aperçoit surtout de la bénédiction d'un seul. Le monseigneur de Quimper, l'évêque par excellence, qui avait, dans leurs églises paroissiales, confirmé un jour un grand nombre des assistants. Le visage grave et légèrement triste, c'était lui qui souffrait dans sa chair du même mal profond que la grand-mère, blessure inguérissable dont l'avait frappé le ciel. Et devant lui les femmes s'agenouillaient, baissaient les yeux, connaissaient leurs fautes et, après son signe de croix, se relevaient guéries. Elles contemplaient la haute silhouette lente, les rubans qui tombaient de la mitre le long de l'étoffe d'or, le grand geste purificateur qui s'abattait sur une autre zone de terre et de foule…

S'agenouillera, s'agenouillera pas. Louis, d'instinct, et pas très fier de sa personne, a enlevé sa casquette au passage du saint sacrement et il est là, tête nue, qui regarde s'approcher l'évêque de Quimper… Eh bien non, s'agenouillera pas. Il est un homme ! Pas un apprenti marin ! La religion, ça ne peut marcher qu'avec les mômes et les femmes. Enfer de qui, enfer de quoi ? Il y a des histoires qu'on ne raconte plus à celui qui a vu sauter un cuirassé aux Dardanelles et qui sait aujourd'hui le peu que représentent la vie d'un bonhomme ou les refus d'une mijaurée. La peine, la trime, l'argent dur, voilà qui existe. Le reste, bêtises !

V

C'est la faute aux fayots
Si on est mal sur les bateaux...
Ah ! fayots, fayots, fayots,
Tu nous fais crever la peau !...

Une bonne *Sambre-et-Meuse*, envoyée par un orchestre riche en cuivres et, de préférence, la Musique des Équipages de la Flotte (la deuxième en valeur, gast ! de la France et du monde), ne trouverait pas Louis insensible. Surtout à la reprise du thème initial, après

Le soir, ils couchaient sur la dure,
Avec leurs sacs pour oreillers...

Des gars pareils, impossible de s'y méprendre, c'étaient des hommes. Seulement il fallait dire ce qui était : à Douarnenez, ces gars-là, on les eût rendus communistes.

Ah ! fayots, fayots, fayots,
Tu nous fais crever la peau !...

Louis avait entendu parler des mutineries de la mer Noire et, à Brest, il avait vu de ses yeux Guépratte, son

Guépratte, l'homme qui passe à toute vapeur entre les obus ou entre les rochers des Tas de Pois, impuissant à calmer les matelots. Et ce n'était pas que, soudain, on ne l'aimât plus, qu'avec sa grande tenue de catalogue on le jugeât ridicule, mais il appartenait aux souvenirs, voilà tout ! Il s'agissait de faire une révolution, non de relire des cartes postales !

Faire une révolution, Louis, à Brest, ne comprenait pas encore. Les camarades prétendaient que le gouvernement allait recommencer la guerre et lancer contre les Russes tout le reste des bonshommes – pouvait-on croire des insanités pareilles ? Guerre à la guerre tant qu'on voudra, mais qu'on ne vienne pas dire que pour le moment la guerre n'est pas finie. Mettons que les généraux n'aient pas le cœur tendre, d'abord ils ne décident pas et ensuite, quand le pays, victorieux ou non, a subi une telle saignée, il faut bien tout de même qu'ils crient : « Repos ! »

— Pourquoi on te démobilise pas, alors, nom dé Dié ?

— À cause de toi et des autres, nom dé Dié ! Si vous faisiez moins les mariolles, j'aurais déjà pris mes mille maquereaux depuis le 11 novembre au lieu de m'emm… à Brest !

Arriva le temps du retour. Avec ses vingt-huit ans et tout son bagage de guerre et de marine complètement inutile désormais, du moins en apparence, Louis erra comme âme en peine. Le palangrier à la jambe de bois était mort… et sa femme s'était remariée ! Il mesura sa solitude. Il trouva une petite chambre chez une « veuve de guerre » qui avait quatre enfants à nourrir et, sans ardeur excessive, chercha un embarquement. Il avait placé ses économies à la Caisse d'Épargne…

Derrière chez moi il y a un petit bois… *(bis)*

Et la folie de l'après-tourmente l'emporta vite. Il se jeta sur les femmes, il se jeta sur l'alcool, au diable les économies et le mariage, vivent les robes courtes et la rigolade !

Et cela dura une, deux, trois années. Et cela se poursuivit. Avec ses longs yeux noirs et ses cheveux drus, avec ses phrases vigoureuses et caustiques, le beau garçon tombait les cœurs. Une femme en provoquait une autre. Pas besoin de lever le petit doigt.

En revenant de… la foire…
Allah, allah, allah, allah, allah !
En revenant de… la foire…
De la foire de Saint-Cloud !…

Finies les histoires de baïonnettes, de vagues d'assaut et de grenades sous-marines, simples amuse-gueules pour exciter le désir ! Les bonshommes ne tuaient plus les bonshommes, le monde était beau et large, la mer et les rivages chantaient, clapotaient, riaient dans la lumière. Le Bosphore, les Dardanelles, Salonique, Gallipoli, pauvres noms, évocateurs de fumées, d'élixir parégorique, de camarades qui s'embrochent aux barbelés d'une falaise, d'un officier qui lève son sabre. En regard de toute cette gloire déteinte et de ces humbles misères, quelle compacte vérité, quelle compacte bienveillance dans ces risées, dans ces filons de quartz, dans ce bleu

Ménez-Hom lisse comme un poisson ! Quelle vigoureuse fraîcheur, quelle présence dans cette côte ouest ! De Tréboul à la Pointe du Van, s'allonge le domaine par excellence de l'énergie virile. Les touristes n'ont d'yeux que pour Morgat, le Ris, la Lieue de Grève, les places faciles que festonne la mer, mais un pêcheur, lui, est apte à sentir ce grand district monotone et sauvage…

En frappant le récif qui le déchire et le dépulpe, le flot a viré au blanc. Il se distend, crève et lance des filets furieux, aux torsions de congre, qui se rabattent sur la pierre… Un instant le récif se change en panier à poisson garni de membrures blanches. Mais la coulée faiblit. Tandis que le nouveau flot se lève sur la mer, le roc ruisselle de partout comme une colline d'avril…

Pour les yeux de qui revient de pêche, ces jeux marins prennent une valeur de complicité tranquille. Comme tu feras je ferai. Il faut s'abandonner aux forces naturelles…

Mais Louis se charge d'amertume. Les femmes se ressemblaient trop. Faciles, bonnes, menteuses. Au diable le mariage, un mâle ne se met pas la corde au cou – et cependant… Dès qu'une femme résiste, Louis s'efforce de la vaincre ; dès qu'elle a cédé, il s'en dégoûte…

Bêtises. Les coucheries ne peuvent remplir une existence. Après les heures du métier périlleux, il doit y avoir autre chose que les femmes et les petits verres. Toute cette intelligence qui s'amasse dans la tête, à la fin des fins est-ce qu'elle restera inutile ?

Les orateurs parisiens et les discutailleurs, Louis leur refuse sa confiance. La Russie, la Russie… Douarnenez ne compterait-il pas davantage ? La faucille et le marteau, ce joli symbole manque de politesse. Qu'est-ce qu'ils font de nos filets et de nos casiers ? Serions-nous donc moins intéressants que des mécaniciens ou des planteurs d'oignons ?

Mais, justement parce qu'il aime trop son Douarnenez natal, Louis cesse de résister au courant. Les camarades qui vivent ici, dans des rues, des maisons, des chambres semblables, sous les mêmes crachins, les mêmes tempêtes et le même soleil, avec au fond des verres le même étincellement prêt à jaillir, ne peuvent être des saligauds ni des imbéciles. Puisqu'ils votent communiste et que leurs adversaires disent pis que pendre du communisme, vive le communisme ! Vive également la Russie des Soviets, restant entendu que cela veut dire aussi le Douarnenez des pêcheurs douarnenistes ! Tout va bien. La situation est parfaite comme une lame de flux contre les falaises de Beuzec. Comme le vent tombe dans un trou et n'en sort plus, Douarnenez a plongé dans le communisme. La mer aux pêcheurs ! Les barques, le soleil, le jusant, les bancs de poissons et les coquillages, rien qu'aux pêcheurs ! La fabrication des sardines à l'huile, cela regarde les pêcheurs, et non les messieurs à faux col dont les dames confient à leurs bonnes, ni plus ni moins qu'un pot de chambre, le vidage du poisson. De braves entrailles où le premier chat venu sait trouver son régal !

Deux et deux faisaient quatre, la misère le désir de s'en tirer. Et le meilleur moyen, sinon une révolution ?…

C'est la lutte finale,
Groupons-nous et demain…

Tandis que les hommes s'engouffrent dans la salle, ornée de drapeaux rouges, d'une ruelle débouche un second cortège. Excitées, tendues, voilà les femmes. Elles chantent aussi. Mais d'autres paroles :

> … C'est Le Flanchec, c'est notre maire,
> C'est Le Flanchec, c'est notre roi !… *(bis)*

Et de célébrer sur un air de cantique le héros que les bourgeois ont voulu nous assassiner peut sembler dérision antireligieuse, mais prudence ! Les petites dames et demoiselles de la conserverie ne tiennent guère à supprimer la vieille religion qui fournit à leurs gosiers des airs entraînants et pas trop difficiles. Malin qui dirait si, en braillant leurs parodies, elles ne raillent pas autant leurs propres chefs communistes que l'Église – sinon plus ! Ce sont des femmes !…

— Allez, Maria, qu'est-ce que t'attends ? Viens donc !

Une mémère en coiffes quitte le bras de sa compagne boiteuse, rougeaude et échevelée, qui possède une voix de stentor, pour agripper la jeune fille. Maria se dégage et recule.

— Viens-t'en, quoi ! T'es pas une ouvrière comme les autres ?

Elle baisse la tête. Son cœur bat violemment. Comme le jour où ce jeune pêcheur, dans la queue du cinéma, lui a donné ce baiser furtif. À quelle envie obéir ? Saisir un bras au hasard, suivre, crier, manifester comme tout le monde ? ou fuir cette cohue ?… Brusquement, elle se sauve.

— Maria ! Maria ! t'as pas honte ?

Si, elle a honte, mais elle court encore plus vite.

VI

Le président de la République et sa dame avaient nommé les enfants pupilles de la nation et fait revenir à Plomodiern le corps de Jean-François sans qu'il en coûtât un sou à la famille. Et il y avait eu tralala religieux et militaire, drapeaux, discours et sonneries de clairons, et un monsieur de la haute politique avait serré la main à la mère en lui disant que la France n'oublierait jamais. À la jument borgne avait succédé un hongre aux intestins fragiles et qui rendait peu de services. Les nouvelles vaches ne donnaient pas plus de lait que les anciennes. La viande fraîche, on en mangeait quatre fois par an, et les ancêtres, des hommes et des femmes costauds, n'avaient pas été non plus des bâfreurs de boucherie, mais voilà, et cela était grave, les pupilles de la nation devaient gratter le beurre et se restreindre sur le pain. Pour trois garçons n'existaient que deux costumes de drap : s'ils n'allaient pas tous à la même messe, c'était d'abord histoire de se montrer chacun, à l'église et sur la place, dans une tenue convenable…

Le facteur un beau jour apporta une lettre de tante Catherine et de tonton René. Après avoir donné de leurs bonnes nouvelles, parlé du prix de la vie, évoqué les difficultés de la famille Le Meur pour nourrir ses jeunes gens, les Douarnenistes offraient de prendre chez eux, le temps nécessaire, leur filleule Maria. Eux qui n'avaient pas eu d'enfant, cette présence les distrairait dans leur début de vieillesse. Et, qui sait ? peut-être Maria trouverait-elle à Douarnenez du travail, peut-être s'y fixerait-elle ?

Une lettre pareille, c'était quelque chose ! La mère descendit au bourg consulter les bonnes sœurs. En âme et conscience, pouvait-on laisser partir pour Douarnenez, ville de perdition, avec des dancingues et des pianos mécaniques et des hommes, et même des femmes ! qui se moquaient de l'Église, une brave petite comme Maria ?

Sœur Hélène et sœur Mathilde s'en remirent à la sagesse et à l'autorité de leur supérieure. La vieille mère Marie de Jésus lut et relut la lettre à mi-voix, en appuyant sur certains mots…

— Des braves gens, dit-elle. Ils sont pieux ?

— Ma sœur a beaucoup de religion et mon beau-frère… mon beau-frère est pas un mauvais homme. Il a pas rendu sa femme malheureuse et pourtant c'était pas commode puisqu'ils ont pas eu d'enfants !

— Il n'est pas contre la religion ?

Pas du tout, par exemple !

— Laissez partir Maria si elle en a envie ! Pauvre petite, elle donnera le bon exemple. Elle aidera sa tante à ramener son oncle à la religion, elle… Confiance, confiance en Dieu ! Vous avez une enfant munie de bons principes…

La mère ne disait pas non, mais elle ne voyait pas qu'un départ pour Douarnenez en devînt moins terrible. Lentement, et avec des expressions gauches, elle faisait allusion aux anciens succès scolaires de la fillette – est-ce qu'on n'aurait pas pu nommer Maria de la graine d'institutrice ?

Mère Marie de Jésus braqua ses yeux vifs sur ceux de la paysanne. Attention ! Il y avait deux sortes d'institutrices ! L'État ? Cela supposait l'École normale de

Quimper et une ingurgitation de doctrines antireligieuses : on ne demandait pas à une bonne sœur de conseiller une telle filière ! L'enseignement libre ? Bravo. Seulement, il ne fallait pas s'embarquer sur des illusions. L'enseignement libre, un apostolat, exigeait de ses membres un désintéressement, un esprit de sacrifice, qui ne se trouvaient pas à la portée de chacun. Maria devait savoir tout de suite qu'elle ne pourrait compter sur beaucoup d'argent et qu'on ne lui laisserait guère de chances de se marier…

Nullement convaincue, la mère Le Meur gardait le silence. Incapable, en breton comme en français, de fourrer son idée dans des phrases, elle attendit une minute, soupira, sortit… Le long des petits chemins, et tout en évitant les flaques, elle ressassait son histoire. Quimper, Quimper. Pourquoi Maria devait-elle mieux garder sa religion à Douarnenez qu'à Quimper ? Les grands chefs des instituteurs de l'État, on savait que pour beaucoup c'étaient de mauvaises gens qui auraient voulu tuer les bonnes idées, mais ils ne faisaient pas la pluie et le beau temps en Bretagne et il y avait à Paris un président de la République et sa dame qui comptaient beaucoup plus. Maria, dans ses principes, avait de quoi tenir tête ! Elle n'était pas sotte, elle ne cédait pas facilement – une vraie Bretonne ! Et tout le monde savait que les maîtresses d'école, dans l'État, gagnaient des sous. La grand-mère à l'œil blanc, morte aujourd'hui, n'eût pas manqué de dire qu'un chrétien ne pense pas aux sous, mais, quand on s'était échiné toute une existence à gratter la mauvaise terre du Ménez-Hom et qu'on n'avait jamais pu s'offrir un beau cheval, le bon Dieu, certainement, ne défendait pas d'y songer.

— Maria, tu es libre. Fais à ton idée, répétait la mère, et comme par hasard elle découvrait des objections au départ pour Douarnenez, à ce saut immédiat dans l'inconnu, dans la grande ville aux brillantes lumières nocturnes, si souvent contemplée de loin et jamais visitée, qui séduisait la jeune fille. Un poste dans l'enseignement public, c'était intéressant ; il y avait une substantielle retraite…

— Je reviendrai vite, finit par dire Maria. Je regarde et puis je reviens te demander conseil.

— Fais à ton idée. Mais si tu pars, tu ne reviendras plus…

Maria cherchait en vain un appui auprès de ses frères et sœurs, car la mère les avait chapitrés, leur décrivant Douarnenez comme une cité maudite où l'on roulait sur les ivrognes, où les pêcheurs allaient en mer le vendredi saint, où les femmes se mettaient de la peinture sur la peau et avaient constamment à la bouche le mot de Cambronne et des refrains épouvantables. Triste à dire, si Maria voulait partir pour Douarnenez, c'était sans doute qu'elle subissait l'attirance du vice !

Gustave, un matin, tandis qu'il chargeait du fumier, traita Maria de fille des rues. Elle alla se plaindre à la mère, qui l'écouta un instant, puis continua sa besogne en silence.

— Mais enfin, cria-t-elle, je suis une honnête fille ! On n'a pas le droit de me traiter comme ça !

Elle regarda sa mère droit dans les yeux ; au fond des yeux maternels il y avait une lumière moqueuse…

Elle se rendit chez monsieur le recteur, qui, au terme d'une longue conversation, l'approuva entièrement. Sûr et certain que les honnêtes filles, à Douarnenez, ne se dévergondaient pas toutes ! Allons donc ! Des parents qui proposent eux-mêmes, avant qu'on les sollicite, de recevoir la jeune fille, on ne néglige pas ça ! Et puisque la ferme ne nourrit plus son monde, la mère (à laquelle, malheureusement, monsieur le recteur ne se sentait pas le droit de faire la leçon) serait mal venue de se plaindre.

Le lendemain, monsieur Trellu envoyait promener ses répugnances : il grimpa chez les Le Meur. La mère le laissa parler. Quand il reprit son chapeau, elle dit qu'elle ne bousculait pas sa fille ; Maria était libre !... Seulement, une minute plus tard, elle partait pour le champ de lande. Maria, qui nouait des fagots, entendit son pas et leva la tête.

— Alors maintenant tu vas raconter nos affaires ?

Pan ! Pan ! Deux gifles avaient volé. Après quoi ce fut la mère, non Maria, qui fondit en larmes... Quelles misères on avait tout de même ! Qu'avait-elle fait à la Providence pour compter dans ses enfants une fille qui l'obligeait à la gifler !

Maria sentit que, si elle ne partait pas au plus vite, elle ne partirait jamais.

Monsieur le recteur lui donna l'argent de son voyage, les bonnes sœurs lui prêtèrent une valise et, le lendemain soir, au vu et au su de tous, elle fit ses préparatifs. Au premier chant du coq elle fut sur pied, aussitôt suivie par la mère, qui accumulait des provisions devant elle, du pain, du beurre, des andouilles et, à voix basse, lui disait de les emporter. Maria crut à une réconciliation... Mais, une demi-heure plus tard, le moment venu des adieux, il n'y avait plus personne. Frères et sœurs dormaient encore. La mère avait commencé à traire les vaches… Sa lourde valise lui tirant sur la main, Maria se dirigea vers l'étable. Le purin suintait de la paille noire sous ses chaussures du dimanche – elle qui les avait si bien cirées ! Elles arriveraient crottées au terme du voyage ! Comment les gens des villes jugeraient-ils semblable négligence ?

Elle s'arrêta sur la pierre usée du seuil, où collaient de vieilles plaques de fumier. Du fond de l'ombre venait un bruit spongieux et doux, que suivait le petit fracas sifflant de la chute droite du lait. Un froissement de paille. Un seau heurté qui tinte… Entrer, ne pas entrer ? La mère, en gagnant l'étable aussi vite, voulait apparemment montrer sa rancune. Valait-il la peine de s'humilier et de salir ses chaussures pour des paroles dures, un faux baiser… ou une gifle ?… Malgré l'émotion qu'elle éprouvait à entendre les bruits de la traite (pour la dernière fois ?), Maria n'avança point.

— Alors, au revoir, maman, je pars, dit-elle d'une voix étranglée.

— Oui, c'est ça, au revoir.

— Et embrasse tout le monde.

— Oui, c'est ça…

Et rien de plus…

VII

Dans une des petites rues qui plongent sur le port habitaient la tante Catherine et l'oncle René. De toutes parts y assaillait la présence des autres – de toutes parts les chansons de leurs enfants, les cris de leurs bébés, l'odeur puissante de leurs fritures, dégringolaient par les cheminées, pénétraient par les fenêtres ouvertes, franchissaient planchers, cloisons, plafonds. À une heure du matin on se réveillait en sursaut, le corps endolori de la dégelée qu'un voisin infligeait à son épouse, l'oreille pleine des suites, poursuites et galopades amoureuses d'une dizaine de chats… C'était la ville. Sur les flancs du Ménez-Hom la ferme la plus proche, tenue par deux octogénaires sourds, se trouvait à un bon kilomètre. À moins d'habiter sur le quai lui-même, contre la mer et les bateaux, comment devenir du jour au lendemain plus douarneniste ?

Tout l'important de la ville est ici, dans cette motte de maisons collée au port, campement où, après une expédition contre les poissons de la mer profonde, les mâles se retirent près de leurs enfants et de leurs femmes. La mer ! La mer ! Les barques, jamais lasses, attendent en permanence. Attachées au quai ou ancrées sur le sable, elles épousent les lents mouvements du flot, muettes et sûres. Point de faubourg sur le front de mer ! Dans un contact immédiat et puissant le centre de la ville communique avec l'immensité du monde. Le reflux, qui met au sec les barques du quai, immobiles désormais et artificiellement droites sur leurs béquilles comme des bergers landais sur leurs échasses, ne constitue pas un abandon. La mer ne se retire pas au-delà des digues. Elle reste surveiller le port. De détritus marins et de grasse humidité marine demeurent souillés et suintants les pierres et le sable. Et l'odeur qui monte et qui stagne, invaincue, invincible, essentielle, l'odeur fade et finement écœurante de la vase et du poisson pourri, comment y découvrir un blâme, une fissure dans les bonnes relations du port et de la mer ? C'est affaire aux narines humaines de s'y soumettre et de l'apprécier, un devoir qu'elles savent accomplir.

Sise très légèrement en oblique contre la rue, la petite maison, volets bruns et crépi bleu pâle, serrée entre un magasin d'articles de pêche et un débit-épicerie-crêperie, enfoncée dans la communauté des bruits et des odeurs douarnenistes, tenait sa place.

Au rez-de-chaussée, un vestibule. À gauche, sur la rue, Eugène Picot, quarante-cinq ans, marin-pêcheur, divorcé, renfermé, mœurs régulières, se cuite une fois par mois (deux au maximum). Sur la courette, madame Abgrall, soixante-douze ans, coiffes de Crozon, habite avec un bébé de quatorze mois, qui « vient » difficilement : Dédé appartient à Charlotte, couturière en chambre un peu plus haut dans la même rue et qui élève elle-même deux autres gosses. C'est ennuyeux de faire des enfants qui ne portent point le nom de leur père, mais que voulez-vous, Charlotte ne sait pas refuser !... Sur la droite, des deux portes et les deux pièces des Guennégués, des gens à carte de visite :

MADAME ET MONSIEUR LÉON GUENNÉGUÈS
navigateur au commerce en retraite
croix de guerre, médaille militaire

Les grands amis de l'oncle et de la tante n'ont jamais eu d'enfant. Le monde est mal fait, déclare une fois par mois madame Guennégués à la grand-mère Abgrall qui ne souhaite pas un quatrième gosse à Charlotte ! Et monsieur Guennégués, après avoir tortillé ses moustaches gauloises, hausse les épaules.

Dans le fond du vestibule, un escalier tournant, avec une grosse boule de bois verni sur le début de la rampe. Au mur, un écriteau de carton gris :

ON EST PRIÉ D'ENLEVER SES SABOTS S. V. P.

La main militaire de l'oncle René, sans une bavure, a tracé les majuscules bleues. Vingt-cinq années de service dans la coloniale. Avec le titre d'adjudant au bout. (« J'ai failli passer sous-lieutenant, mais j'ai manqué *in extremibus* »). Lorsqu'on a gravi les étroites et hautes marches craquantes et qu'on débouche dans le vestibule de l'étage, saute aux yeux le grand portrait jauni de l'oncle René en uniforme, képi et décorations. Au-dessous, un casque de toile blanche. À droite et à gauche, des postes dans la brousse, avec le drapeau français en haut d'un mât et l'oncle René, de blanc vêtu, qui tient le bras d'un gros officier. Des gosses indigènes, dépenaillés, regardent les deux hommes…

L'oncle et la tante, propriétaires de la petite maison, se sont réservé les quatre pièces de l'étage, entre lesquelles, équitablement, ils ont réparti leur collection de souvenirs.

Maria se voit offrir la chambre qui donne sur la rue. Jamais tant pour elle toute seule ! Un lavabo de campagne, avec une glace renversable où l'on se voit comme dans une fontaine ; un seau et un broc d'émail blanc ; un gant et une serviette de toilette ; deux chaises de paille et une petite table ; une penderie et un charmant lit de fer, souple, virginal. Par exemple il y a les masques chinois de terre cuite rouge, affublés de grosses moustaches, qui ornent les murs. Le soir, à la lumière électrique, ces sales têtes ont l'air de vivre. Elles roulent des yeux…

— Est-ce que je peux les enlever ?

— Va pas faire une chose pareille ! Ton oncle qui serait furieux ! Lui qui est si fier de ses bonshommes !

Elle apprend à repasser le linge, à balayer, à frire les sardines, exactement selon les idées Salaun. Elle apprend à jouer aux dames, aux dominos, à la belote – même à la vache, jeu que les Guennéguès ont amené de leurs Côtes-du-Nord – et, le cas échéant, elle devine qu'il ne faut pas trop gagner pour ne pas irriter l'oncle. Elle sait l'expression, mi-admirative, mi-sournoise et futée, qui doit devenir la sienne lorsque les hommes racontent leurs aventures. Et quand ils se lancent dans les hypothèses : « Si je serais ministre de la Marine, tous les officiers qui auraient le mal de mer, je les renverrais chez eux… Si je voudrais pas payer mes impôts, le percepteur qu'est-ce qu'il pourrait faire ?… », elle sait garder un humble silence…

Désordre, tumulte, liberté, dehors éclatait la ville. Ces cohues qui se forment et ces chansons qui courent, c'est effrayant d'audace, mais quelle vie, quel mouvement, quelle joie ! La tempête peut creuser la mer et en tirer de gigantesques lames, jeter bas les ardoises, désancrer les canots, briser les fils téléphoniques, hurler et siffler toute une nuit et ne pas s'interrompre de la journée ni de la nuit suivantes, elle ne mate point la jeune vigueur de la sauvagerie douarneniste. Le phare, dans ce tapage d'opéra-comique, continue de crever l'ombre et, à la première éclaircie après l'aube, ce n'est pas une ville convalescente qui entrouvre ses paupières, mais une cité nerveuse et verveuse qui s'ébroue, jauge les dégâts, s'apprête à un élan nouveau.

La mère avait raison dans sa méfiance et sa peur de la ville. Mais seulement pour une part. Et lorsque les lumières lointaines de Douarnenez clignotaient en un grand tas grouillant, Maria non plus n'avait pas tort de subir leur attirance. Autre chose qu'une illumination de cirque éphémère. Là vivaient, se groupaient et se tassaient des hommes et des familles avec leurs luttes et leurs songes…

Il y a les grands gars qui vous mangeraient la soupe sur la tête, le visage long, les yeux bleus, l'allure droite et vive, il y a les costauds trapus, pommes d'api irrenversables qui portent du plomb de quille dans leurs sabots et dont les hanches dansent une perpétuelle chaloupée, il y a… Comment classer tous les types de cette foule redoutable ? Fillettes, prenez garde au loup ! Mais, qu'une tempête ne les brise point dans leur fleur et qu'une amitié fanatique avec le vin rouge ne leur brouille pas les traits, la plupart se transformeront dans ces vieillards fins qui s'installent sur les bancs dès le premier rayon de soleil ou, les mains dans les poches, dos un peu bossu, menton un peu baissé, trottinent le long du port. Les bouts-dehors des grands thoniers se tendent vers eux comme de bonnes têtes de cheval et parfois, sans réfléchir, ils les touchent, éprouvant et approuvant leur vigueur. Et leurs regards, malins et rapides, sont aussi le plus souvent simples et purs…

Le rayon Femmes compte encore davantage… Mariesouillons aux mollets comme des triques, maigrichonnes plates et trop blanches, petites sardinières vives, socquettes, bout de coiffe, un refrain qui vole, filles-mères au front soucieux, laideronnes qui résistent et laideronnes qui acceptent, les pauvres-pauvres, les vieilles – vieilles, les cent pour cent naïves, les honnêtes-par-force et les honnêtes-malgré-tout –, une clique, une cohue cavalante et froufroutante où il va falloir se jeter et choisir ses modèles. Jour après jour le spectacle change. Un rayon de soleil, une peine ou une joie, une écharpe mieux nouée, un coup de peigne, un effet de contraste avec une amie nouvelle, il n'en faut pas plus pour descendre ou monter de plusieurs crans, pour passer dans une autre catégorie.

Courent des jeunes filles heureuses, gamines, potelées, les yeux sans brume, et dont la grâce s'étend à ce qu'elles touchent, des sabots verts, un manteau bleu, un petit parapluie rouge. On s'inscrirait volontiers parmi elles. Mais, quand on vient de Plomodiern, est-ce possible ? Une gaucherie paysanne, le fameux « air *plouk* » dont parlent tant ces mêmes demoiselles, ne vous accompagne-t-elle pas ?

Quand le père est parti pour le front, en 14, la mère lui faisait écrire les nouvelles, une fois le temps, par les bonnes sœurs. Lorsqu'il s'agit de répondre à Maria pourquoi n'agit-elle pas de cette manière ? Chaque semaine, Maria lui envoie une longue lettre, pleine de détails, histoire de la distraire et de distraire la famille tout en haut de leur Ménez-Hom, cependant le gros petit facteur jovial qui dessert la rue et dont la phrase favorite est « Il fait beau quand même » (par tempête, il se borne à un « Je crois que ça va se lever ») ne rapporte jamais rien.

« … La semaine prochaine je verrai si je peux entrer dans une usine. L'oncle René connaît bien un contremaître chez Malléjac et madame Guennégues une personne qui travaille chez Celton… »

Pas de réponse.

« … Je suis allée hier avec la tante Catherine prendre le café au lait de quatre heures chez madame Gélébart. À ce qu'il paraît qu'il ne serait pas facile pour moi d'entrer dans un bureau. Ils demandent des grands examens. À ce qu'il paraît qu'ils ne trouvent pas le certificat d'études suffisant. Comme ouvrière, j'ai plus de chance, mais c'est ennuyeux parce qu'on ne travaille pas tout le temps. Tu dis quoi ? »

Le Ménez-Hom garde le silence.

« … Alors je crois que je vais entrer ouvrière chez Celton dès qu'il va y avoir beaucoup de poissons. La tante Catherine dit comme ça que je me tourmente pas, qu'on s'arrangera toujours, que je profite de mon bon temps, mais je peux pas rester non plus à me dorloter. Il faut travailler ou quoi. »

Le silence continue.

« … J'ai causé à tonton René et j'ai trouvé qu'il comprenait bien. Il faut toujours commencer, qu'il a dit. Mais il a ri quand j'ai dit que je voulais payer. Tu entends cette millionnaire qu'il a dit à la tante et il est allé chercher son ami monsieur Guennégués pour se moquer de moi. Tout le monde s'est moqué de moi. Ça ne fait rien je paierai une pension. Je m'arrangerai pour qu'ils acceptent. À ce qu'il paraît qu'il y a des fois, quand les sardines donnent bien, qu'on arrive à se faire des quarante et même des cinquante francs par jour ».

Rien encore.

« … J'ai commencé avant-hier. Ça sent mauvais et on reste beaucoup debout mais il y a des bonnes camarades et je crois que je m'habituerai. À ce qu'il paraît que je travaille bien. Ça fait que comme ça je suis devenue sardinière. Ils disent que les sardines Celton font le tour du monde.

C'est ça qui serait drôle si les Chinois mangeaient des sardines qui ont passé dans mes mains ! Je dis des bêtises. Tu trouves pas que ta fille fait un drôle de métier ? »

Toujours rien.

« … J'ai une très bonne amie de mon âge, Gabrielle, Gaby comme on l'appelle. C'est avec elle que je suis allée à la poste envoyer l'écharpe pour Soize que j'ai achetée avec mes premiers sous. Pourvu que Soize trouve à son idée ! C'est ça qui serait bête si j'aurais mal choisi… »

Rien, encore moins que rien. Soize elle-même, qui n'a pas oublié comment on tient un porte-plume, ne consent pas à dire ce qu'elle pense de l'écharpe ni si elle acceptera de la porter un jour.

C'est dur à la longue. Et ce Ménez-Hom qui semble si proche ! avec lequel on pourrait presque échanger des signaux lumineux ! Dur, trop dur, et l'oncle et la tante jugent de même. Ils ont écrit eux aussi et ils n'ont pas reçu de réponse. Volontiers la tante se fût rendue jusqu'à Plomodiern pour arranger les choses, mais Maria l'en détourne…

Il ne faut pas dire que le silence bougon de la famille ne sert à rien. À têtus têtue et demie. Vous vous imaginez, gens du Ménez-Hom, que la petite Maria va se laisser prendre par les plaisirs de la ville et qu'elle va mal tourner – on vous montrera, têtes de pioches, on vous démontrera que vous ne l'avez jamais connue ! Je suis une Le Meur autant que vous !

DEUXIÈME PARTIE

I

Brrrrrah. Rrrroiink. Krrrsssiille. Oh. Oh. Arrêtez ! Arrêtez !… L'autocar, violemment jeté à droite et redressé à gauche, rusa contre les branches et s'arrêta. Le chauffeur appuya sur le levier de la portière, qui s'ouvrit net. Et avant qu'il eût escaladé son siège et franchi le tas des valises, plusieurs hommes avaient jailli sur la route.

Qu'est-ce qu'ils ont pris ! Et nous qu'est-ce qu'on a failli prendre ! Mais eux. On est là, on ne pense à rien et puis gast !… « Pourvu qu'il y ait pas des morts ! »

Les hommes se précipitaient vers une petite Citroën qui, une trentaine de mètres en arrière, était allée se jeter dans le fossé après avoir creusé le sol de ses roues droites. Rien ne bougeait là-dedans. Plus que dix mètres, neuf, huit, sept…

— Bandits ! Salauds !

Le front barbouillé de rouge comme celui d'un mauvais acteur, un homme de haute taille sortait enfin.

— Assassins ! Crapules !

Il tremblait, titubait.

— C'est fait pour abattre des vaches et ça se mêle de conduire un car ?

— Vous êtes blessé ?

— Bien sûr que je suis blessé ! Et mon camarade aussi ! Un as de la guerre de 14 ! Roger Piriou, le grand pilote !… Criminels ! Mais ça ne se passera pas comme ça ! Allez, Roger, sors !

Le chauffeur arrivait. L'homme, en l'apercevant, faillit lâcher son camarade et un « Ça alors, Raymond ! » presque joyeux lui échappa.

— Monsieur Étienne ! constata le chauffeur, et monsieur Étienne lui plaqua ses larges mains sur les épaules.

— Qu'est-ce qui te prend, mon vieux, de vouloir maintenant tuer les autres ?

— Pardon, pardon, monsieur Étienne, je tenais ma droite, c'est vous qui arriviez comme un bolide…

— Allons, sois raisonnable, il n'y a pas de déshonneur à être dans son tort…

— Mais je…

Les voyageurs n'en revenaient point. Pas de morts avant, pas de bagarre après. Un ou deux mots de Cambronne, et encore… L'explication était toute simple : monsieur Étienne Le Goff était maire de Trémahouec, à dix kilomètres sur la gauche, et Raymond Méhouas électeur au même endroit. Alors ? D'une part je suis Monsieur ton maire, d'autre part tu es Monsieur mon électeur ! Ah cré nom de cré nom !

Les gens soufflaient. Premier temps : quelle drôle d'histoire. Deuxième : pas plus drôle que le reste. Dès lors que les automobiles, au lieu de s'éviter gentiment et de ne pas se chiper la route, se mettent à se tamponner ou à se faire peur, il faut accepter n'importe quoi. Vous auriez pensé que ce pot à tabac chauve et affligé de tics avait piloté des avions durant la guerre de 14 ? Non n'est-ce pas ? Eh bien !

Déjà un représentant avait descendu son vélo du toit de l'autocar et il était parti pour chercher un huissier. La grosse voiture bleue lâchait son monde. Il faisait si beau. Assise sur le talus, tournée vers un champ, une jeune mère donnait le sein, tandis que des gosses organisaient une partie de biche. Les religieuses disaient leur chapelet. Accrochée dur au bras de son mari, la femme enceinte regardait les miettes d'une vitre Securit. De lourdes paysannes se confiaient en breton qu'avec le petit train départemental on n'aurait jamais vu de tels accidents et que les automobiles restaient une invention du diable.

Raymond et monsieur Étienne avaient échangé des cigarettes. Calmement accroupi comme l'arbitre d'une partie de boules, Raymond avait sorti de sa poche un mètre pliant et il mesurait des distances. Un groupe de connaisseurs regardait et discutait... Par gros buissons tranquilles, entre les sécots de chênes, fleurissaient les dernières aubépines. De toutes ses grappes jaunes une landaie embaumait l'abricot et la pêche. Des roitelets invisibles secouaient des branchages.

Une matinée heureuse de vivre et un accident d'automobile qui se termine par des égratignures, ça s'arrose. Deux coloniaux, qui s'étaient perdus dans la nature, revenaient d'une ferme avec des litrons de cidre. Voilà des gars intelligents ! Où c'est que t'as trouvé ça ? Explique un peu, fils ! Quatre ou cinq marins parlaient d'aller tous en chœur chercher du vin rouge, mais pourquoi cette peine, des enfants arrivaient sur les pas des coloniaux, deux sous par bouteille et ils ramèneraient plein chargement…

L'huissier, un petit barbu à panama et à bandes molletières, écoutait les deux parties avec le désir de n'en mécontenter aucune et il prenait au crayon, sur un méchant calepin, des remarques et des chiffres : « Zone de la route sous gazon… Combien disions-nous pour la zone sous gazon ?… » Il ne se pressait pas cet homme, on voyait qu'il gagnait sa vie à ces misérables histoires, plus vite monsieur l'huissier les voyageurs s'impatientent et, si la comédie se prolonge, je ne réponds plus des bêtises des coloniaux et des marins. Vous me direz qu'il y a là un second maître et un sergent rengagé, mais regardez-moi les deux pauvres sous-offs comme ils cherchent à s'évanouir dans le décor. La semaine suffit pour l'instruction des hommes ! Le dimanche, repos ! On n'est plus sur un bateau ni à la caserne !

Des marins dressaient des litres vides sur le haut d'un talus et, d'une raie tracée de l'autre côté de la route, jouaient à les abattre avec les pierres blanches d'un tas de cailloux. De temps en temps, au milieu des rires, une bouteille se brisait – on en remettait le cul debout, ce qui formait encore une cible appréciable. Déconcertées, épouvantées, les lourdes paysannes avaient préféré remonter dans le car, où les avaient suivies la femme enceinte et les religieuses. La jeunesse, c'est terrible terrible ! Casser des bouteilles ! – De bons garçons, qui ont eu un père et une mère. Mais c'est comme ça c'est comme ça !…

La tante d'Alberte qui les attendait à Audierne ! Une heure de retard ! Maria et son amie marchaient tête basse, sans plus rien trouver à se dire, et en évitant de s'approcher des effrontés de marins. Un gaillard surgit devant Maria – grands yeux noirs, visage net, l'air volontaire et un peu menaçant.

— Vous n'avez pas soif ?

— Non j'ai pas soif !

Elle avait répondu sèchement, du tac au tac, mais il n'avait pas bronché, pas cillé, il ne s'éloignait pas d'un centimètre et la regardait fixement. Un léger sourire, fat et moqueur, relevait ses lèvres rouges... Ce n'était plus un homme tout jeune. Le blanc de ses yeux tournait au livide et ses tempes blanchissaient... Et maintenant elle avait peur. Elle s'agrippait au bras d'Alberte et cherchait vainement une phrase.

Le compagnon de l'homme intervint – un gars tout rond, les yeux bleu-rose, la figure pleine, œillet à la boutonnière, cigarette à l'oreille.

— Alors quoi, Louis, t'as pas fini de pêcher à la ligne ?

Louis plissa la bouche. Puis, effleurant à deux doigts la visière noire de sa casquette, il tourna les talons.

Parti l'ennui monotone ! L'air se chargeait de vigueur. Ciel bleu, parfum des ajoncs, formes tendres et calmes des petits champs enserrés dans leurs talus... D'une cour de ferme invisible, au fond de la campagne gonflée du bien-être dominical, un coq chanta. Au ras d'une crête passa une compagnie de cloches, ding dong, qui alla plus loin se faire entendre encore...

Les jeunes filles gardaient le silence. Elles n'osaient même plus reprendre leur marche gauche...

— Remontez dans le car ! Que tout le monde remonte !

L'invitation les soulagea, elles se précipitèrent. Derrière Alberte Maria posait le pied sur la marche, quand elle se sentit soulevée, serrée entre deux bras – et un rire d'homme sonnait à son oreille.

— Qu'est-ce que vous faites, qu'est-ce que vous faites ! cria-t-elle, moins mécontente, moins effrayée, qu'elle n'eût désiré l'être.

— Gast ! je rends service ! Ce serait malheureux si ça serait défendu !

Et, doucement, il la reposait dans la voiture.

— Si ça serait défendu, tu ferais quand même ! plaisantaient les coloniaux.

Maria, honteuse, gagnait le fond du car, où elle s'incrusta dans un groupe de femmes restées debout.

— Tout le monde est là ? demandait Raymond.

Dans le rétroviseur la fillette rousse avait retrouvé son poste et s'apprêtait à souhaiter de vomir. Il appuya sur le levier de la portière.

— Raymond ! Raymond ! Espère un peu !

Deux marins arrivaient au pas de gymnastique, Raymond les engueula pour la forme, ils rirent et lui offrirent une cigarette, qu'il accepta, DÉFENSE DE FUMER MÊME UNE CELTIQUE...

Madame Mazéas attendait fidèlement à l'arrêt du car et, en la voyant s'approcher des jeunes filles, Louis et son camarade s'esquivèrent. Tant pis ou tant mieux. Le déjeuner avait lieu dans une petite cuisine-chambre-salle à manger qui donnait sur un port immobile, tout en mâts nus, en agrès et en cris de mouettes. La tante, qui en avait vu de toutes les couleurs, était demeurée candide. Les filles, il faut manger ! Après l'omelette, il n'y a que des moules et des biscuits ! Les filles, il faut vous promener ! La vaisselle, c'est l'affaire des vieilles !

Maria et Alberte traînent leurs espadrilles. Elles se donnent le bras et affectent l'assurance, mais leur humeur s'aigrit sans qu'elles s'en rendent compte. Elles se taquinent d'un ton rude. Alberte soupçonne Maria de penser à l'homme du car et Maria devine le soupçon et s'irrite qu'il soit fondé. De prometteuses affiches cognent contre les yeux – un corsaire jaillit du mur, nu jusqu'à la poitrine, un bandeau sur le front, en brandissant la hache d'abordage – un rêveur à cheveux noirs enlace une blonde à taille de guêpe devant un jazz toutes cymbales dehors, ÉPICERIE MERCERIE ROUENNERIE VEUVE LE COZ. Le reflux, sans une secousse, glisse, emportant des mouettes sur son toboggan liquide, CADIOU SERVICES DE CARS POUR LA POINTE DU RAZ CARS SPÉCIAUX POUR MARIAGES ET PARDONS. De vieux pêcheurs, gênés par le calme du dimanche, vont et viennent le long du quai sur leurs sabots branlochants.

Plutôt que de pousser dans la direction de la plage, elles se sont engagées dans une ruelle, une porte de débit s'ouvre… et comme dans un film bien construit Louis et son compagnon paraissent. Maria devient rouge et se sent ridicule, dans sa frêle blouse de soie végétale rose et dans sa jupe bleue trop étroite qui forment sa tenue numéro un, près du gaillard qui, ce matin, la saisissait entre ses bras. Combien de femmes a-t-il dû saisir ainsi, et de tellement plus belles !

— C'est nous qu'on cherche comme ça ? Deux contre deux ! C'est ça qu'est gentil !

Hâtivement, elle entraîne Alberte et l'oblige à faire un crochet. Elle entend qu'ils rient. Et, quand elles sont passées, il entonne :

Les fourmis vont à la file
Et c'est joli de les voir…

II

Le branle-bas de la pêche de belle saison roulait dans les rues et sur les quais de Douarnenez et de Tréboul. Crépis de neuf, le ciel et la mer promettaient les hautes journées lumineuses et fécondes. Caps rocheux au nez aquilin, falaises, dunes bosselées, longues plages blanches étincelaient, craquaient de jeunesse. L'an dernier, à la même hauteur de mer, il ne se pouvait pas que l'œil ne découvrît ainsi, au pied du même quai, la gaieté jaunâtre d'un fond de sable, jonché de carcasses et de débris qui avaient été crabes puissants et lourdes conserves, reflet de l'adresse et de la vigueur des hommes ! Quelque chose avait changé ! Le monde était entré, d'un pas alerte, plus avant dans la beauté !

En grand-rade, et tâtant déjà de la mer libre, trois thoniers sous voiles se trouvent à l'ancre, prêts pour la campagne. Vous tous regardez-les bien, car vous ne les reverrez pas de sitôt dans tous leurs avantages, fraîchement dotés ainsi de tous leurs agrès et de toutes leurs couleurs ! Pas un hameçon ne manque, ni un kilo de glace. Chaque homme connaît les fonctions qu'il assume et, à une queue de poisson près, la part qui lui revient. Soudant l'union à grands coups de vin rouge, les équipages traînent. Ce n'est plus qu'une question d'heures et de sentiment. Bon voyage, Messieurs les Braves, seigneurs de haute mer !

Une dizaine d'autres bateaux avancent leurs préparatifs. Sur les rebords des fenêtres, aux cordes jetées à travers rues ou disposées en triangle contre les murs, pendaient les cirés flasques, les transparentes culottes jaune perle rapiécées de morceaux beiges et orange, les vareuses, les suroîts. Des groupes d'hommes bleus et rouges, barrant d'instinct la chaussée pour mieux se montrer solidaires, descendaient vers le port les casiers de bouteilles, les fûts de rhum, les cartons de paquets de sucre, les pains de douze livres surcuits. Un boiteux qui ne partait pas poussait une charrette où se recroquevillait une voile qui partait. À jet continu, la glacière pondait les longues barres dont une camionnette, dans un va-et-vient bon enfant, amenait à quai tout le broiement juste devant les barques. Aux basses mers s'affairaient le long des coques des corvées de peinture et de goudron. Pas un travail à faire une fois qu'on est au large, hein, fils ?

Lors qu'arriveraient les glorieux thons, Douarnenez aurait le sourire ! En attendant, il ne manquait pas de proies. La sardine et le petit maquereau donnaient tant que ça pouvait dans les parages. La flottille était presque au complet et il y en avait pour tout le monde. L'eau bleu tendre, épaisse et ductile, qui frétillait dans l'ampleur de la baie, abritait des millions et des millions de poissons venus avec leur douceur longue et leur chaleur huileuse régler ici les vieux problèmes grégaires de leurs races…

Onze heures du matin. Louis, parti avant l'aube, monte la rue dans ses vêtements mouillés, un panier de pêche garni à chaque bras. Chez Jeannie la boiteuse, dont le BAR DE L'ESPÉRANCE est à la fois le bistro et comme le bureau de la *Thérèse Masson*, on a bu le coup de rhum et partagé les sous ; tout est paré jusqu'à demain. Une grosse fatigue encombre la poitrine, elle tire sur les bras, elle pèse sur la nuque et les yeux, mais un gros sommeil ronflant va la dissoudre tout à l'heure, après qu'on aura envoyé une bonne soupe chaude, au préalable, remettre de l'ordre à l'intérieur…

Un pain de trois livres et son « poids » à la main, débouche d'une ruelle une Maria bleue, chantonnant dans le soleil. Louis pose ses paniers. Avec affectation, il écarte les bras et les jambes pour barrer le passage.

— On voit plus qu'elle ! Ça y est, terminus !… Pas la peine d'aller plus loin… Cœur de Louis, tout le monde descend !

Tête baissée, Maria fonce. Louis étend les bras.

— Me touchez pas, donc, avec vos mains dégoûtantes !… Vous pouvez pas commencer par vous laver à la pompe ?

— Laver ses mains pour la duchesse ?… Ça sort de nourrice, ça gagne dix sous par jour, et ça veut commander le monde ?

— Vingt-deux ans que j'ai et je gagne vingt francs par jour. J'aime pas les effrontés.

— Répète un peu ?

— Effrontés !

Il brandit le poing sur elle et se met à rire.

— Ça vous insulte un homme, ça sait même pas ce que c'est un homme !… Allez, sauve-toi, je veux pas démolir l'indéfrisable de la duchesse !... Une fille de Douarnenez qui aime pas l'odeur de la sardine...

Elle veut partir, elle hésite. Il en profite pour s'approcher.

— Hein que je te fais peur ? Des comme moi t'en as pas vu souvent, c'est pas vrai ?

Un silence. Et, du ton dont elle répéterait une leçon mal apprise, elle déclare :

— Et pourquoi que j'aurais peur de vous ? Vous êtes comme les autres. Ni meilleur ni plus mauvais.

— T'es sûre ?

— Pour sûre je suis !

— T'as rien vu ! Regarde mes cheveux, donc !

Elle examine l'homme par acquit de conscience, elle sait bien déjà qu'il n'est plus tout jeune. Son regard se promène sur ces joues cuites par le soleil marin, ce menton crissant de poils noirs, ce front granitique, ce cou musculeux pareil à un tronc d'arbre. Elle plonge les yeux dans ces yeux...

— Vous n'avez plus vingt ans, dit-elle sans réfléchir et, aussitôt, elle lui touche le bras. Je ne vous fais pas de peine ?

— De la peine ? répond-il en soulevant ses deux paniers. De la peine ? On voit bien que tu me connais pas !

— Non, je ne vous connaissais pas...

— Tu savais pas que moi les femmes... en deux que je les casse ! Crac ! Il y a plus de femmes qui pleurent à cause de moi qu'il y a de turbots dans la baie de Douarnenez !

Maria pouffe :

— Dans la baie de Marseille !

— Non gast, dans la baie de Douarnenez ! Celle-ci est drôle de pas croire quand on lui dit !

Maria pouffe une seconde fois, il secoue la tête.

— Que si que j'ai été un grand coureur ! Tu veux pas croire ? Tant pis pour toi. Ben maintenant, t'es prévenue…

Le ton des derniers mots la trouble, mais elle rit toujours. De la tête aux pieds elle se sent si heureuse. Une fille de Plomodiern attire l'attention d'un bel homme et sait lui parler comme il faut…

— C'est pas le tout ! Va chercher un plat chez ta mère et je te donnerai des sardines ! Il faut que tu goûtes mon poisson ou quoi ?

Elle proteste qu'elle veut payer, il la menace d'une gifle. D'abord son poisson n'a pas de prix ! C'est le meilleur de toute la baie ! Autant de chance avec les sardines qu'avec les femmes – rien que de la belle ! Maria se sauve quérir un plat.

III

Après que Louis aurait eu cette Maria, le dégoût ne manquerait pas de l'envahir, mais on verrait alors. Demain n'était pas aujourd'hui. Beaucoup de poisson et une intrigue, tout allait bien.

Il eût préféré en pincer pour une moins jeune et moins sentimentale, mais, gast ! ces choses-là ne se commandent pas. Et, pour la première fois, il faisait traîner l'amourette.

Pour la première fois, aussi, lui qui prétendait, la femelle ferrée, qu'on jouait sur le velours, il doutait de sa chance. Et pourquoi cela ? Vieillissait-il et perdait-il la main ? ou Maria, née à Plomodiern et ancrée dans ses idées, devait-elle se montrer plus coriace qu'une vraie Douarneniste ?

À coups de cigarettes, et de songes menés sur les lieux de pêche, dans un décor de houle et de pillage, il décida qu'il vieillissait. Mettre Maria sur un piédestal, c'était une bonne preuve. Pour un coureur de femmes, il n'y a pas de gibier difficile, ou la difficulté n'intervient que pour corser le plaisir ! Nom d'un chien, si cette Maria était dure à séduire, raison de plus pour l'entreprendre ! Et, puisqu'il fallait vieillir un jour, qu'il fût donné au moins de finir sur une belle conquête !

Il se présenta comme un mystérieux personnage, véritable chef secret du mouvement communiste local, choisi et laissé dans la masse par des gars qui connaissaient leur affaire, les grands dirigeants parisiens. Un joli coup ! Aucun pêcheur, aucun commerçant de Douarnenez ne soupçonnait son rôle. Il éclata de rire. Ah ! si les gens pouvaient savoir ! Tout de go, il saisit une main de Maria.

— Toi non plus tu savais pas.

— Non, je ne savais pas du tout.

— Tu vois ! Tu vois bien !

Et il attaquait encore :

— Tu te demandes pourquoi que je te raconte tout ça… (Il disait juste, elle se l'avouait)… moi qui ai rien raconté à personne… Il faudrait pas non plus, c'est des histoires à faire tueries bonshommes… Eh ben, à mon idée, je suis sérieusement pincé par la demoiselle…

Il cligna de l'œil et lui donna une pichenette. Elle sourit... Affaire dans le sac. Non seulement Maria gobait l'histoire, mais elle n'en soufflerait mot.

La *Rouannez ar mor* avait commencé la campagne et le *Fanchic* allait partir et le *Capricorne*, la *Jeune Louise* et la *Stella Matutina*, le suivre sans tarder. Un matelot de la *Jeune Louise* s'était incendié les jambes à l'essence pendant une corvée de goudron, mais il avait eu l'idée de courir se jeter à l'eau et, teinture d'iode et « rhum avec un Nègre dessus » aidant, il serait quand même d'attaque. Si les germons comptaient sur lui pour leur laisser le temps de couper la ligne, autant leur dire qu'ils commettaient une erreur !

Le bleu calme de la mer et du ciel, qui assurait aux rivages une teinte gris-violet de dos de poisson, créant mille paysages d'une immédiate beauté, continuait à n'être pas un leurre. La mer bretonne existait. Une mer sans coquetteries fades, large, travailleuse, féconde. Le long de ses pistes invisibles cheminaient des populations immenses. La baie sonnait le plein. Entrés dans le port derrière les lançons et leurs vergétements brusques de la surface de l'eau, les petits chinchars qui venaient se suicider sur les hameçons sans appâts des gosses infatigables figuraient le simple excédent des réserves marines, le naïf cadeau-réclame des nobles espèces...

Bonne affaire pour les cinq enfants de la logeuse de Louis, Jeanne, Suzanne, René, Marc, Jean-Marie, qui s'octroyaient des galimafrées de poisson, c'était à qui en mangerait le plus. Des paris s'ouvraient, des records s'établissaient – redoutables mais non invincibles. Bonne affaire pour l'épicerie Guyonneau, qui faisait filer son beurre. Bonne affaire pour les chats, comblés d'entrailles fraîches, d'ouïes délectables. Bonne affaire pour Louis, heureux d'équilibrer, par une grosse générosité voyante, ce que sa conduite, en d'autres domaines, pouvait avoir de médiocre.

Le Parti organisait une réunion publique, sa dernière avant les mois noirs, avec une conférence de Parisien. Louis entraîna Maria. Malgré le début de la campagne du thon, la salle était pleine comme en novembre ; les racoleurs avaient bien fait les choses. Auditoire en grande partie féminin et qui s'offrit une longue *Internationale*. On riait, on se trémoussait, on était heureux de former une foule, d'emm… les bourgeois et de venir s'instruire. Les premières paroles du camarade parisien établirent un silence attentif. La Russie. Léningrad. Les tracteurs. Le bassin du Donetz. Les yeux s'écarquillaient, les bouches s'ouvraient larges : le camarade parlait comme un as, il s'agissait de lui prendre ses connaissances ! On se raclait la gorge, on crachait par terre, sans cesser de le regarder. Les Russes, ça c'était un peuple ! Combien de milliers de tracteurs il disait le camarade ? Tant que ça ! Eh bien mon vieux…

Avant une demi-heure, cependant, la Russie, les Russes, les hauts fourneaux, l'industrie lourde, Stakhanov, la Volga, Stalingrad, le Dnieprostroï, tout se mélangeait dans les esprits. À part quelques excitées, les femmes ne suivaient plus et Maria eut un bâillement que ses voisines imitèrent. Un vieux pêcheur installé dans le fond, au bout d'un banc, prit ses cannes et sortit de la salle. Hâtivement, un membre du bureau griffonna un billet et le posa, mine de rien, sur les papiers de l'orateur : « Laisse tomber le plan quinquennal et causenous des pêcheurs en U.R.S.S. » Le camarade n'eut pas l'air de remarquer le billet ; il lança encore cinq ou six phrases pleines de houille blanche et de tonnes d'acier, il se moucha bruyamment et, tout à coup :

— Mais, camarades, ceci n'est qu'un chapitre de l'effort gigantesque accompli par le grand peuple soviétique. Il me tarde d'en venir à un autre chapitre qui, j'ai de solides raisons pour vous le dire, tient à cœur aux camarades responsables de sa politique économique : le chapitre de la pêche.

Le bureau applaudit frénétiquement, les yeux braqués sur la salle, qui applaudit avec la même violence.

— Faut-il vous rappeler ce qu'était, du temps des tsars, la vie d'un pêcheur russe ? Travaille, petit père, trime, crève, on te laissera les arêtes et la tête, on ne veut pas que tu meures, mais non, petit père ! sans cela comment le grand-duc Alexis pourrait-il offrir des filets de sole à la grande-duchesse Sophie-Pauline ?

« Ça c'est envoyé », murmura Louis, histoire de jouer son rôle devant Maria. Tout le monde riait. Plusieurs gueulaient qu'à Douarnenez non plus on ne manquait pas de grands-ducs, mais l'on se tut pour permettre à l'orateur de dire encore de belles choses. Discrétion vite récompensée : le Parisien, qui haussait le ton, en venait à la doctrine soviétique en matière de pêche. Il heurta la table d'un poing vigoureux et, tout en les hurlant, scanda les mots magiques : « LA MER AUX PÊCHEURS ! » Une tempête d'applaudissements lui répondit. Les membres du bureau frappaient des mains comme des sourds et regardaient isolément dans la salle tel et tel camarade avec des airs de triomphe…

Et, dans la nuit, sous l'éparpillement des étoiles bleues qui reprenaient en force les rares lumières du fond de la baie, attendait la mer, avec tous ses lieux de pêche, tous ses poissons plats, tous ses poissons ronds, tous ses coquillages. Bordé de crevettes engourdies guettant le clair de lune et ses phosphorescences, le flux cernait des barques allongées sur le sable. Avec des mouvements entortillés de gros cheval, elles se mettaient debout… La réunion ne tarderait pas à finir. Ayant fait leur plein d'enthousiasme, les gens regagneraient docilement leur lit sans approfondir les reproches qui pouvaient naître en eux. LA MER AUX PÊCHEURS, ça c'était rudement vrai !

Et tandis que l'orateur, dans sa chambre d'hôtel, lave la tête aux responsables locaux, coupables de négliger l'éducation politique des masses et de trop mettre l'accent sur la situation douarneniste, un congre pénètre avec une joie goulue dans un casier mouillé près de la Pierre Profonde. Un homard dévisse d'un trou trop petit en y abandonnant une pince. Un banc de sprats, dont la tiédeur de l'eau a détruit les réflexes, au lieu de suivre le reflux s'était oublié dans des flaques, et voici qu'il retrouve l'ampleur et la profondeur de la mer. La mer monte et sa langue immense, peu à peu, hisse les goémons debout comme des palmes.

IV

Mis au courant de l'intrigue entre Louis et Maria, l'oncle et la tante ne cachaient point leur inquiétude. Seulement ils connaissaient leur nièce depuis plusieurs années, ils la jugeaient raisonnable, il leur répugnait de jouer les grondeurs. D'autant que sur tous les points elle se forgeait de bonnes réponses. Et, l'eût-on par hasard poussée à bout, elle eût éclaté de rire avec un « Je ne peux pas vous expliquer. Vous verrez bien ».

Alberte elle-même ignorait le plan grandiose. Ah tu es un membre important du parti communiste ? le communiste numéro un de Douarnenez ? Alors il me faut ton âme ! Je comprends aujourd'hui que la Providence me guidait. Je comprends pourquoi la grand-mère à l'œil blanc souffrait du même mal que l'évêque de Quimper et pourquoi elle me faisait dire tant de *Pater* et d'*Ave Maria*. Tout est dans l'ordre. Lorsque j'admirais les lumières de la ville, je ne cédais pas à un caprice. Une voix m'appelait ici. Je devais m'occuper de cet homme dont la présence s'est imposée à moi et le réconcilier avec Dieu.

Les premières nouvelles de la campagne du thon confirmaient joyeusement l'euphorie due au soleil et au temps calme. Les bateaux, disait-on, avaient trouvé le poisson moins au sud que l'année dernière, et un poisson qui travaillait. On reverrait sans doute les premières unités avant une quinzaine et il y aurait alors du travail pour tout le monde. Il n'était pas interdit de conjecturer une saison fameuse…

Un long yacht blanc à mât gigantesque, le *Palmerston II*, vint s'ancrer en deçà des jetées. Trois matelots à béret blanc, et dont le chandail bleu marine portait écrit en toutes lettres le nom de leur bord, se pavanaient contre le bastingage. *Yesss. Veri houèl.* Et plusieurs grommelaient que Bretons et Anglais, ce n'était pas fait pour s'entendre. Dans le port d'Alexandrie en 18 (le soir même de l'armistice !) quelle tabassée on s'était fichu de part et d'autre.

Gast, il ne fallait rien exagérer. Les Engliches, c'étaient des marins. Ils ne confondaient pas feu rouge et feu vert. Et ils valaient mieux que ces sapristis de Boches qui devenaient tous fous. Une pinasse avait rencontré un cargo de Hambourg, pavillon à croix gammée claquant dans le vent. M... ! Le pavillon des nôtres était à terre, entre les mains de la femme du patron, qui devait le porter au lavoir, sans quoi on leur eût montré, à ces jean-foutre, que les gars de la côte bretonne avaient un pavillon dix fois plus beau que le leur !

L'Armoric-Ciné passait une histoire de gangsters et *Topaze.* Prix habituels : 8 F, 7 F, 6 F, 5 F, 4 F, 3 F, 2 F. Demi-places pour les militaires. *Topaze*, le nom du film déplaisait à Maria, mais Louis s'arrangea pour la circonvenir... Les célibataires de la *Thérèse Masson*, qui avaient pêché durant la semaine une quantité record et dont les doigts brûlaient en conséquence de claquer les sous et les billets de banque, avaient décidé de tirer ensemble le samedi soir – séparément ce n'était plus drôle ! – une bordée phénoménale. Eh bien, si Maria acceptait de suivre Louis le samedi soir à l'Armoric-Ciné, prouvant ainsi qu'elle tenait à sa compagnie et à ses conseils, il se tiendrait sage. Oui, madame. Donnant donnant.

Deux balcons, deux, pour Louis et sa compagne. Il ne serait pas dit que seuls des bourgeois s'offrissent des sièges plus confortables ! Bonbons, berlingots, caramels. Hep, madame, hep, un paquet de bonbons ! Foule en haut, foule en bas. Ça braillait, ça riait, ça se donnait des tapes – il y avait un gosse qui sifflait, un bébé qui dormait dans les bras de sa mère, deux mousses qui lançaient des aéroplanes. Une bonne salle, quoi. Une fille traita un adolescent de mal élevé, une famille en insulta une autre, un chien aboya, là-dessus toute une simili-ménagerie révéla sa présence. Moment choisi par la direction pour envoyer sur la salle une giclée de vague à l'âme : une chanson américaine éclata et fit le silence. « *Moon... Soon... Mine... Sunshine...* » Puis une autre, écoutée avec moins de respect. Mais soudain le grésillement familier... une tendre lumière s'efforçait de conquérir l'écran. Sans tourner la tête vers la cabine, quelqu'un cria : « Éteindez ! » Le parterre s'esclaffa... L'ombre se fit, sur l'écran rôdait toujours la même tendre lumière et un gamin, deux doigts dans la bouche, exécuta un maître coup de sifflet, qui suscita des imitations.

Heureusement abrutie par l'ambiance, Maria, sans y avoir été sollicitée, s'appuyait déjà contre l'épaule de Louis, qui lui avait pris la main. Il ne se sentait pas l'envie d'oser davantage et, devant eux, à grands coups d'images brutales, une histoire se déroulait. Et je suis un industriel sans scrupules. Et je loue des gangsters pour démolir des maisons concurrentes. Haut les mains, Jeff ! Eh, Paddy, quand on est sourd on s'expose à quelques petits inconvénients ! Gnon sur le chauffeur, gnon sur son aide, pan dans les terrines de lait. En gros plan une terrine s'effondre, un fleuve de lait envahit l'écran, le public en a pour ses sous ! Mais voilà que les bons s'organisent, équipe merveilleusement sympathique d'enfants, de Nègres, de policiers, d'amoureux, de philanthropes. Leurs swings ont retrouvé leur chaleur ; ce sont les porteurs de cicatrices au menton qui s'abattent désormais dans les rencontres. La salle jubile. Des gendarmes habillés comme des chauffeurs d'autocar et dont les revolvers ressemblent à des fusils déploient une activité du tonnerre. Le parterre les encourage de ses cris. M… ! le traître qui s'échappe ! Ah ! le salaud ! M… ! Il coince Douglas et Douglas est désarmé ! Vas-y quand même, eh, bon gars, bourre-z-y la gueule ! Ha ha ha ha ! La potiche qui dégringole ! Tu ne t'attendais pas à celle-là, sale vache ! Et Douglas qui défait sa corde ! Vas-y, vas-y, ceinture-le ! Une musique allègre se déversa sur l'écran où l'équipe des bons, modeste et la larme à l'œil, s'organisait pour une photographie de famille. Douglas, bien repeigné, embrasse Fanny sur la bouche. Eh, camarade, laissez-en un peu pour les autres ! Le mot FIN parut tandis que la musique rompait ses digues et confondait son vacarme avec les applaudissements de la salle. On avait vu un beau film. Les ampoules molles se rallumèrent. De tous les groupes jaillissaient des murmures animés et des bruits de souliers et de sabots. La direction ne s'était pas moquée de la foule douarneniste. Un vrai samedi soir ! Dans un bruit de sièges de bois rabattus et de prénoms lancés à tue-tête, le parterre sortit nouer des flirts, boire un verre ou se détendre. Dis donc, Zèphe, comment qu'il traçait le camion sur la mauvaise route ! Et Douglas comment qu'il lui a poché l'œil !

Les balcons, où prédominaient les hommes à col dur et les femmes en chapeau, montraient une certaine discrétion ; ils ne laissaient pas d'être heureux. Le parterre avait bien réagi ! Le populo, dans le fond, n'est pas mauvais – ce qu'il faut, c'est lui montrer de bons films !… Louis « marquait le coup ». Les histoires de gangsters, dans la ville de Douarnenez on les ramassait à la pelle ! Et la baisse des harengs l'année dernière ?

Et le lock-out de chez Sabourdin ? Et les poissons plats ? Et le gros maquereau ?

Les phares, dans la nuit sans brume, fonctionnaient tous à plein rendement. Sur la grève nord du cap de la Chèvre une roche, en surplomb depuis deux siècles, se détacha et tomba, écrasant le long de sa chute un mulot, des fougères et des ronces. Un héron, de passage à l'île Beniguet, entendit dans une flaque le clapotement d'une pieuvre et il poussa un cri.

Maria, profondément heureuse, ne répondait rien. Simplement, elle avait hâte qu'une sonnerie grêle agaçât la rue, rappelant la foule…

« *Les Films X.. présentent…* » Des applaudissements saluent le tremblotement amical des lettres. « *Topaze… D'après la célèbre pièce de Marcel Pagnol…* » Plusieurs lisent à haute voix et ils butent sur « célèbre », un adjectif qui enorgueillit chacun. Dans l'ombre, c'est si agréable de se voir garantir la qualité de sa distraction et de communier avec toutes sortes d'assemblées silencieuses, ainsi disposées les yeux tournés vers une toile blanche, dans les autres villes du pays. Brest, Paris, Quimper, Audierne, Pont-l'Abbé, Pont-Aven, Toulon, Le Mans, La Roche-Migennes… « *Avec Louis Jouvet… Pauley… Pierre Larquey…* » Les noms se succédaient comme des éclats de phare.

Qu'un homme s'appelât Topaze, comme un chien Rubis, un bateau de plaisance *Émeraude* ou *Turquoise*, gênait et intriguait la salle. Un monsieur Topaze supposait un père et une mère Topaze. « Bonjour, monsieur Topaze », plaisante chose ! Mais déjà la classe enfantine prenait place et les souvenirs sautaient dans les mémoires. On riait, on applaudissait sans s'en rendre compte – il arrivait seulement que le rire se figeât lorsque le visage du maître, démoniaque à force d'être impassible, se détachait devant la foule. Il fallut la plaisanterie de l'homme riche et malhonnête qui ne peut être heureux parce qu'il lui manquera toujours l'estime de sa consc… cierge ! pour rassurer la bonne humeur. Le collègue de Topaze ressemblait trait pour trait à un certain commis de l'Inscription maritime et il paraissait, dans la vérité de sa présence, vouloir s'incruster dans la toile. Quel brave homme ! On eût aimé à le retenir dans sa famille ! C'eût été le tonton célibataire, le vieux cousin qui lave ses chaussettes lui-même…

Louis ne lâchait pas la main de sa compagne. Il suivait difficilement, mais on lui avait dit qu'il s'agissait d'un film contre les bourgeois et il guettait la minute où tout s'éclaircirait. À ses côtés, Maria se recroquevillait sur elle-même. Elle trouvait les plaisanteries trop brutales. Et Topaze continuait de lui faire peur…

La jeune fille devançait les réactions de la salle et la seconde moitié du film pesa sur les nerfs. Dans ce pauvre type qui se changeait en salaud sous la pression des circonstances et dans cet homme énergique, riche et décoré qui n'était malgré tout qu'un salaud, beaucoup auraient dû et pu reconnaître tel et tel, mais des fidélités perduraient dans les inconscients : respect de la fortune acquise, respect des hommes graves. L'ombre leur était propice. La plupart devaient lutter pour admettre dans cette nuit solennelle que ce ne sont ni le mérite ni le travail qui enrichissent, mais les spéculations et, de préférence, les plus malhonnêtes. Il ne fallait pas se moquer de tout. Gast ! Il existait de bonnes choses ! À commencer par la vie !

Une raie glissait devant la plage du Toulinguet où la mer déchalait lentement. Un banc de lançons, poursuivi par des lieus que poursuivaient des bélugas, se réfugiait dans les eaux du bord et se dissimulait dans le sable. Un cargo grec franchissait le raz de Sein…

Au lieu de rire la salle s'instruisait – voulait s'instruire. Il y eut un moment où, du haut en bas, des places à huit francs jusqu'aux militaires à vingt sous, la secoua une bourrasque d'hilarité, soulevant, calant, arrachant les spectateurs et les précipitant les uns sur les autres : les mots « pissotière à roulettes » venaient de claquer. On tenait le bon bout de la « célébrité » tout à l'heure garantie par l'écran. Ah ce qu'on s'amuse ce qu'on s'amuse ! « Pissotière à roulettes ! » Ces auteurs de films quels grands as ! Un temps encore des rires fusèrent… puis un calme inquiétant revint…

La vie douarneniste dansait comme une barque folle dans la tête de Maria, que poursuivaient des phrases et des images du dernier film. Elle qui voulait reprendre une âme se sentait toute désemparée, toute pauvre fifille qui a besoin de s'appuyer à la force d'un homme. Elle tenait son Louis par le bras et le laissait déblatérer contre les ennemis du peuple. Des yeux de chat brillèrent, une conduite d'eau grondait dans le sol, un ivrogne en sabots tournait sur lui-même au milieu de la chaussée. Sciée par de grosses voix rapides, au loin fusa une rengaine :

Si l'on ne s'était pas connu,
Jamais mon cœur… jamais mes lèvres…

Un ronflement s'échappait d'une maison.

— Pour l'honnêteté, disait Louis, moi je peux marcher la tête haute…

Sans doute, n'empêche que les profiteurs sont légion parmi les grands chefs, ce qui n'arrange rien. *Topaze escroc, Topaze escroc.*

— … et le lendemain, quand c'est qu'il a été dessoûlé, je lui ai rendu son portefeuille de retour…

Elle ne voulait point que Louis la raccompagnât jusqu'au bout, mais, comme ils se serraient la main et qu'il tentait gauchement de l'attirer contre son corps, elle lui plaqua sur les lèvres un baiser qui les ahurit tous deux.

— Maria ! cria-t-il.

Elle s'enfuyait.

« Ça prend bonne tournure », songea-t-il, et il n'était pas entièrement satisfait.

V

Une semaine encore s'ouvrit dans le beau temps et les bateaux sortirent et lignes et filets plongèrent dans la houle. Et les bancs de poissons, comme s'ils avaient langui de cette heure pendant tout leur dimanche, grimpèrent vers la surface et travaillèrent. Sardines, maquereaux se précipitaient sur les appâts et sur la rogue, maillaient, se ferraient, se noyaient ou abandonnaient fiévreusement les grands espaces glauques pour exécuter sur les planches des ponts leur bref numéro de danse de mort…

Louis et Maria se rencontraient ouvertement, et presque chaque jour. Leur lieu de rendez-vous habituel était le port lui-même, Canebière douarneniste. Ils s'accoudaient à la rambarde, tournés tantôt vers les bateaux et l'ampleur de la baie, tantôt vers les débits et le tohu-bohu léger de la circulation. Ils ne parlaient guère. Ils regardaient le spectacle – ce spectacle dont ils formaient des éléments. Ils venaient de souquer, l'un en mer, l'autre à l'usine, et ils se trouvaient bien, inactifs et comme en convalescence, sur cette esplanade essentielle, en ce point de départ de toutes les aventures. Et l'odeur du poisson mort, contre laquelle butait en vain une brise, les enveloppait dans ses plis glorieux.

Les premiers renseignements reçus au sujet de la campagne du thon avaient été confirmés par des nouvelles toutes récentes. Les germons donnaient bien, les bateaux étaient contents. La *Jeune Louise* avait dû rallier la côte et débarquer à Quiberon un de ses matelots frappé d'appendicite, d'où temps perdu et le travail de onze à faire maintenant par dix, mais que comptait pareil ennui auprès d'autres ? On regrettait seulement que le *Mutin*, le *Fouquier-Tinville* et la *Notre-Dame des Flots*, qui avaient fini leur première pêche, eussent déchargé à Concarneau dont les prix leur semblaient plus rémunérateurs.

Gourmelon et Goasduff, les deux rouge vif de la *Thérèse Masson*, insistèrent auprès de Louis pour qu'il les accompagnât le vendredi soir à une réunion privée du Parti. On le connaissait pour un bringueur, mais aussi pour un frère !

Dans le couloir, un camarade, chargé de guider les camarades et d'arrêter les mouchards. Une petite salle.

Aux murs, Victor Hugo, Jean Jaurès, Cachin, Marty, et des inscriptions sur ruban rouge : « Prolétaires de tous les pays, unissez-vous ! », « Camarade, n'oublie pas ta cotisation ! », « Les socialistes avec nous ! », « Guerre à la guerre ! », « Et moi je vous le dis : un jour viendra où le peuple brisera ses chaînes ». Un piano noir, des plantes vertes et, aux deux bouts d'une table ellipsoïdale recouverte d'une étoffe à pompons, un gros cendrier « récupéré » sur un transatlantique.

On a convoqué cinquante bonshommes : à neuf heures, sur des chaises de fer, il y en a seulement quinze ; à neuf heures et demie, seulement vingt.

Le secrétaire, un instituteur suppléant, lit d'une voix monocorde le compte rendu de la séance précédente, puis plusieurs feuillets consacrés à l'ordre du jour. Élections législatives. Consignes aux membres du Parti... Un jeune arrive. Un type dans les un mètre quatre-vingt-dix, respirant avec force. Soûl ? Pas soûl ?... Tous les peuples du monde reconnaissants à l'Union soviétique. L'exemple et la doctrine sont en Russie... Un bonhomme bâille, un autre approuve de la tête... Le président, un patron-pêcheur à bacchantes, Fernand le chauve, le même qui a démoli la figure à trois briseurs de grève, explique. Les élections législatives, euh, il n'insiste pas. C'est encore trop loin. Mais, pour les consignes des grands chefs, sûr et certain que les camarades ont déjà intérêt à prendre de la graine : « Ce qui a fait la force des calotins, c'est que longtemps il y a eu des braves gens chez eux – même qu'il y en a encore ! Alors faut pas nous laisser écraser, nom d'un chien. Ils nous traitent de pourris, de feignants, de propres à rien – est-ce que je sais ? Montrons que tout ça c'est des histoires… Montrons que ce n'est pas vrai, nom dé Dié ! Faut qu'on soit des bons travailleurs, des bons pêcheurs, des bons marins. Faut qu'ils puissent pas se passer de nous… Faut qu'ils soient obligés de dire que les voyous et les ivrognes, c'est pas chez nous… »

Un matelot de la pinasse l'*Archange Gabriel* explose. Les consignes des grands chefs, ça lui fait une belle jambe. Les camarades qui étaient à bord du *Mutin*, du *Fouquier-Tinville* et de la *Notre-Dame des Flots* ont laissé leurs patrons décharger à Concarneau au lieu de rallier le port d'attache et ça, c'est grave. Il a deux enfants, lui, et de la peine à les nourrir. L'usine avait promis de prendre sa femme pour l'emboîtage du thon, mais il n'y a pas de thon, donc pas besoin d'emboîteuses. Comment tolérer que des camarades briment d'autres camarades ? Et, quand il accuse des camarades, il ne s'en prend pas uniquement à ceux des trois bateaux douarnenistes, mais à tous ceux présents dans le port de Concarneau, pêcheurs, ouvrières, civils… C'est dégueulasse et, si de pareils faits se renouvellent, il déchirera sa carte du Parti.

Fernand le chauve se tourne vers le secrétaire, auquel il confie le soin de répondre. L'instituteur sourit. Pour l'aspect technique du problème il décline toute compétence. Quant à l'aspect politique… il a un grand geste… tout cela est trop clair. Vieille histoire. La faiblesse du prolétariat vient de ce qu'il se laisse diviser. Il y a les salauds de socialistes qui refusent l'unité d'action, n'insistons pas, c'est trop pitoyable, mais il y a aussi toutes les rivalités purement locales et professionnelles qui reprennent sans arrêt du poil de la bête alors qu'il faut absolument s'en débarrasser. Admettons que, dans la circonstance, les camarades concarnois aient des reproches à se faire vis-à-vis des Douarnenistes, ceux-ci n'en ont-ils pas non plus à se faire vis-à-vis de camarades plus lointains, mais aussi intéressants qu'eux, les gars de Saint-Denis et les gars de Fenestrange, qu'ils ont oublié de soutenir lors de leur dernier mouvement pour de meilleures conditions de travail ?

— Et je pourrais continuer longtemps, mais cela n'en vaut pas la peine... dit le secrétaire avec une tranquille ironie et il classe des papiers.

Un long silence. Tous, et même le jeune pochard, se sentent coupables. Les gars de Saint-Denis et de Fenestrange, évidemment ce sont des camarades – il y a d'ailleurs un fort contingent breton parmi les travailleurs de Saint-Denis – seulement, gast, ils sont loin et on ne peut s'occuper de tous les camarades. Pour sûr, on devrait chaque fois marquer sa solidarité avec les mouvements prolétariens, mais, pour sûr également, du diable si, malgré ce rappel à l'ordre, on n'agira pas demain comme aujourd'hui, en mettant Douarnenez au centre du monde !...

Et en fait, va voir si Douarnenez n'est pas non plus au centre du monde. Possible que ceux de Guilvinec ou de Saint-Denis pensent autrement, nous avons sur la question des lumières personnelles. Il faut reconnaître, en tout cas, ce qui est : la situation privilégiée de notre port, blotti contre un coin d'une baie qui sert aux poissons de frayère admirable. Le poulailler sous la fenêtre, quoi ! D'une main tu prends la sardine, de l'autre tu la mets dans la poêle ! À l'abri des coups de noroît et de suroît, avec une île Tristan qui fait gratuitement le brise-lames, et l'anse de Pouldavid qui te donne un endroit spécial pour construire tes bateaux. Des printemps, des fins d'hiver tièdes comme je sais quoi. Des ciels comme tu n'en vois qu'ici, des enfants du pays d'une légèreté proprement douarneniste, détachés au-dessus d'une mer sans pareille et d'un cirque de rivages costauds et heureux, avec des plages pour courses d'automobiles et des falaises comme des châteaux forts, d'où tu vois les bancs se promener et courir dans les eaux vert pomme et vert olive. Et, dominant le tout, une montagne sage, le Ménez-Hom, un vieux camarade bien utile pour la navigation… Preuve probante, petit, regarde la cohue des touristes qui nous arrivent dessus pendant l'été pis que des bancs de sardines, alors que nous avons bien empuanti nos grèves à coups de tombereaux d'ordures pour qu'ils comprennent qu'on ne veut pas d'eux. Ils viennent quand même, les feignants, et ils ouvrent des yeux de béluga et ils bavent comme des étrilles en découvrant notre port et notre baie, quel beau paysage ils disent, et quel site extraordinaire, et quelle lumière, eh bien voilà notre chambrée à nous, nous couchons là-dedans tous les jours, et quand nous saisissons le pinceau ce n'est pas pour faire des aquarelles mais, comme de juste, pour peindre notre coque ou pour la goudronner. Il faut dire ce qui est : Douarnenez, c'est quelque chose !

Le matelot de l'*Archange Gabriel* riposte soudain :

— Quand c'est qu'on a eu déposé nos rôles, l'année dernière, et qu'on a eu un sacré sale mois, qu'est-ce qu'ils ont fait pour nous aider, les gars de Saint-Denis et de Fenestrange ? Est-ce qu'ils nous ont envoyé un croûton ? Rien du tout ! Pas même un télégramme d'encouragement !

Le secrétaire jubila :

— Tu réagis exactement comme je viens de te dire qu'il ne fallait pas. Hein que je mettais le doigt sur la plaie ? Solidarité, je te répète, solidarité. Pense à tous les camarades – à ceux d'ici, bien sûr, je ne te le reproche pas, mais en même temps à ceux d'ailleurs, ceux de la Russie soviétique qui te donnent l'exemple et qui ont fait leur révolution, ceux de l'Amérique du Nord, ceux de l'Amérique du Sud, ceux d'Afrique, tous ceux qui ont besoin de toi comme tu as besoin d'eux et avec qui tu dois serrer les coudes. Quel est le chant du Parti ? *L'Internationale* ou un hymne douarneniste ? C'est *L'Internationale*, sacré nom, tâche de ne pas l'oublier.

Un murmure d'approbation échappa aux assistants, heureux de se faire critiquer par personne interposée, mais l'*Archange Gabriel* n'entendit pas lâcher prise. Tout ce que disait le secrétaire n'empêchait point que les gars du *Mutin*, du *Fouquier-Tinville* et de la *Notre-Dame des Flots* fussent des traîtres et qu'il y avait des camarades inscrits qui ne se souciaient pas assez de la paie des femmes de leurs camarades. Si les communistes avaient perdu la mairie de Douarnenez, c'était pain bénit et c'était normal !

Fernand le chauve donna sur la table un violent coup de poing.

— Coute donc, Jean, si t'es pas content t'as qu'à passer de l'autre bord ! C'est pas toi qui vas déchirer ta carte, c'est nous qui...

Le secrétaire voulut interrompre, il y eut un hourvari. Fernand le chauve parlait de flanquer son pied au c... à l'*Archange Gabriel*, qui se déclarait aussi bon communiste que lui et qui demandait seulement la révolution séance tenante, le secrétaire le suppliait de se taire et leur donnait raison à tous deux, Louis engueulait le jeune pochard de un mètre quatre-vingt-dix, Gourmelon et Goasduff deux vieux qui appuyaient l'*Archange Gabriel*, le camarade-chien-de-garde avait ouvert la porte pour crier « Chut nom dé Dié ! » et qu'il ne fallait pas alerter le voisinage. Puis les choses eurent l'air de s'arranger. L'*Archange Gabriel* accepta de dire qu'il respectait la discipline, Fernand le chauve qu'il ne soupçonnait pas la fidélité du camarade, et le secrétaire entonna un chant de louanges au dynamisme des éléments locaux, qui ne voulaient pas être des moutons de Panurge…

— Eh dis, Louis, demain tu viens avec nous ?

La nuit, pleine d'étoiles, sentait le poisson mort.

Louis éclata de rire.

— Gast non pas possible, maintenant faut que les camarades soient plus des ivrognes, qu'il a dit le secrétaire.

Gourmelon et Goasduff rirent à leur tour.

— Sacré Louis, c'est pas une cuite de plus ou de moins qui compte pour un bonhomme ! On est pas un ivrogne parce qu'on a dit bonsoir au vin rouge.

— *Mad éo, mad éo*, use pas ta salive… Demain soir moi je fais une tournée de propagande.

Il parlait d'une voix moqueuse, les deux autres clignèrent de l'œil et lui souhaitèrent bonne chance.

Samedi chaud et plein. Un monde en grandes masses calmes. Terre et mer étaient sorties intactes d'une brume grise que l'azur avait dissoute. Journée à la charnière du printemps et de l'été, avec des grâces de jeune fille et des vigueurs de femme. Une baie d'un violet schisteux sur les stries de laquelle se détachaient les falaises, noir-fauve dans le bas, puis gris poisson et bleu-rouge, et les longues plages jaune-crème. Dommage que, dans cette arène immaculée, il n'y eût pas un thonier sous voiles, roi des bateaux, à glisser lentement ses bordées, tangons déployés, en confrontant ses teintes audacieuses avec celles de l'univers… Du moins le port vivait-il, vibrait-il, à l'unisson de la séance récréative donnée par le soleil. Naïf grand pavois, les filets bleus et bruns qui pendaient au mât des pinasses et qui avaient supplicié tant de fins poissons, loin de suggérer des images de ruse ou de mort chantaient dans la lumière l'adresse des mains féminines qui les avaient travaillés, la chaude cohésion des équipages, la juvénile simplicité des hommes. Les habits de travail, rodés et cabossés par la pluie, le sel des vagues, la lessive à plein battoir, éclataient en lourde musique. À la moindre pièce, le jour éclatant faisait un sort. Toutes les nuances convenaient, des pisseuses aux brutales, du bleu pervenche le plus mat et du brun le plus terne au sang de bœuf le plus incendiaire – tout cela fraternisait, papotait et clabaudait dans l'éblouissement tranquille du matin.

Les bateaux ne sortaient pas. Jusqu'au lundi les hommes étaient en récréation. Du bricolage sur les engins de pêche, du baguenaudage le long du port. Des stations dans les bistros…

Les conserveries poussaient la besogne. Il fallait agir vite et les femmes s'énervaient à la fois de souquer, de se sentir gagner des sous, et de savoir les hommes libres. Chez Mesmeur, où était employée Maria – LES BONNES SARDINES DE L'OCÉAN –, il y avait la grosse Phrasie, en sueur dès la première minute d'une journée de onze heures, qui tremblait pour son François, généreux pochard, la vieille Marie-Jeanne qui voulait payer au fumiste une révision de cuisinière, Marie-Louise la boiteuse qui voulait acheter des souliers à ses gosses, la petite Antoinette, rouée aux yeux candides, qui parlait de faire la nouba – et celle-ci, et celle-là, et cette autre, une paire de bas de fil, une note d'électricité, un loyer en retard, une dent de sagesse qui branle. Si seulement Prosper n'écorne pas son dernier billet, j'offrirai aux enfants de la « viande douce » et demain, sur le coup de midi, toute la famille s'installera devant une rouelle de veau, comme à la noce. Et moi il faudrait que je me procure une rechange de draps. Et moi. Et moi… Au fur et à mesure que le temps passait, hâtant l'échéance du soir, les confidences lâchées à toute vitesse et à voix basse pour tromper la surveillance de la « mère Sardine » prenaient un ton plus dramatique. L'ivrogne qui se salit la nuit. L'ivrogne qui ne reste pas tranquille. L'ivrogne qui flanque une trempe…

Maria en disait le moins possible, mais plus d'une l'avait rencontrée avec son Louis et lançait une plaisanterie sur ses amours. Le Ramon Novarro douarneniste, mâtin !

Allons, mesdames, pressons, pressons… Tu vois bien qu'on presse, eh, mal bâti… La sertisseuse attend, attend, attend… Et nous autres, on n'attend jamais ?… Pourquoi grogne-t-il comme ça, Jules ? Sa Charlotte qui lui ferait des cornes ?…

À huit heures dix, beaucoup de sous en poche, et avec le sentiment d'avoir préparé des sardines pour la terre entière, Maria quittait l'usine. Depuis cinq heures et demie les sabots de centaines de filles et de femmes cavalaient sur le pavé douarneniste, droit devant eux, sûrs de leur fait. La soupe. Les hommes. Les enfants. La lessive. Les courses. L'odeur du poisson obsédait Maria, qui fit une longue toilette – de l'eau de Cologne, grommelait la tante, à réveiller un mort –, avala une assiette de bouillon, dévora deux pommes de terre, croqua un biscuit, et en route ! Le jour déployait, prodiguait sa magnificence, tant qu'il y en a autant s'en servir, sur les rues et les ruelles où tombaient une scène de ménage, « Vous venez d'entendre Maurice Crimotel, du Poste parisien », *Pan pan l'arbi*, le pic-pic-pic d'une machine à coudre et des odeurs de friture. Un bébé lança des pleurs. Une hirondelle se décocha dans le ciel bleu.

Louis, têtu, hargneux, s'était garé toute la journée des verres de rouge. De l'eau mécanique, voilà tout ce qu'il avait bu. « C'est comme ça qu'on a les femmes, oui mon fils », déclarait-il aux rieurs d'un ton flegmatique. Il se précipita sur Maria, qui tourna la tête et, gauchement, ils se serrèrent la main.

Ils trouvèrent un autocar pour les emmener jusqu'à la plage de Tréboul, d'où, par des chemins et des pistes en retrait de la côte, ils se rendirent à la pointe du Leydé. La lumière prolongeait son déclin délicieux. La terre, la mer, les fleurs et les herbes des champs, les ornières et les cailloux, le ciel avec un chant d'oiseau et un cri de femme, tout semblait tendrement robuste, brillant, heureux de vivre. La baie devenait encore plus large et plus profonde et ses lointains s'estompaient dans un brouillis vaporeux qui protégeait leur grâce. Pas une barque sur l'eau, nette comme une aire avant la moisson, un terrain de football avant la partie. Ni une crête de lame, ni un mouvement de houle. Un gel bleu sardine coagulait la surface de ce lac, mer évangélique où se fût avancé le Christ.

L'homme et la jeune fille, qui se donnaient le bras, échangeaient de rares paroles – une barrière à passer, un raccourci à prendre. Un grand bonheur et une détresse habitaient Maria, sûre d'aimer et de vivre, mais qui découvrait toujours plus avant la présomption de son dessein. Convertir un chef communiste ? Pauvre folle ! L'amour seul la dirigeait aujourd'hui, la dirigerait demain, l'amour seul expliquait l'étrange et dangereuse promenade vespérale. Louis n'était pas un enfant ni un élève, mais un homme, et au moins son égal. Il marchait à côté d'elle et lui donnait le bras comme un vrai fiancé qu'elle eût choisi, non comme un coupable à ramener dans la bonne route…

Et Louis connaissait un déchirement analogue. La douceur poreuse de l'instant qui charmait son corps et son âme rudes ne laissait point de lui apparaître comme une trahison. Il faut qu'arrive ce qui doit être. Une fille ou une femme ça se culbute. Pas de temps mort. Le besoin qui vous lancine d'une présence, enfantillage. L'amour, c'est simplement et précisément la merveilleuse, la pleine et substantielle angoisse de l'acte charnel. Pourquoi traîner ainsi ? Les petits oiseaux, les petites fleurs, quand on est un homme et encore plus quand on s'appelle Louis Marzin, coureur de première classe, on les balance…

Ils atteignaient la pointe. Sur leur gauche le rivage, que fermait vite un autre cap, dessinait un gouffre abrupt où foisonnait une eau placide et mate, secouée parfois d'un lourd frisson qui la cognait lentement sur la roche.

En cette heure de l'étal, la baie crépusculaire donnait une impression de sage et sereine puissance. Le bleu sardine ternissait, virait à des teintes chien de mer et reine-claude, mais l'espace n'avait rien perdu de son athlétique ampleur et, toujours vaporeux, les lointains de Morgat ne s'étaient pas évanouis dans le mystère. Une mouette, dodelinant des ailes avec un calme de long-courrier, passait doucement.

— P't-être qu'on pourrait s'asseoir, dit Louis, et il s'effraya de parler en apprenti marin.

« Fourre-toi par terre », au minimum voilà ce qu'il fallait dire. Lieu et moment étaient favorables à la petite histoire que doivent se raconter un homme et une femme et Maria, fatiguée par la semaine de travail, n'opposerait aucune résistance. Peut-être ses yeux se fermeraient-ils et, tout à coup, entre les bras de son amant, tomberait-elle dans le sommeil, bercée par les chocs sourds de la mer contre les roches, FIN. Une aventure et une journée se termineraient ensemble.

Maria se détacha du bras de Louis et se lissa les cheveux.

— Une autre fois. Il est trop tard maintenant.

— Trop tard ?

Derrière sa membrane grise s'allumait le phare de Kadorc'h, signal officiel de la venue de l'ombre. Instantanément, sur la gauche, l'île Tristan répondit en allumant le sien. Dans les parages du Raz, dans les parages de Brest, d'Ouessant et de Penmarch, tous les feux avaient dû se mettre à luire, le Stiff, le Minou, Armen, le balai d'Eckmühl, éclats, pinceaux, lumières fixes – le grand concours de grimaces organisé chaque soir par la terre pour mettre en éveil l'attention des navigateurs. Le ciel myosotis fané, sans soleil ni étoiles, se rapprochait vite. Quelques minutes encore, on le toucherait de la main.

— Trop tard ? répéta-t-il d'une voix qu'il chargeait de sous-entendus.

Mais déjà Maria lui tournait le dos et s'éloignait sur la bruyère. La garce ! Elle se tenait bien droite et marchait d'un pas rapide. Il fallait la saisir à bras-le-corps, la ployer en deux…

— Maria ?

Sans répondre elle poursuivait sa marche et, après une hésitation, il fut trop heureux de la rattraper et de l'accompagner en silence. Il lui prit le bras et, comme il tremblait, il ne s'aperçut point qu'elle-même tremblait aussi…

Ils s'étaient un peu égarés lorsque, brusquement, ils débouchèrent sur une pente où le chemin se déchirait en six ou sept sentiers pâles, dévalant parmi des éperons argileux couverts de lande. Ici en haut, la terre avait été aplanie, raclée, balayée et, au milieu de l'espace net, crépitait et pétillait un grand feu de genêts et d'ajoncs qu'entretenait une vieille aux coiffes de Tréboul. C'était ma foi vrai, demain se fêtait la Saint-Pierre et il n'y avait nulle raison d'en faire moins pour le patron des pêcheurs que pour le gars saint Jean. Ils s'arrêtèrent et, en se serrant le bras davantage, contemplèrent les flammes. La vieille ne leur prêtait aucune attention. À chacun son rôle. Lentement, méthodiquement, elle continuait sa petite cuisine de cassage de branches et de pose de bois, à gestes doux et réfléchis, dans le feu – comme si elle l'eût salé…

Ils se retrouvèrent à l'orée du vallon minuscule où gîte la fontaine Saint-Pierre. De la route ils distinguaient vaguement l'entour de granit et apercevaient le feu léger de la veilleuse, qui les attira d'instinct. Aux pieds de la statue de bois passée au chocolat foncé par la vénération publique, une flammèche brûlait dans une ampoule d'huile et son fragile éclat tremblait contre une eau et des mousses indécises et un bouquet de glaïeuls incolores, placé dans une boîte claire dont il révélait l'origine : BONBONS PIERROT GOURMAND.

Maria fait son signe de croix et murmure :

— On dirait que c'est habité.

— Par quelqu'un qui n'a pas besoin de beaucoup de place !

— Tais-toi donc !

Louis est vexé de ce rappel à l'ordre. La fontaine Saint-Pierre lui appartient autant qu'à Maria et, s'il en plaisante, cela ne regarde personne. Le besoin le prend de se mettre en avant.

— Coute donc – des choses dont je t'ai pas causé, mais quoique ça, faut réfléchir... Je peux pas me marier ! Non gast, comme je suis ici je peux pas me marier !... Sept ans que j'avais, bon, mon père qui se noie, ma mère qu'en prend un autre... Un beau-père que j'avais, quoi !... Douze ans, bon, ma mère qui part d'une bronchite et le beau-père qui prend une belle-mère... À douze ans, quoi, j'étais garni... Beau-père, belle-mère... Après ça, comment qu'un bonhomme pourrait se marier ?

Il rit longuement.

— Quand je pense, répond Maria, que j'ai eu le toupet, plus d'une fois, de me trouver malheureuse ! T'as pas eu de chance, mon pauvre Louis !

Elle pose la main sur son épaule.

— Mais j'ai pas été malheureux et maintenant je suis pas malheureux, va pas croire autre chose ! Faut des gens pour tout... Comme faut des pieuvres, des crapauds, des chiens de mer, car probable qu'il y a une raison à tout ça.

— Dis pas des sottises quand même ! T'es plus beau que ces sales bêtes !

— Plus beau qu'un chien de mer que je suis ? Plus beau qu'un crapaud ? Ben j'aurais pas cru ! Embrasse alors, puisque je suis beau ! Profite ! Faut profiter ! Moi aussi je veux profiter...

Il se penche vivement. La lumière de la veilleuse oscille, Maria jette les bras devant elle.

— Non je... Toujours pas à côté de saint Pierre !

— Pas s'embrasser à côté de saint Pierre ? le patron des pêcheurs ? On n'est pas ici dans une église, sacré nom dé chien !

Et de force il l'attire, la tient contre lui et l'embrasse. Avec les femmes, pas d'autre conduite : la manière brutale. Il plonge les mains dans les cheveux noirs comme dans un trésor de légende. Un bourdon lui frôle le visage, une odeur d'eau de Cologne lui flatte les narines, ses doigts se fraient des routes à travers la masse chaude et sèche qui lui remplit la main, la veilleuse du patron des pêcheurs tournoie comme une folle, un chien aboie, Maria respire à coups précipités, allez Louis, qu'est-ce que tu attends ? De petites étoiles te regardent...

Imbécile ! Tu enlaces la jeune fille, mais tu la reconduis sur la route et, sans vous presser, blottis l'un contre l'autre, vous descendez alors vers la plage de Tréboul, heureux de mille riens dont vous faites des événements et que vous vous offrez en silence, le parfum noir des grands pins, le chant monotone d'un premier cricri, un ver luisant, une bouffée de mimosas, un air de danse qui descend d'une fenêtre éclairée… Ah ! tu peux dire que tu as l'air finaud !

Louis ne se reconnaissait plus. La faute à toute cette eau mécanique ? Coup sur coup, avant la soupe de midi un quart, il lampa quatre petits rhums ! Les pastilles du sérail pour pêcheurs.

Le dimanche avait surgi plus beau encore. Lavé par la nuit comme une grande plage par la mer, le ciel dépouilla vite la brume et les tendresses mouillées de l'aube et de l'aurore pour s'habiller d'un azur qui sonnait ferme sous le regard. Le soleil, que le Ménez-Hom avait expiré en silence, crachait sur la baie, sur les maisons du port, des girandoles éblouissantes…

Les cent mille problèmes urgents de la veille n'avaient point reçu leur solution ou bien ils avaient fait place à d'autres problèmes ; et celle qui avait offert des souliers à ses enfants, son tablier lui refusait le service ; et celle qui avait acheté la bonbonne de Butagaz, comment ferait-elle pour payer son épicerie ; et encore ceci, et encore cela, et toujours toujours quelque chose. Une jarretelle, une savonnette, un carton de bigoudis, un kilo de beurre. Les sous, qui rechignaient pour entrer dans la maison, se bousculaient quand il était question de partir.

Il faisait beau, le ciel inondait la rue, le monde, brillait comme un jardin, c'était une satisfaction de piocher et piller *gratis pro Deo* dans l'immense braderie lumineuse. Comme la hêtraie de Tréboul, comme sa pinède seraient jolies. Comme le peuple douarneniste s'installerait avec joie dans le haut de ses plages, grouillants spectateurs pieds nus, devant le cinéma de sa baie dominicale.

Les heures filent pour Maria, incapable de se raisonner. Je sors avec Louis, je sors avec Louis. Mon livre de messe. Mes gants. Des sous pour la quête… Un litre d'huile, des œufs, trois kilos de pommes de terre…

Mettre la pipe de l'oncle devant son assiette, le Dubonnet sur la commode.

— Alors, Herveline, ça va ?

— La gueule de bois que j'ai… terrible, terrible, terrible…

Ding dong ding dong ding dong, les cloches sonnent fort ce matin, ding dong ding dong, le petit tuberculeux d'en face qui regarde par la fenêtre : « Bonjour, Yfic ! – Bonjour ! » Je sors avec Louis.

La petite de l'*Éco* a changé de coiffure. Tiens, Alberte ! « Monte donc. » Et je t'embrasse et je te réembrasse. « J'ai pensé à toi hier ! – Ce que tu es gentille ! – Va pas faire de bêtises avec ton Louis ! – Tu causes comme ma tante… »

Le beau temps plane avec la même solennité pesante qu'un vautour au-dessus de la grande baie. Une très douce brise crée sur l'eau de légères hachures, on dirait un champ bleu après l'émottage, mais çà et là des moires immobiles et tirant sur le blanc rapiècent la mer. Les rivages, au complet, éclatent de force. Ni un thonier, ni une pinasse, ni un canot, ni même une plate – rien. Rien que la surface paisible et opaque de l'eau, le toit bleu des profondeurs que sillonnent les bancs de poissons invisibles, l'innombrable faune dont pérégrinent et se poursuivent les espèces à travers les grasses prairies du plancton.

Casquette sur le visage, Louis, allongé par terre les jambes écartées, les mains relevées sous la nuque, somnole au milieu des touffes de serpolet. En ce dimanche de la Saint-Pierre les promeneurs ne pousseront pas jusqu'ici. Nul ne viendra qu'une certaine Maria qui a des comptes à lui rendre. Gast ! Pas plus tard qu'hier, cette gamine a osé revenir indemne, à une heure où les poules dorment ! Patience, patience ! Qui vivra verra…

Maria s'est assise derrière trois larges paysannes aux coiffes de Pleyben, assises elles-mêmes, et qui ont ouvert leurs parapluies pour se défendre du soleil. Son gros livre sur les genoux, elle s'efforce de lire. Difficile. On peut, un temps, ne pas songer à Louis, mais tout vous y ramène.

Jucundus homo qui miseretur et commodat, disponet sermones suos…

Les voix des prêtres et des chantres, peu nombreux, ne portent guère. Au-dessus des prairies papillote l'huile grisâtre de la chaleur et presque toute l'assistance, en files fantaisistes, s'est installée à la bonne franquette dans l'ombre des talus. Un bébé pigne et son cri perçant couvre le répons d'un psaume, qu'entonne le chœur féminin groupé autour de la fontaine. Surnagent des bribes *ria aeter… ditione ma…* qui luttent contre le bruit des ressorts d'une voiture d'enfant, puis une crécelle.

On se demande pourquoi Louis boude ces vêpres en plein air, lui qui veut défendre le peuple.

… justifia ejus manet in saeculum saeculi…

Louis ronfle. En haut de cette falaise, il n'y a plus d'être humain qui témoigne pour la beauté du paysage, pour l'ordonnance du monde. Si les poissons en profitaient pour bondir, pour voler au-dessus de la mer ? Sardines, maquereaux, lançons, turbots, sprats, chinchars, accourez tous, venez folâtrer et vous culbuter ici sur la bruyère nouvelle. L'homme n'est plus le maître, l'homme n'existe plus. Entendez-vous avec les roches et les fleurs…

L'occasion a fui. Maria, dont les vêpres sont finies, approche, son gros livre sous le bras, et ses regards, au lieu de se porter sur l'ampleur de la baie où, vers Morgat, a enfin jailli la mite blanche d'un yacht, et sur la pente pierrailleuse que festonne le sentier de douane, vont simplement à l'homme qui dort. Elle a entendu qu'il ronfle, elle fait de la main un petit signe comme si elle avertissait de son manège d'autres amoureux, venus derrière elle, et voilà qu'elle se déchausse. Sur la pointe de ses socquettes bleues, lentement, lentement, elle avance, elle s'agenouille… Elle hésite à soulever cette casquette, elle a peur.

Elle caresse les cheveux de Louis, dont le ronflement s'entrave et se brise. La casquette tombe. Un visage un peu rouge, aveuglé de lumière, surgit dans le soleil.

Et pourtant c'est l'homme qui parle :

— Alors ? T'as fini tes dévotions ? Tu en as maintenant pour toute la semaine ?

Ce n'est pas exactement le langage qu'elle voudrait entendre. (« Comme je suis content, Maria… Comme tu es jolie, Maria ! ») Mais quoi, cette rudesse ne peut être sérieuse. Louis plaisante, n'est-ce pas ? Au fond de lui-même, n'est-ce pas, il a beaucoup de tact !

— Ne fais pas semblant de te moquer de ce que tu ne comprends pas !

— Moi je comprends pas ? *Oremus Deus qui nobis* et patata, c'est pas des fois du latin des curés ? Enfant de chœur que j'ai été dans les temps... oui, gast ! Ça c'est quelque chose !

— Tu as changé depuis... malheureusement.

— Forcément que j'ai changé ! En deux... en deux j'ai cassé l'enfant de chœur. Et qu'est-ce qu'est sorti ? Louis Marzin ! Un homme !

Il se lève, elle se redresse d'un bond. Ses chaussures à la main, elle se sent ridicule, et comme désarmée. Une gosse. Elle s'efforce de tenir sur la pointe de ses socquettes, mais c'est impossible : le géant l'a saisie par les épaules et il la secoue.

— Reste tranquille, donc ! Tu n'as pas honte ?

— Honte ? T'as rien vu encore ! Allez, gast, assieds-toi là, nom dé chien !

— Je n'ai pas envie. Tu veux faire des bêtises.

— T'as peur alors ?

— Non j'ai pas peur !

Elle s'assied. Non pas tant pour feindre le courage ni répondre à une curiosité qui la brûle sans qu'elle s'en doute que par résignation à l'inévitable. On ne peut pas toujours fuir. Aimer, c'est accepter son sort...

Ils se regardent. Leurs yeux brillent dans des visages que la chaleur fait rosir. Elle a posé près d'elle chaussures, sac et livre de messe, elle voudrait dire quelque chose, mais il l'agace avec un brin d'herbe. Elle n'a que le temps de le repousser et de rire sur un ton faux.

— Chiche, la belle enfant, que tu sais pas ce que c'est que le poil à gratter !

Quelle phrase bête. Mais, pour la désigner, il a dit « la belle enfant ». Elle se laisse prendre une main, qu'il promène sur sa barbe naissante.

— Qu'est-ce que tu dis de ça, hein ? Il y en a comme ça pareil tous les jours. C'est la force de l'homme. Tu coupes et ça repousse. C'est quelqu'un, un homme, faut pas dire le contraire !

— Oui, quand il n'est pas bu !

— Et aujourd'hui est-ce que je suis bu ?

— Non ça je ne peux pas le dire…

— Ben pourtant je me suis payé quatre rhums…

Elle sourit.

— Plus avancé !

— On verra…

Au bas de la falaise commence la mer, commence la grande baie dominicale où approche, lentement, un yacht irréel. Les Verrès, la Pierre Profonde, l'île de Laber se sont collés au rivage. Il n'y a que l'eau bleue et ses minuscules et mouvantes pyramides et ses larges moires huileuses et planes. Pas un remous, pas une mince lame blanche qui longe un invisible écueil… Pas une barque. Aujourd'hui les hommes se reposent et s'occupent d'eux-mêmes et de leurs propres tempêtes ou de leurs propres calmes. À un mille devant la plage de Kerlorc'h, dans la « vieille baie », rôde un banc de sardines à plusieurs générations mêlées qui fera peut-être demain une proie intéressante. Des mulets, qui s'abandonnent au courant, laissent les bords d'une grève de cailloux plats et l'eau tourbillonnante les entraîne sous un pont dans son cortège et les projette au milieu d'un étang confus…

Deux heures ont passé. Les mulets, après maints tours et détours dans les herbiers flexibles, se réabandonnent à l'eau tourbillonnante, qui cette fois les rend à la mer. Le soleil est encore haut, la grande baie toujours bleue. Mais une lumière crue a fini d'écraser la bruyère et le serpolet, d'aplatir la pierraille et le roc, malgré leur immobilité les masses et les formes vivent et les couleurs retrouvent une allégresse tendre, enfantine, légèrement mélancolique. Une invisible agitation secoue l'espace. Le yacht regagne Morgat et ses Parisiens, il s'appuie de nouveau à la côte…

Louis et Maria sont passés devant la plage de Tréboul, qu'abandonnait tout un populo familial, et ils se sont assis à une table mauve de café dansant. Bras dessus bras dessous, ils reprennent la route. Par la faute de Maria, dont la lumière du soir blesse les yeux alanguis et plus profonds, ils marchent avec lenteur. Elle bute sur des cailloux. Son sac pend au bout d'une main lamentable. Le livre de messe grossit une poche du veston de Louis.

— … et comme ça qu'un homme et une femme arrivent…

Elle sort de son rêve et comprend qu'il parle.

— … quand même à s'en sortir sans avoir trop de misère. La vie, c'est dur. Quand y a un bon moment, faut pas louper la commande.

Devant eux monte la petite croix rouillée de la place.

— Tu veux pas qu'on s'asseye encore ? demande-t-elle. Je suis fatiguée, je crois que je dormirai bien.

L'homme a un rire lourd.

— Forcément !

Ils s'asseyent sur les marches de la croix, Louis plus haut qu'elle. D'une seule main il roule une cigarette et son adresse de manchot l'émerveille. Il se sent heureux et il se répète à lui-même que c'est d'avoir bien mené son intrigue. Les mijaurées n'existent qu'en théorie. Un bon coureur de femmes distingue seulement des brunes et des blondes. Et ceux qui appelleraient Louis un vieux territorial sont des jaloux et des menteurs...

Il y a cette fille. À la rigueur on peut s'amuser quelques jours avec elle. Pas davantage. Et il faut dès à présent qu'elle ne se fasse aucune illusion sur la hiérarchie des sexes et qu'elle le montre. Regardez-moi cette figure plaintive ! Paysanne, va ! Une Douarneniste est plus solide que ça !

Cigarette au coin des lèvres, Louis esquisse une moue pour son compte personnel, puis, derrière lui, d'un geste indifférent, il désigne le crucifix.

— Sacrée Maria-les-Oremus, ta religion, hein, c'était quand même pas du chêne ! Du sapin que c'était – et encore pas du costaud ! Du petit sapin à la noix, un petit tronc et pas de racines !

Maria, interloquée, lève la tête. Elle balbutie.

— Ne dis pas ça, Louis, ce n'est pas vrai ! C'est toi qui as voulu !

Elle souhaiterait au moins se croire sincère...

— C'est moi qui ai voulu, mais toi, tu as bien voulu ! Où c'est qu'elle était partie ta religion ?

— Elle n'était pas partie, Louis...

Il singe la voix de Maria pour répéter :

— Elle n'était pas partie, Louis... et il éclate de rire. Alors elle pesait pas lourd. Mais je cause pas plus pour toi que pour une autre... que pour les autres... Vous êtes là à faire des simagrées, à traiter les gars de mal élevés, et « t'as pas honte », et « reste tranquille », et puis, au dernier moment, comme tout le monde que vous êtes !

Maria pleure. Sa fatigue physique et morale n'a pas trouvé d'autre solution. Tant de questions à poser, mais les mots qui se dérobent.

— Tu vas pas pleurer tout de même et dire que tu regrettes, sacrée Maria !... T'as bien fait mais moi j'ai raison !

— Je ne te reconnais plus quand tu causes comme ça. Tu n'es qu'un vilain, un malhonnête et un menteur !

— Et quoi encore ? On n'a pas passé un bon moment ensemble ?

Un bon moment ensemble, c'est donc ainsi que se résument cette étonnante rencontre sur la falaise et cette révélation de l'amour en plein soleil – au sortir des vêpres en plein air, et tout se mêlait dans son esprit et il lui paraissait que Dieu était complice...

— Je croyais que tu m'aimais.

Il crache un brin de tabac.

— T'avais ton petit genre. Tu me dégoûtais pas, forcément ! Et ta religion je voulais voir ce qu'il y avait derrière. J'avais juré à un ami à moi, Louis Marzin qu'il s'appelle et il n'a rien à faire avec les grands chefs communistes, car je t'ai raconté des bêtises et tu as tout avalé comme un chien de mer, je suis grand chef communiste comme tu es religieuse du Saint-Esprit, pêcheur de *pesket* voilà ce que je suis... J'avais juré à Louis Marzin qu'il y avait rien derrière tout ça. Et j'ai gagné !

Maria, en un instant, s'est ressaisie. Elle se dresse, colle à Louis une bonne gifle, et se met à courir.

L'homme est décontenancé, mais il ne veut pas le laisser paraître.

— Nom dé chien ! grommelle-t-il d'un ton faussement bonhomme, j'aurais eu une chique, foutu de l'avaler ! Mais comment que ça se fait que je reste ici à causer tout seul comme un vieux au lieu de courir !

Il s'est entendu prononcer lui-même le mot de « vieux »… Le scénario qu'il imaginait présentait des variantes, mais dans aucun cas ne comportait cette fin : recevoir une gifle d'une femme et se faire bafouer en public.

— Gast ! jure-t-il de toutes ses forces, et il écrase son mégot contre une marche de la croix.

Il souffle. Et c'est d'une voix presque suppliante qu'il appelle :

— Maria ! Ton livre de messe que t'as oublié dans ma poche ! Maria, écoute un peu donc ! Maria, reviens donc !

TROISIÈME PARTIE

I

Les premiers thoniers revinrent et, des agents de police aux facteurs, des charcutiers aux crêpières, du presbytère aux hôtels, tout le monde goûta le germon frais de l'an nouveau.

Une grande partie de la ville descendit sur le port, où affluaient les premiers touristes, pour voir défiler dans les voitures à cheval et les camions qui le menaient du bateau à l'usine le gibier des profondeurs lointaines. Les lourds poissons, debout sur la tête et serrés les uns contre les autres, gardaient l'air vivant. Les hommes qui avaient capturé ces proies... pas de doute... eh bien c'étaient des hommes ! Et les bateaux qui conduisaient ces hommes... c'étaient des bateaux ! Et Douarnenez qui produisait ces bateaux et ces hommes, c'était Douarnenez, l'inimitable ville, uniquement braquée jadis sur la pêche de la sardine, et qui n'avait eu que la peine de vouloir pour se lancer dans d'autres belles aventures ! Ces monstres musclés comme des taureaux et dont la chair rouge se prêtait malignement aux mêmes préparations que la viande, c'était du crin douarneniste, non du rochelais, de l'ételois, du concarnois ou du grésillon qui l'avait sorti de la mer ! Car, mon fils, une fois pour toutes il faut que tu le saches, les poissons connaissent Douarnenez et ils ont un faible pour les pêcheurs de notre port. Qu'est-ce que tu veux, disent dans leurs casiers les congres du cap de la Chèvre, au moins nous sommes pris par les gars de Douarnenez. Et le bataillon des raies du Ravin de la Mort, quand il se reforme tant bien que mal après notre passage et qu'il juge l'opération, sûr comme je te vois il n'est pas tellement penaud. Qu'est-ce que vous voulez, expliquent les grands chefs à leurs troupes, ce sont des malamoks immatriculés DZ qui ont fait le coup. Et on entend tout le fond de la mer qui murmure avec admiration « DZ… DZ… ». Oui mon fils.

Ce qui coula de vin dans les bistros pour fêter le succès de la première sortie et amorcer le succès d'une deuxième ça fait partie des secrets de pêche douarnenistes. Les moines qui fabriquent des liqueurs se gardent bien de dire les simples qu'ils utilisent, pas vrai ? Alors nous, dans quelle proportion nous humectons notre gosier entre deux campagnes, motus ! Qu'il suffise de dire que les dockers brestois qui déchargent les Schiaffino peuvent nous remercier de notre zèle à leur éviter le chômage.

Au milieu de la semaine, sans motif apparent, les vents se renversèrent et toute la baie blanchit. La houle se creusa dans le raz de Sein où, aux changements de marée, le flot joua la folie furieuse. Des arcs-en-ciel se déployèrent, des averses aux grandes lignes espacées tombèrent d'une voûte blanche puis, d'un soir à un matin, la nature se calma. Les barques en avaient été quittes pour entendre claquer leur misaine, sortie à l'occasion de la bonne brise.

Louis, pour se dissimuler à lui-même sa déception, s'abrutissait de travail. Il multipliait les « Gast ! », les « Nom dé Dié ! », crachait dans l'eau et sur le pont à tout bout de champ et lorsqu'on cherchait à freiner son ardeur, il répétait d'un ton furieux quelques poncifs, « Un homme est un homme », « Un bonhomme qui ne travaille pas c'est un incapable », etc., auxquels on n'essayait pas de répondre. Et, sauf le lundi, où, pour se venger des femmes, il s'octroya une passade avec une servante bien vulgaire, la joue droite creusée de cicatrices, une fois à terre libéré des choses du bateau il brûlait de se dévouer « pour la cause ». Fernand le chauve le prit à l'essai comme adjoint. Louis se noyait dans les plus petits tas de paperasses et, après qu'il avait sué sang et eau à vouloir dépatouiller un camarade, au bout du compte il dérangeait quand même Fernand le chauve ou Ambroise le Bars. Des cas de conscience insignifiants comme celui de Lagadec, matelot sur le thonier *Fleur de Bruyère*, qui arrivait demander si son fils, en tant que fils d'un inscrit au Parti, devait faire sa première communion l'année prochaine, il ne savait pas les régler. « Tu comprends, disait Lagadec, la femme elle est pour. Moi je dis comme républicain faut consulter le bonhomme – l'enfant, quoi ! Mais l'enfant il écoute sa mère, c'est pas du jeu. Alors moi qu'est-ce que je fais ? Si je dis "Étienne, ta première communion tu la feras pas, au lieu de t'envoyer à l'église un rôti qu'on te paiera et ce sera la même chose", si je dis ça la famille va se moquer et me traiter de mauvais père et de sale fanatique ! Mais si je dis "Étienne, tu feras ta communion comme les autres et je te paierai des images", eh bien malgré ça les autres vont rigoler encore. Ils diront que je sais pas ce que je veux, que je suis un communiste pour la gueule mais que dans le fond il y a pas plus calotin que moi – un tas de vilaines choses !... »

Une besogne pareille, songeait-il, Maria s'en fût acquittée mieux que moi.

Trois jeunes camarades avaient signé un engagement dans la marine. Avant leur départ pour le deuxième dépôt, Fernand le chauve, entouré de vieux militants, leur donna un billet à chacun, au nom des pêcheurs de Douarnenez, disait-il, pour « faire le jeune homme », puis il leur passa les consignes. Commencer par être de bons matelots, tâcher de gagner des points et de décrocher un brevet, se hisser quartier-maître et monter, monter tout le temps... Les autres, qui se sentaient leurs cent francs dans la poche et se voyaient déjà commander un torpilleur, jubilaient dur... Suffisait pour aujourd'hui ? Non – se méfier des mouchards qui circulent dans les groupes en disant « La soupe qu'est dégueulasse aujourd'hui » ou « Demain faut casser la gueule au fayot un tel et le foutre dans le port ». Car, et d'une, en général le matelot est bien nourri. Comme il s'agit d'avoir du personnel pour le casse-pipe, on veille à engraisser le bonhomme. La double de pinard, le rab' de frites, le casse-croûte au pâté, les vaches ils n'oublient rien pour endormir les équipages. Deusse, partout il y a des grands camarades fidèles, des as qui reçoivent les ordres, et qui se font connaître quand ils veulent. Si un jour on a besoin de déclencher une campagne pour ceci, contre cela, on vous le fera savoir. Les lascars qui font de la rouspétance individuelle, attention que ce ne soient pas des provocateurs de la police...

On vida quelques litrons de muscadet. Les vieux militants sortirent toute leur ferblanterie de souvenirs grandioses, typhon au mouillage dans le port de Hong Kong avec les jonques pleines de bonshommes qui filaient dans le vent comme des tramways, panthère dans une île de la baie d'Along, curés dans un restaurant de Cadix qui osaient faucher leur carafe à des marins du *Dupetit-Thouars* et la bagarre qui en résulta – dans un coin Fernand le chauve adjurait les gars de montrer l'exemple et de toujours rester fidèles à leurs origines et au Parti.

Le samedi soir, Jean Cam, débarqué de la veille et la poche pleine de sous, vint relancer Alexandre Masson, Gourmelon et Goasduff, ses anciens copains du maquereau, pour mettre au point une action sur le camarade Louis. Il filait un mauvais coton, pas possible autrement ! Il fallait arrêter ça ! Ils allèrent le trouver en chœur. Si t'as besoin de prendre une cuite, dirent-ils, nous avons déjà plus ou moins tiré la nôtre hier ou samedi dernier, mais on reste à ta disposition. Louis secoua la tête. S'il avait besoin ou non de prendre une cuite, c'étaient ses oignons à lui tout seul. Et, s'il avait besoin de prendre une cuite, il était suffisamment grand pour se débrouiller. Le bonhomme qui boit, c'est son ventre qui fonctionne, ce n'est pas celui des autres !

— Justement que ça, reprit Jean, pour causer comme ça faut que ton ventre fonctionne pas bien. Une cuite, ça se prend tous ensemble. Des frères comme toi et moi, quand on se retrouve on va pas se soûler chacun de son bord ! Faut baiser l'occasion, nom dé chien ! Une supposition, t'as envie de chanter dans ta cuite, t'auras l'air d'un vieux *tad coz*. Tandis qu'à nous quatre on sortira dehors, on se donnera le bras en bouchant la rue. Comme avec des filets, gast ! C'est comme ça qu'on chante, et s'il y a des bonshommes qui nous cherchent affaire, on est quatre ! Et s'il y a un de nous qui peut plus marcher (ça peut arriver des fois) ça serait malheureux si les autres n'arriveraient pas à le ramener !

« Des frères comme toi et moi », avait dit Jean Cam et un chaud bonheur envahit Louis. Les années de différence ne comptaient pas, Jean Cam était toujours le seul vrai copain... Il dissimula son émotion. Il dit qu'on lui apprenait des choses intéressantes et que les déserteurs au thon avaient le mot « frère » bien facile.

Jean Cam, surnommé Jean qui rit, n'était pas non plus un homme qui cède vite. Il cligna de l'œil à Gourmelon et à Goasduff.

— Coute donc, Louis, si la cuite te dit rien, une bonne chose que je vais te proposer : tous ceux qu'on est ici viennent manger la soupe chez le père Alexandre Cam, un pêcheur qu'a connu la pêche. Et il y aura mes tites sœurs, les deux qui sont promises, avec leurs bons amis, plus une pas promise, une belle fille aussi, gast ! On s'entassera, pas de place à glisser un canif entre les coudes des gensses, mais on aura du plaisir ! Et si jamais y en a qui veulent envoyer avec eux du mousseux qui pète, ils remporteront pas la bouteille !

Une telle réunion paraissait à Louis, dans les circonstances, d'un caractère artificiel. Seulement le protocole fixait qu'une invitation dans une famille, hum ! c'est à la fois simple et grave.

— Coute donc, Jean… commença-t-il avec douceur… (La colère prit le dessus.) Et puis quoi encore, nom dé Dié ! Il frappe la table du poing. J'irai pas, j'irai pas, qu'on laisse les bonshommes libres !

Gourmelon et Goasduff eurent un signe de main pour demander à Jean de ne pas répondre et, avec des précautions, ils essayèrent de montrer à Louis ce que sa sortie avait d'inamical. Peine perdue…

Petit vent d'est, soleil chaud, mer vivante, Louis s'engagea sur le môle, mains dans les poches, et gêné de sa personne. Encore moins faraud quand il eut pensé qu'il se promenait ainsi pour rencontrer Maria. Il se promenait parce qu'il était libre, non ? Et d'une façon ou d'une autre, et d'un jour à l'autre, est-ce que par hasard, dans ce Douarnenez où les gens s'empilaient comme des sardines, il ne rencontrerait pas la garce ? Une petite voix ironique lui répétait qu'il se moquait du monde. Louis le dur se rappelait que, plus d'une fois, le quai leur avait servi de rendez-vous ! Et le môle permettait de voir, sans être vu, si Maria n'allait pas resurgir aux lieux de ses anciennes amours !

Il se contraignit à regarder la mer joueuse, dont les flots se dispersaient gaiement entre les blocs du brise-lames, et un petit pêcheur aux casiers qui revenait en godillant. Tu fais semblant de regarder la mer ! Tu songes à Maria ! Si tu ne te retournes pas encore, c'est que peut-être elle arrive te surprendre !

Avec une attention maladive il scruta et scruta les lames, que les arêtes des blocs déchiraient et ouvraient comme des ciseaux le ventre d'une volaille, mur glauque déchiqueté en flaques de poussière sombre et en gravats d'écume. Il s'ennuyait ferme. La mer, sacré nom dé chien, il voyait ça tous les jours !

Son parti fut pris : déguerpir, acheter une bouteille de rouge, gagner sa chambre, se mettre au lit... Tu fuis, pauvre peureux. Possible que ta conduite prouve que tu refuses une rencontre, elle prouve aussi que tu es un bonhomme pincé. Que tu le veuilles ou non, tu es amoureux de la gamine.

Gast non par exemple ! Je m'appelle Louis Marzin et je me verse un verre de rouge !... Pauvre gosse de quarante ans, n'espère pas t'en tirer par des gasconnades. Pour sortir du poisson de l'eau tu connais la musique, mais pour deviner toi-même ce que tu penses tu n'es pas plus habile qu'un mioche !

Comme sur la falaise dimanche, Louis repose sur son lit, jambes écartées, mains relevées sous la nuque. Par la fenêtre entre une conversation de femmes pour ou contre une marque de sucre, par la cloison de droite les coups de marteau d'Adrien qui ressemelle un soulier de sa mère, par celle de gauche les pleurs terminaux d'un bébé. La rumeur de la petite épicerie Malléjac roule sous le plancher. Depuis qu'il a existé deux Douarnenistes on n'a jamais eu besoin, dans cette ville, d'aller chez le voisin pour savoir s'il était mort ; il a suffi de dresser l'oreille !

D'un entassement de pierres sur la falaise de Corsen, à cent mètres du sémaphore, une grosse couleuvre femelle aux aguets depuis le matin a glissé vers un crapaud que fascinent ces yeux immobiles et cette visqueuse reptation. Une minute, elle s'arrête. Le cou blanc-jaune du crapaud acquiert sous la frayeur une sensibilité de burette, il vibre, gonfle, se dégonfle, en un mouvement continu qui excite la couleuvre. Elle balance la tête, une fois, deux fois, comme un lasso…

Qu'ai-je pu faire pour qu'elle s'en aille et, de huit jours, ne me revienne pas comme une bête soumise ? Ai-je vexé cette grimacière en racontant des mensonges pour la séduire plus vite ? A-t-elle trouvé qu'il ne fallait pas arracher le masque tout de suite après la victoire ? A-t-elle regretté justement que je ne fusse pas un grand chef communiste mais un simple pêcheur ?…

Être obligé de s'interroger ainsi, quelle bêtise, quelle honte !

La tête de la couleuvre s'abat. Saisi à pleine gueule par le milieu du corps, voici le crapaud soulevé dans l'air, masse ridicule, incapable d'ouvrir la paire de tenailles gluantes qui le coince. Il s'arc-boute sur ses pattes, elles rencontrent le vide. Il essaie de mordre, rien ne s'offre à une morsure… La couleuvre pourtant n'est pas au bout de ses peines. Ankyloser, avaler, digérer une proie aussi grande représente une œuvre de patience dangereuse. Entre les moments de lutte avec la victime, des intervalles de nirvana s'imposeraient. Sur les pierres chaudes ricochent les rayons du soleil et l'huile de la lumière bout au-dessus des falaises…

Et le sommeil envahit Louis, abruti par ses réflexions. La rue et le port s'éloignent et il n'existe plus de Maria. L'homme ronfle. Et plus tard, machinalement, il se glisse entre les draps sans s'interrompre de dormir. On frappe, on refrappe à la porte, ce sont les sirènes d'un vapeur qui ululent doucement dans le rêve et, avec plaisir, il se tourne sur son traversin. La logeuse et un de ses petits gars entrent dans la pièce – une barque bleue gagne le rivage – ils comprennent et se retirent sur la pointe des pieds : un béluga bondit en silence hors de la mer, fait un tour complet sur lui-même et plonge dans un énorme jaillissement d'écume…

Les heures passent, le sommeil continue de pénétrer à flots dans le corps et l'âme du pêcheur, où il découvre mille plages qu'il ne visitait plus. La nuit a installé son campement, puis elle commence à déguerpir et le ciel s'attendrit et s'éclaire ; la première mouette du matin pousse un cri, des poissons viennent cabrioler à la surface de l'eau, une colonie de moules se détache d'un récif et part pour de nouvelles aventures. Louis a fini de ronfler mais, la respiration calme, il dort toujours. Le soleil se lève à l'orient de la baie sur les collines. Quelques minutes – et le ciel se tend et se lisse comme un drap qu'on repasse. L'azur triomphe. Un pigeon roucoule et le rêve ne peut plus transposer le bruit – un paysage marin demeure en suspens, au bout du compte c'est un pigeon qui roucoule. Louis ouvre les yeux. Dans la chambre dont il n'avait pas tiré les persiennes, le jour l'environne de toutes parts. Un ronflement lointain. Ailleurs dort la ville. Dort Maria. Sale garce, on arrivera bien à se débarrasser de toi. S'il faut mettre les grands moyens, tant pis, on les mettra… Un pigeon roucoule.

II

Il prendrait une cuite, il en avait froidement décidé ainsi… Et une sacrée cuite, une de celles qui ne se confondent pas avec les autres et dont on peut, le cas échéant, ressusciter le fier souvenir.

À onze heures du matin, il avait descendu un litre de rouge.

Pendant son déjeuner il but de l'eau. Il fit un tour sur le port et il ne zigzaguait point. S'il jubilait tant, c'est qu'il songeait à la cuite prochaine que, pape ou président de la République, nul ne pouvait plus l'empêcher de prendre.

Il but trois verres de vin blanc vers le milieu de l'après-midi, rran, rran et rran, au GRAND CAFÉ DE LA PÊCHE. Un homme, c'était un homme. Et un homme qui ne marchait plus très droit, à telle enseigne qu'il renversait des chaises. Mais il le savait, donc il n'était pas soûl. Dans une heure, sûr comme il s'appelait Louis Marzin, il serait parfaitement soûl, maintenant il ne l'était pas encore, maintenant il ne l'était pas. Attention à ne pas confondre.

CHEZ LES GARS DE MAURITANIE, un coup de blanc. À LA DESCENTE DES LANGOUSTIERS, un autre. AU MARIN BRETON, un autre, AUX GARS DE LA MARINE, deux autres, Louis ayant rencontré un collègue qui cherchait pareillement à se soûler, CHEZ TONTON JULES, un autre. À partir de dorénavant il tire des bordées pour se diriger dans la rue. Des rafales subites le plaquent à droite, à gauche, puis l'empêchent net de faire un pas. C'est désagréable, bien sûr, et aussi cet embrouillamini dans la tête, seulement, gast, pas de doute possible, tout ça vous ressemble à une cuite. Louis Marzin prend une cuite, peuple de France et de Douarnenez, vrais enfants de la République, vrais amis de la liberté. La victoire en chantant nous ouvre la carrière. Dommage que Maria ne traîne pas dans le secteur, on lui montrerait un vrai républicain et un homme qui a du cœur au ventre.

C'est la cuite finale,
Soûlons-nous et demain
La Bière nationale
Remplacera le vin…

Non seulement trois ou quatre mioches accompagnent Louis, mais aussi deux cabots. Un noir et un roux taché de blanc. C'est pour eux également qu'il parle et qu'il chante. Dans la vie, y a pas, faut travailler. Un bonhomme qui ne travaille pas n'arrive à rien. Salut, peuple de Douarnenez, toi qui souques comme un esclave, le beau soleil de l'avenir éclaire ta marche,

C'est la cuite finale…

CHEZ MAMM GOZ, un coup de vin blanc. Un autre à LA SARDINE FRAÎCHE. Quittant ce dernier bistro, Louis est projeté par un ressort invisible de l'autre côté de la rue et, dans son effort pour ne pas heurter le mur, il perd sa casquette. Une brave casquette de républicain, une qui a trimé toute la vie et qui mériterait de voir briller le soleil de l'avenir. Au-dessus de la malheureuse il se balance lentement, d'avant en arrière, les pieds joints. Pour un problème, c'est un problème, et les chiens et les mioches l'écoutent avec un intérêt grave qui en expose les données. Si je te ramasse pas, je te perds. Si je te ramasse, je tombe. Et si je tombe, je serai pas fichu de me remettre debout ! Ce qu'il faudrait, ce serait que le républicain puisse ramasser une casquette sans être obligé de tomber, mais voilà, nos enfants connaîtront ce progrès, nous autres il faut d'abord que nous fassions la révolution…

En silence, un pêcheur qui passe prend la casquette par terre, la colle sur les cheveux de Louis et s'éloigne. Voilà un homme. Un vrai républicain. Un camarade comme celui-là on irait avec lui jusqu'au bout de la terre, plus loin encore.

> Avoir un bon copain,
> C'est tout ce qu'il y a de meilleur au monde…

Retiens ça, petit. Et vous pareillement les deux chiens. Un bon copain, ça se paie pas. Quand tu trouves, faut mettre la main dessus. Un bon copain, un bon copain.

Et moi d'abord, je suis votre copain à tous, un copain républicain et qui voit briller le soleil de l'avenir. Par file à droite en avant marche ! On va fêter ça dans une pâtisserie. À nous les femmes qui fument et les gâteaux à la crème ! Moi j'aime pas les gâteaux, mais un enfant de républicain, faut qu'il mange ! La crème pour les bourgeois, le lait écrémé pour les prolétaires, c'était bon dans le temps ! Et les couettes de plume pour les richards et la paille pour le populo ! Maintenant, c'est changé ! Les torpilleurs à mon commandement ! Tout est paré ? Oui mon amiral ! Direction pâtisserie ! Tous les bateaux derrière moi ! Cré nom, la mer est forte aujourd'hui !

La rue devenait lourde comme du granit et il n'y avait plus moyen d'en remonter la pente. Ça repoussait le bonhomme à jet continu. Avec une astuce qu'il juge machiavélique, Louis gagne les maisons de droite, touche un mur du bout des doigts et lentement, en marchant comme un crabe, il atteint une vitrine, une porte. Allons, les petits gars, les petits torpilleurs, faut entrer avec moi chercher du mazout ! Vous aussi, les chiens ! Mus par fatalisme plutôt que par plaisir, gosses et bêtes entrent dans la boutique où Louis, d'un geste immense :

— Prenez tout ! C'est l'amiral qui paie !

Il aperçut la vendeuse. Bas les pattes, les mioches et les cabots ! Honneur aux dames ! Les filles de Douarnenez sont les plus belles du monde, retenez ça, vous n'allez pas salir chez la demoiselle ! Dehors ! Espérez seulement, que je vous donne du carburant pour la route... ! Tac tac tac tac tac tac tac... Il se saisit d'un plat long où reposaient une trentaine d'éclairs, pommés et lampions, et le mit dans les bras d'une petite rouquine en sarrau bleu. Dehors ! Dehors ! Les gosses filèrent mais dans la rue, au lieu de se sauver, ils collèrent le nez aux vitres. D'autres enfants accouraient. Les gâteaux, on les mangerait plus tard. Ils regardaient Louis, à l'intérieur, multiplier les salamalecs et tenter de défroisser une liasse de billets de banque. Il avait obligé la vendeuse à croquer un bâton de chocolat. Gast ! maintenant ils mettent de la colle forte sur les billets ! Ils font tout pour embêter le monde !

À neuf heures et demie Louis tenait encore debout. Un brouillard profond flottait sur sa mémoire. Et d'ailleurs ça ne l'intéressait pas de savoir combien de petits et de grands verres il avait pu ingurgiter ; du moment que ce serait une fameuse cuite le détail n'avait aucune importance. Debout devant le comptoir de la mère Abaléa, grosse veuve bien plantée qui tient débit sur le port même, au RETOUR DE LA PÊCHE, un bistro conséquent, siphon sur chaque table et chasse d'eau dans les W.-C., il s'efforce d'expliquer pourquoi Louis Marzin, matelot de la *Thérèse Masson* comme né natif de Douarnenez soumis d'office aux règlements de la ville, s'abstient de paraître au BAR DE L'ESPÉRANCE, seul établissement officiel de son bateau. Jeannie la boiteuse, faut dire ce qui est, elle est pas méchante. Un peu triste seulement. Un défaut ça ? Pas sûr mais quand le bonhomme a pris une cuite mieux vaut qu'il se cache. Elle ne dit rien mais elle fait la gueule. Alors, gast ! on a sa dignité. Les bistros ne manquent pas non plus les soirs de cuite ! On entre ailleurs. Par exemple chez la veuve Abaléa – il cligne de l'œil –, une femme qui connaît la vie... Satisfait de son discours pâteux, Louis vacille un coup et la longue cendre de sa cigarette croule en silence.

— Mais vous n'êtes pas soûl, déclare d'un ton énergique la débitante, qui pense à autre chose. (Ses boucles d'oreilles scintillent dans ses grosses boucles brunes. Elle bâille :) Un peu gai...

Louis se cramponne en riant à une petite colonne crème, dont le contact reste frais sous la main.

— Un peu gai ? M... alors. Plein, plein comme une vache, oui ! Et triste... triste...

La veuve étouffe un nouveau bâillement.

— On dirait pas à vous voir. La pêche qui ne va pas ?

— La pêche, la pêche, y a pas que la pêche, nom d'un chien. N'importe comment, c'est pas la pêche... Les femmes que c'est !

La débitante redresse un grand front pâle dont les tempes commencent à se dégarnir et ses yeux noirs, à l'éclat trop vif, ne lâchent plus le visage de l'homme. Elle fait un signe à la servante assise tout près d'elle.

— Qu'est-ce qu'il a après les femmes ? Écoute donc, Suzette, ça vaudra mieux que ton *Marie-Claire.* L'instruction qui arrive à domicile.

Une petite dondon aux formes incertaines – ou le contraire – lève la tête et considère Louis de ses yeux chassieux, mi-clos comme ceux d'une chatte. Et, avec dédain, elle secoue le lourd foin de ses cheveux rôtis par la permanente. D'une voix de mêlé-casse, elle se déclare « bien instruite ».

La main vigoureuse de Louis, qui n'a pas entendu, tranche l'air.

— Les femmes, elles sont pas honnêtes.

— Tant mieux pour toi, sacré bringueur, jette la débitante et les deux femmes éclatent de rire. On sait bien qui tu es.

L'ivresse de Louis se rebiffe. Confondre une grande parole avec des histoires de coucheries... Et obligé encore d'écouter ça !

— Je cause pas dans votre sens. Les femmes elles sont pas régulières. Les femmes elles sont (il a un geste vague)... et puis en même temps, en même temps, elles sont... (encore un geste vague)... tandis que les hommes, c'est sincère comme tout... Je comprends pas, je comprends pas, je comprends pas...

Dans le fond de la salle, bien posées à plat contre le mur, deux grandes tortues brunes, semées de taches claires et de reflets bleus, se répondent de part et d'autre du cadre noir goudron qui emprisonne un vieillard à la longue tête mince. Barbe blanche et col cassé, la poitrine couverte de médailles, buveurs, admirez Jean

Furie, patron du *Benedicat Vos*, le thonier qui a chargé depuis la Guadeloupe les deux tortues. Tout ce coin-là, en somme, c'est la zone distinguée du bistro. Par là s'attablent, le dimanche soir, pour une belote ou une manille sans éclats de voix, des pères de famille.

Et tout à coup le secteur s'agite. Un ironique fausset mime plusieurs fois de suite : « Je comprends pas, je comprends pas ! » pour exploser à la fin. « Quand tu auras compris, tu préviendras ! Au lieu de déranger le monde, va chercher ailleurs ! »

L'œil de Louis s'allume. Plus sûrement qu'un flacon d'ammoniac, l'algarade dissipe les vapeurs. Un homme a parlé. Un homme qui lui veut du mal. Un de ceux qui ont détaché de lui l'innocente Maria. La voix nette, il demande si, du côté des tortues, « y en a qui sont pas contents » et, la démarche étrangement sûre, il se dirige vers le fond. Quand il dit : « Je comprends pas », d'autres lui lancent la même phrase – alors on pourrait s'expliquer ? Il grommelle pour lui-même : « Qui c'est encore, ce con-là ? »

— Commence par te regarder ! Après, tu pourras regarder Jules Sévellec, cantonnier !

— Ah ! un cantonnier !

Un « petit format » aux épaules étroites a quitté sa table, yeux bruns et moustaches en croc, front étroit et luisant. Et par précaution, il détache sa montre qu'il tend à un camarade.

La débitante a vu le geste. Par-derrière, entre ses bras massifs, elle enlace la taille de Louis. Pas de scandale chez elle ! Un café si bien tenu ! Est-ce que les hommes ne peuvent pas se disputer sans se battre ?

— Un sale paresseux que tu es ! hurle Louis à son adversaire, qui s'explique avec les ongles rouges et acérés de Suzette. Et ardemment, joyeusement, il ouvre une fois de plus le vieux dossier. Pour fignoler le pas difficile, on trouve les oiseaux ! Pour le dur, plus de monsieur ! Le Sévellec, dans le raz de Sein, on ne le voit jamais venir avec sa pelle ni sa pioche et pourtant, là-bas, ce ne sont pas les trous qui manquent ! Aplatir les routes de mer, le Sévellec dira que ce n'est pas son rayon, seulement il arrive quand même, en douce, jouer aux cartes dans des bistros de pêcheurs !

— En attendant, je vais t'aplatir la figure, sale cuitard !

— Et moi te draguer la gueule !

D'un coup de poing en pleine bouche, le cantonnier a envoyé promener Suzette et maintenant, à la volée, il tape sur les bras de la débitante, qu'il oblige à lâcher Louis. Les deux hommes se mesurent des yeux, tandis que les femmes geignent et, sans désemparer, ils s'empoignent et pèsent l'un contre l'autre de tout leur poids. Chacun veut renverser son ennemi pour s'asseoir dessus commodément et lui soigner la figure d'une façon personnelle. Ils soufflent, se secouent comme de vieilles tirelires, autour d'eux les amis du cantonnier, qui ont gardé leurs cartes, essaient de faire le vide, mais les lutteurs voyagent, des tables valsent, des chaises tombent. Pourtant, les femmes se sont reprises. Madame Abaléa court avec un siphon. Et Suzette, qui se tamponne la bouche contre un mouchoir, fait mieux encore. Elle pousse une chaise, du pied, aux abords de la mêlée, les lutteurs butent dessus et dégringolent. Ils n'ont pas desserré leur étreinte et, sur le carreau mouillé, ils continuent de se battre, mais ils offrent, pour la débitante, une cible magnifique. Et vji dans les yeux. Et vji dans le cou. Et vji sur les mains. Ils se sont agenouillés et l'on dirait qu'ils s'étouffent mutuellement, cependant leur ardeur diminue. Leurs cheveux, leurs sourcils, leurs cils, dégouttent d'eau de Seltz et ils sentent sur eux leur chemise toute collante. Leurs doigts humides se relâchent.

Les amis du cantonnier saisissent l'occasion, interviennent enfin, séparent et relèvent sans peine les deux combattants. Pour le principe, Louis rue encore, mais une bousculade générale se produit et le groupe Sévellec sort hâtivement sur le quai : « On va chercher les gendarmes. »

— S'il croit que les gendarmes vont se déranger pour ça, murmure la veuve, qui examine sous une lampe la bouche de Suzette. Trois fois rien. T'es une bonne fille. Je me rappellerai ton coup de la chaise.

Elle lui donne une tape amicale sur la joue.

— C'est quand même moi qui gagne, plastronne Louis, revenu au comptoir.

Et, à la seconde, toute son ivresse de la journée le réhabite et, mollement, le voilà déjà qui vacille.

La veuve Abaléa, fortes mains sur fortes hanches, en a le souffle coupé.

— Joli vainqueur ! Trempé comme une soupe, la veste et la chemise déchirées, un bleu sur le front, les cheveux pendouillards ! Quand même, Suzette, les hommes c'est tous des imbéciles !

Louis frappe sur le zinc un coup de poing à se déchirer la peau. Nom dé Dié il n'a pas d'observations à recevoir, surtout d'une débitante ! Comme client c'est lui qui commande et maintenant il exige qu'on le serve !

— Tout le monde sur le pont ! Un vin blanc dans un grand verre ! Tu entends, madame Abaléa ?

La veuve secoue la tête.

— Je sers pas les malpolis. Je te servirai pas et je te mettrai dehors.

— Plus souvent !

— Ce sera pas long !

— Plus souvent !

Tout en se penchant, il a tiré de son trou une bouteille pleine, dont il boit au goulot une lampée vigoureuse. Il souffle, essaie de chanter :

Les fourmis vont à la file...

et, conscient de son manque de voix, s'effondre sur une chaise.

— Gast ! Je suis plein ! Obligé de rester là... où c'est qu'elles sont parties, mes jambes ?

La patronne cligne de l'œil à Suzette. Elle s'approche de Louis par-derrière et lui colle de haut, en plein front, un maître coup de poing qui l'étourdit. Et l'une maintenant lui prend la tête, l'autre lui attrape les pieds et, avec la sécurité d'une longue expérience, elles commencent le transport. On va balancer le soûlard ! Il cuvera sur le quai, n'importe où !

Cependant, comme elles atteignent la porte, la veuve s'arrête. Elle considère la pauvre tête de l'homme et dit qu'on ne peut pas jeter ça dehors. Il est tout mouillé, il risque de prendre froid.

— Il y a un bon Dieu pour les ivrognes, siffle Suzette, qui ajoute : En tout cas faut vous décider, car il est lourd.

— Mets-le sur la table, donc, Suzette.

D'un seul coup, elles le soulèvent et l'allongent. Et la veuve, qui, machinalement, lui caresse une joue, dit qu'elle voudrait bien voir en face le fameux Dieu pour les ivrognes étant donné que son gros Abaléa, un licheur de première, a trouvé le moyen de se noyer par une mer calme, à quelques mètres du bord, en revenant de ses casiers. Avant de sortir, il avait bu ses deux litres de rouge, la congestion qui l'a frappé dans l'eau !

— Un plus fort homme (elle prononce « foromme ») que c'était, dit Suzette.

Fort homme ou pas, le bon Dieu pour les ivrognes c'est de la blague. Et pour celui-là, toujours, on ne peut pas dire non plus que ce soit un gringalet. Un fort homme aussi, bien sûr ! Et pas un soûlard ! Une cuite une fois le temps mais pas une habitude... Mais une vraie cuite, par exemple ! Il court trop les femmes, ça, c'est sûr ! À elles de se défendre aussi ! au lieu de courir après !

Un silence.

— Pauvre garçon ! lâche enfin la veuve.

— Ça y est ! Vous avez pas encore fini avec tout ça ? Regardez-le pourtant ! Un vrai cochon que c'est, y a pas non à dire !

— Tais-toi donc, effrontée ! J'ai connu les hommes avant toi... et mieux que toi aussi... pourtant j'ai pas été gâtée avec le mien... mais quand même, je te dis... les hommes... ce sont les hommes... et ils valent mieux que les femmes ! Quand ils causent, au moins, ça a du sens !

Suzette part d'un rire mauvais.

— Parce qu'ils ont le petit machin, vous trouvez que les hommes, c'est quelqu'un ? Des bêtises.

— Tais-toi, mais tais-toi, je te dis ! Il y a un saligaud qui t'a fait un gosse et qui t'a laissée tomber, mais ils sont pas tous comme ça ! Çui-ci t'as entendu ce qu'il disait avant la bataille ? « Les femmes qui sont pas honnêtes », il disait. Na ! C'est quelque chose ! Peut-être bien qu'il y a une traînée, par là, qui lui a fait de la misère ! Et c'est pour ça qu'il s'est mis dans un état pareil.

— Quarante-huit ans que vous avez et c'est ça que vous dites ! Il aura voulu coucher avec une bonne femme, voilà tout, et l'autre se sera pas laissé faire !

— Tu veux ma main sur ta figure ? C'est pas quarante-huit ans que j'ai, c'est quarante-deux. Et toi c'est trente-quatre et on dirait quarante déjà ! Et moi, on dirait pas trente-cinq !

— Et les mois de nourrice !

— Les mois de nourrice, peut-être ! Mais les belles femmes sûrement, c'est moi et c'est pas toi ! Et les hommes, ils savent bien !... Allez, reste pas plantée sur tes jambes. On va l'emporter dans ma chambre ! Et puis dis rien si tu veux pas ta gifle !

Louis est d'abord étendu sur le plancher, un tabouret sous la tête. Il ronfle déjà. Les deux femmes disposent un matelas par terre, puis elles déshabillent l'homme aussi à fond qu'un cadavre sans se permettre une seule remarque et l'affublent d'une grande chemise de nuit féminine. Elles le hissent dans le lit. Le buste droit soutenu par deux oreillers, il ressemble à un vieux pépère malade et, à cette vue, la débitante lâche un sourire. Mais, tout de suite, elle se pince les lèvres.

— Tâche d'être propre, dit-elle à mi-voix.

Les volets de bois ont été mis dans la salle et, sur ses instances énergiques, la servante gagne sa chambrette. La veuve enlève la poignée de la porte, éteint les lumières sauf l'ampoule du comptoir et, rêveusement, recoud aux habits de Louis les boutons qui ont sauté dans la bagarre. Pour sa peine elle fouille les poches. Le gros portefeuille usé contient une enveloppe sale, celle-ci un lot de photographies. Un soldat. Un matelot tête nue. Un chien coiffé d'un béret de marin. Un groupe de pêcheurs derrière des paniers de sardines. Des femmes, encore et toujours des femmes. Une petite brune aux yeux noirs, le front droit, les lèvres franches, un grain de peau d'une exquise finesse.

Lentement, par petits coups, le tranquille flot nocturne monte. Un chuchotis – la caresse de l'eau contre les bonnes pierres légèrement inégales et bossuées, que des travailleurs ont entassées un jour, qu'ils ont jointes entre elles à un ciment de prise directe et qui forment désormais le quai du port... Des milliers d'étoiles. Entre ciel et terre, au bout du môle, un feu. Plusieurs autres en grand-rade. Une barque, attachée court, grince et réveille une mouette qui dormait sur l'eau. Dans son envergure blanche, l'oiseau se dresse au fond de l'ombre comme un ange et pousse un cri qui semble moins lui appartenir qu'à toute la nuit du port, à toute la résignation des choses invisibles...

Un craquement se prolonge. Un rat s'enfuit du drap mortuaire sur lequel il se faisait les dents et, de frayeur, plonge dans le premier trou venu. Ce n'était pourtant que le système de poids et contrepoids qui, d'une façon très régulière, se déclenche. L'horloge de l'église de Poullan va sonner trois heures.

Un frisson immense et léger a couru sur la mer. Une vague minuscule, qui se dispose à grimper plus haut que tout le groupe des précédentes, son élan s'affaisse et elle manque son but. Le long du quai de granit la marée, cette nuit, ne montera pas davantage. De par le monde existent d'autres flots que celui du port de Douarnenez et le même grand chef en règle tous les assauts, toutes les retraites. De gigantesques étendues marines s'entravent brusquement dans leur voyage... Des millions de machines changent la direction des courants, les sirupeuses sinuosités des remous... À un mille de la digue, un bouchon qui a gagné en une semaine deux milles et demi sur la terre danse toujours sur lui-même. Près de lui, masse inorganisée que des tempêtes n'ont pu rompre, stagne une litière de laminaires et de fucus arrachés durant la nuit de la Saint-Sylvestre à un écueil du Fromveur. Des bancs de poissons virent de bord dans les couches profondes. Et, parce que la mer autour d'elle bouge avec violence, une raie bouclée demeurée prudente jusqu'ici se précipite. Dans la proie morte un hameçon se dissimule qui accroche à pleine chair la gueule goulue et, en réponse à tous les efforts de la bête pour se dégager, la déchire davantage. Excitée par des odeurs et l'agitation du changement de la marée plutôt que par la faim, une raie bouclée s'est pendue. Sa queue terrible et qui blessa et tua donne quelques soubresauts avant de n'être plus qu'une liane molle et inoffensive.

Dans leurs lits de milieu, sous les gros édredons rouges, les pêcheurs de Douarnenez se retournent. Dans leurs veines et leurs artères le sang écoute l'appel de messagers mystérieux et il se prépare au réveil. Les ronflements ont perdu leur éclat du début de la nuit, ils ne semblent plus précéder le sommeil, mais être par lui traînés en remorque…

Trois heures vingt. D'entre les étoiles, qui peut-être se ternissent, gicle peut-être une clarté. Le chuchotis du flot contre les pierres du quai a encore perdu de sa force, désormais il échappe à une oreille humaine. Des oiseaux ou des poissons pourraient seuls le percevoir… L'ombre se peuple de bruits. Il y a des cris et des passages de mouettes, des pépiements d'hirondelles, un claquement de brise…

Trois heures vingt-neuf. Le premier pêcheur de Douarnenez se réveille, la tête confuse. Tout le prochain reflux lui danse dans le corps et, sans hâte, mais avec décision, il abandonne le gros lit qui tangue. Pour ne réveiller personne, il n'allume pas, il s'habille dans l'ombre. L'ombre épaisse comme la profondeur des mers – ces immenses forêts d'eau sombre où filent des poissons innombrables.

Trois heures trente, trente et une, trente-deux, matelots et patrons se mettent debout les uns après les autres dans leurs maisons ou leurs chambres respectives. Un célibataire pousse les persiennes sur le gris du ciel où, comme des lançons, les étoiles s'ensablent peu à peu.

Dans le port, l'étale va finir. Les barques remuent moins faiblement.

Trois heures trente-cinq. Dernier des matelots se réveille Louis Marzin. L'ivresse n'a retardé que de cinq minutes l'acheminement des messages du monde. Les petits annonciateurs, leur besogne accomplie, se retirent… Une cloche d'alarme tinte et retinte dans sa tête : la mer va descendre, va descendre, va descendre. Mais une cloche d'alarme pesante et poisseuse. Il veut se dresser, il a l'impression de faire un looping et d'être attaché sous le lit tête en bas. Nom dé Dié, que se passe-t-il ?… Et cette chemise de nuit, affublée de manches courtes et deux fois trop large… La tête reposée sur les oreillers, il médite, quand la cloche d'alarme, à nouveau, perce durement le brouillard : la mer va descendre, va descendre, va descendre…

Toutes les gueules de bois, toutes les cordes se révéleraient impuissantes. Gast ! murmure-t-il ou songe-t-il, c'est pas le tout, il faut que je me lève, la mer n'attend pas les hommes. Vlouf, il repousse, vlouf, il se dresse – il se cramponne au lit, croyant le sentir tomber les quatre fers en l'air – vlouf, il pose les pieds sur un plancher qui ne le renverse pas. Pour dire qu'il se sent brillant, il ne se sent pas brillant. Plutôt le contraire ! Mais, gast, une chose reste certaine : dans quelques minutes, il aura quitté cette chambre et il possédera toute l'ampleur du matin sur la baie où le bateau file, toute la fraîcheur du vent de la vitesse à cette heure entre sole et carrelet, pour redevenir un homme.

Du plancher monte une voix :

— T'es pas fou de te lever au milieu de la nuit ?

— Qui c'est qui parle comme ça ? Y a une femme par ici ?

— Ah les hommes, c'est ingrat, ça se rappelle de rien !

En quelques phrases nettes la veuve Abaléa explique la situation. Une sale cuite qu'il a prise hier ! Dans un état honteux qu'il s'est mis ! Sans elle, ah là là !... Elle s'attend à un remerciement gauche, mais, tout ce qu'elle reçoit, c'est une dégelée d'injures. On n'a pas le droit de séquestrer les gens ! Devant les tribunaux qu'il pourrait la traîner ! Il faut qu'il travaille, nom d'un chien, et s'il n'est pas habillé en cinq sec, la barque va partir sans lui et comment pourrait-il s'habiller puisque toutes ses affaires de mer sont dans l'autre maison ! Sacré mille tonnerres, il ne va quand même pas pêcher en dimanche ? Ce n'est pas pour la dépense, quand l'honneur est en jeu on ne regarde plus, mais justement, cré nom de cré nom, en dehors de la question de chaleur et de commodité, on se respecte, on ne va pas se mettre à pêcher en dimanche avec les camarades ! C'est à ce coup-là que le port rigolerait ! Les femmes se moqueraient de lui, comme elles se moquaient d'Étienne Saout, le freluquet incapable de faire trouver le poisson à son bateau !

Depuis quelques secondes la veuve, qui a dormi en jupon, s'est levée et elle a mis ses socques. Elle allume, bâille, se gratte les cheveux.

— Crie pas si fort ! On va t'attirailler ! Ah ! Félix et toi c'était bien tout pareil ! Ingrats et compagnie ! Flanque-toi de l'eau sur la figure, je vais te chercher de quoi !

Louis peut bien grommeler contre les femmes, il ne se passe guère de temps qu'il ne soit paré. Des habits presque neufs. Légèrement trop larges mais, avec un cran de plus à la ceinture, il n'y paraît point. Et de belles bottes rose saumon.

— Si avec ça tu remplis pas ton bateau, alors j'y connais rien ! dit-elle aimablement, mais il secoue la tête d'un air rageur.

Et, quand elle lui présente, attention qu'il ne laisse pas de goûter, un grand bol de café noir : « Bois ça ! C'est resté chaud dans la Thermos ! » il plisse le nez en silence.

Il pose le bol, s'essuie la bouche d'un revers de main, puis se dirige vers la porte, muet, massif. La femme tire le verrou et remet la poignée.

— Nom d'un chien, faut pas être pressé pour sortir de ta boutique !

Elle ouvre. Sans le moindre remerciement ni adieu, il passe devant elle comme une chose devant une chose, les yeux fixes, et plonge dans le matin où s'évapore la nuit. L'air sent doucement le poisson mort. Sur les barques incertaines on entend des pas, des chocs, des voix, des rires. Quelque chose tombe dans l'eau. Des rames cognent, à intervalles mathématiques, sur leurs taquets. Un moteur pétarade.

À regret, la veuve ferme la porte, dont elle enlève la poignée. Les hommes, on aura beau dire… Quelle beauté dans ce port avant l'aube uniquement peuplé de *leurs* préparatifs et de *leurs* manœuvres.

Tout de même, quel goujat…

Elle ment. Ce qu'elle en a fait, peut-elle dire que ce fût bonté d'âme ? L'homme lui plaisait, voilà tout…

Teuf teuf teuf teuf, un bateau démarre pour la pêche.

Elle sent tout à coup monter les larmes mais, au bout du compte, elle se traite d'imbécile… Elle se recouche sur son matelas.

III

Rien n'est vrai que le bateau et son tangage et la mer qui se déchire. Les compagnons l'ont accueilli avec des rires massifs, « T'as gagné le gros lot ! », « On savait pas que c'était le lundi gras ! », « Ton smokinge a la peau trop large ! » et il a mal pris les bêtises. Des habits de pêche, nom dé Dié, c'est toujours des habits de pêche ! Avisse ! – Étienne a fait un signe et les plaisanteries se sont arrêtées net.

Nul contrat définitif ne le lie ; la campagne achevée, on se décoince ! Après une pinasse, peut-être un langoustier, après le langoustier, peut-être un thonier, au hasard de ce qu'on choisit et de ce qu'on trouve, mais pour la troisième fois consécutive la belle saison le ramène sur le même bateau et il a participé aux débuts marins de la *Thérèse Masson.* Et ça c'est quelque chose ! Et pourtant, il y a plus fort : en définitive, et d'abord et surtout, le bateau existe. Comme bateau, non comme ramassis de morceaux de bois. Ça porte un nom, ça possède un corps, une âme, tout ce qu'il faut. C'est propre, c'est fort, c'est rapide, ça passe partout. Et aujourd'hui encore, c'est sur lui qu'il hume le large et vit à chaque instant le dernier instant du monde. Il s'approche du bastingage court et considère l'eau mate et ses fines boursouflures qui se craquellent et se brisent au long des dunes monotones de la houle. Une mer au repos, c'est cela. Des ondes et des ondes, un grand tressaillement silencieux et continu, une transformation calme et constante de la surface…

L'appétit revint, chassant au loin la gueule de bois… La pêche donnait de façon magnifique et le frais poisson des hautes couches, mort noyé dans la mer comme les braves de la vieille conserve, la claire sardine perdant ses écailles, crachant du bleu, du vert, du violet, du blanc, vint s'amonceler à fond de barque. Les filets, lourds comme des gueuses de fonte, il fallait souquer dessus sans souquer tout en souquant afin de les ramener intacts et de ne pas démolir le poisson. Grosse et joyeuse fatigue. La mer collaborait avec les hommes, dont elle reconnaissait l'ardente prééminence. Les idées de l'homme, qui avaient construit ces merveilles de bateaux et de moteurs vifs, et mis au point ce type d'élégante capture, triomphaient sur terre et sur l'eau. Les pêcheurs douarnenistes avaient barre sur le monde. Des bêtes sauvages, muettes, invisibles dans leurs tanières immenses, accouraient vers eux en foule plus promptement que des animaux de ferme. Nulle commune mesure entre les hommes et ces poissons à la belle silhouette attirés par les œufs d'une autre race, la rogue fétide.

Au bateau, à la mer, il faut ajouter les hommes et leur solidarité profonde, voilà ce qui roule dans la tête de Louis, alors que la *Thérèse Masson*, suivie, à courte distance, du *P'tit Jacques* et du *P'tit Républicain* délaisse la baie de Dinant et passe devant le cap de la Chèvre dans le sillage du *Charivari* et du *Yannik.* Le soleil tombe d'aplomb sur l'eau grise. De gros nuages blancs, vers le raz de Sein, traînent leur ventre dans l'horizon. Qu'est-ce que t'as fait hier. Et toi. Et toi. Raconte. Sans blague. Tant que ça. T'es un merle.

Au seul Alexandre, dont le visage rappelle celui de Jean, même grosse innocence et mêmes yeux bleus rieurs, avec seulement un peu plus de poils follets,

Louis accepte de résumer son dimanche. Il a pris une cuite individuelle, d'accord, ce n'est pas joli, mais, avant de le traiter en faux frère, on doit connaître ses raisons. Ça n'était pas une cuite du modèle courant et il ne veut pas alléguer pour sa défense qu'il compte des années de plus. L'histoire est que, de temps en temps, les femmes jouent aux hommes des tours pendables et il faut que les hommes récupèrent. Or, tout seul, on récupère plus vite et plus sûrement.

— C'est toi qui dis ça ! proteste l'autre. Une cuite à un, moi, je vois pas ça. C'est trop fort pour mon individu !

Expliquer davantage ? À quoi bon et d'ailleurs Louis le pourrait-il ? Il ajuste au-dessus de son front la visière grasse et bosselée de sa casquette noire et tourne la tête pour ne pas avoir dans les yeux le miroitement du soleil contre la mer. Sur l'eau tranquille et que gonflent seulement les lentes veines de la houle se démène la barque basse, dont l'élan décidé fend le flot sans perdre une seconde, ondulant et roulant comme un squale qui fait surface, claquant net de ses membrures et sculptant des vagues, elles-mêmes créatrices de vagues, qui meurent indéfiniment sur la mer. La *Thérèse Masson* navigue sur la chapelle du plateau de Locronan et passe au large de la fameuse côte ouest, que la lumière crue fait paraître rectiligne. Çà et là les blancheurs du flux esquissent l'arête d'un promontoire, creusent une crique farouche. Voilà des roches. On comprend que les bancs de sardines aiment à entrer par là dans leur parc. Louis Marzin est un homme ! Par son ivresse du dimanche il a écrasé un sentiment ridicule, et par son endurance du lundi son ivresse. En passe de vieillir ? Tant qu'il y aura des barques dans le port de Douarnenez pour le conduire sur les lieux de pêche, là où l'intelligence et la vigueur des hommes domptent des poissons innombrables, il restera jeune ! De toutes ses forces, et le plus loin possible, il crache sur la mer.

Le bateau fonce vers les douces soirées du rivage, au parfum de miel et de vin rouge et aussi de poisson mort, vers les maisons et les villes où triomphent les énergiques. Une de perdue, dix de retrouvées. Dans la personne de Louis le célibataire, qui laisse à tribord les falaises où il posséda une femme, et monte à l'assaut des digues, ce sont en même temps le peuple et le sexe mâle qui vont imposer leur loi.

— V'là la sardine ! V'là la sardine fraîche qui arrive ! La mère, prends ton bien, tout ça qui est pour madame Abaléa !

Louis se moque de l'attroupement de pêcheurs en vêtements mouillés, vieux et jeunes qui assaillent le comptoir, buvant des coups de rouge, réglant des dettes, payant des salaires et jaugeant l'avenir. Quelques secondes et il s'est faufilé au premier rang.

— Attrape ça !

— Va pas flanquer de l'eau de sardine dans le vin des camarades ! plaisante-t-elle pour se donner une contenance.

Elle ne voudrait pas que les clients attitrés pussent croire à « quelque chose » entre elle et le nouveau venu, mais la subite présence de Louis la trouble. Quelle imprudence elle a commise hier soir.

Elle pose distraitement le panier sous la caisse, plante un verre devant Louis et commence à le servir, mais, comme sa main tremble, elle s'arrête.

— Bonne pêche, hein ? Ici le *Méchant Yvon*, la *Belle Hélène* ont ramené plein chargement.

— Nous aussi, sûr ! Des vrais pirates qu'on a été !... C'était beau... c'était beau comme... comme tout, quoi !

Des pêcheurs tapent sur le zinc avec des pièces de monnaie pour demander leur compte, elle bénit cette diversion. Mais elle surveille Louis. Comme il harponne Suzette pour lui montrer son verre aux trois quarts vide, elle crie que ce n'est pas un oubli. Hier... N'en parlons plus... Aujourd'hui, vers sept heures, on l'attend pour manger la soupe et on aura l'occasion de lui verser à boire comme il faut.

— En quel honneur que je mangerais la soupe ? s'esclaffe-t-il.

— Ça récompensera ton *pesket* !...

— Vous avez dit quoi, madame ?

Il rit lourdement et méchamment. La veuve est exaspérée. Elle le sent capable de déballer tout. Et qu'il a dormi dans la chambre du fond, et qu'il a passé la tenue de Félix. Personne ici n'a besoin de savoir !

— Tu partiras de là, nom d'un chien ! Maintenant j'ai pas le temps... T't à l'heure...

— Comprends pas, grogne-t-il.

Il se promène le long du quai, sur le môle, encore le long du quai, mains aux poches et plein de joie hargneuse. Le *Saint-Joseph*, le thonier de Jean, est là, ferme entre ses béquilles – une belle bête. Il y a du monde à bord. On prépare la campagne en même temps qu'on fait visiter l'installation à des demoiselles. « Oh ! Jean ! Je vais dire à ta mère ! » – « Oh ! Louis ! Faites donc, faites donc, monsieur le recteur ! » Plaisanteries contre les mareyeurs et les conserveurs avec celui-ci.

Plaisanteries, en breton, contre les touristes, avec celui-là. Au coup d'œil admiratif jeté par une femme en short, Louis répond en tirant la langue et, plus tard, il empêche des Anglais de photographier un mousse. Il est le coq, il est le costaud, il est le défenseur de Douarnenez ! Des caisses de poisson empilées comme des dominos, celle du dessus par le travers de celle du dessous et ainsi de suite, attendent l'automobile – grondins, merlans, merluchons, rougets, dorades, tout un peuple mort embaumé dans des frisons de glace et qui dégoutte pêle-mêle de sang, d'eau douce et d'eau de mer. Du quai à un petit hangar, de gros pêcheurs transportent et retransportent des paniers bruns de tourteaux placides et d'araignées mal imbriquées les unes dans les autres, imbroglio rose et rouge de carcasses et de pattes. Depuis plus d'une heure la mer est occupée à descendre et, sur le sable vaseux qui approche, apparaissent les puissants déchets marins : des sexes mâles, des entrailles, des têtes, des queues, et tout le cimetière de poissons avariés qu'il a fallu rejeter à l'eau, depuis les grandes raies au ventre blanc, affalées comme des assassinées, jusqu'aux petites sardines molles que le flot retourne ! Les petits crabes, des gars que rien ne déroute, grouillent. Et déjà, fièrement, pleinement, l'air lance l'odeur des grands jours. Un port de pêche, bonnes gens de Paris, ça pue le poisson.

Louis respire le grand souffle où le parfum du large est mêlé à des senteurs de pourriture et contemple cette mer sur laquelle il retournera poursuivre le pillage. Les bancs ne savent pas ce qui les menace, ils n'ont reçu que les premiers coups de cognée. Il s'appuie à la rambarde – le souvenir le heurte de récentes journées où il s'appuyait ainsi. Va-t'en au diable, sale petite garce. Pour avoir laissé tomber un costaud de son espèce, c'était sûrement une oie blanche… Un qui a eu les plus belles femmes du port.

Dégageant devant les quais une plage bleu sombre de vase sableuse que crèvent trous d'eau et fétides rigoles, la mer continue à descendre, mettant à sec un lot de barques fines et un bric-à-brac de chaînes, d'ancres et de cordages. Le port, dans sa vérité humble et profonde…

Boucles d'oreilles et cheveux tordus de bigoudis tout récents, la veuve, poudrée jusque sur la gorge, a fait une dramatique toilette ; ça travaille dans le noir et mauve et Louis allonge un sifflement admiratif. Et pourtant le coq de Douarnenez éprouve un malaise. Encore une femme qui veut de lui… Il proteste qu'il vient seulement rendre les affaires et reprendre son costume, peine perdue : la soupe aux oignons fume sur la table de la salle à manger des grandes circonstances, une pièce qui ne sert pas d'habitude quatre fois par an.

« La patronne du bistro de la *Belle Hélène* et du *Méchant Yvon*, c'est pas pour moi », déclare-t-il, mais la forte femme coule vers lui un regard fauve. « Une patronne de bistro appartient à tout le monde. »

Serviettes blanches en bonnet d'évêque, morceaux de miche dans un panier spécial, salière et moulin à poivre, pot de moutarde avec chapeau et cuiller de bois, dessous-de-plat et dessous-de-bouteille, seul un goujat de dernière catégorie mépriserait cet effort considérable. Louis s'assied avec un rictus de condamné à mort, puis il tranche :

— À l'hôtel qu'on se croirait ! Pour beau c'est beau !

La veuve ricane. Avec une audace qui l'étonne elle-même, et d'une voix où l'effort de séduction le dispute à l'indélébile accent breton, elle riposte :

— Dis un mot et tu seras le maître là-dedans !

— Un pêcheur de sardines ! Le fils de mon pauvre père et de ma pauvre mère ! Quel mot, donc, mignonne ?

— J'ai soif, puisque t'en sais pas d'autre. Allez, donne ton verre !

Une image obsède Louis, qui baisse les yeux. Arrivera ce qui arrivera ! Comme à la pêche !... Du chagrin pour un visage de femme, oh là là ! On peut bien passer un bout de temps avec la mère Abaléa et s'arranger pour le faire savoir à une petite grimacière : elle verra qu'elle n'était pas irremplaçable.

Il faut s'attendre aux moqueries de la grimacière (Un homme fini, obligé d'aller avec les vieilles) mais on peut déjà en hausser les épaules. La mère Abaléa, ce n'est pas une vieille. Faut pas avoir honte de marcher avec elle. Au contraire. Et même si l'on avait honte, ce serait le cas de dire : « Tant mieux ! », « C'est bien fait ! » ou « Tu es allée de bon cœur avec moi ; eh bien moi, probable que je ne t'estimais pas beaucoup puisque je t'ai remplacée par une vieille effrontée. Toutes les femmes ça se ressemble. Même pas besoin qu'elles soient jeunes. Plus avancé ! Tu ne les vois plus quand c'est le meilleur moment ! »

La soupe grasse fume dans les assiettes, odorante et substantielle, tandis que le bruit et le parfum de la friture des sardines, qu'on entend Suzette remuer dans leur poêle, pénètrent vivement par la porte. Sur la cheminée de faux marbre les coquillages de Nouvelle-Calédonie luisent comme des chairs dans leur pénombre et la comète d'un poisson japonais raie le calme de l'aquarium. Derrière Louis il y a un phonographe et un buffet breton sculpté comme une église. Sous la nappe, il a plein la main de la table Henri II. L'aisance et la richesse, c'est quand même beau.

La fumée des sardines accourt. Les sardines de Louis, sacré tonnerre, d'Étienne, d'Alexandre, de Philippe, de tout un bateau monté par des hommes. La veuve noir-mauve, enveloppée de ce brouillard viril, explique ses états d'âme. Ne pas la croire une personne généreuse. On dit « la veuve Abaléa elle a le cœur sur la main », eh bien c'est faux. Elle gâte ceux qu'elle aime. Si une bonne sœur vient pour une quête, naturellement elle donne des sous, mais il ne faut pas qu'un buveur oublie trop longtemps de lui payer son compte, ou un équipage de lui régler sa dette, ça n'irait plus. Bonne, mais pas poire. Y a qu'à demander à Suzette. Question religion, Dieu existe et il veut pas qu'on oublie la moralité. Personne pense plus à lui maintenant c'est pour ça que tout le monde est si méchant. Mais on ferait bien d'y penser. Question rapports d'une débitante, et en particulier d'une veuve, avec des pêcheurs trop ardents, etc.

« Quelle tracassière » ! songe Louis, dont l'imagination, surexcitée par la fumée, installe sur la chaise qui lui fait face une silhouette légère aux mouvements jeunes. Tant pis – mais non, tant mieux, qu'il a déjà dit. À nous les tables cossues, et que les péronnelles retournent à leurs ragoûts de pommes de terre et à leurs pois cassés.

Le dévergondage verbal continue, trahissant le trouble de l'hôtesse. Qui tenait hier une fameuse cuite se trouvait ce matin fidèle au poste et a trimé dur en mer sans rechigner ni flemmarder. La veuve admire les hommes. Et surtout les costauds. Y a pas. L'homme c'est l'homme. Mais pour la fantaisie, c'est la femme. Dans la fumée où triomphe l'odeur violente des petits poissons bleus capturés au large par les hommes, Louis abandonne un sourire : cette discoureuse émue possède une sagesse. Elle mérite qu'on partage avec elle son pain, son vin, sa soupe et nos sardines. Encore un instant et dans les assiettes chuteront mollement les petits cadavres frits, étêtés, suintant de gros beurre fondu. À nous les bonnes adresses de veuves qui comprennent les hommes, à nous les buffets garnis de personnages !

IV

La lumière du jour et un claquement de sabots entrent gaiement par les fentes des persiennes. Une volée de cloches, les sons joints comme fleurs des champs dans une brassée, descend vers le port. Derrière la cloison, cette voix d'un calme gauche, c'est la tante qui énumère à l'oncle, avant de se lever, les achats du matin.

Une semaine, et tout ce bonheur, peut-être, n'existera plus...

Durant la pause, hier, Alberte et Maria ont gagné le quai brûlant et presque solitaire.

— Faudrait pas qu'il t'ait fait un enfant... a dit Alberte, qui connaît tellement de choses.

On lui répond :

— C'est tout de même pas pour une fois !

Mais elle assène un « Ma pauvre fille tu racontes des bêtises ! » qui ne laisse plus aucun espoir.

Quelle aventure ! Parce qu'un après-midi, sur une falaise, alors que le soleil incendiait la bruyère et la pierraille…

Mais non. Tout cela est sérieux, grave, essentiel. Il faut saluer dans la naissance d'un enfant la seule conclusion valable de pareilles heures.

Un enfant qui tienne de son père. Qui ait déjà, dans les yeux, cette lueur moqueuse et triste. Qui devienne un homme habile à mener les femmes et un pêcheur courageux. Avec, sur les tempes, ces cheveux d'un blond bleuâtre, signe de vie hardiment vécue, pleine d'expériences et de rencontres…

Le jeu ne la conduisait pas, ni le désir naïf d'une révélation physique, ni davantage le dévouement à une cause. Séduire un chef communiste, le gagner à la religion par le plaisir, cela va bien dans les romans pour dames du grand monde, mais elle, quand son intrigue eut commencé à prendre forme, elle avait abandonné, rapidement, tous ces calculs.

Sur la falaise le soleil battait au fléau ses ardents rayons et l'on foulait sous les pieds de la chaleur et la mer unissait dans la beauté de son espace dominical pur de toute barque le charme silencieux des flots dans le clair de lune et celui des labours écrasés d'aveuglante lumière et auparavant, dans les entours de la fontaine, les vêpres se déroulaient avec tant de majesté confiante et de familiarité solennelle… – un tel jour ne ressemblait à aucun autre.

La jeune fille qui se dirigeait, le long de la piste jaune où se brouillaient des racines, vers l'homme endormi là-bas sa casquette sur les yeux, cette jeune fille se trouvait à sa place dans le monde. Amoureuse, elle venait rejoindre celui qu'elle aimait. Rien de plus clair, de plus logique. Le soleil avait fini plus de la moitié de sa route et depuis le matin, depuis la veille au soir, l'amoureuse n'avait pas contemplé le bien-aimé, il était temps qu'elle se hâtât vers lui et son cœur bondissait de joie dans sa poitrine…

— Et puis peut-être que si j'avais un enfant…

Alberte empêche Maria de creuser le chemin pour un nouvel espoir.

— Si t'en avais un ta tante te mettrait dehors, tu serais obligée de retourner chez ta mère !

— Ma tante ! Elle est bonne tout plein. Et puis elle était allée avec tonton René avant son mariage. Trop bon cœur qu'elle avait. Et pas autre chose.

— Ah ! Comme ça !… Mais tu connais pas les hommes. C'est pas parce que t'aurais un enfant qu'il ferait attention à toi davantage. Il dirait que t'as voulu mettre le grappin dessus… Il s'est amusé avec toi, t'es plus bonne à rien.

Parlant ainsi, Alberte a évidemment raison et Maria s'étonne d'avoir cédé alors à un méchant esprit d'ironie.

— D'où que tu peux savoir tout cela, toi qui n'es jamais allée avec un homme ?

— Et toi, dit simplement Alberte, qui pourrait, si elle voulait, assener des phrases très dures, comment que tu ne sais pas tout ça, toi qui restes à Douarnenez et qui travailles dans une usine ?

Avant-hier, hier matin encore, la petite Maria, qui nourrissait le chaud espoir que la venue d'un enfant arrangerait tout, cependant priait Dieu et la Vierge pour que l'enfant, déjà, ne fût pas en elle. Retournée par les phrases d'Alberte, aujourd'hui qu'elle voit dans son ancien espoir une illusion stupide, avec quelle ferveur ne devrait-elle pas adresser au ciel la même prière ? Elle reste muette, incapable de réciter des formules où elle n'engagerait point son cœur.

Folle. Pauvre folle. La venue d'un enfant, dès lors qu'il ne ramènerait point l'homme perdu, serait une catastrophe. Retourner à Plomodiern, impossible. Demeurer à Douarnenez, impossible également : l'oncle ne supporterait jamais la présence d'un enfant sans père. Il faudrait gagner Paris, Quimper ou Brest et trouver une place de serveuse. Deux bouches à nourrir sur la paie d'une femme. Une existence de soucis et de privations, et qui durerait peut-être jusqu'au dernier jour... Il n'y aurait plus cette jeune paix du matin – ce lit tiède, ces bruits de sabots au-delà des persiennes, cette voix familière derrière une faible cloison...

Les filets sont à l'eau, signalés par les flotteurs de liège que la houle soulève et laisse retomber, mais qui ne changent pas de place. La mer travaille. Étienne fait signe que ça commence à devenir lourd. Particulièrement nombreuses aujourd'hui, les mouettes vont et viennent du ciel à la mer, un temps de vol et de tournoiements, un temps de repos pattes enfoncées dans l'eau épaisse. Une brise chaude souffle doucement. Interrompue de hautes cassures sèches d'un jaune laineux et de caps déchiquetés, et précédée de récifs noirs où des cormorans demeurent immobiles, une falaise gris perle s'allonge là-bas sans une maison ni un arbre. Et un bel été breton fume au-dessus d'elle.

Dans tous les azimuts il y a des barques, on navigue, on manœuvre. Barre à droite pour corriger la déviation, une gabare chargée à ras file comme pièce de bois sur un rapide, brise et courant pour elle, dans le fredon de son moteur, tandis qu'un thonier, roi des bateaux, tangons déployés et toute sa toile dehors moins le tapecul, monte dans le vent à vitesse réduite, l'étrave ceinte d'une moustache d'écume. Deux thoniers encore, lents, droits, minuscules, labourent les sillons lointains de l'horizon en se dirigeant l'un vers l'autre des deux côtés d'un panache de fumée que lance un vapeur invisible. Et çà et là, dans toutes les zones de mer, s'égaillent des misainiers sans spécialité distincte, courant des bordées et, peut-être aussi, tirant des proies marines.

Mais enfin la pêche sérieuse, maintenant, ce sont les pinasses sardinières, les longues pinasses accompagnées de leurs annexes frêles, qui l'assurent. Le merlan, le rouget, l'aiguillette, le petit et le gros maquereau, après, après ! Groupées en trois tribus dont les membres gardent entre eux de larges intervalles, elles collent durement, comme des sangsues bleues, vertes ou noires, à la placide mer bretonne. Séduits par la rogue comme les anciens navigateurs par la voix des sirènes, des bancs ont grimpé autour d'elles, qui grouillent dans les eaux proches. Les bulles ont piqueté la mer comme des pousses de narcisses. Ça fermente, ça se bouscule. Pullulement qui tient du champ d'avoine sous le vent précédant l'orage, les tiges ployées à grandes masses par des ondulations qui volent, et toutes les impulsions se reproduisent ici à d'innombrables exemplaires, silencieux et instantané tohu-bohu de grimpées, de chutes, de virements de bord…

Étienne Masson, qui tient le bout du filet, a envoyé promener sa chique dans le fond d'une joue et, tout en soupesant par intervalles, il fait des comptes. Le poisson n'est pas à son cours ! Une réflexion pareille, on ne la galvaude pas. Il a dans l'équipage un fils, bon cœur et pêcheur fameux, mais qui jetterait les sardines à la mer pour activer les prix, et un Goasduff et un Gourmelon, communistes, impeccables dans le travail, mais qui épient bougrement. Mine de rien, ces deux-là, le patron les a isolés avec Creignou le silencieux sur l'annexe qui se balance à une centaine de mètres…

Voilà. Aujourd'hui la sardine marche bien et les usines absorbent tant que tant. Les gens qui touchent pour beaucoup de poissons montrent le sourire… Ils préfèrent ne pas trop songer qu'on devrait leur donner davantage. Un mouvement revendicatif, quand la mer est pareille à un champ mûr qui réclame le moissonneur, leur semblerait un crime contre eux-mêmes et leurs familles, une insulte à la sardine et à la mer…

Et toi, Étienne, avec ta barbiche et tes critiques, et toi, que fais-tu d'autre ? Toi aussi, tu cèdes au fatalisme. Toi aussi, tu penses : « Prenons toujours ce qu'il y a, sous et poissons… » Alors ?

Mal assis contre le bastingage, Louis attend le coup de collier. Dents serrées, il attache un bouton de vareuse près du mousse, quinze ans, un mètre soixante et une dégelée de rousseurs, auquel il apprend par phrases à faire une cigarette. Pour du mauvais, avec de la poussière ! Tu prends ta feuille… Alexandre le surveille, chantonnant :

Je revois les grands sombreros
Et les mantilles…

mais soucieux derrière sa mine peinarde. Louis. Hier après-midi il le sentait rasséréné, gaillard – et ce matin, nouvelle rogne ! Pas mèche de lui causer ! La leçon de cigarette, attrape-nigaud ! Il veut montrer son dédain aux adultes ! Il y a une femme là-dessous. Un type comme Louis, intelligent, bon copain, honnête, fort sur le poisson, une sorte de beau-frère idéal… Une supposition qu'il se range, son épouse aura un homme imbattable sur les chienneries de la vie et sur les caractères… un homme qu'on ne roule plus… le contraire d'Alexandre Masson !

Il compte jusqu'à trois…

— Ça va pas ?

— Qui c'est qui dit ça ? Ça va bien.

Sur bâbord et tribord des mouettes s'envolent ; les oiseaux délaissent la mer pour un ciel où ils tournoient vivement, têtes inquiètes et veillant les eaux, avec de brefs cris geignards. Étienne porte une main au front et, dans le soleil, considère les barques voisines et leurs mâts menus, canots, flotteurs de liège, grosses formes coiffées de bérets ou de casquettes, il perçoit tout – et une interrogation et une attente. La franchise du calme ne se discute point. Nul bouchon de brume ne surgit des profondeurs de l'horizon, nulle voile ne passe devant la lumière. Le beau temps continue aussi régulièrement qu'un chant de grillon.

— Ça serait mieux, demande Alexandre, si une petite femme arrangerait ça ?

Penchée vers Louis, la figure du camarade, qui rappelle tant celle du vrai copain, apparaît comme toute ronde. Menton mou, joues poupines, gros yeux bleus, petite bouche, pas deux liards de méchanceté là-dedans. Ni dans ce nez solide, renflé du bout. Une bille véritable. Briquée par le soleil marin. Louis lève son aiguille en silence.

— T'aimes plus les femmes ?

Il a envie de répliquer durement, mais ce visage paisiblement inquiet l'arrête. Il lui lance un sale regard et crache dans l'eau.

Alexandre va renouveler sa tentative, quand une voix éclate :

— Des cochonnards !

Le patron a crié, sans affolement. Il ne s'agit point d'une bête isolée qu'on peut, avec de fines ruses, perpétuellement se renvoyer de barque à barque – les bonnes blagues faites un jour à des Audiernistes en train de pêcher avec leur sale filet tournant – mais d'une dégelée encore inchiffrable. Que tout cela s'empatouille dans les filets, ça va faire de la belle ouvrage !... Dans un vrai métier, il faut toujours qu'il y ait des emm..., ou ce n'est pas un vrai métier !

Étienne dresse longuement un bras en l'air pour les gars de l'annexe, puis il déclare à ceux qui l'entourent :

— Les cochonnards c'est du monde comme les autres !

Loin encore vers le large accourent les souffleurs, en deux escadres parallèles et voisines. Sous l'eau tout ça écrabouille, massacre, dévore, de sorte que cette charge à fond de train, avec ces grands effets de soc qui se retourne et broie les mottes, ce n'est rien de plus qu'une séance d'empiffrage Mais quoi, les pêcheurs logent à la même enseigne ! Ils ne vont pas reprocher aux dauphins de trop aimer les sardines ! Les gros camarades ont bon goût ! Et, toutes les dix secondes, un matelot, sans interrompre la manœuvre, lève ou tourne la tête, et il admire. Un enthousiasme fameux précipite toujours la vitesse des souffleurs comme s'il s'agissait pour eux de battre des records. La mer bouillonne autour d'eux et dans leur sillage comme une piscine secouée de nages et de plongeons et cette frénésie de cirque marin monte parfois à l'encéphale d'un jeune. Un hydravion noir éclate hors de l'eau, rase la surface, et s'écroule, dans une puissante explosion d'écume, sur un perchoir de vagues qui s'effondrent.

Sur la falaise Louis l'avait accueillie par un déplaisant : « Alors, t'as fini tes dévotions ? », mais les hommes sont les hommes. Cette lourde familiarité ne prouvait rien – ni quand il avait dit : « Chiche que tu sais pas ce que c'est que le poil à gratter ! » Les grandes heures de l'existence passent très vite : on ne les répète jamais, ce n'est pas comme du cinéma… La perfection n'est pas de ce monde, et les femmes attendent trop des hommes… Sur les marches de la croix de Tréboul, quand Louis s'en prenait aux minauderies féminines, il n'avait pas tort. Les hommes ont plus de courage et de franchise. Ils peuvent se tromper, et ils se trompent, mais ils agissent alors que les femmes attendent.

Dès leur seconde rencontre, il l'avait prévenue : il était un coureur ; il avait fait pleurer beaucoup de femmes…

Elle avait ri, voilà comment elle avait reçu l'avertissement. Et peut-être, bien sûr, Louis manœuvrait-il. Il faisait le coq pour mettre sens dessus dessous une petite Maria de Plomodiern… Il avait seulement joué le jeu. À elle de ne pas se laisser prendre ! Quelle dureté envers son propre sexe n'avait-elle pas mise dans ce stupide éclat de rire : « Les autres sont des imbéciles. Moi qui suis une fine mouche, je ne crains rien ! »

« Ma petite Maria tu n'as que ce que tu mérites. »

Sans doute, et elle ne se fait pas faute de répéter la phrase où s'enclôt la sagesse cruelle de la malignité publique. Elle ne fut pas une exception ! Comme tant d'autres elle a cherché, et elle a succombé ! Et encore d'une manière plus déshonorante que beaucoup, car toutes les femmes, loin de là, ne s'imaginent point, en se jetant dans l'amour, des êtres d'élite, promus à un destin exceptionnel.

« Ma petite Maria tu n'as que ce que tu mérites… »

La malignité publique, cependant, ne juge pas ainsi toute l'histoire. « Alors t'as fini tes dévotions ? » Il valait tellement mieux que certaines de ses paroles. Il était digne d'amour. Et parfois…

Sur cette falaise où elle se dirigeait vers lui (il dormait, elle pouvait se retirer en silence !), sur cette même falaise au-dessus de la baie immense, ils avaient reposé dans les bras l'un de l'autre. Elle avait murmuré sa surprise… Jeter les yeux sur elle qui n'était pas jolie, lui qui avait connu tant de femmes ! Et longtemps, pour toute réponse, il lui avait caressé le visage. Ses gros doigts, piqués de tant d'hameçons, tannés par tant de soleils marins, de filets et de godilles, lui effleuraient les joues sans insister, précis et brusquement légers comme ceux d'un violoniste – image qui s'imposait à elle. Et, quand elle n'attendait plus rien et acceptait, il avait parlé – sa voix forte, facilement criarde et trop puissante, devenait petite alors et mélodieuse, une voix comme d'après les tempêtes, une brise tardive, l'été, sur le môle, traversée par un chuchotis :

« Maria, faut te taire. Très belle que tu es. Une chose qu'on voit de suite, c'est que t'es jeune ; et ça c'est pas seulement une affaire d'âge. T'es fraîche, t'es propre, t'es neuve comme l'intérieur d'un coquillage ; quand je suis là, maintenant c'est comme si je dormais près d'une fontaine. Je pense plus à notre port rempli de saletés, mais une belle eau blanche, tu sais, plus belle que la Saint-Pierre, une fontaine comme celles où les épingles tiennent dessus. Tes yeux, tes cheveux, tout ça est neuf, tout ça est léger, je sais pas pourquoi je t'ai pas connue plus tôt mais franchement quand je suis là, à côté de toi, je sais plus quel âge que j'ai. Vingt ans ? Vingt-deux ans ? Dix-huit ? Très belle que tu es, Maria, très très belle… »

Elle garde toutes ces phrases, qu'elle ne veut confier à personne. À aucune amie… Elles ne sont pas venues d'une traite, cortège de mots et de pensées que présente une mémoire complice – il y eut des arrêts, des silences, mais tout cela fut dit à la suite par le même homme, voilà ce qui compte. Le premier (le dernier aussi, peut-être ?) qui l'eût serrée entre ses bras…

« … une belle eau blanche, une comme celles où les épingles tiennent dessus… »

Pouvait-on se fier à un homme qui avait joué au grand politicien pour mieux la séduire ?… Un trompeur n'est jamais complètement un trompeur. Et, quand il disait toutes ces belles choses, rien ne l'obligeait plus à feindre…

Il n'avait jamais dû être aussi sincère. Marée d'équinoxe, le bonheur déchalait sur son âme et découvrait au loin de longues plages blanches. Cet homme ne se connaissait pas encore. Il ignorait les profondeurs de sa tendresse, il se croyait un être de simple et dure jouissance, qui sait ce qu'il veut et qui parle fort, et il abritait un faible et un rêveur… Sans doute, quelques heures plus tard, Louis s'était montré un individu odieux. Avec des phrases, il s'était acharné à souiller, à déchirer, à démolir, tant et si bien que la révolte était montée en elle… Tout ce qu'il avait pu dire de répugnant sur les marches de la croix de Tréboul, il ne l'avait peut-être dit que dans une espèce de rage maladroite, d'avoir trahi à lui-même et à une femme sa pureté, sa douceur secrètes. Toutes les phrases ne sont pas bâties en même pierre ! Avec des phrases on ne revient pas toujours sur des phrases ! La petite Maria de Plomodiern avait appris le bonheur à un homme… Quand elle regardait au loin, jadis, les lumières de la ville, elle n'avait pas eu tort de vouloir pénétrer un jour dans cette étrange communauté, la cité tant calomniée par quelques-uns du poisson, de la misère et du plaisir. Trop dure avait été la mère, le matin du départ, de gagner ainsi l'étable pour fausser les adieux. Car dans le cœur des hommes brusques, apparemment orgueilleux et débauchés, contre lesquels s'insurgeaient les paysans, se dissimulaient des réserves d'innocence. Au moins chez l'un d'entre eux – le pire et le meilleur !…

V

— Coute donc, Louis, on va tâcher de mettre ça demain, puisque j'appareille après-demain.

— Quoi ça ?

— Le repas chez les vieux ! Et puis tu sais…

— Oui oui. Il y aura des belles filles…

Ils rient avec gêne. Frappant le sol de son pilon court passait François Kervern, toujours rasé de frais depuis qu'il ne pêchait plus et suivi de son épagneul, qui leur lécha les chevilles. On échangea des « Salut ! ».

— Coute donc, Jean, comment que tu peux avoir pour sœurs des belles filles avec une bille comme la tienne ?

Jean Cam était le premier à se moquer de sa figure et on le connaissait pour un blagueur, un amateur de rigolade, mais présentement il discernait chez son camarade un désir de nuire et de blesser. Il hocha la tête sans répondre…

— Car pour beau tu es pas…

Il y eut un silence, Louis enchaîna… Les sœurs de Jean, celles-là c'étaient des belles gosses, gentilles, causeuses, des vraies filles d'homme de pêche qui honoraient leurs parents et tout le port de Douarnenez. Sûr !

Jean gardait le silence et son pied droit jouait avec un caillou.

— Quel nom elle a celle qu'est pas mariée ? Thérésic ?

— Ouais, Thérèse, lâcha l'autre d'un ton froid.

— C'est celle-là que tu mets à côté de moi à table ?

— Ça s'arrange pas comme ça…

— C'est celle-là que tu as mise de côté pour moi ?…

— T'as tort, Louis. Je trouve difficile quand tu causes comme ça...

Il allait demander au camarade ce que signifiait sa nouvelle attitude quand, brutalement, il se trouva interrompu. Et Louis, en quelques phrases, avait déballé son histoire. La cuite, la veuve Abaléa, tout le paquet.

Il y eut un énorme silence.

— Pour cette fois-ci, émergea enfin Jean Cam, t'as trouvé le sac. Celle-là a ramassé des sous...

Louis eut une moue dédaigneuse.

— J'ai pas fini ! Laisse causer le quartier-maître ! Coute donc, avec une gentille petite brune que t'étais ces temps derniers, qu'on m'a dit, la gentille du car d'Audierne, je croyais que tu voulais la fréquenter...

— Je veux pas que tu causes de ça. C'est mes oignons personnels.

Louis avait le front coupé en deux par une grande ride verticale.

— PERSONNELS !

— On n'est pas sourd !

Il réfléchissait. Un homme qui crie en parlant d'une femme, hum ! il y a de très fortes chances qu'il tienne à elle. Et un homme qui demande conseil au sujet d'une liaison, de fortes chances, aussi, que cette liaison ne l'intéresse guère. Surtout quand on s'appelle Louis Marzin, coureur professionnel et astucieux... Eh bien, pour une fille sensible, voilà un cœur à prendre. Une femme qui laisse tomber, une autre qu'on a envie de laisser tomber, tout ça mène le gars au mariage. Cap sur l'église en avant toute, paré à virer sur la chambre nuptiale... Lorsque le camarade persiflait, c'était donc ça ! Au fond de lui-même il se jugeait un salaud, alors il se forçait à railler les autres ? Sacré drôle de type…

— Coute, Louis, dit-il en abattant sur son épaule gauche un poing droit redoutable, peut-être déjà beau-fraternel…

Et il restait silencieux, lui-même figé dans une position d'écoute. Un raisonnement s'ébauchait, s'imposait, par quoi toutes choses devenaient si claires… Un gars intelligent n'avait pu monter à la légère cette histoire de consultation morale. Vraie manœuvre en souplesse. Sans utiliser de grands mots gênants, on disait quand même ceci : « D'accord pour examiner ta sœur, j'ai pas promis de mourir vieux garçon. Seulement, faut que tu saches sur quel bateau tu embarquerais ta Thérèse. Je suis toujours pas un enfant de chœur. Et la preuve… »

— Bon Dieu de bon Dieu ! éclate Jean, qui se frotte les mains. Faudrait voir à causer ! Preum : raison de plus, m'interromps pas si ça t'étonne, pour qu'on mange demain la soupe ensemble. Deusse : les yeux que j'ai, j'ai pas dû souvent louper la vue d'une côte avec – en tout cas, j'ai pas souvenance. Alors une bonne chose ce serait que je suive chez ta bonne femme. Faut que je la regarde aller et venir, nom d'un chien, elle a l'air de tout ce qu'on voudra, si tu veux que j'accouche d'un avis dessus ! C'est pas vrai ?

— Gast, si, c'est vrai ! répond l'autre après un léger silence.

Et, parce que mieux vaut battre le fer, etc., et aussi parce que la conversation donne soif, les deux camarades se dirigent vers le RETOUR DE LA PÊCHE.

Antoinette s'approchait de Maria en catimini.

— Viens me rejoindre dans la cour, souffla-t-elle.

Dans une minute la mère Sardine les rappellerait, Antoinette ne s'embrouillerait pas à introduire son histoire.

— T'es pas enceinte des fois ? demanda-t-elle directement.

Les genoux de Maria tremblèrent. Elle s'essuya les yeux du revers de la main – une main qui sentait le poisson. Odeur furtive, enfermée à triple tour dans l'odeur qui écrasait l'usine…

— Pourquoi tu me demandes ça ? balbutia-t-elle.

Il y aurait eu tant d'attitudes plus nettes à prendre, mais elle était désorientée, le temps pressait, il fallait tout de suite dire quelque chose.

— Pour que je l'écrive sur le journal ! Ce qu'on me dit, moi, c'est comme si on le jetterait dans l'eau avec des pierres dessus, ça bouge plus, ça sort pas ! Tu te méfies, t'as tort ! Moi je…

— Dans une minute… coupe Maria en serrant le bras gauche d'Antoinette, qui, techniquement, étudie cette pression. Des doigts qui griffent, une demoiselle bien nerveuse ! Et quand, par-dessus le marché, on interrompt de cette manière… Compris.

— T'es p't-être pas enceinte, mais t'as peur de l'être ! lance-t-elle et, à toute vitesse, elle ajoute que les femmes doivent s'entraider. Maria, bonne camarade, bien causante, même avec une roulure comme Antoinette (oui oui, une roulure !), on lui rendrait service volontiers. Il ne faut pas se laisser empoisonner par un début de grossesse. Il y a des moyens de supprimer… et…

— Mais on n'a pas le droit !

Antoinette éclate de rire. Une grande partie de la vie se passe à faire des choses déclarées interdites ! Mais elle n'avait pas le droit, elle Maria, de coucher avec un garçon et elle ne s'en était pas privée ! Elle aurait encore moins le droit, demain, si elle était enceinte et qu'elle prétendît le rester, de ne rien dire chez elle et de se serrer à outrance, pourtant elle n'agirait pas d'une autre sorte ! Quand une femme a pris le chemin de l'effronterie, elle doit être logique ! Effrontée jusqu'au bout !… Et là, finissons, car la mère Sardine va piquer une crise…

La sirène vespérale s'éleva ; d'une petite main sèche, dressée hors du sempiternel fichu de laine, la mère Sardine appelait Maria vers sa table.

— Viens un peu.

Ses petits yeux furetaient dans leurs orbites, brillants et comme neufs, et pas une goutte de sueur ne perlait à son front cabossé. Le fichu noir, à force d'usure, était devenu presque gris. Mais nullement sale ; pas un cheveu, pas un grain de poussière.

— Combien de temps maintenant qu'il te faut pour aller aux cabinets ?

— Je suis pas restée bien longtemps pourtant…

— Non ?

La mère Sardine dressait durement la tête et son cou paraissait un quadrillage de rides…

— Raconte pas des bêtises.

Et Maria connaissait que la somme de dix sous, zéro franc cinquante, serait retenue sur sa paie de la semaine.

À titre d'avertissement, comme bonne ouvrière ! Une Antoinette, on ne fait pas l'éducation d'une fille pareille. Une fille à mauvais principes et qui dépensait tout avec des hommes, lui enlever dix sous, elle vous rirait au nez ! Une Maria c'était différent…

— Quelle histoire ! C'est pas vous qui me racontez des bêtises ?

Zéro franc cinquante, dix sous, t'es une bonne ouvrière – tous ces mots demeuraient extérieurs. Elle ne pensait vraiment qu'à une chose, une grande chose sans rapport avec un incident ridicule. Elle protestait d'une voix douce, uniquement pour avoir l'air d'entendre et de suivre la conversation.

Peu de personnes avaient osé dire à la veuve Jules Thépaut qu'elle racontait des bêtises. La petite mère Sardine se leva, coiffes vacillantes, et fixa Maria dans le blanc des yeux.

— Effrontée ! T'as pas honte ? Moi qui ai l'âge d'être ta grand-mère ?

« Et moi qui ai l'âge d'être une mère tout court », pensait Maria, qui promenait sur les dalles humides un regard vague.

— Et moi qui m'occupe de ton bien ?… Coute un peu par ici et assieds-toi.

Antoinette, la mère Sardine, drôle de journée. « … Une fontaine comme celles où les épingles tiennent dessus… » Parce qu'un après-midi, sur une falaise… un après-midi exceptionnel… des nuages… non il n'y en avait pas… ou un seul, vers Tréboul…

Elle sursauta, elle venait de recevoir une gifle. Les camarades avaient déguerpi de la salle.

— Tu m'écoutes pas... Pas possible que... Tout de même... Coute-moi, mais coute donc !

Et, sans surprise, au milieu d'un rêve, elle entendait la mère Sardine lui dire qu'elle devinait tout. Des histoires qu'on apprend dehors... et puis ce papotage avec une Antoinette... une coutumière du fait... les doigts des mains et des pieds ne suffiraient pas, comptés plusieurs fois de suite, à chiffrer les bébés qu'elle avait expédiés chez les anges !... Un frisson parcourut la petite vieille, qui se blottit dans son fichu et dans ses maigres épaules... Une garce avec laquelle il ne fallait jamais frayer... Une toux la déchira.

— Je crois qu'elle veut rendre service, dit Maria, vous la jugez beaucoup trop mauvaise.

La mère Sardine libéra sa main droite et, avec un rictus, fit glisser son pouce, lentement, à deux reprises, contre son index. On fabrique des anges, on garde les pieds sur terre !... Elle se pencha au-dessus de la table et mit un doigt sur ses lèvres. Avec Antoinette, finie la comédie ! Bonjour, bonsoir – mais rien, absolument rien, au sujet d'un avortement possible. Tandis, n'est-ce pas, que, dès la première minute, Maria prévient dare-dare la mère Sardine. Pas un mot à personne d'autre. Et confiance, une confiance totale !

— Est-ce que ?...

— Je peux rien dire. C'est trop tôt. Sauve-toi vite...

La troupe de bélugas tourne indéfiniment devant les falaises du cap, à la suite d'un banc de thons qui les fuient et qui poursuivent un banc de maquereaux...

Sous la surface de l'eau, qu'agite une houle régulière, comme un saut léger qui ne s'achève point, une lumineuse montée qui roule et glisse doucement et que d'autres montées semblables reprennent sans cesse, la mer est secouée d'un tremblement, d'un mouvement continus, et les guerres raciales se démènent. Les maquereaux fuient devant les thons et poursuivent les sprats. Les sprats fuient les maquereaux et poursuivent les lançons… Nulle espèce qui montre dans la fuite plus de courage, dans l'attaque moins de cruauté ! Sauve qui peut, sus aux plus petits et aux plus faibles ! La gueule d'un poisson happe et dévore qu'au même instant la happe une gueule plus vaste ! La terreur ! Massacrons ! Massacrons ! Les hommes dans leurs exploits les plus fameux ne feront jamais autant de victimes que nous sur nous-mêmes ! Périssent les thons ! les maquereaux ! les sprats ! les lançons ! Dans les mers les plus chaudes comme les plus froides, les profondeurs abyssales ou ces domaines glauques traversés par le regard du soleil, qu'il ne se rencontre plus qu'un peuple de poissons, le nôtre, avec sa grâce et sa perfection précises, et que toute variété s'abolisse pour toujours !

Des ondes électriques parcourent les eaux dans tous les sens, qui aident ces guerres en forme de massacres perpétuels à se dérouler dans un espace toujours plus restreint. Des charmes irrésistibles empêchent les fuites de devenir efficaces, les lutteurs de bander leur vigueur huileuse et de foncer plein large ! C'est dans une cuvette mal dessinée, dont les prolongements sous les eaux des deux pointes extrêmes du cap forment grossièrement les limites nord et sud, que tend à s'enfermer la cohue des victimes, emportée par une ronde atroce et folle. Mourir grégairement, dévorer grégairement, telles restent les devises des immenses tribus sans paupières. Les crabes qui cheminent sur le sable et les congres faussement rêveurs qui montent en spirale un peu au-dessus de leurs trous ne prêtent aucune attention à ce sabbat gigantesque dont la mort mène le jeu. Ni les pétoncles incrustés dans la peau des roches, ni les oursins à l'habile cuirasse tapis dans leurs alvéoles, ni les lentes crevettes dont les antennes captent de lointains messages...

Du ciel envahi par la nuit ne glisse plus la moindre fine aiguille de clarté dans les replis de la mer, et infatigablement les bélugas font leur métier de bélugas et ils massacrent et ils dévorent, athlétiques assassins dont la gueule est l'arme principale. D'innombrables poissons s'entrefuient et s'entrepoursuivent, de la surface où jaillit parfois un bond invisible jusqu'au plus lourd des profondeurs que leurs yeux illuminent. Et, le long de la pointe nord du cap, dans la solitude sombre et la fraîcheur de cryptes indécises, un grand mariage d'algues s'accomplit. Des anthérozoïdes dansent avec flamme autour des oosphères boulottes. Nous ne manquerons pas encore de fucus cette année !

Dans le vestibule de la petite église, Alberte et Maria rechaussèrent leurs sabots ; elles sortirent lentement.

— T'es prête ? Tu vas plus te sauver ? dit Alberte, prenant le bras de son amie.

Maria eut un signe de tête négatif.

— Encore une fois, ça t'engage à rien ! Mets-toi dans l'idée que tu as affaire à un très brave homme, avec lequel une femme raisonnable ne peut qu'être très heureuse. Il veut se remarier un an après avoir perdu sa femme, il ne faut pas croire qu'il ne l'aimait pas ! Il se rend compte que, pour l'éducation de ses deux petits, une femme est indispensable, alors il préfère ne pas attendre. Et puis enfin… C'est ici !

Dans une échoppe minuscule, un petit homme brun et souriant, assis sur un escabeau devant une fenêtre sale, ne répondit pas à leur bonjour, car il tenait entre ses lèvres pincées un certain nombre de clous qu'il avait à honneur d'enfoncer d'abord, l'un après l'autre, par trois coups de marteau, dans un talon neuf. Rognures, plaques de cuir, boîtes de cirage vides jonchaient le sol bosselé. Un amoncellement de souliers hétéroclites, avec sur les semelles des marques à la craie, gisait dans une encoignure.

— Tiens, mademoiselle Alberte qui me visite ! C'est gentil ça… Qu'est-ce ce qu'il faudra, mademoiselle Alberte ?

— Pour moi rien, c'est mon amie… Maria Le Meur… Elle a une paire de sandales…

— Vous m'envoyez de la clientèle… C'est gentil… Et de la clientèle qu'on a plaisir à voir… Faut pas trop regarder dans ma boutique, c'est tout dégoûtant… forcément, hein ?… Et qu'est-ce qu'elles ont les sandales de mademoiselle Maria Le Meur… Le Meur et ne se rend pas… Vaut mieux rire, hein, que d'être mort ?

Maria, qui tournait la tête, songeait que le veuf enterrait cavalièrement sa femme. Un bon homme sûrement ; d'une certaine façon il n'avait pas l'air bête ; mais elle connaissait déjà que les belles phrases de Louis ne fleuriraient point sur des lèvres pareilles.

« … Quand je suis là maintenant à côté de toi c'est comme si je dormais près d'une source… »

Volubile afin d'en terminer au plus vite, elle expliquait la nature exacte de la réparation qu'elle demandait, tandis que monsieur Mallégol, les bras croisés, l'écoutait avec le sourire.

— Pour celle-ci, on dirait qu'elle a toujours été dans la chaussure ! C'est une dégourdie !

Alberte entamait un éloge de Maria, mais sa compagne l'interrompit. On parle, on parle, on va se mettre en retard et on gêne monsieur Mallégol. Allez, au revoir, monsieur Mallégol ! Laissant tomber d'un tablier gras, dans lequel il s'essuya les mains, une pluie de pointes et de rognures de cuir, le cordonnier se leva lourdement. Allez, au revoir, les demoiselles ! Debout, il apparaissait comme petit et trapu, fort des hanches et des épaules, un homme, incontestablement, et qui pouvait plaire aux femmes. Non toutefois à Maria. « Louis m'a rendue difficile », songeait-elle, et la reconnaissance lui noyait le cœur pour l'homme qui en si peu de jours lui avait tant appris, tant révélé… Mais n'était-elle pas une mauvaise chrétienne et une pécheresse dans sa chair et dans son âme ?

— Quand vous voudrez revenir, c'est pas moi qui vous mettrai dehors, dit le cordonnier avec un long sourire. Faudra bien, n'importe comment, pour chercher la marchandise ! Et cette fois-là, mademoiselle Maria verra les petits !…

— Monsieur Mallégol a deux beaux petits enfants, crut bon de dire Alberte, pour avoir l'air de renseigner Maria. Garçon et fille.

L'homme toussa légèrement :

— J'ai eu le malheur de perdre ma défunte femme, ça fera un an dans quelques jours. Je l'ai soignée jour et nuit, pourtant. C'était mon intérêt, aussi. Bien forcé que j'étais puisque j'étais pas sûr de retrouver une pareille, économe, courageuse à l'ouvrage, et tout. Enfin, on peut pas pleurer toujours non plus. Pense pas à moi qu'elle me disait avant de mourir, occupe-toi du magasin et des petits... et puis, faudra tâcher de trouver une autre à ma place... une chaussure à mon pied, quoi !

Alberte n'avait pas attendu le tournant de rue pour interroger :

— Alors ?

Maria s'arrête une seconde. Elle craint de vexer Alberte et, levant les yeux, elle cherche une aide à travers de mystérieux espaces. Dieu, la Vierge... et aussi un visage d'homme... précis comme sur un médaillon funéraire, un médaillon ovale et bombé, à fond légèrement bleuâtre... un front lisse, une chevelure qu'on vient de mouiller, des yeux infiniment calmes...

On devait dire plus tard, pour faire contre mauvaise fortune bon cœur, que c'étaient les pêcheurs sud-africains, des pisse-froid comme chacun sait, qui avaient manigancé l'histoire ; et que les marins d'un de leurs bateaux, un après-midi...

Pourtant Rabelais, du moins un Rabelais à la mesure des hommes, n'avait rien à y voir. Mieux valait, du premier coup, avouer son ignorance...

Dans une espèce de début, mais on aurait pu remonter beaucoup plus loin, toujours plus loin, il y eut le détraquement, au large des côtes mexicaines, de la température des eaux profondes. Plusieurs centièmes, et encore plusieurs centièmes de degré de chaleur, se volatilisèrent, sans qu'on ait jamais pu dire par la suite ce qu'ils étaient devenus. Et cela continua, et cela s'étendit…

Les poissons trouvèrent immédiatement la parade convenable. À la joie de vivre sous les eaux, à telle profondeur, poisson de telle race et de telle taille, répond une température qu'il ne faut point galvauder, mais qui existe : ils ne transigeraient point sur cette exigence fondamentale, condition de leur salut collectif. Où était la tiédeur nécessaire, là continuait d'être leur patrie, là le lieu merveilleux de leurs amours et le berceau de leurs œufs innombrables. Comme tant de fois leurs ancêtres depuis le début des mers, ils infléchiraient le cours de leurs grands voyages annuels. Nombre de bancs avaient déjà gagné les hauts pâturages folâtres des côtes européennes, délicieusement riches en nourriture et en sel et d'une variété de relief très sportive et spectaculaire, mais d'onde en onde un signal de prudence leur serait électriquement transmis et l'on pouvait compter sur la sagesse des longues peaux huileuses pour le saisir. Descendez un peu, ne vous laissez pas surprendre par le froid ! Les œufs nous les lâcherons vous et nous, dans telles eaux que nous aurons choisies, et derrière nous la mer ne sera plus que l'immense maternité de notre race, le jeune et riant chantier de nos générations futures ! Décrochez des rades et des baies dont les tendres formes courbes et les flots assoupis vous incitent à frayer et à souhaiter de pondre, abandonnez les plateaux allongés devant les côtes et l'odeur alguée qui flotte exquise au-dessus de leur grouillement goémoneux et coquillier – si plus ne vous enveloppe la température que vous savez bien, que la mer vous cesse d'être le fameux boulevard que nos troupes ont toujours si commodément suivi, qu'elle devienne une glaçante et infecte prison !

Et ainsi, heure après heure, de grands peuples, puissants par le nombre et la pureté de leur race, tout en massacrant et dévorant, en se faisant massacrer et dévorer, cheminaient sans fin à l'intérieur des eaux marines…

— La patronne est pas là ! avait dit une Suzette rieuse, mains sur les hanches. Mais ça fait rien, vous allez entrer dans le fond… (À voix basse, et seuls Jean et Louis pouvaient l'entendre, elle ajouta :) Monsieur Abaléa reste pas boire avec tout le monde !

— Si tu recommences, toi, grommela Louis, je te casse la figure !

— Il est drôle quand même, çui-là, dit Suzette à Jean. Il boude contre ce qui est !

Ils s'installèrent dans la salle à manger des grandes circonstances, où Suzette, redevenue humble dès lors qu'ils se carraient sur les sièges patronaux, se hâta de leur porter deux apéritifs largement servis. Jean hésitait entre l'admiration et l'envie de rire. Le cossu des meubles l'impressionnait. Il éprouvait un élan de nouvelle sympathie pour Louis Marzin, un homme qui montrait par son exemple le degré de confort et d'aisance luxueuse auquel pouvaient prétendre, s'ils ne bronchaient pas, tous les marins-pêcheurs. Y compris un Jean Cam… Restait que, là-dedans, un bonhomme se sentait mou… Nom dé Dié, quand on va ramasser du poisson en mer, avoir ces tentures-là, ensuite, sous les yeux, ça ne doit guère vous ragaillardir. Parlez-moi d'une cuisinière de fonte avec, au-dessus, tout un jeu de reflets contre les derrières des casseroles…

— T'as repéré les bêtes qu'il y a dans la boîte de verre ? dit-il au hasard, pour exprimer ou cacher son émotion. Ça doit coûter des sous… Quoique ça, personnellement, j'aimerais mieux les gobis du port.

Louis émit un grognement.

— Je dis pas ça pour te vexer… T'as beau être le maître ici, forcément que…

Les deux poings de Louis s'abattirent contre la table, ce qui provoqua une tempête dans les verres et une flaque sombre sur le noyer verni.

— Si toi aussi, tu te mets contre moi, ça n'ira pas !

Jean n'insistait point. Il lui suffisait de noter l'amertume du camarade au milieu du luxe qui l'entourait. Bravo. Car, d'avance, Thérésic et la famille renonçaient à lui en fournir un équivalent.

Il ôta de sa poche un mouchoir sale.

— Faut pas faire des bêtises avec le beau matériel !

Il s'occupait, tant bien que mal, à éponger le liquide lorsque la patronne jaillit.

— Laissez donc ça. C'est bon pour les femmes !

— Tu connais pas çui-ci qui était avec moi l'année dernière sur la *Thérèse Masson* ?

— Dans un bistro, qui c'est qu'on voit pas ? J'ai dû le voir, bien sûr… C'est un ami à toi c'est un ami à moi, c'est pas vrai ?

Elle jetait en parlant des coups d'œil dans la glace. De la main droite, sans en avoir l'air, elle se faisait bouffer la chevelure, pour « ombrager » ses tempes.

Louis entreprit un discours sur les mérites du camarade, un copain comme on n'en fait plus, ceux qui se jettent à l'eau, plouf, en pleine digestion, pour vous tirer. Au large du Rio… Rio del quelque chose… enfin, gast, devant les côtes d'Afrique, si cet homme-là…

— F…-nous la paix avec mes histoires ! cria Jean. Comme si t'en ferais pas autant tous les jours !

— Mais non, gast, puisque je sais pas nager… C'est une raison, ça !

— Allez, buvons à la réunion qui nous réunit…, jeta la patronne, vous allez pas vous disputer à refuser la médaille. Il y a vos apéritifs qui refroidissent…

On but. On parla du poisson. Un homme avait eu, la veille, le pouce droit arraché par un congre (il n'aurait pas pu arracher le gauche ?). Les bals du 14 Juillet. Une bonne conversation, quoi. Lorsque la patronne lui dit de rester manger la soupe, Jean se trouva pris de court.

Restés seuls, les deux camarades échangèrent lentement quelques phrases. Louis ne disait pas le contraire, la veuve était plutôt bonne personne ! Mais voilà, maintenant il s'agissait de tirer les amarres. De rompre, quoi !

Ce soir, un dîner mijoté ; demain, les affaires de Thérésic en bonne posture ; – l'histoire se présentait comme il faut et Jean regarda, l'œil scientifique, l'univers de choses confortables et coûteuses où il risquait de ne jamais revenir.

— Jean ! Yann ! Arrive avec moi l'autre côté ! On va prendre du pinard !

— Fais attention ! jeta Louis à mi-voix. Sans ça je raconte à ton père et à ta mère où c'est que t'étais ce soir…

Jean, avec gravité, s'enfouit un doigt dans chaque oreille et il sortit. Le pinard, parlons-en du pinard ! La veuve Abaléa, oui, qui déballait le récit de ses amours ! Enfermé avec elle dans sa cuisine que battait la rumeur du bistro, Jean n'arrivait pas à endiguer le flot des confidences.

— Vous qui êtes une bonne personne… plaça-t-il enfin, mais l'autre eut un ricanement brutal.

— J'ai pas besoin de tes belles phrases. Deux apéritifs, ça veut rien dire. Mais si tu es lichou, si tu aimes la bonne cuisine, me fais pas de misères. Pourquoi que tu es ici ? Je sais bien moi ! Lui réponds pas tout de suite. Dis qu'il faut voir, qu'il faut attendre. Et puis je vous arrangerai à tous les deux de bons petits rôtis avec des frites comme à Sainte-Anne.

Jean se racla la gorge.

— Me fais pas de misères, donc, petit. Le temps qui passe, tu peux pas savoir comme c'est triste. T'es jeune, t'as un grand bout de vie devant toi. T'épouseras une petite, t'auras des enfants à élever, de l'ennui pas une seconde. Tandis que moi, je suis comme une vieille barque qui fait de l'eau…

— Une belle femme comme vous, faut pas dire ça !

Ils se séparèrent un instant plus tard. La tête de Jean bourdonnait, vacillait. Il ne ferait rien pour empêcher une rupture inévitable, seulement il avait pitié d'une ancienne belle femme qui pleurait comme une petite fille. Il s'assit. Un dernier coup de massue l'attendait.

— Je parie que la vieille t'a causé de moi, dit Louis.

Un « gast » éclata. À la fin, c'était trop de complications.

— On pensait pas à toi, tu sais !

Et il ajouta :

— T'as pas le droit de dire la vieille. Elle est pas.

La patronne entrait disposer le couvert. Sous les yeux éblouis de Jean Cam une louche d'argent, longue comme une pinasse, belle comme une voile gonflée, prenait son mouillage sur une nappe toute blanche, contre la jetée d'un dessous-de-plat. Et sur trois assiettes creuses, des bleues et blanches avec de gros dessins de fleurs, s'élevaient majestueusement trois bonnets d'évêque. Un repas de noces. Recevoir les camarades à manger la soupe dans un cadre pareil, quel rêve !... Comme si les recevoir chez soi, dans le logement d'un jeune ménage, ce n'était pas tout aussi magnifique ! La veuve Abaléa parlait d'or. Louis et Thérésic mariés dans quatre, cinq mois, au bout de l'année de pêche – le nommé Jean Cam se chercherait une petite, l'épouserait et mettrait un enfant sur le chantier ! Fiançailles avant le gros maquereau, mariage entre deux campagnes au thon, dans l'esprit ça s'arrangeait très bien ! Et il apercevait déjà, dans une pièce ombreuse, sa femme, enceinte, qui tendait une soupière fumante aux lourdes mains d'un camarade. Et celui-ci dépliait sa serviette et demandait poliment : « Alors, c'est pour bientôt ? » Le nommé Jean Cam avait connu maints déboires amoureux ; plus d'une femme l'avait fait souffrir comme un chien ; mais rien n'était perdu et il allait enfin commencer à vivre !

Un brouillard immobile et ténu cachait la lune et les étoiles et donnait à la nuit une obscurité laiteuse et un goût de feuilles mortes. Le long des rocs sombres de Penmarch, une espèce de vide opaque – c'est la mer, éternellement en éveil, qui a grimpé jusqu'à la laisse des très hautes marées, juste au-dessous des équinoxes, et souffle maintenant. Dans toutes les criques le plein des eaux clapote et de merveilleux échos retentissent et se prolongent jusqu'au fond des grottes noires où croulent des galets, où foncent, avec des bruits de plongeon, de légers ressacs…

Derrière les roches, en contrebas, une clarté minuscule : le chemin où, cet après-midi encore, les enfants récitaient aux voyageurs la mélopée de leurs rivages. Un franc, vingt sous, rien qu'un franc et vous connaîtrez les terribles exploits de la mer ! Bien des gens ricanaient. Cuirassés par leur nature sauvage et une longue habitude, les petits n'en commençaient pas moins leur très épouvantable et très réelle histoire, en quatre tableaux et cent dix phrases. Des hommes et des femmes bien vivants étaient venus ici, qui avaient confondu sagesse et admiration de la mer ; ils n'avaient pas écouté les conseils : tout en haut des roches une lame de fond les avait cueillis et emportés…

— Et puis il y eut l'institutrice… On lui raconte ce qui s'était passé… Elle dit : « Je n'ai pas peur des lames de fond »… Une lame de fond vient qui l'emporte…

Plusieurs étrangers haussaient les épaules. Lames de fond, Gulf Stream, serpent de mer, superstitions croulantes. En bonne hydrographie moderne, les lames de fond n'existent pas. Jamais un savant n'a pu en étudier une seule…

La mer haute ne prend point parti dans ces querelles. Dense, opaque, innombrable, elle se frotte avec douceur contre le granit des petites falaises, comme elle palpe et pétrit le sable d'une longue plage. Joie de la pleine marée, joie de l'action conduite jusqu'au bout et des mamelles fécondes. Les bernicles sentent rôder près d'elles des poissons minuscules et, sur leurs carapaces, leurs parasites se gorger d'eau. Une planche à demi brûlée, tombée d'un patouillard de Cardiff et ballottée depuis un mois par les courants et par la houle, se fiche entre deux pierres et ne bouge plus… La mer ne se demande pas s'il existe des lames de fond, mais peut-être ce grondement subit qui monte d'elle, et cette grande lumière blanche qui escalade le rivage, et ce souffle inattendu de tempête qui déferle, forment-ils un événement digne d'intérêt. Dans la nuit, un énorme croulement, un énorme fracas, semblent se multiplier au loin… Longtemps, l'ancien calme sombre qui gisait devant les roches est agité de frémissements, de remuements confus…

Les premiers rayons du soleil, enveloppés de brume chaude, auront vite fait de sécher la pierre, mais que celui qui a un esprit pour comprendre réfléchisse. Qu'il ne s'étonne plus si, dans un nombre précis de jours…

L'énorme lame roule à toute vitesse le long des tables de pierre lisse, bourre à fond les grottes et, d'un seul gigantesque effort, se hisse tout en haut des pitons qui narguaient la mer.

Dans ce même lit qui, au sortir de Plomodiern, apparaissait à Maria comme un doux chef-d'œuvre de la civilisation moderne, créé pour le bonheur des femmes, pleure la jeune fille. Pas trop bruyamment de peur que l'oreille fine de la tante, qui a des insomnies et qui se doute de quelque chose (beaucoup de choses, peut-être ?), entende. C'est la période où l'oncle René, homme méthodique, ne ronfle plus : onze heures du soir – quatre heures du matin. L'équipage d'un thonier qui a fait bonne campagne, le *Fouquier-Tinville* ou la *Notre-Dame des Flots,* a traîné dans la rue en poussant des coups de gueule, mais les braillards seront allés se coucher et tout Douarnenez semble livré au repos. Les êtres humains, les bêtes, les bateaux, les usines.

Maria sait maintenant qu'elle n'attend pas d'enfant... Elle a remercié Dieu, et la Vierge et sainte Anne, mais sa prière d'action de grâces, elle n'a pas tardé à le sentir, manquait de vigueur. Un enfant de Louis. Un enfant qui eût rappelé sans cesse, et hors de discussion, la grande journée merveilleuse où elle avait conçu à la face du ciel, dans une atmosphère de monde d'avant la chute, alors que toutes choses étaient bonnes, pierres et fleurs, soleil et abruptes falaises, eaux bleues miroitantes... Louis avait eu raison de la malmener. Une pauvre fille qui ne sait pas reconnaître sa chance, voilà ce qu'elle était, rien de plus...

Et puis elle se disait qu'elle traversait une déprimante période et que les larmes indiquaient seulement une revanche de ses nerfs. Ce qui lui avait fait défaut, les derniers jours, c'était une amitié. Alberte, avec son dévouement acharné, s'était montrée trop massive, trop autoritaire.

« Puisque tu trouves si bien que ça ce cordonnier, avait finalement déclaré Maria, tu ferais mieux de le garder pour toi. » À quoi l'autre avait répondu : « Moi j'ai pas fait de bêtise ; et je suis pas en train de me demander si j'attends un enfant… »

— Qu'est-ce que tu veux, maintenant j'ai trop vécu à Douarnenez, je pourrai plus épouser un autre qu'un pêcheur…

La réplique d'Alberte, lancée d'une petite voix sans timbre, avait coupé bras et jambes à Maria :

— C'est parce que t'as été avec un pêcheur. Plus avancée maintenant !

Et bien sûr, dès le premier instant, la justesse de la méchante remarque l'avait frappée. Elle avait aimé Louis pour la raison qu'il était Louis, être humain exceptionnel ; elle l'avait aimé pêcheur, non parce qu'il était pêcheur. En le rencontrant et en l'aimant, elle ne s'était point dit que l'amour de cet homme donnait leur sens et leur noblesse aux années qu'elle venait de passer à préparer indéfiniment des poissons – par lui elle accédait à un autre monde, plus beau, un monde sans barques ni usines, où se choisissaient, en toute clarté, des âmes pures… Il ne lui en paraissait pas moins difficile de nier qu'Alberte n'eût cherché à la vexer plus qu'à l'instruire. Alberte, fille de pêcheur douarneniste, avait gourmandé une campagnarde. Et surtout, dotée par la nature de grosses jambes et d'un visage lourd, elle avait saisi l'occasion de railler, de remettre au pas, une rivale mieux lotie. Tu as commis une faute, tu as commis une faute, tu as commis une faute…

Maria, dès demain, allait pouvoir dissiper cette atmosphère de conseils et de demi-sarcasmes. À quelque chose malheur était bon, Maria laisserait tomber Alberte et les deux prétendants qu'à défaut du cordonnier celle-ci voulait encore lui offrir.

En attendant, elle sentait les larmes glisser à travers ses cheveux et lui remplir les oreilles. Quel dommage de ne pouvoir se confier à Louis ! En quelques formules viriles, semées de jurons, il eût pulvérisé ces ridicules histoires. Maria, pauvre marchandise qu'on tente de placer à droite et à gauche comme une langouste faible. Vous n'avez pas besoin d'une femme déjà enceinte ?

Les sardines sont là – cinquante mille, cent mille peut-être ou davantage, les dos émeraude tendus vers la surface pour les protéger de la chute des radiations lumineuses, la mollesse blanche des ventres vers les fraîches et obscures profondeurs. Cent mille, deux, trois, quatre cent mille…

Les mouettes, également, sont là, tournoyant dans le bas du ciel ou tranquillement posées sur la faible houle de la plaine marine. Elles ont reconnu la richesse particulière de cette zone des eaux en algues, laitance et animalcules, mais, pour elles, tout cela n'est que babioles : ce qu'elles savent si bien et qui les excite autant que les pêcheurs, c'est la présence, à une quinzaine de mètres dans l'épaisseur du flot, d'une immense armée de proies savoureuses qui semble hésiter sur la direction à suivre. Les yeux perçants n'ont pas commis d'erreur : tandis qu'elles patrouillaient très haut au-dessus de la mer, elles ont distingué du premier coup l'énorme pépite qui s'est révélée à moindre distance formée de milliers de taches oblongues et, plus bas encore, a disparu sous le plancton luxuriant des eaux de surface, où évoluaient en ordre dispersé les individus d'autres espèces, confondus maintenant avec un milieu invisible. Mais le goût et l'odorat ont commodément remplacé la vue et, quand elles plongent le bec devant leurs pattes ou qu'elles hument l'air immédiat, elles perçoivent, à n'en pas douter, une âcre et délicieuse émanation. À connaissance de nez, qui vaut toutes les autres, elles savent que, droit sous elles, passent et repassent lentement, par, rangs serrés et superposés, des femelles sardines riches en œufs et qui seront bientôt chaudement provocantes pour les mâles...

Et les pêcheurs également sont là et ils ont mis à l'eau les filets bleus, la belle petite muraille flottante et fermement tendue entre ses plombs et ses lièges et dont chacun des innombrables trous forme un piège mortel. Et, comme nul crépitement ne montait des profondeurs et que la mer, autour de la *Thérèse Masson,* ne commençait pas à sourdement grouiller, à se déchirer de grandes courses obscures avant de se mettre à frétiller sous un pullulement frénétique, ils n'ont pas mesuré leur rogue de Norvège. De part et d'autre des filets, Étienne a lancé des poignées et des poignées de la puante poudre magique et tout le monde a pu voir les bénéfiques reliques couler doucement, comme du bois pourri. La morue morte allait chercher la sardine vivante, des relents prestigieux envahissaient la mer, encore un instant et s'aboliraient toutes les prudences et s'enflammeraient tous les désirs et d'innombrables bulles allaient crever à la surface, comme d'une cuve qui fermente… Peine perdue, il ne se produisait rien.

À une quinzaine de mètres dans l'épaisseur du flot s'enkyste et grouille un banc qui n'a cure de monter vers la surface ni de se battre pour des morceaux de rogue. Impossible de le voir, de l'attirer par des gestes ou de séduisantes paroles, mais enfin il est là et tout ce rassemblement de mouettes en témoigne, sûr comme deux et deux font quatre. Dans la pinasse, dans le canot, les hommes se penchent au-dessus de la mer opaque pour franchir en imagination l'odieuse barrière et communiquer enfin avec le mystère des eaux. Ils songent à la peine qui ne trouve point sa récompense, à l'argent qui manquera le moment venu et aux récriminations des femmes, mais ils songent davantage encore à toute cette ténèbre qui les enveloppe. Nul d'entre eux ne se vanterait de comprendre pourquoi les sardines refusent aujourd'hui de monter en surface et de faire honneur au grand banquet de nourriture apprêté pour elles, en vrac, dans leurs saumâtres pelouses de la mer.

« Ça fait qu'il y a pas de poisson », s'obstinent à dire les femmes – et les hommes, aussi opiniâtrement, redressent l'expression fautive : « C'est pas le poisson qui manque, seulement il ne travaille pas… »

Pour presque toutes les barques sardinières l'événement s'est déroulé d'une manière identique. Chacun en parle, dans les bistros, dans les cuisines, dans les chambres. Les sardines ont manqué le rendez-vous des hommes !

L'habileté des hommes n'est pas en cause, ni la valeur du matériel... Mais quelle foutue histoire de dépendre ainsi de l'obstination ou de la bienveillance de ces petites têtes grasses fermées au vocabulaire humain.

Chez les Cam, on dîne au gros rouge. Jean appareille demain pour une campagne de deux à trois semaines et ce motif, joint à la présence des futurs gendres, aurait dû, semble-t-il, rendre le muscadet obligatoire ? On veut marquer le coup de la mauvaise pêche. La mauvaise pêche du père et du port... Comme dessert, deux « Petit Beurre » à chacun. Les camemberts plâtreux de chez Titine, on leur dira bonjour quand la mer sera plus généreuse !

Yves Le Saout prend son couteau en bataille. D'une voix rauque, et en regardant la table de ses grands yeux noirs, il expose un projet sensationnel. Toute la famille va s'unir pour fréter une barque ! On est maintenant assez nombreux pour se débrouiller sans actionnaires et empêcher les parts de tomber dans le décor. Le père Cam prend le commandement, après quoi on a le père Le Saout, ses fils, Yves et Jean-Marie, et Jean Cam. Le mousse ? Un petit cousin qui termine l'école fera très bien l'affaire. Il reste à chercher un complément d'hommes, du diable si on ne trouve pas ça sur le quai !... Une fois paré, vogue la galère ! Le groupe familial se déplace quand il veut, où il veut, attrapant toujours davantage !

Histoire de montrer que la fortune sourit aux énergiques, le grand Yves redresse la tête et pique son canif à pleine lame dans le milieu du pain. Avec ses cheveux mouillés aplatis sur le crâne, ses joues osseuses fortement dessinées, son menton en galoche, voilà un costaud, pas facile à contredire : le père Cam, avant de se mettre dans le bain, préfère demander à Jean-Marie s'il pense comme son frère : « Oui et non », répond l'autre, un malicieux.

— Eh bien, moi, je suis pas d'accord avec Yves... se décide alors le père Cam. Posséder un bateau, on ne serait pas un vrai pêcheur si l'on n'y songeait une fois le temps, mais il faut voir les choses en face : t'as des sous, toi, pour payer ?

— Des sous, des sous, ça se trouve plus vite que des hommes ! Il suffit qu'on soit une bonne équipe...

— Et les sous rappliqueront ? Tu crois ça ? Moi je dis une chose : il faudra emprunter. Et après, tout le temps, on sera condamnés à rendre les sous des emprunts, à payer des intérêts. Ça changera pas beaucoup.

Il y a un silence. Pour détendre l'atmosphère, Jean Cam parle de Louis Marzin, un copain comme il n'y en a pas deux, vrai frère et pêcheur de premier ordre, qu'il se fait fort d'agréger à la tribu. Les sœurs le connaissent et, au prochain retour de campagne, il faut l'inviter à manger la soupe. Il devait même être là ce soir. Il a été empêché au dernier moment.

— Ce sale cochon, proteste Yves.

Il tape du poing, il affirme que, le jour de Louis Marzin, il ne faudra pas compter sur Yves Le Saout. Et, tandis que Jean Cam l'observe, un méchant rictus aux lèvres, Madeleine et Suzanne ont beau lui prendre les mains et vouloir le calmer, il poursuit. Une honte pour une famille que de s'adjoindre un sale sauvache comme ça, un ancien débaucheur de filles qui tourne au vilain comme tout – penser qu'il couche avec la patronne du

RETOUR DE LA PÊCHE, la mère Abaléa, une femme qui va sur ses cinquante-cinq !

— C'est drôle, je lui aurais pas donné cinquante-cinq, grommelle à mi-voix le père Cam, dans un désir de vérité scientifique.

— T'aurais pas des fois été amoureux de la même fille dans les temps ? demande Jean, la bouche enfarinée, à Yves.

— Réponds pas ! Réponds pas ! crie Madeleine à son fiancé. Par précaution, elle lui prend la tête et la penche vers elle, ce qui permet à la mère Cam de s'esclaffer et de couvrir le bruit de la discussion en ordonnant aux jeunes de se tenir mieux.

— Vaut mieux recauser de la barque, propose le petit Jean-Marie en fermant un œil. Et, avant qu'on ait pu rire, il dit que, par là-bas, vers Trégunc, vers Étel, souvent les bonshommes ne s'embarrassent pas quand ils ont besoin d'un bateau. Ils achètent sur la grève, pour une bouchée de pain, un sabot qui a fini son temps et son propriétaire trouve qu'il ne vaut plus la peine d'une réparation. Le bois est tout mou, tout gorgé d'eau, mais quoique ça, puisque les clous ne sautent pas à la figure quand on lui remet une pièce, on peut encore s'en servir. Haie dessus Kerjégu ! on descend la carcasse, pas trop vite la pauvre vieille ! jusqu'à la mer, et envoyez pour les lieux de pêche !

— Ouais ! dit le père Cam, moi j'appelle ça un tombeau vivant ! Avec ça, on est sûr d'aller *ar* fond !

— J'ai pas fini de causer ! Pour une chose pareille il faut des gars qui en ont mais ce n'est pas aussi bête que ça paraît. Il ne s'agit pas de naviguer avec de la pourriture jusqu'à ce que mort s'ensuive. Mais de tenir le coup, une année ou deux, sur un rafiot qui n'a presque rien coûté au départ, et de mettre posément des sous à gauche. Quand la bête, vraiment, ne peut plus marcher, ou alors elle vous viderait en pleine mer, on fait les comptes ; et on trouve qu'on a de quoi acheter un quart, une moitié de bateau neuf.

— Ouais, je t'ai laissé causer, mais t'aurais pu t'arrêter tout seul. Coute donc, par là-bas, l'année dernière, ils ont perdu deux bateaux dans les conditions que tu dis ; ça fait des veuves et des orphelins, ces machines-là, moi je marche pas !

Toutes les femmes approuvent. Yves, qui a cru malin de se tourner vers Madeleine en disant : « Des orphelins, pas possible ! Est-ce que j'aurais posé un enfant sur le chantier avec toi un jour que je voyais pas clair ? », est remis en place par belle-mère, belle-sœur, et fiancée. Mal éduqué, va ! Et on ne plaisante pas avec les noyades ! Pas content, Yves grommelle : « Gast ! Maintenant suffit pas de mourir en mer, on a plus le droit de rigoler d'avance », mais Jean lui assène un coup de poing sur la tête et les quatre hommes vident leur verre.

Ce qui se raconte dans les journaux, si l'on veut c'est presque toujours du mensonge. Ces gars-là, quand ils parlent de la pêche, ils ont toujours l'air de chercher à vous apprendre quelque chose et ils vous flanquent du cotre, du dundee, du palangrier – ça n'a peut-être bien jamais mis la main dans un baril de rogue et ça veut épater le monde ! Ils citent les bateaux par leur nom et par celui des patrons sans demander la permission à qui que ce soit, ils écrivent « François Squiban, quarante-cinq ans », ou « Joseph Lamendour, trente-cinq ans » comme ça, en toutes lettres, et on se demande s'ils ont jamais franchi le raz de Sein par gros temps ou par brume !

Il faut dire autre chose : ce qui est écrit, rien ne peut plus le supprimer. Ce que tu as vu toi-même, ça compte. Mais si, ce que tu as vu, tu le lis dans le journal, ça compte davantage. N'essaie pas de comprendre pourquoi. Des lois pas ordinaires dirigent ces messieurs-là – des lois aussi obscures, à leur manière, que celles qui règlent les migrations des sardines.

Au fait, l'article présent – après lecture, Louis et Fanche avaient placé le journal sur la table, tourné vers eux, à égale distance de l'un et de l'autre, là où un troisième interlocuteur eût posé les coudes – concernait le problème.

LA SARDINE A DÉSERTÉ LA BAIE DE DOUARNENEZ disait un titre voyant. Le sous-titre ajoutait : LES PÊCHEURS SE PLAIGNENT.

Les pêcheurs se plaignent ? Avant-hier, lorsque l'auteur de l'article envoyait sa copie, hier, quand il téléphonait à son journal, évidemment les pêcheurs rouscaillaient et, dans plus d'un foyer, à l'instant de mettre le repas en train, il y avait eu des femmes qui soupiraient dur. Les usines avaient renvoyé le personnel supplémentaire et des problèmes de pot-au-feu, de coton à repriser, apparaissaient brutalement, chez quelques-uns, comme fort compliqués, les malchanceux, les dépensiers, les nombreux. Pour dix francs, une mère de famille qui voulait acheter du pain et du lait à ses trois petits, qu'elle avait frappés sans arriver à les faire taire, avait provoqué un vieux célibataire de son étage et s'était donnée à lui. Évidemment…

On tenait quand même. La mère de famille et le célibataire avaient pris garde à ne pas divulguer leur histoire, un usinier à ne pas alerter la justice pour une disparition de cent boîtes de sardines. La morue bon marché des terre-neuvas n'était pas faite pour les chiens et, si elle donnait soif, l'eau des bornes-fontaines coulait gratis. Et, quand il n'y avait pas beaucoup de « quoi » sur la table, les femmes prétendaient qu'elles avaient trop mangé la veille ou à quatre heures et laissaient leur part aux enfants…

Aujourd'hui samedi la situation empirait d'une manière considérable. Primo, les pêcheurs ne sortaient pas en mer, il allait falloir tirer plus de quarante-huit heures, jusqu'au lundi après-midi, sans l'espoir de la moindre gratte. Secundo, les pêcheurs ne sortaient pas en mer, ils auraient du temps de reste pour discuter, s'exciter mutuellement à la révolte. Tertio, les pêcheurs ne sortaient pas en mer, donc ils entreraient dans les bistros et il se poserait pour eux mille problèmes de verres à payer séance tenante, de vieilles dettes qui se rappelleraient à leur bon souvenir… Dans ces conditions, le pinard monterait vite à la tête… Et, ce matin-là, une bonne partie des gens se réveillèrent et se levèrent bien décidés à emprunter quelques sous : on taperait, à charge de revanche, la femme d'un pêcheur au thon que la dernière marée de son homme avait mise en avant de sa bouée, ou l'usine consentirait une avance à une emboîteuse dont elle n'avait jamais eu à se plaindre, au matelot d'une pinasse qui livrait toujours belle marchandise (et il s'arrangerait avec son patron), ou encore ce serait le vieux tonton Jules qu'on attendrirait en lui amenant les petits avec du tabac pour sa chique et qui prêterait sans trop gémir deux ou trois billets bleus… L'épicier ferait crédit… La débitante marquerait un article de plus sur sa longue liste, juste après les hameçons et les gaufrettes nantaises.

Là-dessus arrivait le journal. En apprenant qu'ils se plaignaient, les pêcheurs se découvraient sur-le-champ une humeur de dogues. Ah oui, pour sûr ils se plaignaient ! Saloperie de pays, d'existence, de tout. Attendez un peu, messieurs les profiteurs de Douarnenez et de Paris, vous verrez si ça ne change pas demain ! Et d'abord, pas d'histoires, une plainte comme celle-là, un raz-de-marée de plainte qui va tout démolir sur son passage, on l'arrose. Ah nous sommes les rouges de Douarnenez ? Regarde un peu, fils, la couleur du vin que nous buvons pour nous dégourdir le tempérament. Et dis-nous après et dis aux autres si nous trichons…

Louis avait expliqué sans peine à sa grosse maîtresse qu'en un jour pareil il était obligé de boire dans le bistro de son bateau. Il avait filé chez Jeannie la boiteuse, où, quelques minutes après, le rejoignait Fanche Creignou. Étienne était à l'Inscription maritime, Gourmelon et Goasduff près de leur Syndicat rouge, Mathieu près du Syndicat blanc. (Il ne cotisait pas mais il était en bons termes avec eux.) Les autres rappliqueraient bientôt. Ils devaient traîner par là sur le port ou dans le fond de leurs lits de pères de famille. Le BAR DE L'ESPÉRANCE tenait la grande cohue. L'*Étoile de la Mer*, le *Gracchus Babeuf* et l'*Astafo* se trouvaient là au complet, mousse et tout, et les gars discutaient ferme autour de leurs litres d'Algérie à 12 degrés. « Et moi je te dis, raconte le patron de l'*Astafo,* que les sardines c'est du monde comme les autres et qu'avec elles, il y a la manière. Quand on jette les filets, il faut faire le signe de croix, elles aiment ça. La première qui monte à bord, tu la remets dans l'eau et tu l'offres à Ty-Coat... – Tais-toi donc, calotin, gueule un vieux, on ne saurait pas que tu es un as pour la manœuvre, on ne le devinerait pas ! Le responsable du manque de poisson, c'est le moteur. Il ne fait qu'agiter l'eau, l'empoisonner, énerver les bestioles. Du temps de la voile, on ne connaissait pas ces avatars ! Patience, elle n'a pas dit son dernier mot ! On y reviendra de retour ! – Et tais-toi donc toi-même, on sait bien que ce sont les vieux les responsables, plaisante le mousse. Vous avez pillé la baie comme des pirates, maintenant il ne reste plus rien !... »

— Qu'est-ce que c'est encore, ces c...-là, murmure Louis.

— Les écoute pas, rétorque Fanche avec un sourire triste qui lui tord la bouche... (Pas joli le camarade ! Un gars comme lui, c'est fait pour régaler de bonbons les enfants des autres et ne pas en avoir soi-même...)

— Sacré Fanche, dis pas ça. Forcé qu'on est d'écouter puisqu'on a aussi des misères avec le poisson...

— Bon. T'es content ? Alors, moi je dis plus rien...

Un matelot du *Gracchus Babeuf* déblatère contre la farine d'arachides. Des trucs racontés mille fois. La preuve que la farine d'arachides c'est du poison, les chalutiers, qui ont le moyen de le savoir, déclarent qu'en certains endroits les sardines crevées tapissent le fond de l'eau.

— Et moi, Guillaume, moi je te dis que tu vas par le travers, répond aussitôt un camarade. Laisse la farine d'arachides tranquille. C'est le filet tournant des gars d'Audierne et de Guilvinec qui a fait le coup. Ça c'est le grand massacre. Les gardes-pêche devraient défendre des machines pareilles…

— Et moi…

— Et moi…

Discussions, discussions interminables. La pendule-réclame, offerte par une marque d'apéritif, lâche, d'affilée, onze coups bruyants. À quoi pensent Étienne et les camarades ? Il faudrait pourtant que le bateau décide une ligne de conduite. L'*Astafo* a déjà réglé la sienne et voilà ses hommes qui s'ébranlent, dans un brouhaha de chaises et de sabots – on dirait une benne basculante qui décharge des briques. Tout le monde les guigne. On voudrait les interroger, on n'ose pas. Les affaires des autres sont leurs affaires.

Tandis que les gars de l'*Étoile de la Mer* et du *Gracchus Babeuf* reprennent, d'une voix moins bruyante, leurs récriminations contre les avisos de la marine et le règlement du maximum, Jean s'approche du comptoir, où Jeannie la boiteuse tricote une brassière.

— Dis-moi un peu pour l'*Astafo,* je suis sûr que tu sais.

La vieille débitante lève sa tête jaune.

— Ils vont descendre sur La Rochelle.

— Si bas que ça ! Ils ont p't-être raison.

— P't-être,

— Qu'est-ce que t'en penses au juste ?

— Je sais pas.

Elle soupire. Elle songe à sa fille, tombée paralytique, et qui repose dans la pièce voisine. À sa petite-fille, partie pour un sanatorium d'Huelgoat, et qui s'y remet lentement… Maquereau, thon, sardine, que les pêcheurs choisissent eux-mêmes, on a déjà bien assez de misères.

À deux hommes qui titubent devant son comptoir inondé de vinasse, elle refuse de nouvelles consommations et, poings sur les hanches, la voix calme, elle les invite à sortir.

— Vous partirez de là, nom d'un chien.

Puis elle entreprend de faire disparaître les flaques de vin qui stagnent sur le zinc, de sa main arrondie, qui, à grands coups, envoie promener le liquide presque sur le plancher. Elle marmonne : « Les hommes ont fait des saletés… »

Louis entend les tablées voisines prononcer avec une tranquille audace des noms de ports étrangers. Quiberon, Le Croisic, Saint-Nazaire, même Les Sables-d'Olonne. Nullement pour discuter les cours ni se renseigner sur les pêches, mais parce qu'on envisage comme possible de gagner un de ces endroits-là. Pourvu qu'Étienne Masson, le raisonnable Étienne, ne cède pas à cette ridicule bougeotte. Douarnenez seul compte aujourd'hui. Nulle part ailleurs on ne pourrait suivre l'existence d'une fille, une pauvre imbécile qui s'appelle Maria et pour laquelle on n'éprouve – sapristi non ! – aucun intérêt ; on désirerait simplement savoir comment elle tournera demain. Et puis c'est tout. Quand un homme est un homme, et plus tout jeune, il va pas pleurer pour une galopine ! Il va pas se faire du cinéma pour lui tout seul ! À Douarnenez on a mieux à faire. Douarnenez, la ville merveilleuse…

Dans la ferme épaisseur des eaux, ramant avec ensemble de toutes leurs nageoires, procèdent les bancs ; ils se sont réunis, venant de plusieurs directions, au large de la baie d'Audierne, et piquent droit vers le sud-est. Un immense ruisseau de poissons s'est creusé un lit au centre de la mer et coule indéfiniment. Noir et silence. Sur les millions d'échines bleues ne pèse aucune lumière. La nuit brumeuse et grasse qui au-dehors opprime les flots n'est rien devant les ténèbres dont s'étendent ici les invisibles royaumes…

Les sardines s'en vont ! Les sardines s'en vont ! crie une mouette solitaire, prenant son vol en rase-vagues vers le lointain rocher où dort toute sa bande. « Les sardines s'en vont ! » répète un couple de canards. « Les sardines s'en vont ! » répète une judelle. Et, de relais en relais, la nouvelle atteint le rivage…

« Combien sont-elles ? Combien sont-elles ? » demande un chef de courlis réveillé en sursaut.

« Des foules, des foules, des foules… répond la mouette. Plus que nous, plus que vous, plus que tous les oiseaux d'ici… »

Trois lumières crèvent la brume dans un grognement de teuf-teuf. C'est un chalutier de Lorient qui cherche pâturage.

À l'intérieur de la mer nocturne, le bruit gonfle. Moteur, étrave, hélice – et jusqu'au sifflement du canot tiré par le filin et glissant contre les eaux. Quel danger mortel encore menace les bancs ? Une angoisse grégaire les enveloppe. Fuir, fuir. Des millions de bousculades molles se produisent, les nageoires, les queues, les têtes s'enchevêtrent, il n'y a plus ni guides ni guidés, ni cap ni vitesse, rien qu'une panique et une mêlée prodigieuses…

Fausse alerte ! Un calme lisse, de nouveau, reprend possession de la nuit des profondeurs. Les bancs ont retrouvé leur ordonnance de marche, mille de front, cent cinquante en hauteur, avec des pointes, des saillants, des escouades isolées, et, sans bruit, sans mouvements inutiles, tout l'ost file dans la direction bénéfique, là où attendent les mers amies et leur exacte chaleur que rien ne remplace.

Dimanche, deux heures de l'après-midi. À cheval sur une chaise de paille, bras croisés et avachis, Louis regarde son verre de rhum et, de l'autre côté de la table, la veuve Abaléa, petit doigt levé, agite dans le sien un morceau de sucre. Dire qu'on a passé la nuit ensemble et que l'on va recommencer la nuit prochaine et que son compagnon lui reste étranger. Forcément, elle n'est plus toute jeune ; mais elle n'est pas non plus un remède à l'amour. Elle se trompe de beaucoup si elle ne vaut pas mieux que toutes les femmes de ceux qui boivent chez elle, passé leurs trente ans !

— T'es pas gai, fils, aujourd'hui ! bougonne-t-elle, et elle n'ignore pas que le pêcheur va se hérisser.

Louis s'impose de se taire. D'un geste tranquille il attrape son verre. Il boit une petite gorgée. Il repose son verre.

La femme poursuit.

— Ça va pas ?

L'homme éclate.

— Tu vas me f… la paix, non ?

En lui-même, avec une parfaite injustice, volontiers il rendrait sa plantureuse maîtresse responsable d'un morne dimanche, de cet ennui qui colle aux habits et aux membres comme un goudron, de la fuite des sardines, de la certitude où l'on est de vieillir – plus de Maria, pas de Thérésic, la solitude, la solitude… Un vieux, un vieux… un raté, un pauvre type, un demi-voyou… pas de gosses…

La femme s'est levée sans qu'il s'en aperçoive et, tout à coup, il sent sur ses épaules le poids de deux bras lourds. Exécrable fardeau.

— Mais va-t'en donc ! F…-moi la paix !

Elle se mord les lèvres. Faire des reproches, mauvaise tactique. Elle pleure de sa maladresse et, pour la compenser, cherche à utiliser ses larmes. D'un ton langoureux, elle dit qu'elle n'est pas jalouse.

— Si c'est les amours qui vont pas, tu peux causer. Je t'empêche pas de fréquenter une autre. Et p't-être que je…

Louis a bondi sur ses jambes. Il saisit à deux mains le dossier de la chaise, qu'il dresse en l'air de toutes ses forces.

— Tu vas pas te taire, nom dé Dié ?

La veuve plie le dos et retourne à sa place comme un chien battu. Louis frappe la chaise contre le plancher et, d'un coup de pied, la renverse.

QUATRIÈME PARTIE

I

Les Douarnenistes en avaient vu d'autres. Ils relevaient le défi lancé par la mer. Moins de cigarettes, moins de petits rhums – surtout dans les premiers jours. Les femmes gratteraient le beurre sur le pain du goûter. Pour la dixième fois elles repriseraient les petites chaussettes. Dans le vieux drap de longotte à deux places, elles trouveraient deux draps d'enfant, dans le drap d'enfant une taie de traversin et, si la toile filait comme la peau d'une brûlure, on se passerait de draps !

L'essentiel demeurait que, sur le plan collectif, fût adoptée une attitude virile. Les sardines avaient fui les parages : pour combien de jours ? Quand on était sardine, on ne lâchait pas indéfiniment une frayère admirable. Les bancs reviendraient, tôt ou tard… Problème de sous et de tactiques – avec, dans les deux cas, déploiement de courage et de hardiesse. Du culot pour rester, du culot pour partir !

Les pinasses qui misaient sur l'aventure féconde s'en iraient chercher la sardine entre Concarneau et

La Rochelle, plus bas même s'il fallait (sur le port de Saint-Jean-de-Luz, il y avait des petits bistros pas chers, avec de belles peintures et des patrons qui s'appelaient Milbéo ou Jaouen), pour travailler avec les usines du nouveau secteur. Les autres… eh bien les autres se débrouilleraient. D'abord elles fouilleraient les parages pour voir si ne traînait pas quelque banc de sardines résistantes ou si un autre n'était pas revenu. Puis elles attraperaient ce qu'elles pourraient, ce qu'elles auraient des chances de vendre. Elles mettraient des casiers. Elles feraient le merlan, le maquereau, le chinchar, l'aiguillette. Il s'agissait de toujours ramener quelque chose pour utiliser le bateau et les courages et empêcher les familles de se serrer trop la ceinture. Tenir, tenir.

L'opération, d'un côté comme de l'autre, offrait des risques. Les bateaux qui descendraient ne manqueraient pas de trouver la sardine, mais ils n'étaient pas sûrs de la vendre, encore moins de la vendre à un prix rémunérateur. Ils se heurteraient à une forte concurrence locale, à des positions établies, et les usiniers du cru, pas plus des petits saints que ceux de Douarnenez, exploiteraient la situation…

Les « faux frais » des partants – grosse dépense de gasoil, apéros plus nombreux, pour se limiter à deux exemples et ne pas évoquer les aléas des courses lointaines, les vacheries que pouvaient combiner des pêcheurs locaux (avec les bélugas et avec les poings) –, les bateaux qui restaient ne les connaîtraient pas mais ils subiraient leurs ennuis propres. Les casiers, les lignes, les hameçons coûtent des sous. Si peu qu'ils dussent se munir d'engins nouveaux pour passer d'une pêche à une autre, ce serait dur. Pour quelles recettes ? On ne reviendrait peut-être certaines fois qu'avec des chiffres ridicules : deux dizaines de gros merlans, cinq de gros maquereaux. Deux homards, une pieuvre, huit congres. À peine de quoi se nourrir et payer le gasoil…

Du dehors il semblait tentant de désarmer à la sardine et d'armer au petit maquereau. Quand on regardait les choses de près, la solution devenait impraticable. Ou presque. Il aurait fallu, dans chaque bateau, mettre à pied plusieurs membres de l'équipage et rien ne disait que la nouvelle pêche donnerait de meilleurs résultats. Une vingtaine de barques, en début de campagne, avaient opté pour le petit maquereau ; du jour au lendemain, le chiffre ne pouvait passer à trente, trente-cinq, quarante. Il ne fallait pas tirer trop dur sur les possibilités du marché local ni sur les ressources marines. D'autant que le petit maquereau, à son tour, pouvait se dérober, rompre le combat, fuir…

Grosse histoire. Il y eut tout de suite, ou presque, des bateaux qui se sauvèrent pour continuer la campagne dans un port du sud ; mais les pêcheurs, dans leur grosse majorité, voulaient d'abord comme digérer les éléments de la question. Le mécontentement grondait. La mer était aujourd'hui avare de ses ressources, mais on ne pouvait décemment lui tendre le poing et, quand on avait bien juré contre la guigne des mauvaises pêches, il fallait chercher un autre coupable. Des coupables. En pantalon et en veston. Les sardines suivaient des raisons sardinières dont les hommes ne pouvaient connaître : mais, où ils avaient leur mot à dire, c'était dans la médiocrité présente de leurs économies. Du jour au lendemain certaines familles allaient se trouver plus ou moins à sec : preuve que, jusqu'ici, et alors que la sardine marchait, les usiniers n'avaient point donné le prix raisonnable. Demander un rappel ? Bon pour les fonctionnaires. Il s'imposait d'exiger pour demain, au retour du poisson, des conditions meilleures.

Entre les usiniers, les pontes des Syndicats et l'administrateur de l'Inscription maritime, pourparlers et discussions se multiplièrent, tandis que, dans les bistros, de lentes réunions peu bruyantes groupaient les équipages de pinasses. Il faisait un temps superbe ; les thoniers, retour de la flambante campagne annoncée quelquefois par T.S.F., arrivaient à quai se faire traire les uns après les autres... et dans les maisons basses on réparait dare-dare les chaussettes, les caleçons, les chemises des futurs partants ou supposés tels... et, sur les pinasses qui désarmaient à la sardine, les hommes, avec des gestes lourds, débarrassaient le pont de toutes les fanfreluches... et dans les rues passaient des voitures à bras, chargées de voiles, de filets, de cordages... Après chaque aurore se déroulait sur le quai la vente gluante du poisson plat, des chiens de mer et des congres. Trois langoustiers, un de Camaret, un du Conquet, un de Morgat, étaient venus jeter sur la place un flot d'araignées, de tourteaux et d'étrilles. Les hôtels du Ris et de Tréboul n'avaient plus une chambre de libre, les automobiles de leurs clients passaient la nuit dehors, les touristes photographiaient le port à jet continu, un peintre était assis sur chaque bitte d'amarrage, des mémères en short se baladaient, croupe ondulante, sous le nez des pêcheurs...

On nous supplie quand on a besoin de nous, disaient les usiniers, et l'on fait appel à notre intelligence et à notre sens social. Les autres jours, nous ne sommes que des exploiteurs !

Vous existez, messieurs, parce que les pêcheurs existent, répondaient les Syndicats. Si vos dames portent des bijoux, c'est parce qu'il y a des gens qui vont en mer se casser le tempérament !

Si les pêcheurs ne buvaient pas les trois quarts de ce qu'ils gagnent, reprenaient les usiniers, peut-être que leurs dames, comme vous dites...

Allons, les gars, allons, messieurs, criait l'administrateur de l'Inscription maritime, ne vous égarez pas dans cette dispute d'où rien de bon ne peut sortir. Oubliez vos griefs et parlons du sujet qui nous intéresse tous. Douarnenez peut encore se trouver demain, et pour ma part je le souhaite, et j'espère que tous ici nous le souhaitons, devant une surabondance de sardines. Il importe, messieurs les usiniers...

Vous nous suppliez d'agir, disaient, dans un autre lieu, les Syndicats aux pêcheurs, quand vous avez besoin de nous. Les camarades ne cotisent pas, ne retirent pas leurs cartes, et c'est quand les femmes se plaignent de manquer de pain pour tremper la soupe qu'ils se rappellent notre existence. S'ils montraient de la mémoire plus tôt, nous serions beaucoup plus forts !

Vous auriez mauvaise grâce à nous taper dessus, répondaient les pêcheurs. Les services que vous nous avez rendus, ça ne fait pas un gros livre.

Assurément, triomphaient les Syndicats. Soutenez-nous davantage ; ensemble nous écrirons ce gros livre. Il faut croire que vous nous jugez utiles à quelque chose puisque vous venez nous trouver aujourd'hui.

Nous venons vous trouver, nous y sommes bien forcés. Si vous ne tenez pas le coup, les usiniers vont nous rouler encore ! De belles phrases, ce n'est pas ça qui nourrit des enfants ni qui permet de monter un ménage.

Taisez-vous donc, vous ne…

Les usiniers déclaraient à l'administrateur que son adjuration les touchait. Vieillis dans la sardine et dans le maquereau, ils saluaient avec joie un exposé objectif (ce qui les changeait d'attaques aussi odieuses que ridicules). Seulement, de même qu'une sardine est une sardine et ne peut devenir maquereau, de même ils étaient des usiniers, non des Vincent de Paul.

Dommage ! criait un socialiste chrétien.

Vous nous permettrez, monsieur l'administrateur, de n'être pas d'accord avec l'étourdi qui nous insulte. Un Vincent de Paul douarneniste, qu'aurait-il jamais pu faire ? Une quête. Disons une très grosse quête, et rien de plus. Avec cet argent il aurait payé le sanatorium à quelques tuberculeux, acheté du pain pour quelques familles nombreuses, vêtu quelques enfants trop nus, et après ? Il lui aurait fallu recommencer tous les jours sa très grosse quête et qu'en pensez-vous ? Pour augmenter la résignation des malheureux il serait allé lui-même pêcher en mer ; charité stupide ! Il eût contribué à encombrer le marché, donc à tuer les prix… Nous, avec nos usines, mettez-nous en regard. Nous que les gens accusent d'exploiter le peuple, nous le soutenons, nous lui offrons la possibilité de vivre une vie, non pas luxueuse certes (le luxe ne donne pas le bonheur), mais honorable, certainement très supérieure à celle qu'il menait jadis. Est-ce que les pêcheurs de Douarnenez ne sont pas aujourd'hui mieux vêtus, mieux coiffés, mieux chaussés ? Mieux même que certains bourgeois ? Grâce à nous, monsieur l'administrateur ! Nous qui...

C'est faux, interrompaient les Syndicats, et nous ne tolérerons pas qu'on dise de ces phrases absurdes et calomnieuses devant nous. Possible que le peuple ait amélioré sa condition matérielle : c'est à lui qu'il le doit, à sa volonté de lutte contre l'injustice, à sa solidarité magnifique – pas à vous, repus ! Comment osez-vous accepter que les maisons de Douarnenez, une ville de près de vingt mille habitants (nous aussi nous savons calculer), soient, dans l'ensemble, aussi misérables ? À vous il faut des villas, chauffeur pour madame et gouvernante pour les mioches – et le pêcheur dont dépend tout ce luxe qui ne donne pas le bonheur, taudis, taudis, taudis.

Nous haussons les épaules, rétorquaient les usiniers, à ces ragots insanes. Vous l'avez eue un temps, messieurs, la mairie de Douarnenez, un bon bout de temps, et dites donc un peu en quoi vous avez alors servi le peuple ? Vous qui êtes fiers de savoir calculer, donnez-nous le total des maisons que vous avez fait construire pour améliorer sa vie quotidienne ? Empuantir les grèves pour chasser les touristes et faire de Douarnenez une citadelle rouge, voilà quelle fut votre action. Des gueulards, voilà tout ce que vous êtes !

Et vous des profiteurs !

Allons, les gars, allons, messieurs, la sardine, la sardine ! Ne nous égarons pas – nous reprendrons cette discussion tout à l'heure, tâchez de vous détendre. La sardine, Douarnenez, que ce soient les seuls mots d'ordre. Élevez-vous au-dessus de vos intérêts personnels, oubliez les querelles partisanes… la sardine, la sardine !…

Mais sachez bien, disaient plus tard les usiniers, que nous n'avons pas cité Vincent de Paul aux fins de noyer le débat. La sardine, monsieur l'administrateur et messieurs les délégués syndicaux, voilà un poisson bien construit, sympathique, auquel nous n'adresserons aucun reproche. Seulement, pour appeler les choses par leur nom, vous nous demandez de travailler à perte. « Donnez-nous plus et augmentez les prix de vente, vous nous ferez plaisir et vos bénéfices resteront les mêmes », c'est enfantin. Le public de la sardine à l'huile est d'une sensibilité quasi féminine. Une augmentation très légère lui paraît tout de suite exorbitante… Mettez-vous dans la tête, une fois pour toutes, que la sardine, un poisson que vous avez constamment sous les yeux et dont la silhouette vous est archi-familière, n'a pas encore gagné, dans notre pays, des positions solides. Nous plafonnons très vite, nos représentants nous le disent. Une fois atteint tel chiffre de clients donné, aucun espoir de gagner du terrain. Nous arrivons aux frontières de seigneurs français indélogeables, le saucisson, le pâté de campagne…

— Quel chiffre ? demandait Fernand le chauve.

— Nous n'avons pas à le divulguer. Quiconque possède le moindre sens de l'observation peut se livrer lui-même à des calculs… Le règlement du maximum, vous ne l'ignorez pas, est lié à l'existence de ce chiffre. Il a fallu contingenter les résultats de la pêche puisque, dans les faits, les possibilités de son écoulement étaient, pour ainsi dire, contingentées… Nous voulons les uns et les autres que ce chiffre s'élève un jour ? Pour nous, usiniers, nous ne désespérons pas d'y arriver, mais aidez-nous à créer un climat de pause. Il faut permettre au public de souffler sur les résultats actuels.

— Autrement dit, ripostaient les Syndicats, vous nous laissez tomber dès que vous craignez de perdre quelques sous, mais tous les sous que vous avez déjà gagnés sur notre dos, vous n'en parlez pas une minute ! La mer, pour vous, les tempêtes, le beau temps, les bonnes et les mauvaises pêches, c'est toujours du bénéfice. Nous vivons ou mourons au jour le jour, nous…

— Vous en avez trop dit ! coupaient les autres. Nos tempêtes, nous les avons ! Vous n'avez jamais entendu parler de faillites dans notre branche ? Non ? Jamais ? Et de nos difficultés de trésorerie ? Jamais non plus ? Comprenez que nous sommes solidaires ; que nous représentons, vous pêcheurs et nous usiniers, le groupe de l'industrie française de la conserve du poisson et qu'ensemble nous devons nous battre contre des ennemis communs. On nous menace de partout. Le Maroc, l'Espagne, la Norvège, l'Afrique du Sud, l'Amérique… Il y a telles maisons étrangères qui ne connaissent pas le quart de nos frais généraux ! L'État nous protège par des droits de douane, mais nos prix trop élevés nous interdisent trop souvent l'exportation. Le résultat de vos exigences ? Il n'y a guère que des millionnaires anglais qui peuvent s'offrir de manger régulièrement des sardines françaises.

— Quelle blague ! Les Anglais qui viennent à Tréboul ne…

Indéfiniment se poursuivait la délibération et s'exhibaient les vieux griefs et tout reproche déclenchait une réponse et à toute réponse se faisait une objection et chacun voulait garder le dernier mot. Nos prix sont calculés juste, concluaient indéfiniment les usiniers ; si nous vous payons la sardine plus cher, nous la vendrons plus cher ou plutôt nous ne la vendrons pas. Dans ces conditions, donnez vos usines, ricanaient les Syndicats, nous nous débrouillerons mieux que vous. De grand cœur, souriaient les premiers, soyez seulement assez gentils pour rembourser toutes nos installations.

L'administrateur, entre les frères ennemis, ne pouvait songer à une réconciliation profonde, mais quelques jours gagnés, c'étaient quelques jours gagnés, peut-être un tuberculeux de moins, peut-être un nouveau-né qu'on arracherait à la mort, et certainement un lot de peines et de soucis familiaux évités ou retardés. Quitte à se répéter, à prononcer des lapalissades, à bafouiller, il arrêtait sans cesse les querelles doctrinales. Si les usines appartenaient au peuple, si les pêcheurs buvaient trop, cela se discuterait dans les rues, au débit, dans les salons ; pas ici. Le sort des enfants et des femmes, le bon écoulement de la pêche, tels demeuraient ses deux uniques et grands objectifs. Que jamais on ne vît sur le port briller le casque d'un garde mobile. Et que, pour rien au monde, les équipages ne fussent conduits à jeter leur poisson…

À la fin du compte et, assuraient-ils, par philanthropie, et en faisant toutes réserves sur le bien-fondé de l'opération, les usiniers acceptaient de mieux payer la sardine. Les pêcheurs, de leur côté, avaient diminué leurs exigences et, oralement, ils s'étaient engagés à travailler leurs collègues des autres ports pour qu'ils entreprissent un mouvement revendicatif analogue. Douarnenez, sinon, se trouverait en mauvaise posture !

Grande victoire, estimait l'administrateur. Et qu'elle fût éphémère ne la diminuait en rien. Aucune victoire douarneniste contre la mer ne prolongeait ses effets au-delà de quelques jours... Il se frottait les mains. Cinq, dix, vingt, il écrirait aux députés, aux « pouvoirs publics », autant de lettres qu'en réclameraient les deux parties, pour leur exposer en long et en large la nécessité d'une politique française du poisson. Avec des références précises et ajoutées de son chef. Il consulterait le Larousse médical et demanderait quelques tuyaux à son partenaire de bridge, le docteur Martin. On organisait des semaines et des cures uvales, pourquoi pas des semaines et des cures de poisson ? La richesse du poisson en phosphore, il n'inventait pas cela, hein, c'était du sérieux et du scientifique et les instituteurs, qui n'appréciaient point les phrases creuses et voulaient du document, devraient s'intéresser à des remarques pareilles. Dans les écoles de Beauce et du Périgord, les petits paysans avaient besoin d'apprendre de leurs maîtres la haute valeur nutritive et intellectuelle du poisson – et, entendons-nous, du poisson de mer, sinon cette propagande finirait en braconnage de truites et rien n'eût été changé dans le sort de la tribu douarneniste, blottie dans sa ville-village tout contre ses bateaux.

II

Impossible de mettre au lit un certain nombre de vieux, d'enfants et de femmes, de les plonger dans le sommeil et, pour les réveiller et les nourrir, d'attendre les jours meilleurs. La nécessité de faire plusieurs repas entre lever et coucher du soleil, chaque jour, pesait sur tout le monde ; et, pour acheter le pain quotidien, il fallait de l'argent quotidien.

Si les femmes se prêtaient volontiers, pour elles ou les petits, du beurre, des souliers, des vêtements, la solidarité sur le plan du travail montrait des brèches. Il eût été de bonne guerre, pouvait-on croire, que les thoniers retour de campagne soutinssent, par des actes précis et autrement qu'en vœux, les revendications des pinasses. Par exemple en livrant leur poisson uniquement à des usiniers qui acceptaient de mieux payer la sardine. Et, s'il ne s'en trouvait point, en cédant le paquet aux mareyeurs et à la consommation locale. Ouais. Malheureusement, dans la générosité comme dans tout le reste, il ne s'agit pas de se conduire en apprenti marin : les usiniers, qui disposaient de réserves monétaires, eussent mis à pied leur personnel affecté au thon. Le premier effet de la solidarité interpoissonnière eût donc été de condamner au chômage un certain nombre de femmes. Savoir également si les mareyeurs accepteraient de marcher, le cas échéant, avec les pêcheurs. S'ils ne s'entendraient pas, en sous-main, avec les usiniers, pour refuser le poisson ou en proposer un prix dérisoire... La consommation locale, cela sonne bien ; mais les touristes ou les Douarnenistes qui payaient le poisson n'avaient pas chacun deux estomacs ; ce n'était pas à l'heure où les hôtels étaient priés de faire un effort pour le poisson de remplacement ramené par les pinasses, qu'il pût sembler opportun de jeter sur le marché local une grosse quantité de thon. Jolie pagaille, comme disent les Toulonnais. Les prix de tous les poissons allaient tomber en flèche.

Les mêmes problèmes se posaient pour tous, mais c'étaient des problèmes qui s'ajoutaient les uns aux autres et ne se confondaient pas. Se condamner à un moindre gain pour servir la cause générale n'eût pas entraîné un automatique relèvement du sort des camarades ; simplement, dans une famille de plus, on eût donné aux enfants deux tartines au lieu de trois, un morceau de sucre au lieu de deux, trois pommes de terre au lieu de quatre ; tandis que les grandes personnes eussent renoncé au beurre et tiré des plans pour acheter vingt-deux francs de marchandises avec deux billets de dix francs.

Il n'était pas bon que les usiniers et les mareyeurs ne trouvassent devant eux que mal-vêtus et sous-alimentés. Le peuple devait montrer sa force en produisant à la lumière du jour un certain nombre d'individus qui, sans se compromettre avec les bourgeois, mangeaient à leur faim, couchaient entre des draps propres, portaient des chandails non troués aux coudes, achetaient des cigarettes toutes faites – des gars pétant de santé, visiblement heureux de vivre, et dont les idées révolutionnaires ne consistaient pas à vouloir que tout le monde fût plongé dans la mélasse.

On pouvait médire au maximum des salaires, des usiniers, des mareyeurs, des douaniers, des épiciers, des cantonniers, des conseillers municipaux, des gouvernements d'ici et d'ailleurs, mais c'eût été une hérésie, indigne d'un homme de cœur, que de représenter comme le dernier des métiers la pêche, école magnifique d'énergie, d'audace et de libération. Chanter l'*Internationale* ou la *Carmagnole* n'entraînait point qu'il fallût traiter les pinasses ou les thoniers superbes, rois des bateaux, comme de sordides galères, uniquement bonnes à faire couler la sueur du peuple. Les gens qui donnaient foi à ces ridicules sornettes, qu'ils s'en aillent, ils n'avaient pas le droit de s'appeler douarnenistes !… Menace en l'air, évidemment : cette espèce d'hommes était inconnue dans les parages. Des jurons, des accès d'humeur, des coups de cafard, bien sûr ça existait ici, mais on savait que ça ne formait pas une opinion véritable. Et, mieux encore, on n'ignorait pas qu'il y avait une manière de taper sur la pêche, d'un ton brutal et avec certains mots échevelés, qui prouvait un extraordinaire, un total et insatiable amour.

Si plusieurs s'offraient de meilleures pêches et de meilleurs gains, ou bien ils le devraient à leur mérite et toute récrimination serait stupide, ou bien ils le devraient à la chance, laquelle favoriserait demain d'autres camarades… Eux aujourd'hui, bons Douarnenistes, ils feraient quelques distributions dans leur voisinage, dans leur parenté. La moyenne de consommation, par tête d'habitant, du beurre, du pain, du lait, de l'huile, des pommes de terre et des bananes, s'établirait ainsi à un niveau légèrement supérieur. Humainement parlant, que dire là-contre ?

III

Étienne avait réuni tout l'équipage, un soir, chez Jeannie la boiteuse. Plusieurs grommelaient que la réunion aurait dû se tenir depuis déjà plusieurs jours mais Étienne les regarda et cligna de l'œil sans mot dire. Que les malins comprennent. Encore que, spontanément, il eût comme choisi d'avance, avant de se décider tout à fait il voulait connaître les éléments de la situation, à commencer par la manière dont la flottille allait enfin se trouver répartie entre sardiniers émigrés et sardiniers restés au port... Ce qui était fort sage, convenait son fils Alexandre. Mais, si tous les patrons eussent agi de même, cela eût embrouillé les choses.

On but, on se racla le fond de la gorge, puis on considéra Étienne qui, les yeux plissés, mijotait son affaire.

— On va sortir chacun ce qu'on pense, dit-il. L'armateur qu'est pas là et qu'a une voix dans le vote, il est pour qu'on reste. La sardine, qu'y croit, c'est pas sûr qu'elle s'enfonce pas non plus dans les eaux où partent les camarades. Ici, on attrapera ce qu'on pourra et on sera sur place pour le retour de ces demoiselles. Ça fait une pour Douarnenez. Deux et demie avec moi. Pas la peine que j'explique ma machine. Des idées que j'ai, mais p't-être que vous, vous avez d'autres.

Ses inquiétudes ne regardaient que lui, patron du bord. Et maître après Dieu, comme racontent les livres. Il prenait de l'âge et, dans les ports étrangers, il n'aimait guère aller boire au bistro. Il craignait toujours une dispute entre un de la *Thérèse Masson* et un pêcheur indigène à propos d'une servante ou d'une question de métier. Dans les temps il avait reçu un coup de couteau dans le ventre, à l'île de Groix, d'un palangrier d'Étel. Une dispute qui avait commencé à propos d'une comparaison entre les vitesses des barques !

Il regarda son monde.

— Toi, Jules, puisque t'es marié, que t'as le plus d'enfants, vas-y d'abord, cause le premier.

En fait, il désignait Bothorel comme le premier votant parce qu'il attendait de lui une voix de plus en faveur de Douarnenez. Un homme qui a cinq enfants, ça ne doit pas aimer s'en aller trop loin. Ce qui donnerait du même élan trois voix et demie pour la bonne cause, chiffre susceptible d'entraîner dans le bon sens le vote du camarade suivant.

— Ben moi, dit Bothorel d'une voix sourde et sans lever les yeux, j'suis pour qu'on cherche la sardine...

— Pour qu'on parte, quoi ! commenta Étienne, surpris et déçu.

— Ouais, pour qu'on parte !

Il y eut un silence. Le grand Bothorel, ce n'était pas un as des as, même dans la pêche il valait plutôt par son application que par les bonnes idées, mais il était franc. Pour qu'il eût décidé de ne pas voter comme le patron, il avait certainement des motifs sérieux.

— Deux et demie pour rester, une pour partir... T'es libre de répondre ou de pas répondre, pourquoi tu vas de ce bord-là ?

— Je crois qu'on ramassera plus de sous.

Bothorel ne mentait pas : il croyait sincèrement que la sardine rapporterait davantage et, vu ses cinq enfants, l'argument lui semblait décisif. Pourtant, une autre raison le déterminait peut-être, et peut-être davantage, une raison discrète, fuyante, et dont il avait honte. S'il avait pensé y obéir, il se persuadait qu'il aurait voté pour Douarnenez... Une bêtise qu'il avait faite de réfléchir ! Le désir de plaquer la famille un bout de temps et de replonger, tête la première, dans la grosse camaraderie des hommes. Lui que toute la venelle des

Alcyons nommait « Papa Bothorel » et qui promenait ses enfants le dimanche !

— On ramassera plus de sous, répondait Étienne, p't-être c'est vrai ; n'importe comment les frais qu'on aura y seront beaucoup plus conséquents. T'as pensé un peu aux sous qui partiront dans les débits ?

— T'as pas le droit, protestait avec le sourire Alexandre Masson, d'influencer les camarades. Si Jules vote pour foutre le camp, probable que c'est son affaire.

— Çui-ci a pas encore mangé assez de soupe, répondit Étienne. J'influence personne. J'ai déjà compté la voix de Jules pour le départ... Eh ben, et toi qui causes tellement, dis voir, fils, comment tu votes.

— Pareil comme Jules. En avant et en route !

Quitter Douarnenez, voir des écueils et des courants, des bistros et des femmes – décision logique pour un jeune. Étienne rit de bon cœur et revint aux pères de famille : Leroux, quatre enfants, Le Bihan, trois et Le Gonidec... deux et demi (sa femme était enceinte). Ils n'allaient tout de même pas suivre Bothorel ! Jean-Marie Leroux, petit noiraud à face camuse, vota le départ, ainsi que Jean-Marie Le Bihan, rouquin déplumé au visage triangulaire. Toujours la question des sous. Ces messieurs, de loin, se promettaient de ne pas céder aux célibataires et de sécher les bistros d'escale. Quatre voix pour le départ, deux et demie pour Douarnenez... Mathieu Le Gonidec pensait comme Bothorel ; seulement, nouveau venu sur la *Thérèse Masson*, il respectait les avis d'Étienne, dont il trouvait qu'en la circonstance les camarades se désintéressaient bizarrement. Il avait l'impression de tenir en main la décision : bon catholique, humble de cœur, il récusait un tel office.

En votant le départ comme c'était son désir, il donnerait cinq voix, et sans doute la victoire, à une cause pour laquelle un gaillard comme Louis Marzin ne manquerait pas de se prononcer, ni certainement l'un au moins des communistes « durs », Goasduff et Gourmelon. Il cracha par terre et, comme une devise, il dit seulement : « Douarnenez ». Allons, ça ferait plaisir à une femme enceinte ! Le départ ne menait plus que d'une demi-voix.

— Aux célibataires, lança Étienne, ragaillardi. Au vieux garçon numéro un. Eh Louis ! C'est à toi !

Laisser tomber Maria, Thérèse, veuve Abaléa et tout le reste, voir du pays, prendre des cuites solides, rencontrer les hommes des autres ports... Rester à Douarnenez, surveiller Maria, suivre Thérésic, essayer de se comprendre soi-même...

— Çui-ci dort ! Si tu dors, moi je te mets foutre le camp d'office. Un bonhomme à femmes, faut qu'on lui trouve du gibier.

— Un bonhomme à femmes, ça bouge pas. Je vote Douarnenez !

« Si j'avais su j'aurais voté le départ, songeait Mathieu. Ben maintenant, c'est plus possible. » Douarnenez prenait la tête, quatre voix et demie à quatre.

— Çui-ci m'en bouche un coin, grommela Étienne avec joie. Et toi, mousse, qu'est-ce que tu dis, petit *bidoric* ?

Il comptait ferme sur la demi-voix dont disposait le petit Maurice, qui avait perdu, voilà dix ans, son ivrogne de père. Étienne, son parrain, avait eu à cœur de le débrouiller.

— Douarnenez, répondit le mousse d'une voix claire.

Douarnenez, cinq, foutre le camp, quatre.

Étienne interrogea Gourmelon et Goasduff. Ceux-ci, dans la journée, étaient allés aux ordres, mais il n'y avait pas d'ordres et Fernand le chauve, qui discutait à la mairie d'une subvention aux femmes en couches, avait fait dire que les camarades restaient libres. On vous laissait libres, n'empêche que plus tard on vous demanderait des comptes ! En se référant à leurs connaissances théoriques, assez faibles, ils avaient estimé que le départ servirait mieux la propagande. Dans les autres ports, la familiarité augmentait encore et, après une bonne pêche, un coup de vin dans le nez triompherait des plus silencieux. Les gars se déboutonneraient, pères de famille compris. Excellente occasion de placer de petits jus ou de solides formules politiques, solidarité prolétarienne et lutte des classes. Un seul point noir : Goasduff tenait mal la bouteille et il craignait, en voulant soûler, de se soûler lui-même et de dire des bêtises. Regrettable… Qui ne risque rien n'a rien. En cas de nécessité, Gourmelon suppléerait à Goasduff. Avec le droit exprès de lui casser la gueule si le copain était trop éméché…

Départ, six ; Douarnenez, cinq. Le vote de Fanche Creignou, le *pencouch* aux yeux bleus, ligneur émérite – vingt petits maquereaux à la minute, – allait trancher le débat.

— Attention, Fanche, à bien causer, lui dit Étienne dans le silence. Comme tu diras on fera. Y aura peut-être dans l'eau deux cent mille sardines de plus ou de moins selon le sens que tu causes. Si tu veux t'auras d'abord un rhum avec moi…

— J'ai pas besoin. J'ai ma tête en place. Je vote Douarnenez !

Six partout. Comme, en de tels cas, la voix du patron était prépondérante, Douarnenez devenait vainqueur.

Louis abattit le poing sur l'épaule de Creignou et lui offrit sa blague et son papier à cigarettes. Pour un frère c'était un frère ! Un brouhaha commençait. Si nul ne protestait, plusieurs exprimaient des regrets naïfs… Même des gens comme Le Gonidec et le mousse eussent préféré le voyage… Rosalie, la vieille servante crozonnaise, remplit les verres. On but.

Le *Saint-Joseph* est revenu de sa marée avec une bonne pêche, une bonne pêche qui s'est bien vendue. Que la sortie numéro trois s'achève de même ! Voilà un poisson qui paie !

Sa cuite prise avec les autres célibataires de l'équipage, Jean Cam ne laisse pas de connaître une insatisfaction. L'argent le brûle. Il a beau savoir qu'aujourd'hui je gagne, demain c'est toi, il ne trouve pas juste d'avoir amassé un joli petit pécule dans le même temps que les camarades sardiniers tombaient sur un échec… Il se traite de profiteur. Il a oublié qu'il est justement allé au thon pour gagner davantage, histoire de se marier l'année prochaine en apportant quelques sous à la future !

Et tout cela serait peu de chose, s'il n'y avait Louis. Jean s'effraie de découvrir en lui-même que son amitié diminue. Louis reste le copain, le seul grand, le seul vrai, mais ce n'est plus l'homme avec lequel on pêche et plusieurs silhouettes menacent de remplacer la sienne :

Eugène Fichoux, Jean Quillivéré, Adolphe Lharidon… Chaque matin, pendant ces trois nouvelles semaines au large, jamais son visage ne s'est brusquement dressé, tout proche, contre le soleil, et jamais on n'a entendu de sa bouche, comme avant, tomber le premier juron libérateur…

Que faire ? Il est impossible de demeurer ainsi. Et tirer un homme de l'eau crée des obligations.

En trois semaines, pénible à dire et à voir, le copain n'a pas décroché de son antique maîtresse. Il faut lui donner un coup de main. Thérésic serait certainement pour lui une bonne petite femme et il y a gros à parier que, le mariage une fois envoyé, il fasse un mari très convenable, sérieux comme tout… L'idée reste à suivre.

C'est-à-dire que le dernier soir avant la nouvelle campagne il faut absolument que Louis vienne manger la soupe…

— T'as eu des mots avec Yves Le Saout ? demanda-t-il, soucieux de lever ce qui semble un obstacle.

Louis éclate de rire. Eh bien voilà. Dans un pardon de Sainte-Anne, Yves, qui était bu, voulait danser tout le temps avec « la petite à Marzin ». Il a été sorti gentiment… Plus tard, à Douarnenez, Yves et Louis se rencontrent ; par plaisanterie, Louis donne au collègue une petite tatouille.

— Alors, sacré *Jackez*, t'es devenu raisonnable ?

— Me touche pas, répond l'andouille, je cause pas aux dégueulasses !

Louis n'est pas content, forcément.

— Répète un peu !

— Dégueulasse !

— Répète !

— Dégueulasse !

En homme qui défend son honneur, Louis tire son sabot droit, le dresse comme un gant de boxe, et rran ! dans le nez et dans les mâchoires ! L'autre a saigné comme un enfant.

— T'as cherché, t'as eu. Ton homme tous les jours, à pied, à cheval, en voiture…

Yves s'est sauvé en douce et maintenant, quand il rencontre Louis, il change de bord…

Jean réfléchit. « Ouh là là, ça pourrait bien ne pas être commode… »

— Yves serait là, pareil comme moi, tu lui donnerais la main ?

— Je dis pas…

— Tu trouves qu'il a pas été un homme parce qu'il est pas revenu te chercher affaire ?…

— C'est pas ça…

— Bon !

Jean se frotte les mains. La réconciliation, dans son esprit, est déjà faite.

Dans la baie de Dinant, un banc de gros maquereaux s'égaille et tourne en rond. Sur les couches d'eau ouateuse tombe une lumière molle, vert sombre, sans aucun reflet. Depuis qu'elles existent nul homme vivant n'a pénétré dans ce royaume, nulle réflexion n'est venue s'y exercer, nul sens esthétique ou nulle ruse commerciale n'y ont promené leur lanterne aiguë. Ceci est le sombre, le profond et continuel ghetto des bêtes et des plantes de la mer.

Vers la surface tremblent doucement les fondations liquides au-dessus desquelles monte et descend une paisible houle. Tandis que, vers le bas, de sourds et longs frémissements annoncent le galop à même le sable d'une raie affamée ou d'un turbot. Le beau fracas des vagues sur la plage et l'écroulement brutal, contre deux récifs, de plusieurs tonnes d'eau, se transforment en un murmure indécis que n'entendent point les milliers et les milliers de méduses dont l'être gluant obéit au courant de marée charrieur de goémons.

Les maquereaux sont ici à un rendez-vous assigné. Ils poursuivent indéfiniment leur manège. Très loin ont lieu des catastrophes marines qui ne les concernent pas. Des chaînes de montagnes se sont effondrées. Des plaines immenses de boue se sont déplacées. Un million de pieuvres ont crevé. Un million d'autres ont reçu l'ordre de fuir, de faire effort pour s'adapter à tous les rivages… Les maquereaux se limitent à leur vie maquereautière. Là où ils évoluent se trouve le centre du monde et le reste, pour eux, n'existe point. Nuit noire, lugubre néant. Tant que ne les tirera pas soudain, dans une direction précise, un mystérieux appel…

Un grand clair de lune brillera cette nuit, dans un solitaire et puissant silence, contre les eaux de la baie, dont l'épais clapotis ne saura point refléter les étoiles. Au ciel seulement se dessineront les figures incompréhensibles des astres, scintillante et ironique réserve d'énigmes. Avec le grouillement coquillier de la Voie lactée, pareil à la dune d'un banc de sable livré aux yeux par la marée basse. Mais contre la mer giclera immobilement, splendide et faussement brûlant, le clair de lune et des animalcules innombrables, fascinés par son éclat, monteront vers la surface de l'eau et, mieux que d'habitude, sentiront qu'ils existent. Le clair de lune sera la vérité de la nuit et la mer se montrera prête à l'accueillir. Que l'allumette d'une rame vienne à plonger magiquement dans la houle calme du flot endormi et toutes sortes de lumières crépiteront dans son sillage. Et les gouttes qu'elle laissera retomber ralentiront leur chute et de grandes vies inconnues flamberont en elles et convoqueront au loin beaucoup d'autres vies à se manifester, à secouer leur atonie ou leur angoisse, à être – sillonnées par la météorique mémoire d'un monde où la matière même participait au bonheur.

IV

Maria, ce dimanche, confie son histoire à la tante Catherine, tout en l'aidant à retourner le lourd matelas du grand lit. Ah, les jeunes gens d'à présent, ils ne sont pas raisonnables, soupire la tante, qui regrettait d'avoir communié le matin : elle ne se fût pas gênée, autrement, pour poser des questions… Et Maria, stupéfaite que son interlocutrice eût l'air d'oublier sa propre jeunesse, ne put refréner un « hum ». Honteuse, elle se baissa pour attraper entre deux doigts un mouton de poussière. La tante Catherine avait déjà rougi et elle aussi fit entendre un « hum ! » pour s'assurer la voix. Bien sûr, dans le temps… Ce n'était pas la même chose ! Autrefois on tenait tellement les fiancés, et les fiançailles duraient tellement, que les grosses bêtises devenaient excusables. D'ailleurs, quand la tante Catherine et l'oncle René… Ça s'était produit seulement quelques jours avant le mariage, décidé de longue date, et qui avait eu lieu sans anicroches. Tandis que le Louis Marzin…

— C'est vrai, dit Maria, qu'il est parti de son bord et qu'il m'a laissée du mien mais je regrette pas ; j'ai eu que du plaisir avec lui, je suis allée de bon cœur…

De bon cœur ou pas, tu iras encore. Y a pas trente-six manières de mettre des petits en train ! Quand une fille a commencé, elle recommence. C'est pas maintenant que tu vas rester à la traîne !

La tante Catherine insistait ; devant sa sœur et devant Dieu, elle se connaissait une responsabilité dans la conduite de Maria, toute majeure que fût celle-ci. Maria, très probablement, n'eût jamais quitté la ferme du Ménez-Hom (du moins avant son mariage avec un paysan !), jamais couru le guilledou sur une falaise douarneniste, sans une certaine lettre à enveloppe jaune reçue un matin par sa mère.

À ce point de son discours, madame Salaun eut les larmes aux yeux et les deux femmes tombèrent dans les bras l'une de l'autre. Penser que tu aurais pu être à moi ! chuchotait la tante, en caressant les cheveux de la jeune fille, qui se rappelait douloureusement certaines caresses plus âpres. La fuite du jour disposait dans la pièce une lumière de bas-côté d'église. Meubles et bibelots s'allégeaient, se dématérialisaient. Les mouches ne volaient plus. Quelques secondes, quelques minuscules secondes, et la tante allait s'ouvrir à un être humain du secret de son existence, triste histoire que madame Léon Guennégués ignorait elle-même et qui n'avait rien à voir avec la petite faute d'un mariage consommé avant le temps. (Il y avait des endroits où jeunes gens et jeunes filles ne se mariaient pas sans s'être essayés l'un et l'autre. Un pilote de Saïgon, originaire de Boulogne-sur-Mer, avait juré à madame Salaun que, dans son pays natal, c'était l'habitude.) Elle disait aux femmes qu'une malformation interne la rendait stérile et son mari lui-même n'avait jamais connu que cette version officielle. La vérité, cependant, comme l'avait bien expliqué le médecin, était qu'une ancienne blessure coloniale frappait l'oncle René. À l'insu de celui-ci…

Depuis plus de trente-cinq ans la tante Catherine jouait une comédie. L'oncle René, qui possédait un sens de l'honneur particulièrement ombrageux, de quoi n'eût-il pas été capable si, par malheur, quelqu'un l'avait renseigné ! Neurasthénique, alcoolique, Dieu sait ce qu'il serait devenu ! Capable de se supprimer ! Tandis que, dans sa tristesse de ne pas avoir un fils qui continuât les René Salaun, une fille qui eût chanté dans la maison des airs à la mode, il avait largement goûté encore la joie de son innocence. Brave homme, il avait souffert pour sa femme. Il l'avait gâtée dans la mesure du possible et, attention méritoire de la part d'un « chien de quartier », il n'avait eu pour elle aucun mot de reproche ; à son tour il avait joué une comédie, celle de l'homme exactement heureux… Mais cette fois, elle n'était pas dupe. Et, lorsqu'à Toulon, provoqué par la femme d'un de ses caporaux, il s'était abandonné à une passade, pour tout raconter une semaine plus tard en se traitant de noms ignobles, elle avait aussitôt passé l'éponge.

Encore une fois, elle ne regrettait rien. Dans sa tristesse, elle avait, comme lui, connu la joie. Ses grandes joies. Puisqu'elle n'avait pas été donneuse d'enfants, son mari l'avait bien aimée pour elle-même… Porter des moellons ou des briques, réparer des toitures, ne requérait pas plus de force véritable que de construire le bonheur d'un ménage : elle n'appartenait pas à un sexe inférieur… La tante avait fini par oublier un peu la réalité de son histoire, le vieux fonds de chagrin par diminuer, s'ennoblir, presque disparaître…

Encore ce jour-là, et tandis qu'elle caressait de lourds et souples cheveux noirs qui auraient pu être ceux de sa fille, elle se reprocha sa faiblesse. L'instant n'était pas venu de s'ouvrir de son secret, Maria seule comptait aujourd'hui. Ou comment oser s'égaler à une véritable mère ?… Un jour, peut-être, elle raconterait sa légende, mais ce serait devant une souffrance autrement plus profonde…

Sa pitié n'en était pas moins sincère. Les jeunes, tenez ! se croient toujours les plus malheureux ! Et, là où passe la charmante Maria, une fille de la tante Catherine aurait eu mille chances de passer elle-même ! Elle se moucha et reprit sa tirade. Une chanson montait du dehors et les hirondelles criaient dans un parfum de crêpes chaudes…

Louis Marzin, vilain homme, ce n'est qu'un homme ! Il y a aussi tous les bons garçons qui veulent un foyer tranquille et une épouse débrouillarde. Une mauvaise aventure ne détournera point Maria des « idées de son âge » – au contraire. Et la tante Catherine attend de pied ferme.

— Non, je veux rester vieille fille, dit Maria…

L'autre perd patience.

— Tiens, laisse-moi, va-t'en l'aut'côté. Je veux plus t'entendre dire des bêtises, pire que je sais quoi !…

Allongée maintenant sur le dos, le soir venu, Maria ne dort point. Derrière ses paupières closes elle imagine un second rendez-vous sur la falaise, où elle fût allée non plus avec joie et crainte, mais avec une indifférence sacrée. Pour se faire faire un enfant. Une voix en elle se moque d'un tel désir, une voix railleuse qui prend tour à tour l'accent d'Alberte, d'Antoinette, de la tante Catherine. Elle aimait donc ?

Aimer Louis ? Plus souvent ! Après que la mère Sardine et tant d'autres ont renseigné Maria, en termes plus ou moins voilés, sur ce qu'il devenait... Il n'avait guère chômé ; des bras de Maria il était tombé dans ceux d'une vieille bonne femme ! Aimer Louis ! Elle le détestait. Bien sûr, grâce à lui seul, elle devinait maintenant d'étranges vérités. Dans sa chute, elle ne discernait pas uniquement l'attrait du vice. Les belles phrases de la falaise, prononcées dans la libération originelle d'une âme et d'une voix inaccoutumées à de pareils propos, démontraient chez lui l'existence d'un être profond et pur. Cet être-là n'aurait rien de commun avec la grosse veuve. Dans cette ridicule et dégoûtante intrigue, il avait roulé surtout par désespoir.

On pouvait en croire une jeune fille lucide. Maria détestait Louis avant tout parce qu'il se détruisait de ses propres mains. Un vrai criminel. Louis le fort, cynique, cruel, bestial, tue sans cesse un homme heureux et beau qui ne nourrit de haine contre personne, qui demande seulement à venir dans la lumière du jour.

Quand Maria envisageait de retourner sur la falaise, ce n'était pas indigne faiblesse. Il fallait que Louis eût un enfant pour que les dons de cet homme n'eussent pas été créés en vain, et cet enfant ne pouvait naître que de Maria, qui avait pénétré le secret de Louis ; il fallait que Maria eût un enfant pour qu'elle possédât dans sa solitude un évident et magnifique motif de vivre – et cet enfant ne pouvait naître que de Louis, par qui elle avait accédé à une compréhension si claire des êtres et des choses.

Le souvenir gardait, continuellement extraordinaire, une aventure qui s'était déroulée sous la lumière brûlante du soleil, comme l'ignorance donnait au métier de pêcheur une couleur épique. Cette mer, avec l'étagement de ses biens et de ses profondeurs, cette mer toujours féconde et mystérieuse où entraient les filets et les lignes comme autant d'anxieuses questions, de sébilles rusées… Les pêcheurs ne pouvaient pas ressembler aux autres hommes… On chantait dans la rue. Elle ne regrettait point d'avoir quitté Plomodiern… Des barques allaient prendre la mer… Qui pêcheraient des poissons, lesquels viendraient à l'usine et dont Maria surveillerait l'étêtement… des millions, des millions, des millions…

Louis, seul à une petite table, devant un « champagne breton », sifflote, yeux dans le vague. Derrière son comptoir, la veuve Abaléa feint de lire le journal. Une mouche grésille contre une vitre. La porte est ouverte sur un fragment de quai, des mâts, quelques hommes bleus et rouges, un morceau d'azur.

« Je reste encore trois jours, songe Louis, et je tire ma révérence. » Il boit. Il trouve qu'il agit correctement. D'habitude, quand il en avait assez, il prenait moins de gants… Reste la question d'un cadeau. Tout un mois, celle-ci l'a hébergé comme un prince et, malgré ses propres largesses poissonnières, pour la première fois depuis longtemps il a des sous dans la poche. Une série de pêches médiocres, pourtant… Recettes, dépenses, Louis ne calcule guère, un budget c'est bon pour les gars de la politique, seulement il voit ce qu'il voit. Ça prouve quelque chose, ça, des sous dans la poche. Ça prouve qu'ici, on ne le laisse jamais payer… Qu'est-ce que ça peut vouloir comme cadeau, par exemple, une veuve Abaléa ? Un beau peigne d'écaille à la manière espagnole ? Mais de quoi elle aurait l'air avec ? Un bouquet de fleurs ? Quelles fleurs ? Des grandes comme dans les églises ou des petites comme dans les champs ? Non, pas de fleurs, une langouste, une grosse, une monstrueuse, dans les cinq six kilos. Oui c'est ça, une fraîche, une vivante, une qui cause quand on la remue, grrriiii, grrriiii, on trouvera bien un camarade pour vous dénicher la bête. Une belle rose des Antilles, une compatriote des tortues qui ornent le mur du fond. L'après-midi de la rupture, on entre la langouste sous le bras : « La mère, on commence, regarde un peu… »

— T'as remarqué, fils, le baromètre qui baisse… dit la veuve, gênée par le long silence.

Et, en elle-même, elle s'applaudit. Elle n'a pas commis la bêtise de reprocher à l'homme son chagrin.

— Il baisse, il monte, il baisse, il monte ; ces machines-là…

Il savait bien tout seul que le temps donne des signes de malaise. Ces nuages depuis deux jours et cette lumière bleu pervenche, vers le soir, quand l'un d'entre eux a caché le soleil. Toute la côte, d'un seul coup, a été plongée dans le bleu. Les goémons, les fougères, tout est devenu bleu. Cette fugitive ondée sur le raz de Sein, à grandes gouttes pattues qui heurtaient gauchement la mer plane. Que les femmes ne s'occupent pas du temps, elles n'y connaissent rien. C'est l'affaire des hommes et ils ne s'en tirent pas mal.

— Louis ! Louizic ! Une bonne nouvelle pour toi... Salut, la patronne !... Ah sacré Louis, va !...

Jean Cam s'est assis à la petite table, de travers sur sa chaise, dont il serre le dossier entre les mains. Parole, il est rasé de frais, un jour de semaine, comme un gars qui se rend à la noce. Ah ! les gars du thon, c'est des messieurs. Trois passages de coupe-chou au moins. Un paysage inconnu de grandes joues pleines et rondes, légèrement moites et vernissées, avec au milieu la belle tache rouge familière débarrassée de ses roseaux, est livré au regard. Et la jubilation agrandit encore la bouche.

— Donne du fort à cet homme-là ! C'est ma tournée ! crie Louis à la veuve.

— C'est la mienne ! Plus souvent ! C'est pas Jean Cam qui va faire des manières !

Louis secoue la tête d'un air excédé. Enfin, dans trois jours, il tirera de son bord.

On trinque en silence.

— Et maintenant, dit-il en s'essuyant les lèvres entre deux doigts, décharge un peu ta bonne nouvelle. Et plus vite que ça car, pour moi, je vois pas ce qui pourrait arriver de bon.

Voilà. Pour peu que Louis accepte séance tenante, il va trouver du beau boulot. Le *Saint-Joseph*, le thonier de Jean, un bateau moderne, couchettes de plume et tout, un de ses hommes est obligé d'arrêter la campagne. Quelque chose qui ne va pas à l'intérieur, une place pour Louis, quoi ! Départ dans les deux jours. Pêche garantie – ce n'est pas comme avec ces foutues sardines. Étienne, prévenu, accepte. Le capitaine du *Saint-Joseph* c'est un homme juste et marin, Théo Magueur, le fils du mutilé de 70. Comme équipage, rien que des connaissances. Allez hop ! on va boire au succès de la sortie et des suivantes ! Un célibataire comme Louis, trois semaines en mer, ça ne compte pas. Et il y a des sous au bout !…

— Alors, Louis, tu acceptes ?

Mais Louis, sans répondre, plisse un œil et regarde la porte ouverte.

— Çui-ci cause qu'on arrive pas à s'entendre, plaisante Jean Cam, assez inquiet au fond. (Et, faussement flegmatique, il ajoute :) Mon histoire qu'il peut pas avaler ! Il revient pas d'une chance pareille !

— Ah ! t'appelles ça de la chance ?

Le front, les yeux, le nez du camarade, on dirait que tout son visage se raidit, se met en alerte. « C'est foutu », pense Jean. Ces lèvres, qui durcissent comme une queue de poisson mort, pour rien au monde ne se détendraient.

— Tu aimes mieux rester ici t'emm… sur pas de sardines ? Des araignées et des dormeurs, c'est pas un travail pour toi ! Ramasse ta chance donc !

— C'était de la chance aussi, probable, quand on est allés cet hiver sur les côtes anglaises et qu'on a fait le gros maquereau pendant trois mois avec des coups de torchon comme Éden-Palace et qu'au bout du compte, mon équipement payé, une montre que j'ai perdue qu'il a fallu que j'en prenne une autre, j'ai gagné deux cents francs ? Soixante-cinq francs par mois ! À nous les poules de luxe !

— Allez, question femmes, t'es pas à plaindre... Je dis pas ça pour vous, la patronne, tu les ramasses comme tu veux...

Et, pour détendre l'atmosphère, qui reste lourde, il saisit la main droite de Louis entre les siennes.

— Çui-là va fou ! Probable qu'il faut que tu manges du cheval !... ou que tu prennes une cuite pour te changer les idées... Une bouteille de vin à boire entre les repas et avant de se coucher, gast, une sacrée ordonnance !

Louis, d'un geste brusque, a retiré sa main. Les yeux mauvais, il déclare qu'il ne discute pas. Qu'Étienne Masson le laisse libre d'embarquer ailleurs, c'est l'affaire d'Étienne. Louis Marzin sait qu'un homme n'a pas le droit de se délier. Il s'est engagé avec Étienne, il reste avec Étienne. Il n'y a pas de poisson aujourd'hui mais il y en aura demain. Et s'il n'y en a pas demain, s'il n'y en a pas après-demain, ce qui est dit reste dit. Il faut aussi savoir ce qu'on veut et crocher dedans.

Jean commence à s'énerver. Théo Magueur et lui, chez la Phrasie du BAR DES AUDIERNISTES, ils ont vidé leur litre pour arranger l'affaire de l'embarquement de Louis Marzin. Le copain est tout de même trop bête et il ne faut pas charrier Étienne ! Si Étienne accepte de rendre à Louis sa parole, faut pas non plus chercher des raisons de quoi faire aller tout de travers ! Gauchement, sans intention de froisser, Jean grommelle :

— Il n'y a que les imbéciles qui ne changent pas !

La patronne, qui sent du mauvais dans l'air, leur crie de laisser leur dispute au fond d'un verre de vin.

— Qu'est-ce que ce sera pour vous, messieurs ? Du rouge ou du blanc ? Du coaltar ou de l'alcool à brûler ?

Elle éclate d'un gros rire qu'elle voudrait communicatif mais Louis la menace du poing et regarde son camarade.

— Qu'est-ce que t'as dit ?

Jean patauge au hasard.

— Ben quoi, tu changes toi aussi. L'autre jour, t'étais pas encore en ménage. Tu fréquentais une petite…

De l'autre côté de la table, Louis s'est dressé.

— Coute voir, Jean, tu vas fermer ta gueule. Ta grande gueule. Je veux pas que tu causes de celle-là ici… Et, pour ton embarquement, tu peux chercher un autre couillon.

— Tu penses à rien, tu connais rien ! Ça y fait, ça aussi, la camaraderie. Avec un autre couillon, pour dire pareil, je trouverai drôle de partir maintenant. T'as dix ans de plus, mais tu sens pas qu'on est deux frères ?

Sur le dernier mot, la voix a tremblé. Des images d'enfance courent un instant devant les yeux de Louis.

— Deux frères, deux frères… tu vas pas te mettre à pleurnicher ? Le frère-thon et le frère-sardine ?

La moquerie laisse Jean insensible, car c'est la moquerie d'un homme touché profond. Ce grand gueulard, on le connaît tout de même !

— Sûr que je pleurnichais pas !… Mais faudrait p't-être, quand je vois que t'es en train de dégringoler… de lâcher le travail… T'es quand même un homme, nom dé chien !

Mais Jean a quitté trop vite le ton ému ; et secouer Louis en présence d'une femme avec « T'es quand même un homme ! » c'est tirer un mauvais bord.

Louis colle un coup de poing sur la table.

— Justement que ça ! Moi je lâche pas ce que j'ai commencé. J'ai commencé avec Étienne et la sardine, je continuerai avec ! Je vais pas m'amuser à cavaler après le thon ! Et puis, moi, je te dis que la sardine va revenir de retour. Elle montera dans la baie, que je te dis, faudra qu'elle monte et alors, faudra voir pour croire ! À la côte par ici qu'elle viendra, dans la baie de Dinant, vers le cap de la Chèvre, devant Pors-Féron, elle viendra, nom dé Dié, elle viendra !

— Probable aussi qu'elles monteront les échelles du quai en rang par vingt et qu'elles iront toutes seules se faire enlever la tête et les boyaux ! Des sardines au poil !

Louis agrippe Jean par les épaules et le soulève de sa chaise. L'haleine courte, il le considère en silence… Jean se défendra, mais tant pis, il ne donnera pas le premier coup… Louis le tire dans l'allée, songe à le flanquer par terre – il se contente de lui faire faire volte-face et de le pousser jusqu'à la porte. Et là, d'une bourrade, le met dehors. Les deux amis se regardent, puis Jean s'éloigne. Il serait facile de le rappeler. Vu de dos, un pêcheur, ça n'a rien de terrible. Quelle bonté dans ces grosses jambes, dans cette carrure. Dire que ça s'en va pêcher le thon et qu'on aurait pu être de l'équipage. D'autres yeux verront déambuler sur un pont et calmement s'adapter au roulis cette irremplaçable silhouette. L'homme qui vous a tiré de l'eau. Louis crache sur le trottoir et ferme la porte.

— C'était quand même qu'une poule mouillée ton ami, déclare la veuve, qui n'en pense rien, mais qui s'imagine faire plaisir.

— Ferme ça, répond Louis d'un ton sec. (Et, quand il a regagné sa place, il tranche :) Jean Cam c'est un homme, c'est pas une poule mouillée. Et ceux qui diront le contraire ils auront affaire à moi.

Et passent les minutes et les heures sans que la femme obtienne de Louis une seule phrase aimable. Elle a joué celle-qui-se-convertit-au-communisme-devant-l'évidence et, soucieuse de faire accepter par Louis un peu d'argent, elle a gueulé contre les sales profiteurs qui, après des trois mois de gros maquereau, ont le culot de laisser deux cents francs à des hommes, seulement voilà qu'il change de camp – les pêcheurs n'avaient qu'à mieux se défendre, quelle idée de sa part d'avoir emporté une montre, etc., etc., et, lâche, elle n'a pas pris sur elle de refuser une fausse discussion. Plus tard, comme le bistro se remplissait des gars de l'*Astafo* et du *Gracchus Babeuf*, elle est venue quelques secondes le trouver à sa table et, très bas, comme une sotte gamine, lui a demandé si, en refusant les offres de Jean Cam, il n'aurait pas songé un tout petit peu à elle.

— Sûr que non ! a répondu Louis.

La tabagie, le roulement des voix discutant de la pêche, l'écœurement de ne pas avoir encore brisé une liaison idiote... La crainte brusque d'avoir perdu l'amitié fraternelle de Jean... Louis n'y tient plus, il sort. Il se promène deux fois aller et retour le long du môle et, au bout du compte, se rend chez sa logeuse. Dès le premier choc, il devine l'embarras d'argent. Il y a un gosse couché avec de la fièvre et d'autres qui mangent du pain sur lequel on a mis un peu de saindoux. La fière petite Douarneniste bat des cils tant qu'elle peut pour retenir ses larmes et il est impossible de l'amener à confier sa gêne – tant pis, Louis vide son porte-monnaie sur la table.

— J'ai gagné le gros lot à la banque, déclare-t-il aux enfants ahuris. Faudra demain que l'instituteur vous explique. Sûrement que c'est pas une chose bête.

Dans la rue, il évoque la scène. Il se sent coupable. Il voit l'existence comme une grande feuille d'Épinal – d'un côté ceux qui ont la fièvre, de l'autre ceux qui font des bêtises. Au lieu de filer passer la nuit chez la veuve Abaléa, il devrait, lui aussi, revenir auprès d'une femme anxieuse et d'enfants turbulents. Pour apaiser sa conscience, il achète un kilo de beurre dans une épicerie et il l'apporte chez ceux qui ont la fièvre.

— Une chance arrive jamais toute seule, voilà que j'ai gagné un billet de tombola, explique-t-il au gosse qui lui ouvre…

Sur la baie dégringole, quand il arrive au quai, une ondée semblable à celle de l'autre jour, dans le raz de Sein. De larges gouttes blanches et bruyantes frappent d'aplomb la mer grise. Aucun vent. Mais on croit entendre monter la longue odeur de la poussière, qui rejoint celle du poisson mort. Au-delà des digues, l'eau, le ciel et la pluie se confondent en une sublime muraille de brume qui repousse dans un autre monde les rivages disparus. L'univers douarneniste se réduit à une grande flaque chargée de barques vaines et où un goéland fané par la pluie dérive lentement.

Avec les progrès de l'instruction, il n'est plus personne qui ne connaisse par leur nom la série de hauts rochers terminant la pointe du Raz. Chacun d'eux possède sa forme et sa personnalité propres, que distinguent de près et de loin, et par des moyens variés, les oiseaux, les poissons et les tempêtes.

Dans l'étroit passage qui sépare les deux premiers rochers tout le monde sait qu'existe une zone étrange, comme une enclave de quiétude laissée ou disposée par Dieu dans ce domaine de toutes les fureurs. Une mystérieuse douane désarme ici les vents. Des barques à voiles arrivées grande allure jusqu'à cet endroit et qui prétendaient franchir le raz de Sein en le traversant, ont dû, et même par courant favorable, sortir leurs plus fortes rames pour vaincre la soudaine torpeur qui s'était abattue sur elles.

De part et d'autre de ce bref lieu d'asile, dans les trous caverneux des parois déchiquetées, habitent les congres les plus puissants du globe. Des individus énormes, capables de guetter immobilement et sans rien manger pendant des jours et des jours un simple ormeau méfiant, avalé d'un trait à sa première imprudence, comme de s'entredéchirer dans des rixes monstrueuses – et les vaincus n'ont d'autre recours que de fuir, pantelants et le corps piqueté de morsures, vers des parages où ils soient seuls de leur espèce et où d'immenses lianes dissimulent aux seiches, gobis, labres, loches, roussettes, vipères de mer, homards et à toute la gouailleuse faune marine leur honte et leur délabrement.

Seigneur Congre est le plus célèbre de la bande. Le plus long de tous, il sait mieux que les autres se lover sur soi-même en anneaux poisseux indécollables, onduler en subtils et changeants méandres qui permettent l'accès des sinueux couloirs, bondir gueule renversée pour mutiler ou happer un adversaire tandis que le fouettement de queue en blesse à mort un second...

Seigneur Congre flaire une menace. Trop de pieuvres défilent depuis quelque temps et ses entrailles se sont dans le tas lourdement rassasiées. Une dernière victime, attendant la place libre, lui bourre l'œsophage. Il trouva d'abord instructif et sain de se battre contre ces goulues à la chair savoureuse nourrie de bons coquillages mais, outre qu'il méprisa vite leurs tactiques de défense, leur brusque apparition signifie quelque chose... Des races inconnues de bêtes infimes grouillent, décontenancées, dans les fonds... Ces parias crèvent facilement, mais d'autres sans arrêt les remplacent... Des bars qui n'auraient pas dû se montrer avant une longue période ont été aperçus dans le courant de marée nord-sud... Avant-hier des bancs de lançons que nul ennemi ne poursuivait ont tournoyé, en proie à un affolement incompréhensible, dans les remous de la fosse voisine... Les rochers ont fait le plein de mouettes ; des groupes qui pillaient la baie d'Audierne, d'autres en expédition du côté des Pierres Noires, ont subitement regagné leurs bases. Un béluga solitaire a pénétré dans l'enfer de Plogoff et s'est blessé un aileron contre une avancée de la falaise.

V

Finalement, c'est Alexandre Masson qui a embarqué avec Jean sur le *Saint-Joseph.* Il y a eu de la dispute dans la famille, Étienne refusant presque de le laisser partir sous prétexte qu'il allait saper son autorité à bord et que les autres rigoleraient d'un patron incapable de garder son fils, Alexandre ripostant que les jeunes doivent se lancer et que c'était intéressant de gagner davantage. Fin finale, Alexandre, le matin du départ, n'a pas serré la main de son père du moment que ce dernier ne la lui tendait pas.

Le thonier, pour les premières heures de sa sortie, n'a pas été gâté. Le vent est tombé, à peine il fendait l'eau. Les touristes, de Tréboul à Morgat en passant par le Ris et Telgruc, se sont rincé l'œil devant une haute barque verte à liseré noir et marques blanches, vêtue d'une somptueuse voilure orange, haute comme un moulin à vent, munie de tout le grand jeu, flèche et tapecul, qui de loin semblait frotter les rivages, mendiant un souffle de brise, mais ce pavanage, gast non ! n'était pas inscrit au programme. Du côté de la Pierre Profonde les pauvres gens ont eu quelque chose qui ressemblait à un courant d'air et le *Saint-Joseph* a commencé à prendre l'allure d'un bateau qui avance – il faisait ça durement, comme s'il avait été en train de remonter sur son ancre –, mais on aurait pu déjeuner plusieurs fois qu'il n'avait pas encore passé le cap de la Chèvre. C'est Théo qui devait avoir honte !

Au moment de quitter la maison, Jean Cam avait chargé Thérésic d'aller de sa part trouver Louis Marzin pour l'inciter à oublier leur querelle. Excellente idée, croyait-il. Louis ne refuserait pas à une demoiselle et deuxièmement il bavarderait avec la sœur... Mais la jeune fille recula devant cette démarche, craignant le ridicule.

Deux jours seulement après qu'elle avait reçu les confidences de Maria, la tante Catherine introduisait un « parti » dans la demeure. François Le Bris, vingt-six ans, fils de mareyeur, qui avait remarqué la jeune fille à la messe et qui devait succéder à son père. Et il avait beau plaisanter les sous paternels avec un doux acharnement et déclarer que les gens raisonnables feraient mieux de profiter de la vie – parce qu'il avait ignoré la gêne d'un foyer de pêcheur ses idées n'allaient pas loin. Il eût facilement pensé que le problème de la pauvreté ou de la misère se réduisait à une question de bistros et il n'eût pas deviné que de telles conclusions allaient mal avec son dédain de l'épargne.

Quand il parlait des pêcheurs, il ne disait point « Ces gens-là ». Il s'habillait comme eux, des sabots et pas de cravates, il comptait parmi eux des oncles et des cousins germains ou issus de germains et sa mère lui rapiéçait ses pantalons et ses vestes. Un jour sur deux il descendait au port de bon matin pour ne pas manquer le poisson plat mais évidemment, par la force des choses, il était tout de même un fils de famille et la peine des autres lui échappait beaucoup.

Égoïste ? Enfant chétif, il avait séjourné quatre ans dans un sanatorium de Roscoff et il n'avait pas fait de service militaire. Il demeurait tenu à des précautions et notamment à une heure quotidienne de sieste silencieuse. Pourtant il ne se considérait pas comme un homme diminué – vaincre la tuberculose, qu'il appelait la « maladie » et qu'il croyait découvrir partout dans la ville, ce n'était pas à la portée de tous. Et il riait beaucoup, un rire discret qui mettait en valeur sa tête de joli garçon – un nez fin, des cheveux bouclés, des lèvres rouges. Grand, légèrement voûté, ses yeux avaient une couleur unique. Un bleu fleur de lin d'une clarté de pastel sur quoi rien ne paraissait mordre. La plupart des jeunes ouvrières s'en moquaient – décidément trop bleus, disaient-elles, trop bêtes –, mais elles ne manquaient pas, quand elles passaient près de lui, de les regarder longtemps.

Dès ce premier soir, consacré à une partie de « vache » – il avait vite compris le jeu et fini par gagner –, François Le Bris railla lui-même la couleur de ses yeux. Il dit qu'à sa naissance on n'avait pas trouvé chez le pharmacien le produit voulu pour les désinfecter et qu'une voisine ahurie les avait touchés avec une petite sardine. Histoire que les Salaun et les Guennégués applaudirent, tandis que Maria restait muette…

Elle ne se sentait ni le droit ni la force d'envoyer promener un homme qui l'avait remarquée et qu'appréciait la tante. On aurait dit que tout s'en mêlait pour lui faire accepter l'idée d'un mariage rapide et, au besoin, sans amour. Elle traversait une crise de fatalisme ; alors même qu'elle en rougissait et douloureusement évoquait comme un fétiche perdu un Louis plein d'audace qui l'eût protégée contre le destin, elle découvrait dans les événements autant d'appels, de plus en plus pressants, à la résignation.

C'était Alberte qui avait les oreillons et qui était bloquée dans sa chambre. C'était la sœur, silencieuse depuis tant de mois, qui soudain se prétendait poussée par le besoin de donner des nouvelles et, en fait de nouvelles, consacrait les trois quarts de sa lettre à l'entrée au couvent de Françoise Kernéis, l'ancienne favorite des religieuses de Plomodiern. La mère se cachait derrière cette initiative et cela signifiait : « Tu vois que tes camarades se débrouillent ! Marie-toi ou entre au couvent… » C'était monseigneur l'évêque, l'orateur grandiose atteint de la même poignante maladie que la grand-mère, qui écrivait à ses diocésains une longue lettre pastorale exaltant les souffrances humaines. C'était l'usine, qui diminuait le nombre des heures de travail et par conséquent les salaires…

Il y eut donc, très rapidement, une rencontre sur le quai à onze heures du matin, une autre à huit heures du soir. Maria cherchait à éviter le regard de l'homme, qui l'étudiait soigneusement. Il contait les heures mélancoliques de sa maladie, une pitié la rapprochait de lui, mais elle n'échappait ni à l'irritation ni à la honte.

Et il y eut une troisième fois, et alors ils rencontrèrent Louis. De loin, ils semblaient animés sinon joyeux… Une seconde, Louis hésita. Un Douarneniste ne fuit jamais, il poursuivit. Il s'était mis à siffloter comme du temps qu'il était marin et que la vue d'une femme déclenchait automatiquement de sa part chanson ou sifflotage, et sa rengaine, que Maria connaissait bien !, s'élevait dans l'air de la rue :

> Les fourmis vont à la file
> Et c'est joli de les voir…

Maria l'aperçut. Un instant elle se plia en deux et eut l'air de reculer, mais elle se redressa et continua sa route. Simplement, elle gardait les yeux baissés et, attentive malgré ses efforts à suivre le sifflotement de Louis, elle ne répondait pas à la question que son compagnon avait posée.

Les fourmis vont à la file…

Tout en marchant et en sifflant, Louis, qui accentuait la moue de sa lèvre inférieure, fixait Le Bris droit dans les yeux et, mécontent de cette insistance dont il ne comprenait pas le motif, l'autre lui rendit regard pour regard.

Le pêcheur s'arrêta net.

— T'as pas fini de me reluquer comme ça ?

— Moi ?

— Toi. Probable que je cause pas tout seul.

— Et toi ? Tu me connais ?

— Et toi ? Tu as peur ? Casse-moi la gueule un peu, pour voir.

Des enfants ont interrompu leur marelle et s'approchent. Maria s'est jetée entre les deux hommes. Elle les supplie.

— Tu crois qu'on connaît pas son monde ? ricane Louis. Celle-ci, maintenant, il lui faut du mareyeur, elle trouve pas les pêcheurs assez propres pour sa peau… T'as pas honte, non ? sale petite garce.

Très pâle, mains tremblantes, François Le Bris veut repousser Maria.

— T'as pas fini d'insulter celle-ci, sacré vieux bonhomme.

Un silence. Maria, d'un seul coup, s'est reconnue. Amoureusement, elle saisit le bras de Louis. Vieux ou non, voici son homme ! Et, tout en songeant qu'elle agit comme une Antoinette, elle baise l'étoffe de la manche.

— Ah ben, si c'est comme ça, gouaille François Le Bris, dont les poings retombent.

Et, sous les yeux méprisants des gosses, qui le tiennent pour responsable si la bagarre a tourné court, il hausse les épaules et s'éloigne.

— Tiens mignon ! Tenez vous autres ! V'là la grande distrib' ! Et maintenant, il faut partir de là !

Le pêcheur a sorti de ses poches tout un lot de pièces de deux sous et les a jetées au loin. La marmaille s'élance avec des hurlements.

Louis caresse la chevelure de Maria et, largement, s'abandonne au bonheur. Il a retrouvé argent, santé, vigueur, jeunesse… Jeunesse ? En un instant, il vire de bord. Il n'est plus qu'un vieux bonhomme, indigne d'inspirer l'amour… Avec des gestes lents, mais précis, le voilà qui se dégage.

— F…-moi le camp, dit-il d'une voix rauque. J'veux pas de pitié.

Maria se caresse le front de la main gauche. Ses idées se brouillent. Elle a envie de tomber par terre et aussi de se jeter, sanglotante, dans les bras durs.

— Pourquoi alors que tu as fait partir celui qui était avec moi ? argumente-t-elle sans conviction. Tu veux même pas que je fréquente ?

— Parce que je veux de l'ordre dans les rues de Douarnenez… J'aime Douarnenez, moi, je veux pas voir traîner de vilaines gens !

Riposte mauvaise, Maria le sait bien. Un silence… Dire quelque chose.

— Pourquoi que tu m'as traitée de garce ? J'ai jamais connu les hommes avant toi… ni après…

Comme s'il allait de nouveau lui caresser les cheveux, il a levé le bras… Le geste retombe.

— Tu es comme les autres, balbutie-t-il. C'est toutes les femmes qui sont des garces…

Et, mains aux poches, il s'éloigne.

Elle écoute. Il ne sifflote pas, il parle.

— Toutes les femmes qui sont des garces… répète-t-il avec une lenteur hagarde. Toutes les femmes… toutes.

« Si tu l'aimais, tu courrais après lui », songe Maria dont les jambes flageolent. Il t'a traitée de garce parce qu'il t'aimait, tu le sais bien. Il a pris une vieille maîtresse parce qu'il t'aimait… Trop tard. Il fallait s'expliquer tout à l'heure. Trop tard.

Maintenant, il va falloir raconter la scène à la tante Catherine. Maria entre à l'église puis dans un débit.

Les jeunes pêcheurs lorgnent cette fille solitaire. L'un d'eux lui souffle exprès sa fumée dans la nuque, mais, courageusement, elle va jusqu'au comptoir et demande un apéritif. Elle boit. Tandis qu'elle repose son verre, un gars éméché lui fourre dans les cheveux un brin de paille.

— Hé ben ! Qu'est-ce qu'elle va dire la maman !

— F…-moi la paix ! crie-t-elle pour la première fois de sa vie, audace qui retourne la situation en sa faveur.

Mais, tandis que les vieux lui disent gentiment : « T'as raison, mignonne, faut jamais se laisser faire », elle se sauve pour dissimuler ses sanglots.

VI

La mer calme, ce jour-là, du haut du rivage, semblait, encore plus que de coutume, taillée dans le poisson. Un écorcheur d'une infinie délicatesse avait retourné et cousu ensemble des milliards de peaux en une fourrure ductile qui recouvrait la baie entière et s'appuyait par bourrelets contre les côtes. Le soleil, doux et viril, soulevait un peu les écailles de la zone où tombait sa lumière et, avec un grand scrupule, des changements de fond, des courants ou des brises se trahissaient par des taches laiteuses ou des moires disséminées sur le bleu-argent sombre. À la sardine et au maquereau l'écorcheur avait dû joindre le hareng clair et le chien de mer gris montagne. Des mouvements minuscules agitaient selon un rythme la surface et comme les teintes de l'eau paisible.

Vue de la *Thérèse Masson*, la mer calme, ce jour-là, ressemblait à d'autres mers calmes sur lesquelles s'étaient reposés les yeux, seulement elle était présente et elle vivait. Elle s'étendait dans l'immensité d'un véritable espace et non dans les mauvais décors de la mémoire. Le naïf matelot qui eût sauté dedans eût commencé par disparaître dans un plouf glauque absolument réel.

Et, à la longue, peut-être ce calme superbe, fils, petit-fils, arrière-petit-fils, etc., de tant de calmes contemplés un jour par les pêcheurs, allait-il... Pas un mot. Que cette histoire demeure entre le corps et l'âme d'Étienne Masson. Dans le cas où son alerte n'aura pas été stupide, les autres s'en apercevront avant qu'il soit trop tard.

« Tempête », chuchotaient la peau et les membres d'Étienne, le plus apte, entre tous ces gars vaccinés de soleil et d'iode marine, rodés et lissés par les coups durs que portait le bateau, à deviner les caprices du climat. Tempête ? La solennité du ciel bleu était sans fraude, sans fraude la douceur du soleil et la plane étendue de l'eau, sans fraude le cri des mouettes… Et sans fraude, surtout, paraissait la profondeur opaque, d'où avaient jailli, au moment voulu, les innombrables petites bulles, les petits flocs silencieux semblables à des gouttes de pluie sur un tas de poussière et recherchés depuis tant de jours… Les sardines étaient là et acceptaient de travailler ! On disait hier dans les bistros que les capricieuses bêtes avaient reparu au nord de la baie d'Audierne, mais les gars refusaient de le croire ! Étienne avait eu raison de tenter la chance et son flair ne l'avait pas trompé sur l'endroit. À un mille et demi de l'ouvert de la baie, sur des alignements secrets dans la rue de Siam des bancs de poissons. Une belle vente tout à l'heure ! Les camarades seraient abasourdis et les usines se disputeraient la marchandise… Oui, mais la tempête ! Le retour des sardines, cela pouvait bien appuyer aussi la menace que dénonçait le corps d'Étienne et que le beau temps cherchait à démentir. La mer et les poissons ne jouaient-ils pas la comédie ? Fraude, la solennité calme de la houle, fraude encore, la fécondité marine ?

« Tempête », chuchotaient la peau et les membres d'Étienne Masson, surpris par les battements précipités de son cœur et par un goût de cendre dans la bouche. À la dérobée, il regardait le ciel sans nuages. De faux coups de tonnerre lui emplissaient les oreilles comme à un froussard de vingt ans – farce idiote ! Mais, tandis que la mer évoquait l'image d'une grande bête endormie, vers le château de Dinant et vers le large, et que les moires gagnaient en ampleur et consistance, balayées parfois d'ondulations sans cimes qui atteignaient enfin les espaces ridés, agités de feuilles claires, où s'ébauchait un clapotis, il eût juré entendre au loin se préparer la houle. Sur les flancs de la barque l'eau semblait se raidir. Sous une teinte plus éclatante elle devenait de moins en moins limpide. Les taches de mazout se dispersaient mal, les détritus y coulaient moins vite...

Étienne, qui perdait la notion de l'heure, s'impatientait. Il eût volontiers commandé le départ, et d'autant plus qu'en prévision du coup de chien il ne fallait pas manquer non plus de relever et de rentrer les casiers mouillés çà et là, mais, dans tous les azimuts, on apercevait des bateaux ; les matelots obéiraient en se moquant de lui. Quand le poisson revenait en donnant de cette manière, ce serait bête de ne pas profiter. Sûrement, on dépasserait les quinze mille réglementaires, et d'une bonne petite charretée ! Les autorités fermeraient les yeux, secrètement joyeuses. Du travail pour les usines ? Entrez, entrez, messieurs de la *Thérèse Masson*, vous et toute votre pêche... Il fallait encourager la mer et les bancs de poissons. Sûr, si tous les bateaux étaient revenus avec la même charge, il y aurait eu du grabuge pour la vente et on n'eût pas été mal inspiré de rallier dans les premiers, mais on savait ce qu'on savait : la *Thérèse Masson* serait peut-être le seul qui dût ramener des sardines...

La chaleur, n'eussent été des espèces de bouffées, de cloques d'air lourd qui crevaient sur la peau, pesait encore son poids normal. Normal continuait de paraître le ciel bleu, profond mais déjà moins éclatant, d'une teinte myosotis qui pâlissait sur les bords… L'aspect tranquille de la sauvagerie de la mer et des rivages ne rassurait plus Étienne. Une tempête, oui gast, ce serait une tempête. Une longue et terrible ? Une bruyante et brève ? Au fond de lui-même il avait choisi. L'obscure et poignante télépathie qui entraînait son imagination à cent milles au large lui montrait en pleine action une immense cavalerie de vagues. On se rappellerait plus tard la fureur des éléments au mois d'août de cette année-là. Des vents sinistres, les déchireurs de voiles et renverseurs de barques, accouraient au ras des flots, précédant la cohue déchaînée. Il n'était pas un apprenti marin : l'angoisse animale de ses nerfs et de ses muscles, et cette coloration plus dense et cette plus grande épaisseur de l'eau voisine, il les sentait, il les voyait, il les touchait. La précipitation huileuse des sardines s'insinuait dans sa peau, il palpait la mer et les terreurs des bêtes du plancton. Dans la tirée légère de la *Thérèse Masson*, il entendait une anormale et minuscule secousse de la quille et des membrures comme si l'onde eût apporté une roche avec elle et l'eût frottée contre le bateau…

Plus tard il supposa que, sans cesser de travailler, il s'était à peu près endormi, victime d'un charme. Il ne disait toujours mot de la tempête et, en lui-même, il ne ronchonnait plus. Puisque tempête il y aurait, on pouvait charger le bateau encore une fois, tout le poisson se vendrait bien. Décrocher le plus tard possible… La pinasse trembla sous une houle et les matelots de la barque et de l'annexe levèrent la tête ensemble. « Ils sont avertis », jugea Étienne et il rompit le silence :

« T't à l'heure, ça sera pas beau. » Et il ajouta : « Core un coup, les gars ! On souque ici, on rentre les casiers et puis à la soupe ! » Louis, qui tenait les avirons, gardait la tête levée, écoutant et humant les lointains premiers souffles d'une tempête. Les moires se plombaient et noircissaient, puis la mer moutonnait sous une brise inconnue. Une atmosphère fuligineuse avait envahi le ciel et, sans qu'on discernât un nuage, le soleil, dans ce poudroiement sale, avait perdu son éclat. Un pauvre petit reflet rond se dessinait sur l'eau, comme une vieille réclame que les afficheurs oublient d'enlever.

Le bateau trembla une seconde fois et plusieurs houles se succédèrent, qui bernaient la pinasse et secouaient comme des caisses trop pleines le gouvernail, l'hélice et la quille. Une force mauvaise épiait des fissures, puis le flot se calma. La *Thérèse Masson* roulait au milieu d'une grande moire opaque, visqueuse comme du poisson. Elle enfonçait à coups rapides hanche tribord, hanche bâbord, en même temps qu'elle se soulevait sur l'arrière pour asseoir sa résistance. Un chien bien dressé auquel on s'obstine à proposer un verre d'eau et qui s'obstine à écarter la tête. Des brises sous-marines attaquaient la baie, avant-coureuses des rafales qui balaieraient le ciel, de la tempête échevelée qui mènerait à l'assaut tous ses noirs escadrons.

Mais les pêcheurs avaient compris la grosse astuce des choses. À tempête ficelle, sardinier consciencieux ! Il s'agissait de lever une dernière fournée impeccable. Du beau poisson bien maillé, doucement remonté à bord, qui ferait de la conserve de première classe, la vraie cuvée douarneniste ! Que cela glisse sur le pont avec des reflets imbrisés de poire mûre, des souplesses de jonc… Hop. Encore une, deux, cinq, dix qui ont fini de grandir. Une, deux, cinq, dix qui ne mourront pas dans le ventre d'un béluga. Une, deux, cinq, dix qui ne seront pas trouvées par une autre pinasse. Une, deux, cinq, dix qui se transformeront en billets et en verres de rouge. Une pour Fanche. Une pour Louis. Une pour Étienne. Une pour Jean-Marie. Une pour Maurice. Une pour Philippe. Une qui sera mangée par un petit gars de la venelle des Alcyons. Celle-ci par un Engliche de l'HÔTEL DES BAINS. Celle-là par un bourgeois de Paris. Celle-là par un Breton de Clamart. Celle-là par une poule de luxe. Et celle-là, p't-être ben, par l'amiral Guépratte…

Loin tout autour, en deçà et au-delà du raz de Sein, vers le large et vers les rivages, des bateaux s'affairaient doucement. Alors qu'au-dessus du cap de la Chèvre et de la pointe du Van l'air papillotait et graillonnait, pouacre et massif, d'un grisâtre gluant aux yeux et que des taches livides s'épaississaient sur les moires marines et qu'une vague imprévue cognait sur un phare ; alors que, vers l'horizon dur, la mer n'était qu'une matière venimeuse vert-de-gris et lie de vin ; alors que tout le paysage attendait le premier coup de matraque de la tempête pour s'abandonner, pieds et poings, au bon vouloir de ses hordes et que devant chaque récif, chaque pied de falaise, chaque flot se trouvait à sa place pour la sarabande obligatoire, un certain nombre d'hommes solides négligeaient froidement leurs impressions et, avec une grande et flegmatique sûreté, tiraient de l'eau des poissons bleus, des crabes rouges, de la gloire et des sous.

La *Thérèse Masson,* pour Étienne, c'était un sacré bateau. D'abord elle portait le nom d'une jeune demoiselle brune qu'avait enlevée une typhoïde et il avait fourré dedans ses économies, ensuite elle se tenait à un rang très honorable dans la flottille des pinasses, ni trop vieille ni trop moderne, longue comme un os de seiche et dotée d'une cabine vitrée pour le commandement ; enfin, peut-être surtout, c'était la *Thérèse Masson,* un bateau qui avait déjà histoire et blessures, avait réchappé à neuf tempêtes dont deux très dangereuses, qui avait senti marcher les sabots d'une soixantaine d'hommes, tous par quelque côté des rudes et des nets, et qui avait déjà pêché fière quantité de poissons. Puisque Dieu avait fait les poissons et qu'il les avait faits pour que les hommes les mangent et restaurent leurs forces dessus, il devait être content de sa petite pinasse ! Et si la plupart des générations de sardines défoncées par elle n'existaient plus, la renommée du bateau n'avait pas laissé de se transmettre dans les fonds marins ; c'était une vieille connaissance qu'entendait passer maintenant la faune des parages, y compris les espèces avec lesquelles on n'entretenait point de rapports directs. Les oursins comme les palourdes !

La *Thérèse Masson* montrerait sa valeur. Avec une brave jument, quel plaisir d'être en mer ! Étienne aurait attendu l'extrême pointe du péril et peut-être rejeté les filets à l'eau sans les embardées qui faussaient le travail et s'il n'avait mis un point d'honneur à livrer aux usines les beaux petits cadavres de filet droit, fermes et bien sentants, signés Étienne Masson ! Mieux valait ne pas retourner sur une mer trop forte.

On ne voyait plus guère de bateaux, et le sémaphore du cap de la Chèvre hissait la boule de tempête, lorsque la pinasse, ayant chargé les filets et tout son contingent d'hommes et repris en remorque le canot annexe qui lui donnait l'allure d'une jument suitée, s'élança de nouveau, à pleine puissance de moteur. Un calme lourd serrait le monde et brusquement nul vent ne soufflait, cependant elle se trouva tout de suite ralentie par la mer, qui faisait ventouse contre la coque. Elle tanguait plus qu'elle ne roulait et, sans qu'on aperçût de lames creuses, enfonçait parfois presque tout entière, lentement, dans la vase d'une moire. Le ciel se plombait, le paysage semblait se rétrécir…

Tandis qu'on arrivait au premier flotteur, « pris » par Étienne et gaffé par Bothorel avec une perfection de manœuvre, une risée se leva et un bruit de feuilles de peuplier courut sur l'eau, qui, loin de décroître et disparaître, s'enfla, de plus en plus. Des moutons jaillissaient de partout, des lames se gonflaient, nouaient et dénouaient, un ululement traversa l'espace et l'on put croire que la mer allait courber au loin, dans le même sens, toute l'avoine glauque de ses tiges…

Mais ce fut alors comme si des trappes s'ouvraient et que, du bas, de grands coups fussent portés contre la surface. Le fond de la mer se révoltait. Le bateau piqua des deux et reçut un grand choc par le travers. Le vilain avait commencé. Dès que le casier eut été halé avec tout son cordage, Étienne redémarra. Les embruns avaient mouillé la vitre et, sur la mer qui s'échevelait, il ne distinguait plus les flotteurs ; il se fiait aux gestes de Louis, allongé à l'avant tête par-dessus le bord, qui montrait du doigt quelque chose…

Un, deux, trois casiers vides. Le quatrième contenait deux homards et une pieuvre qui n'avait pas eu le temps de les vider ! Le cinquième un congre et des araignées. Le sixième… où était-il, ce sixième ? Louis, les paupières trempées lui collant aux yeux, ne voyait plus rien. Les hommes tendaient le cou, calculaient, interrogeaient les repères. La *Thérèse Masson,* avec de longs virages où elle tombait dans les lames, lourdement, à quatre genoux, comme une bête entravée, battait un secteur qui ne se délimitait plus. Quelques minutes, et la mer était entrée en révolution, cherchant à tailler dans sa chair verte et blanche d'innombrables îlots qui surgissaient et basculaient sans répit ni trêve… Un sixième casier, sixième casier…

Comme Étienne désespérait, ce sixième casier provoqua les yeux de Creignou, presque à toucher le bord. Nom dé nom, le temps de gesticuler, ils avaient déjà pris du champ. Il fallut revenir et, le vent déportant le bateau, recommencer l'approche trois fois de suite. Pour des prunes : le casier était vide et, de surcroît, il fallut le dégager d'un pesant paquet de goémons. Oh hisse, oh hisse…

À un septième !

Le vent sonnait dans l'espace et la *Thérèse Masson,* rejetant parmi les lames un sillage mousseux, piquait dessus avec lenteur en jouant aux montagnes russes. Le soleil avait disparu. Contre le sarrau gris du ciel glissaient des fumées à silhouette d'algues marines qui s'effilochaient au loin. Les falaises se rapprochaient. On aurait dit que la terre montrait les dents et déjà une bave ceignait les rivages… Avec un bruit d'arrivée au port, la bonne vieille pinasse frémit dans ses membrures. Mais quoi donc elle n'arrivait pas au port ? Que se passait-il… Le moteur calait. Les hommes qui étaient sur l'avant, cherchant dans le désordre furieux de la mer à créer l'image calme d'un flotteur de liège, bougèrent à peine et pas un ne se tourna vers l'arrière pour regarder. Une pudeur. Comme s'il y avait eu là une femme qui se déshabillait. On n'allait pas esquisser un mouvement d'inquiétude et embêter Auguste ! À chacun son travail ! Étienne maintenait la pinasse bout au vent et l'on pouvait attendre en continuant à chercher.

Deux, trois, quatre fois Auguste remit en marche, chaque fois ça pétaradait d'excellente manière, l'hélice vrombissait, on sentait l'amour de la vitesse présent dans tous les clous, dans toutes les planches, et puis vlop, vlop, vlohop, vlô – ô – ô… quelque chose faisait des bêtises, alors ça dégringolait et ça se taisait. La pinasse reculait dans le vent. Des hurlements moqueurs l'enveloppaient. Dans chaque lame qui la soulevait pour la laisser choir, il y avait une insulte et un coup.

À la sixième fois, Auguste, allongé à plat ventre sur le pont, la tête sous la fière petite plaque « BOLINDERS », murmura « Nom dé Dié », ce qui rassura les voisins. Il retroussa les manches, frotta une pièce avec un chiffon gras, en serra une autre avec une clé anglaise et, lorsqu'il eut relancé le moteur, chacun entendit nettement que ce dernier avait fini de désobéir et que la septième fois serait la bonne… Le moteur cala.

À la dixième, Étienne sortit de sa cabine vitrée et marcha vers l'arrière. Le vent sifflait, la mer cognait et, sur le ponton ras de la ligne noire de l'horizon, s'amoncelaient de grandes balles de nuages. Il considéra Auguste, qui lui décocha un clignement d'œil.

— Tu crois que ça va marcher ? demanda Étienne.

— Sûrement.

Et, après un silence :

— Faudra bien.

Et, après un autre silence :

— Ou alors ça ira mal avec moi.

Quand une vingtième tentative eut abouti à un vingtième échec, trois grosses secousses claquèrent. Auguste glissa et la clé anglaise faillit passer par-dessus bord. Le suroît, continûment, sifflait et repoussait le bateau.

— Tu crois que tu vas t'en tirer ? demanda Étienne, qui se défendait de mettre de l'ironie dans sa phrase.

Auguste Jézéquel, remplaçant d'Alexandre, c'était quelqu'un ! Il venait de finir son temps dans la marine avec un bon brevet, alors il connaissait le matériel. On lui avait proposé un boulot dans un garage, seulement, dans un garage, on ne pêche pas ! Râblé, cheveux en brosse et cils touffus, il gardait la moustache. Le fin bonhomme tout à fait, avec une peau mate de Parisien, de la rigolade et de la réflexion plein les yeux verts… De la graine de patron…

— Sûrement. Çui-ci doit avoir besoin d'être démonté.

Étienne se lissa la barbiche.

— Combien de temps pour arranger ça ?

— Je sais pas mais sûrement que dans une heure on sera parés.

— Hissez la voile ! On va tâcher de partir avec ! dit le patron.

Et, ayant bien pesé la chose avant de s'enfoncer dans la cabine, il ajouta qu'on allait rentrer les derniers casiers.

Pour le temps, cela risquait d'être juste, mais ils passeraient tout de même et ils auraient fait de la bonne besogne. La tempête aurait démoli les casiers : les casiers, ça coûte des sous ! Et ils n'avaient pas d'argent à perdre ! Et puis, gast, il fallait dire ce qui était, ils auraient montré à la mer qu'on était des hommes !

La petite misaine rugueuse claqua, le bateau cessa de perdre et, durement, remonta dans l'ouest. Une allure d'enterrement, par exemple... Il fallait courir des bordées... La pinasse bondit et se jeta en avant comme une bête qui a faim... Les secondes succédaient aux secondes... Coup sur coup, deux grosses lames embarquèrent, trempant les hommes, et il s'en fallut de peu qu'un des casiers récupérés ne fût projeté dans l'eau – Étienne lofa légèrement... Quelque chose ricanait en lui et se moquait. Jamais il ne retrouverait ses engins ! C'était folie ce qu'il faisait ! Il se raidissait et se sentait encore plus sûr de sa conduite. Auguste avait dit « une heure de réparation » et Auguste savait ce qu'il disait. Du moment qu'on était placés en deçà du raz, on s'en tirerait ! Les vents ne poussaient pas sur les cailloux qui ne pardonnent point. Allons donc – si les matelots s'acquittaient de leur travail, on aurait vraiment exécuté une fière sortie !

Et le très peu vraisemblable se produisait, une fois, deux fois, trois fois. Des yeux d'hommes, au fond d'un entonnoir trouble, contre une pente qui s'effondrait, sur une crête aussitôt détruite, distinguaient la marque minuscule de la *Thérèse Masson* et ils ne la perdaient plus. Un chiffon bleu tout élimé d'où surgissait le bout du bâtonnet noir et, au ras de l'eau, les flotteurs penchés et le renflement d'un nœud de corde. Et, une fois, deux fois, trois fois, malgré le roulis et les paquets de mer, les grosses mains halaient le casier contre la coque. Il n'y avait rien dedans que les cailloux réglementaires et la vieille bouette, mais on tenait l'engin et on tenait la preuve qu'on n'était pas des sales feignants ! Ceux de la *Thérèse Masson*, possible qu'on les appellerait caséieurs de fortune, mais ils se débrouillaient comme les professionnels d'Audierne et du Guilvinec !

Dans le raz de Sein, sous le ciel livide, la mer sautait à qui mieux mieux. Le bateau aperçu au moment même de l'avarie et avec lequel on partageait maintenant l'immensité du large s'y était engagé, dansant, plongeant, volant, mais toujours teuf-teufant et victorieux. Encore des gars qui avaient quelque chose dans le ventre ! Des Douarnenistes, sûr, ou des dignes de l'être !... À un dixième casier, les enfants ! Gast, il fallait que ça soufflât pour que le bateau filât ainsi avec ce mouchoir de perche ! Les hommes de l'avant ne pourraient plus tenir, il faudrait les envoyer dans la chambre ! Mais non, gast, ou alors on abandonne les recherches !... Étienne se lissait d'une main la barbiche, prêt à lofer de l'autre... La voile eut l'air de s'envoler et de se jeter dans la mer : l'écoute, exactement choquée tout à l'heure par Le Gonidec, avait cassé net. Le patron jaugea la situation : aucun homme n'était tombé à l'eau, la voile tenait toujours. Il redressa bout au vent pour faciliter le ramassage de la toile, mais une bourrasque étreignit le bateau, qui gémit dans ses membrures, se cabra, secoua sa misaine comme une patte folle. Dans l'ample crête d'une colline d'eau le pan libre plongea. Un craquement se fit entendre : le haut du mât cédait et il dégringola sur le pont.

Étienne sortit. Un mât non réparable, mais tout le monde intact : et ceci était beaucoup plus important que cela. Il toucha la voile mouillée, regarda la mer, et dit sans rire quelque chose comme : « On laisse les autres casiers. » Techniquement parlant, la *Thérèse Masson* avait le droit au titre de bateau désemparé, ce qui n'offrait rien de drôle, mais ne laissait pas d'exciter l'esprit. Il s'agissait de sauver sa peau : les instants acquéraient une valeur dramatique finement intéressante.

À tout prendre, ils n'avaient pas plus de deux chances sur cinq d'y rester... Les proches rivages, vers lesquels poussait le suroît, n'étaient pas fameux, mais il restait encore un bout de temps avant la catastrophe... La tempête continuait et continuerait d'augmenter de violence. La dérive – il ne fallait pas songer à mouiller ! – deviendrait dangereuse avec les lames plus fortes. Mais enfin la déclaration d'Auguste, répondant du moteur, restait valable, puisque Auguste n'était pas venu entre-temps se dégonfler près du patron. On le voyait là-bas, qui tapait et farfouillait sans montrer aucune impatience ; on pouvait imiter son calme ! Il faisait jour, l'accident s'était produit dans de mauvais parages, mais à bonne vue de terre, et le sémaphore de la pointe de la Chèvre, peut-être même celui de la pointe du Raz, n'avaient pas manqué, ou ne manqueraient pas d'alerter les ports. Une route maritime était proche ; un vapeur gagnant Brest surgirait avant le soir et, au cas où la situation eût empiré, on lui demanderait assistance !

Vapeur – ou barque de pêche... À un mille bourlinguait le bateau inconnu qui venait de franchir le raz de Sein. Une pinasse, mais pas une douarneniste, car, au lieu de naviguer de trois quarts sur le cap de la Chèvre, elle piquait vers les lointaines premières roches de l'archipel d'Ouessant. Une de Camaret, du Conquet ou de Brest. Une jumelle eût été nécessaire pour discerner les lettres de son quartier...

Groupés maintenant devant la cabine vitrée, les hommes, silencieux, regardaient rouler sur la mer le bateau chançard dont le moteur n'avait pas faibli et dont le mât restait solide. Ils attendaient, ils avaient connu de pires embarras et ne se permettaient point de juger trop vite les actes d'Étienne. Une voix, simplement, grasseya : « Ben quand même, gast, on va plus vite que le *Saint-Joseph* l'autre jour... » et il y eut un bref rire général.

Le *Saint-Joseph* ! Étienne se lissa la barbiche. Dans la situation où ils se trouvaient, penser brusquement à un autre bateau lui paraissait un mauvais signe. Un mauvais signe pour l'autre bateau ! Cela voulait dire : « En ce moment il y a des camarades beaucoup plus em... que toi, des camarades en passe de périr... » Il se secoua. Vieux bonhomme, c'est toi qui es dans de mauvais draps avec tes matelots, pas le *Saint-Joseph* ! Forcément que, si le thonier rencontre le coup de tabac, il filera un mauvais quart d'heure. Comme tout le monde ! Pas de superstitions ! Théo Magueur connaît la musique. Ce n'est pas un moussaillon à fermer les yeux devant une vague de huit mètres et il sait bien que son *Saint-Joseph* est rustique et peut croiser au large, ou mettre à la cape, sans danger... Pense à tes propres os, Étienne, et à ceux de ton équipage. Là-bas, cette chose vert patate pourrie, attends que ça gagne du terrain et tu m'en diras des nouvelles. Un bon patron n'est pas un homme orgueilleux. Suppose qu'Auguste se soit trompé et qu'il lui faille plus d'une heure. Suppose que la tempête augmente trop avant que ne puisse arriver le bateau de sauvetage... Fais signe à la pinasse, qui peut t'aider encore...

Nom dé chien, on essaiera quand même. Le signal de détresse, ça n'existe que dans les livres et le bon Dieu a esquinté le mât pour qu'on n'ait pas la mauvaise idée de s'en servir. Auguste a dit : « Une heure », ce sera une heure... Têtu, sale têtu, dans peu de temps il sera trop tard ! Dresse un chiffon de casier, un mouchoir, un bout de voile, quelque chose ! On ne te demande pas un signal de détresse comme dans les livres, tu peux te débrouiller à la bretonne ! Tu es désemparé ou quoi, nom dé chien ? Allons, gast, montre que tu as besoin qu'on t'aide...

Jamais de la vie, nom dé chien. Je ne sais même pas ce que c'est que ce bateau-là, qui ne sort pas de chez nous ! J'ai pas envie de payer des primes de remorquage qui boufferaient tous nos sous. La *Thérèse Masson* n'a jamais eu de panne ou alors elle se sauve toute seule... Allez vite, un chiffon de casier, quelque chose, tu n'as plus que cinq minutes. Ça voudra dire que les patrons-pêcheurs sont des hommes intelligents et que Théo Magueur ne fera pas la bêtise de chercher la terre !... Je ne crains pas pour le *Saint-Joseph*. S'il fallait craindre pour tous les bateaux qui sont en mer, il n'y aurait pas beaucoup de monde, le dimanche, sur le quai de Douarnenez !... Quatre minutes. Pense qu'Alexandre, avant de partir, ne t'a pas serré la main. Tu ne sais pas que c'est un mauvais signe ?... La peur a toujours de quoi dans son sac. Un patron-pêcheur n'écoute jamais les bavards !... Je ne suis pas la peur, je suis le bon sens. Plus que trois minutes... J'ai soixante-deux ans, j'ai jamais fait signe à un autre bateau, je vais pas commencer... Auguste Jézéquel entre dans sa vingt-septième, tu ne trouves pas ça trop tôt pour être mangé par les crabes ? Et le petit Maurice, ton filleul, tu serais content qu'il meure de ta faute ?...

Étienne, sombre, gagna l'arrière où, trempé comme un chien et sale comme un peigne sale, Auguste soufflait avec ardeur dans un tuyau. Louis et Philippe, assis sur une bâche, partageaient un bout de Roquefort. Fanche Creignou débrouillait une ligne. Le mousse était malade.

— Les enfants, dit Étienne, dans la vie il y a des choses qu'il faut faire et d'autres...

Il s'enroua et se tut. Eh bien non, gast, il ne lancerait pas le moindre signal. Possible que le bateau, là-bas, son devoir fût de changer de cap et de venir aux nouvelles, mais à lui de savoir. Lui tout seul. On n'ira pas lui faire des prières.

Le vent sifflait et hurlait et, tandis que les nuages de l'horizon demeuraient immobiles, d'autres naissaient, devant eux, qui obstruaient le ciel. Toute la mer blanchissait, verdissait, grimpait, s'effondrait. Le salut de la *Thérèse Masson* résidait peut-être dans l'habileté et dans la curiosité professionnelle des gens qui, là-bas, couraient sur la mer, emportés par un toboggan, en creux et bosses, de vent et de vagues, et qui, dans deux, trois, quatre minutes, auraient commencé à prendre du champ vers le nord-est…

Les matelots de l'autre bateau regardaient, sans mot dire, la *Thérèse Masson* et, de temps en temps, échangeaient un signe. Puis Arthur Lagadec, le patron, cligna de l'œil à Jean Laouénan, debout sur l'arrière, mains aux poches et la barre entre les jambes, qui, d'une poussée de son genou droit, précipita sur tribord le *Maréchal Joffre*. Deux lames s'abattirent d'un bout à l'autre du pont, mais le bateau se redressa, comme porté en triomphe par la mer. Il plongea et se dirigea vers la pinasse.

Au nom de leurs bateaux respectifs – équipage et matériel –, Étienne et Arthur s'interpellèrent d'un bord à l'autre, mains en porte-voix. Et, comme des héros d'Homère, ils trouvaient le temps d'échanger des phrases. Eux qui étaient plutôt, dans le travail quotidien, des hommes silencieux. Mais celui-là voulait conduire les Douarnenistes à se poser en demandeurs et celui-ci, pour garder les honneurs de sa bataille contre la mer, entendait ne pas jouer les mendiants.

— Alors, faut peut-être vous tirer de là ? criait Arthur. Pourquoi vous faisiez pas signe, nom dé Dié ? Votre moteur est en panne ?

— Probable qu'on resterait pas faire du tosse-mer s'il serait pas arrivé quelque chose, rétorquait Étienne, sous les tires de la *Thérèse Masson.*

— On sait jamais avec des pillards d'eau comme vous autres, lançait Arthur, reprenant l'avantage. Forcément qu'ils sont pas en train d'écouter les cloches de la ville d'Ys, qu'on disait – mais peut-être bien qu'ils sont en train de pêcher un béluga ou une baleine !

— Pêcher des paquets de mer et des casse-ta-coque ! gueulait Étienne, soutenu par son public, et, à entendre ce dialogue, il ne semblait pas croyable que la vie des hommes de la *Thérèse Masson* pût être en jeu.

Les deux bateaux, qui demeuraient parallèles, conservant leurs distances pour ne pas se heurter, dansaient sur les vagues. Contre la mer et le ciel, la tempête cognait à pleins poings… Arthur pesait la situation. Un dur, le patron d'en face. Et, avec tout cela, on n'était pas encore à terre !

— Envoyez votre remorque ! cria-t-il pour en finir. On va vous ramener chez nous, sacrés têtus de Bretons, ça vaudra mieux que d'aller vous mettre au plein sur le château de Dinant !

— Croche bien dans le bout, alors, monsieur de Camaret ! Et tâche qu'il ne pète pas en route, parce qu'on n'en a pas de rechange !

Terminé le dernier tac-au-tac de phrases, se faire prendre en remorque ne fut pas une partie de plaisir. Ni se faire traîner. Avancer sur l'eau sans se propulser soi-même, dans le cul d'un camarade qui jouait à votre détriment les costauds de foire, à l'usage on découvrait nettement que c'était honteux. Encore plus quand il s'agissait d'un Camarétois, un bateau moins long d'un bon mètre et sans cabine vitrée… Ah nom dé chien !… Et, tant qu'à éprouver du désagrément, qu'il servît à quelque chose ! Mais va-t'en voir dans ce tohu-bohu, et malgré le doublage de l'amarre et autres précautions, ce qui pouvait se passer après deux bonnes secousses dissymétriques, une barque montant une lame, l'autre en descendant une autre, et la première bousculée à tribord, la seconde à bâbord ! La mer devenait toujours plus forte et plus furieuse. Une averse hurla et cavala plusieurs minutes à fond de train dans l'espace, grosses gouttes presque horizontales, dans une lumière de fin du monde, couleur de suif. Les rivages le long desquels brimbalait le petit cortège n'avaient rien de plus terrible que les falaises du cap de la Chèvre, la pointe du Van, ou le château de Beuzec, mais, encore qu'ils ne fussent point, loin de là, inconnus, ils avaient cessé d'appartenir au vrai monde familier. Un naufrage, ici devant, eût semblé deux fois plus pitoyable. On avait dépassé les Tas de Pois, environnés d'éblouissantes gerbes, où s'étaient recueillis tous leurs oiseaux et, dans le tintamarre et dans les soubresauts, on longeait le Lion du Toulinguet. Le grand récif, vu de près sous la tempête, avait perdu sa morgue sculpturale. Ce n'était plus qu'un pauvre chicot de granit, crevassé et cassé en plusieurs fragments, que la mer avait traîné là comme cible pour sa grosse artillerie. Une meute de chiens d'enfer... Que les amarres cèdent, il y aurait du vilain : elles ne cédèrent pas. Ce soir, au mieux, elles seraient foutues, et autant que ce soit après avoir sauvé les gens !

À l'exception d'Auguste, qui poursuivait sa besogne à l'arrière, et de Louis, enfermé avec le patron dans la cabine, les hommes étaient descendus dans le poste. On avait dépassé la pointe du Toulinguet, une demi-heure au maximum et on tournerait le Grand Gouin, déjà presque à l'abri. Le ciel avait viré en une coulée de suie boueuse qui rendait le paysage fantomatique – un cauchemar de bruits et de formes dans une âme souffrante. La pègre du large, brandissant les durs couteaux de ses vagues et se tailladant le visage et les bras dans des hurlements rageurs, chargeait à fond sur les avancées du goulet de Brest et allait se faire trouer la peau, indéfiniment, par les roches. Des grèves de préhistoire, farouches, inhumaines, dansaient à tribord dans un tohu-bohu de galets entrechoqués comme les os de millions de squelettes.

Louis songeait à Maria. Pour les camarades, la terre signifiait quelque chose de chaudement valable – mais lui, si le bateau avait été drossé sur le Lion du Toulinguet, et fracassé par la mer, qu'est-ce que ça aurait changé ?... Le patron élevait la voix.

— C'est égal, à mon âge, être remorqué comme le veau gras ! J'suis obligé de trouver drôle !

Un silence. Et Louis répondit uniquement :

— Oui p't-être. Pour moi, je sais pas.

On avait tourné le Grand Gouin, on apercevait les détails du port de Camaret, ainsi donc les amarres avaient tenu ! La mélancolie mise de côté par Étienne tout le temps qu'il y avait eu péril se libérait enfin. Sale barque. Lui faire ce coup-là ! On dirait ce qu'on voudrait, un moteur ça ne valait pas les honnêtes voiles de jadis...

À ce moment, une pétarade saugrenue, et qui ne venait pas de la mer, secoua la *Thérèse Masson*. Les deux hommes crurent que les amarres avaient cédé – imbéciles, vous ne reconnaissez pas les bruits de votre moteur ? Auguste, le ciré godronné par les averses, les cils et les sourcils collés de cambouis, la bouche et les dents noires, les mains comme un bloc de mélasse, heurtait la vitre du coude. Étienne ouvrit la porte.

— Tu vois, patron, qu'on a tout de même réparé.

« Çui-ci c'est un homme », songea Étienne, qui lâcha un :

— T'as bien travaillé, fils, mais crut devoir aussitôt mitiger son éloge : T'avais causé d'une heure, ça fait quand même plus de deux et quelque…

— Je causais d'une heure dans des conditions potables – pas comme ça, s'excusa l'autre.

Étienne fit la grimace. Le gaillard ne manquerait pas de devenir patron, mais il avait encore besoin d'apprendre : quand ce ne serait qu'à ne pas répondre.

— Faut toujours compter avec quelque chose, déclara-t-il.

Et l'on se rendit sur l'arrière, où les gars, sortis du poste, esquissaient dans le roulis et dans le chahut un jabadao triomphal, puis sur l'avant où l'on héla le *Maréchal Joffre* pour qu'il larguât la remorque. Le bout était foutu et on aurait pu le larguer soi-même ou le briser à coups de hache, et à l'eau canards ! et que les autres le remontent si ça leur chante ! mais on voulait marquer le coup. Ce cordage pourri ferait un trophée pour les autres, ils seraient capables de le garder comme souvenir ! Les Camarétois, fiers d'arriver en traînant des Douarnenistes, n'écoutaient pas les cris, mais la pinasse mit en avant toute et son moteur plus puissant, désireux de se racheter, l'amena vite bord à bord. À prendre ou à laisser : elle rentrait dans le chou du *Maréchal Joffre* s'il ne larguait pas la remorque. Menaces de Douarneniste, menaces dangereuses : pour la forme, Arthur Lagadec les traita de cochons sauvages, la plus puissante de ses injures, mais il cria vers un de ses matelots : « Fous-y leur ficelle dans la flotte, maintenant qu'ils ont appris à marcher tout seuls ! »

« J'suis quand même pas trop un vieux bonhomme », songeait Étienne en constatant qu'il avait pu être prêt, pour un minuscule point d'honneur, à défoncer une coque ! Cela compensait le remorquage ! Mais il se rembrunit : un vrai seigneur de la mer eût considéré comme un signe du destin cette réparation de l'ultime seconde et, plutôt que de se réfugier à Camaret et de régler comme un péteux la prime de remorquage séance tenante, eût rebroussé chemin, en pleine tempête, vers le Douarnenez natal…

La pêche ? Jamais il n'aurait osé, avec du sel et de l'ammoniac, rattraper des sardines qui eussent pris un coup de vieux, pourtant ce n'était pas la pêche : non, il lui semblait impossible de gagner Douarnenez sans faire naufrage… Pauvre petit !

Une pluie battante écrasait en oblique le port protégé du vent. La mer, haute, était relativement calme, bien qu'on entendît courir au-dessus de soi un ululement continuel. Entre deux langoustiers bleus au pont chargé de casiers le bateau se fourra en machine arrière le cul contre le quai, l'annexe garée sur tribord. Étienne donna les ordres. Rendez-vous au bistro avec les hommes du *Maréchal Joffre*, mais, d'abord, les affaires sérieuses ! Moi à l'Inscription maritime, le mousse garde le bord, Louis, Jules et Mathieu vont à l'usine et chez les mareyeurs, et les autres, par groupes de deux, remplissent des paniers et font les maisons. Pour les prix ne discutez pas. Treize par douzaine et rajoutez-en pour les femmes enceintes ! Consigne : se débarrasser. Moi-même, et les gars qui voient l'usine et les mareyeurs, quand nous aurons terminé nous vous donnerons un coup de main.

Arthur Lagadec avait bien pensé, un premier temps, que Douarnenistes et Camarétois sont pêcheurs et compagnie. La *Thérèse Masson*, qui s'était mise dans le pétrin, il ne fallait pas que le *Maréchal Joffre* fît du bénéfice dessus ! On allait demander une somme pour se couvrir de la dépense supplémentaire de gasoil et du manque à gagner causé par un retour plus tardif : la justice, quoi !... Un second temps, il avait soulevé sa casquette de suroît et il s'était gratté le crâne. Agir au plus doux serait trop bête ! On sauve des gars, les vies d'hommes comptent pour des sommes folles, les gars doivent marquer le coup ! Si les anciens ont fixé une prime de remorquage, probable qu'il en fallait une ! Les hommes du *Maréchal Joffre* allaient être déçus, crier qu'il ne les défendait pas... Eh bien, il réclamerait la prime ! Et, pour garder le droit de continuer à se dire un bon garçon, il se rappela que les Douarnenistes n'étaient pas de tels enfants de chœur. Le patron de la *Thérèse Masson*, on voyait tout de suite que, dans une situation inversée, il aurait exigé sa prime, celui-là ! Quelles chinoiseries il avait faites avec l'amarre. De sales orgueilleux. Ils trouvaient leur quartier maritime le plus beau de la terre : celui de Camaret le valait tous les jours et ce serait une manière de le leur faire comprendre que de réclamer à ces DZ exactement ce que fixait la loi – pas un sou de moins ! Ils croiraient, sinon, que les Camarétois avaient peur d'eux !

Devant l'administrateur les choses ne traînèrent pas. Aucun chipotage d'Étienne, qui demanda seulement, avec un ton de supplication – et ce fut son unique moment d'ironie – de pouvoir s'acquitter dans quelques heures.

— Mais… forcément ! répondit Lagadec, suffoqué.

On établit le rapport et on signa. Étienne allait partir lorsque l'administrateur lui dit en souriant :

— Et naturellement vous n'avez pas manqué de prévenir vos familles…

— Prévenir ? Pourquoi faire ? Ce sera demain sur le journal.

— Vous ne pouviez pas envoyer de télégramme ?

— Ça on pouvait, de fait… reconnut le patron, qui supputait le coût d'une dépêche.

La prime de remorquage, le coup à boire aux gens du *Maréchal Joffre*, une amarre foutue, des frais de couchage et de nourriture pour un ou deux jours, la note semblait assez longue. On ne savait même pas si l'on vendrait toutes les sardines !

— Vous ne craignez pas, poursuivit l'autre, que vos familles s'inquiètent en ne vous voyant pas ?

— Forcément que si, vous savez comment que c'est, déclara Étienne, qui n'aimait pas qu'on fît la leçon à un patron-pêcheur.

Et, tortillant sa casquette, il se rappelait, vingt années plus tôt, les chagrins qu'il avait infligés à son épouse en manquant des retours comme ce soir. Au nom de ses hommes, il se demandait si l'on pourrait éviter le télégramme.

L'administrateur, après lui avoir causé un souci, le tira d'affaire. Il dit qu'il téléphonerait à son collègue douarneniste, qui préviendrait la famille la plus proche, qui se débrouillerait pour prévenir tout le monde.

L'usine avait stoppé la fabrication ces derniers jours, faute de matériau, et le gérant calculait qu'à remettre en route pour travailler la seule marchandise de la *Thérèse Masson* et du *Maréchal Joffre* (qui en rapportait beaucoup moins) il perdrait de l'argent – alors ? Il voyait bien la tempête et il voulait bien être gentil pour les pêcheurs mais on ne pouvait demander à l'usinier d'en être de sa poche !… « Eh ben, et nous ? » dit Louis, le regard perdu sur les dalles de marbre. « Et notre poche à nous ? D'autres fois l'usinier gagne tant que tant, il pourrait pas, une fois, accepter de perdre ? » Le gérant haussa les épaules…

Un premier mareyeur n'achetait pas sans voir et il faisait trop vilain pour qu'avec ses rhumatismes il sortît sur le quai. Un deuxième travaillait avec Paris et le marché parisien, ces jours derniers, avait été surencombré de sardines rochelaises et de royans qui se vendaient mal. Il voulait bien prendre les poissons du *Maréchal Joffre* ; mais il fallait le comprendre, il faisait une exception pour des Camarétois ! Un troisième refusait, par principe, une marchandise que la tempête avait secouée. Sardines de filet droit, ta ta ta ta, dites plutôt, soyez honnêtes, sardines de coup de chien ! Ce qui peut encore aller pour les conserves, ça ne va plus pour le mareyeur ! Et, plus Louis et Mathieu, instruits par leurs précédents échecs, offraient des conditions intéressantes, plus son front se couvrait de méfiance comme si on lui eût offert de la pourriture. Un quatrième appela sa femme, qui allaitait un gosse au premier étage et, dans la cage de l'escalier, elle dit qu'il pouvait en acheter deux mille cinq cents.

Mettons trois mille, quoi, murmura Louis avec autorité, mais l'homme faible cria vers le haut : « Jeannie, il demande si on peut pas en prendre trois mille ! » Après le suçotement sec d'une bouche arrachée au sein maternel, la réponse fut : « Deux mille cinq cents, ou rien du tout. » Gast. Plus facile d'attraper des sardines que de les vendre ! Le mareyeur alla chercher une voiture à bras et il accompagna les hommes vers leur bord, qu'Étienne regagnait. On le servit et un petit conseil de guerre fut tenu. La vente à domicile ne rendait pas, dit Étienne, qui avait rencontré les camarades ; les gens avaient déjà de quoi manger pour le repas du soir ou bien ils réservaient leurs sous au *Maréchal Joffre*. Dans plusieurs maisons, des mots durs avaient été lancés.

Mathieu Le Gonidec demanda s'ils avaient « fait » le presbytère. Qu'on se fie à lui pour entortiller le recteur avec des prières en latin ! Une cure conséquente comme celle de Camaret, ça devait tout de suite prendre cent sardines !

Cent sardines, ouais, déclara Étienne, le problème reste à résoudre ! À l'heure présente, et si l'on admettait un minimum de résultats chez les camarades qui allaient dans les maisons, la prime de remorquage était à peu près payée. Ils n'avaient pas encore gagné une remplaçante pour l'amarre foutue…

Un silence. Étienne (et chacun rendit hommage, en lui, au patron) déclara qu'il fallait se mettre en rapport avec Douarnenez. Ce serait drôle que les usines, là-bas, refusent le poisson ! Ils trouveraient bien une camionnette pour faire le voyage… Un grand espoir naquit. Ouais, naquit. Seulement…

— Vaudrait pas mieux téléphoner d'abord ? dit Le Gonidec, mais Étienne répliqua :

— Tu sais téléphoner, toi ?

Il faudrait du temps pour retrouver Auguste le technicien… et des sous pour payer la communication.

Le quatuor s'ébranla donc à la recherche d'une camionnette salvatrice et, bien évidemment, alla frapper chez le mareyeur dont la femme portait culottes. Il était en course, on tomba sur madame. Pour la camionnette, elle ne refusait pas ; mais, Douarnenez aller et retour, le trajet dépassait les cent kilomètres et, froidement, elle fixait une somme exorbitante. Valait-il la peine, dans ces conditions, de vouloir forcer la chance ? Il fallait décider vite. Étienne réserva sa réponse et dehors, sur le quai, les opinions s'échangèrent. Louis tenait pour qu'ils jetassent le poisson à l'eau. Un geste de révolte impressionnerait les gens, ce serait mis sur le journal. Mais Jules et Mathieu, qui pensaient à leurs enfants, ne marchaient pas. Quand on ne devrait gagner que quelques sous après beaucoup de peine, ce seraient toujours quelques sous… Les gagnerait-on seulement, réfléchissait Étienne. À Dieu vat ! Il fut décidé qu'ils chargeraient la camionnette et que ce serait Mathieu, dont la femme était enceinte, qui accompagnerait le chauffeur pour conduire au mieux les négociations de vente. Après quoi il resterait à Douarnenez attendre le retour du bateau. Gast ! Quelle pêche ! Vingt mille poissons empilés dans les caisses, il en restait d'autres. Ceux-là, il fallait absolument les écouler au prix fort sur le marché local ! En avant et en route ! Allons rejoindre les camarades !

Étienne, sur la route, entra au bistro : il paya la prime de remorquage, vida un verre de rouge et pria les gars du *Maréchal Joffre* de boire sans attendre ses hommes. Qu'ils ne regardent pas surtout – c'était offert de bon cœur. « S'il y en a pas deux ou trois de soûls à couler bas, trancha-t-il, nous n'aurons pas de plaisir… » Il recommanda de « mettre bien plein » à la débitante… Aussitôt qu'il fut parti, Arthur Lagadec frappa du poing sur la table. Sûr qu'ils boiraient, mais sûr qu'ils n'abuseraient pas ! Malgré le train qu'ils avaient fait pour les amarres, les autres, c'étaient quand même des camarades et ce serait une honte de les pomper, quand ils avaient des misères ! Ils payaient la prime, ils étaient quittes. « Core un verre de blanc pour tout le monde, commanda-t-il d'un geste large, après on ferme les gosiers… »

Cependant les Douarnenistes s'égaillaient aux quatre bouts de la ville. Cent sardines au presbytère, une douzaine chez un maréchal-ferrant, deux douzaines chez des Parisiens dont les enfants étaient accourus avec de grands cris… Ils ne craignaient pas de battre la campagne malgré la pluie et la boue. Dans plusieurs fermes les gens n'avaient jamais vu de pêcheurs se déranger ainsi et, quoiqu'il y eût à ce fait une bonne raison, le dédain paysan pour les poissons et les coquillages, ils furent traités comme des envoyés de Dieu et on leur acheta le plus possible. Deux à trois cents y passèrent. Un trépané de 14, qui déraillait et, malgré ses dénégations, prétendait avoir rencontré Fanche Creignou aux Dardanelles ou à Dixmude, lui servit de la gnole ainsi qu'à Jules Bothorel. Dans une cabane à lapins, couverte de chaume, vivaient deux sœurs octogénaires, qui ne parlaient que le breton. Après qu'elles se furent fait expliquer en détail la cuisson des sardines, elles en demandèrent deux très petites pour chacune. Elles se plaignaient de ne pouvoir payer avec de l'argent et, tandis que Louis et Jean-Marie Leroux, amusés par leur mimique, inscrivaient les poissons au compte des profits et pertes, elles sortirent d'un bahut grinçant une grosse motte de beurre, qu'elles les obligèrent à prendre : « C'est pour les petits ! »

La tempête refoulait la Bretagne plusieurs siècles en arrière. Une sauvagerie originelle filait dans le vent. La boue des anciens jours peuplait les petits chemins, la pluie vive sentait la jacquerie. Sur les ruines d'un moulin, perdu dans la lande, se déchaînaient quarante mille rafales. À leur insu, les uns et les autres, ils s'étaient rapprochés des arrières de « la vieille » baie, que leur bateau, voici peu, avait longée sans gloire. Ils s'étonnaient du hourvari du ciel et de la mer. Face au vent, ils respiraient double, triple. Personne dans les champs ni sur les routes, pas un bateau vers le large. Rien que sifflements, lames, embruns, hurlements, fracas. L'offensive océane contre les rivages se déroulait à son summum de force. Leur pêche à la sardine – une paille ! Des millions, des milliards de tonnes d'océan indompté se soulevaient, s'élançaient, croulaient sur les rivages, piétaille et mitraille mêlées dans la mort, renaissaient, mouraient de nouveau, ne laissaient pas dans la chaîne du temps s'introduire un seul maillon de douceur ni de silence, encore, encore, encore…

Lorsqu'ils redescendirent, le crépuscule tombait – ou ce qui en tenait lieu. Leur expédition dans les terres, avec la marche et le tumulte du monde, les avait abattus beaucoup plus que la journée de pêche et ce que les touristes eussent nommé leurs émotions…

Obéissant aux ordres, Maurice avait sorti les béquilles et la *Thérèse Masson* (un bon bateau !) se tenait droite sur le sable vaseux, échelle à tribord. Ils grimpèrent. Ils attendraient Douarnenez pour faire les comptes, ils ne disposaient pas de tous les éléments. Sûr et certain, d'ailleurs, qu'une fois tout payé il ne resterait pas gras ! Dans leur fatigue, ils en prenaient leur parti. Leur corps avait l'espoir du sommeil et se trouvait insensible à l'amertume. Grâce encore qu'il restât de quoi et qu'il ne fallût pas dépocher ! Grâce encore qu'il y eût la motte de beurre, mise dans la communauté par Le Gonidec et Leroux ! Grâce encore, ma foi vrai, qu'ils vécussent ! Seul Étienne souffrait. Rude journée pour lui. Le remorquage et, peut-être pis, cette besogne de placier en poisson. Aller de porte en porte, comme les pêcheurs de jadis et les mendiants de toujours. Avoir l'air de proposer aux mareyeurs et aux ménagères des affaires pas complètement honorables.

Il n'y avait que cinq couchettes et, franchement, il ne faisait pas assez beau pour dormir sur le pont.

Mais le recteur avait offert de coucher Maurice ; Goasduff et Gourmelon connaissaient des « responsables » qui leur trouveraient un lit. Restait à sept. Louis et Fanche Creignou, célibataires, s'offrirent pour s'allonger dans une salle de bistro et laisser entre eux les pères de famille... Ceux qui restaient ne s'amusèrent pas à enlever leurs bottes ni à casser la croûte. Ils s'enfournèrent dans les couchettes et les bonnes flammes revigorantes du sommeil les enveloppèrent tout de suite, corps et âmes.

De bonne heure, le bruit du flot sur le haut de la coque réveilla les dormeurs du bateau. Une fin d'aurore s'embrouillait dans un ciel bas et qui hurlait. En face, contre la plage de Trez-Rouz et le plateau des Capucins, la mer se déchaînait toujours, encore plus grosse qu'hier, avec des geysers et des queues de paon, lançant, au-delà du rivage, une lourde nappe d'embruns. Et, derrière l'enfoncement de la petite rade, habilement située dos vers le large, tonitruait le roulement continu de l'énorme charroi de l'océan qui abattait dans le creux du Toulinguet ses bennes fantastiques. Seigneur de la mer ou non, impossible de vouloir partir…

Ils descendirent à terre, où Louis et Fanche dormaient toujours. La patronne avait mis un matelas à leur disposition – des nababs ! Et il fallait entendre ronfler ça. « Debout les gars ! Le train est en gare ! Allez, quoi, la marine ! » Ahuris qu'ils étaient, le Louis et le Fanche… Une partie de rigolade ! Ils burent du café noir pour se mettre d'aplomb et, tandis que rappliquaient Momo, Jo et Philippe, discutèrent le coup… Après quoi toute la bande se rendit chez le mareyeur à la camionnette, dont la femme les engueula sur un ton de fayot parce que, sur la route du retour, un pneu avait crevé. Mais ils apprirent aussi que Mathieu avait vendu toute la pêche et pas trop mal.

Sur le sillon de Rocamadour, dans un endroit désert à l'abri du vent situé entre deux chantiers de construction, la marmite fut longuement installée. Une grande soupe de sardines, crabes et homards, au pain et aux oignons – et au vin, gast ! pour les amateurs –, il y avait tout de même aussi du bon dans l'existence ! Pour une fois on avait le temps de manger, comme dans les noces. Et face à la mer, comme sur les terrasses des grands hôtels. Ils bâfrèrent. De temps en temps tombait une averse, mais ça vous lavait la figure et ça se terminait vite. Les pères de famille eux-mêmes gardaient le sourire. Jules Bothorel, quarante-six ans, cinq enfants mineurs, fredonnait une chanson qu'il avait apprise dans son adolescence et qui l'intéressait comme un problème de mémoire. Car, après un début anodin, elle devenait graveleuse.

C'était dans la rad' de Cherbourg
Avec mon oncle diplomate
Nous étions en visite un jour
Chez un capitaine de frégate...

Refrain

Le temps est beau, la mer est belle,
Ça ne fait rien, tenez-vous bien !
Quand on n'a pas le pied marin,
On peut glisser, mademoise-e-elle !

Étienne envoya le mousse acheter le journal et, appuyé à un vieux canot, il fit la lecture des titres. Mais il cherchait la tempête et le journal n'en soufflait mot... Si, pardon, quelques cheminées et beaucoup d'ardoises étaient dégringolées dans les villes, où le vent, qui soufflait par intervalles à plus de quatre-vingt-dix kilomètres-heure (ouh gast !), avait déraciné sur les promenades plusieurs grands arbres. Dans les rues basses, des caves avaient été inondées et il avait fallu appeler les pompiers municipaux. (Pareil comme pour un incendie, c'est drôle !) Un cheval, effrayé par le bruit, avait jeté sa voiture dans le fossé et, dans le coup, une laitière s'était cassé la jambe…

— Moi j'appelle pas ça la tempête… dit-il, désappointé.

— Si quand même, ça doit être ça… ça aussi, proféra Louis après réflexion. Faut pas toujours penser à soi…

Le patron froissa le journal.

— Comme si je penserais à moi tout le temps ! Tiens, gast, tu crois que j'aurais pas eu envie de lire un mot sur le *Saint-Joseph*…

L'assemblée, unanimement, convint que, gast, c'était vrai. Après quoi les pères de famille ajoutèrent : « Pas de nouvelles, bonnes nouvelles. » Combien y avait-il de thoniers dehors ? Cent, cent cinquante ? Deux cents ? Et puis des pêcheurs douarnenistes, nom dé chien, ça se tire des mauvais pas mieux que les autres.

— Aussi je m'inquiète pas bien sûr, opina Étienne, qui revint à son idée : Gast, ça fait rien, moi j'appelle pas ça la tempête…

Tour à tour Louis évoquait deux visages : la petite Maria et Jean Cam. Et il pensait que, malgré les coups de chien, malgré les emmerdements, malgré les grosses débitantes enamourées, la vie restait magnifique. L'homme qui possédait un ami – car, après les incidents de la veille, il avait compris ! Lorsque Jean reviendrait de sa campagne, ils se réconcilieraient puissamment – l'homme qui possédait un ami et une amante qui le payait de retour n'avait pas le droit de se dire un homme malheureux.

La tempête soufflait immensément au large et contre les rivages ; de ce dragon aux multiples anneaux nul ne pouvait se faire d'un coup une idée d'ensemble. La plupart se contenteraient de quelques images personnelles ; d'une rêverie sur un article de journal ; d'un échange de propos…

En mer, cependant, il y aurait eu l'échappée individuelle sur la tempête, avec fureur spéciale des vagues et réactions particulières de l'équipage, du *Jean et Thérèse*, thonier grésillon… Et du *Georges Clemenceau*, langoustier audierniste. Et du *Voltigeur*, thonier concarnois, du *Fouquier-Tinville*, thonier douarneniste, du *P'tit Breton*, de l'*Itroun Varia*, du *Cause Toujours*, du *Sainte-Anne-d'Auray*, thoniers concarnois, de l'*Hirondelle des Flots*, palangrier ételois, du *Petit Jésus*, de la *Fleur des Vagues*, du *Saint-Antoine*, thoniers grésillons, du *Cap de Bonne-Espérance*, thonier trébouliste, du *Jean Valjean*, pinasse audierniste, du *Maurice et Mauricette*, langoustier de Morgat, de la *Reine des Ajoncs*, du *Que votre règne arrive*, thoniers concarnois – de tant d'autres. Et rien n'aurait ressemblé trait pour trait à la lutte des gens du *Marie-Louise*, langoustier camarétois, obligés de réparer le vivier en pleine tempête et de jeter à la mer la moitié des prises d'une longue campagne. Ni trait pour trait aux aventures et angoisses techniques du *Saint-Joseph*, quatre ans, thonier douarneniste, lancé devant Tréboul, un jour de pluie, par les chantiers Oliviérou, avec son tourmentin, sa trinquette ballon, son tapecul, ses haubans…

La tempête, c'étaient des milliers de grisailles et des milliers d'enthousiasmes, et la plaque de zinc emportée la nuit du toit d'une maison brestoise, et qui dégringolait cent mètres plus loin. Et, tout au long de la même nuit, c'était le sifflement du Grand Pont, angoisse de ferraille et de fonte qui semblait témoigner pour celle de la ville entière et que les services compétents, malgré les huiles les plus visqueuses et les démontages les plus précis, n'avaient jamais encore pu situer ni supprimer.

La tempête, c'était l'inexpérience d'une mouette, à la pointe du Van, qui avait choisi pour son nid une anfractuosité trop basse, et qu'une lame sourde raflait, elle et son monde, en plein sommeil ; et l'imprudence d'une autre, domiciliée sur un des Tas de Pois, qui, volant dans les tourbillons au milieu d'un grain, se brisait la tête contre les roches…

Le fracas et la violence rappelaient sans cesse, par des voix et des images auxquelles il était impossible de se dérober, la malédiction qui avait frappé l'espèce humaine et son empire et pourtant cette cruauté biblique, dont on allait découvrir bientôt la science terrible, continuellement se laissait travailler par l'instinct de la miséricorde. L'ouragan frénétique arrachant sur un thonier le banc de quart auquel un pêcheur s'était fait lier par des cordages, supprimant pêle-mêle une jeune vie porteuse d'espoirs et insultant à ses vertus, se manifestait ailleurs par d'extraordinaires patiences, toute une persévérance, digne de castors ou de fourmis, qui ne semblait poursuivre d'autres fins que le bonheur des hommes. La tempête, c'étaient à la fois la destruction, le renversement, le massacre – et l'obligeance et le sens de l'harmonie et d'une beauté pas forcément tumultueuse.

Sur les écueils et les récifs de l'archipel d'Ouessant des régiments de lames avaient brisé, rongé, cisaillé les attaches d'innombrables algues, que d'autres régiments avaient prises en charge pour les convoyer, sûrement, jusqu'à la terre, pain et vêtement futurs de pauvres goémoniers. Toute la fureur blanche et verte apportait du même élan le vacarme de Dieu et la bonté de Dieu.

Les grandes plages de la baie de Douarnenez, celles de la baie de Dinant, alors qu'au terme du flux elles se présentaient comme des domaines du fracas pour le fracas, et d'une agitation maniaque et perverse de vagues indéfiniment détruites, une armée de courants suaves, de douces équipes d'ondes spécialisées, en faisait le ménage consciencieux et admirable. Une zone de trous d'eau et de petites pierres était promue grand sable lisse, que tâteraient vainement dans deux jours les yeux d'un enfant venu essayer un bateau de liège ; et d'une belle zone de sable mat surgissait activement un paysage de cailloux. Apparentes facéties d'ornementateur. Des semis de lignes de force étaient disposés parallèlement au rivage, subtil réseau d'aimantations auxquelles obéissaient les débris coquilliers. Juste sous le tumulte des lames la plage se recréait et se parait de mille magnifiques et naïves rivières de bijoux, la plupart minuscules et frêles, que la mer charriait avec des précautions de diamantaire, enveloppées dans des feuillets d'eau tendre. Et artistement, au pied des falaises, elle qui n'avait point d'iris ni de cristallin palpait entre ses mains glauques les galets polis par ses anciennes fureurs et qu'avait déplacés le caprice des hommes, pour les ranger à nouveau selon leur fini, leur taille, leur musique et leur souple densité…

La tiédeur fleurissait dans la mer. La grande fuite des bancs n'était plus que souvenir. D'innombrables animalcules rejoignaient grégairement ceux qui étaient déjà remontés vers le nord. Et, tandis que les fracassantes lames déferlant contre les rocs ou les tonnants rouleaux s'effondrant le long du sable grondaient et rugissaient indéfiniment qu'ils étaient la tempête et faisaient œuvre de tempête, les narines des mouettes nichées dans les gros récifs quêtaient au loin des événements fructueux.

L'après-midi, Philippe Goasduff, qui avait bu deux verres de trop, cherchait à endoctriner un pêcheur indigène, un petit roux à face camuse. C'est-à-dire qu'il entendait lui prouver que les Douarnenistes servaient mieux la cause du prolétariat que leurs collègues camarétois. Motif : eux autres, ils travaillaient surtout la langouste, le crustacé des richards, et négligeaient sardine et maquereau, les poissons des bourses maigres.

— Alors, ça, c'est un bras de millionnaire ? dit le Camarétois en retroussant sa manche droite jusqu'au coude, ce qui fit apparaître, en tatouage, un magnifique *VIVE LA SOCIALE.*

— Non, reconnut Goasduff, et il avoua qu'il n'en portait pas autant.

Le portrait de Mistinguett, sur les omoplates, et non pas la grande tête chauve de Lénine, était le seul ornement de sa peau... Il caressa les grosses veines du camarade et, recommençant à raisonner, il opina qu'il ne fallait pas dire bras de millionnaire mais bras d'esclave. Quand un homme aux convictions révolutionnaires faisait son métier de la pêche aux langoustes, c'est qu'il ne défendait plus la lutte des classes et qu'il acceptait l'injustice.

— Nom dé Dié ! cria l'autre. Lutte de classes de qui de quoi ? Çui-ci cause comme un livre, mais t't à l'heure il va prendre mon bras d'esclave dans la figure… Un socialo de Camaret ça vaut les communistes de Douarnenez, sûr de sûr…

Il allait étayer ses affirmations en utilisant le remorquage d'hier, ce qui pouvait bien déclencher une bagarre générale – Étienne l'avait déjà interrompu et il remettait son matelot à sa place. Poissons de riche, poissons de pauvre, histoires d'enfant ! Les langoustes c'étaient les langoustes, les maquereaux les maquereaux ! Les langoustes n'avaient pas du sang de Rothschild dans les veines, ni les maquereaux de partageux ! Dignement l'autre descendit sa manche. Un maquereau c'est un maquereau, un homme de bon sens un homme raisonnable ! Il serra la main du patron, tandis que Gourmelon lui demandait de ne pas rendre le communisme responsable des divagations d'un soûlard…

Seul incident véritable d'un traînant après-midi… Jézéquel inspecta, essaya, réessaya le moteur. L'écoute démolie fut changée, et le mât reçut une réparation de fortune. Des rumeurs couraient le port, des gars parlaient de plusieurs naufrages. Étienne, vers le soir, alla jusqu'à l'Inscription maritime, où l'appelait, disait-il, une formalité. Prétexte. Il trouva un administrateur soucieux, mais qui jouait l'homme tranquille et affirmait ne rien savoir. À Brest il se racontait des choses, mais s'il fallait croire tous les bobards qui circulent pendant les coups de chien !... Le *Saint-Joseph* ? Le *Saint-Joseph*, thonier douarneniste ? Il eut l'air ahuri. Il n'avait jamais entendu parler de ce bateau-là.

Étienne usa de finesse.

— Vous avez p't-être, alors, entendu causer d'autres bateaux ?

— Pas du tout, se hâta de répondre l'administrateur.

Il ment, songea Étienne – mais avait-il le droit d'en faire un reproche et de questionner davantage ? Il reprit sa casquette...

Le lendemain matin, lorsque les vieilles puissances confuses le décollèrent du sommeil, il entendit le tapage du vent et le roulement lointain des vagues comme toujours aussi nets. Il avait la charge de l'équipage : il faudrait de nouveau ajourner le départ. L'image d'Alexandre surgit devant lui... Il ne peut mijoter dans cette ignorance ! À Douarnenez tout de suite ! Là-bas les gens étaient plus débrouillards et ils connaissaient des nouvelles !... Il grimpa sur le pont et chercha une ligne de conduite dans le ciel, plein de miaulements, qui fuyait comme une armée vaincue. Au premier qui le rejoignit et demanda : « Qu'est-ce qu'on fait, capitaine Thérèse ? » il répondit : « On fait comme moi, on espère un peu... », puis il tourna le dos. S'il hésitait, s'il attendait le journal pour prendre une décision, inutile de le crier sur les toits...

Enfin la bêtise des raconteurs de nouvelles s'arrangeait. Dès la première page ils montraient tout de même que mer et tempête, sauf vot' respect, c'est cul et chemise ! UN CARGO EN DIFFICULTÉ DANS LA MER DU NORD. UN PÉTROLIER DANOIS LANCE UN S.O.S. Après un coup d'œil aux grands titres Étienne tournait sur les rubriques locales, quand un titre secondaire l'accrocha : « Deux hommes d'un thonier grésillon emportés par une lame… » et il lut : « Ce matin est entré dans le port de La Rochelle le thonier *Fleur des Vagues*, pavillon en berne. Son capitaine a déclaré avoir été surpris par la tempête alors qu'il pêchait à soixante milles au large. Des vagues d'une violence extraordinaire ont frappé le bateau avant même que l'équipage ait pu prendre les précautions de navigation indispensables et l'une d'entre elles, sous les yeux de leurs camarades terrifiés, devait emporter deux hommes, Yves Le Moulic, 35 ans, et Jacques Furet, 42 ans, tous deux nés à Groix. Il ne pouvait être question de les repêcher, dit le capitaine, qui ajoute : “Nous ne savons pas nous-mêmes comment nous nous sommes tirés de là. Nous avons eu la chance, malgré de grosses avaries, de pouvoir gagner la terre, mais cette tempête est certainement une des plus violentes qu'il m'ait été donné de rencontrer au cours de ma carrière de marin…” »

« Ah nom dé Dié ! » jura Étienne et, doucement, il tourna la page. « Ah nom dé Dié ! » répéta-t-il en voyant un article sur deux pleines colonnes introduit par un immense : LA TEMPÊTE SUR LA RÉGION BRETONNE, que suivait un sous-titre gros de menaces : « Graves dégâts un peu partout. On craint des naufrages. » Il se sentit la gorge sèche et les yeux brouillés, mais gast ! un patron donne l'exemple et il se contraignit. On ne savait rien encore, prétendait le journal. Vu les conditions particulières de la pêche au thon et la durée relativement longue des sorties, toute crainte préalable au sujet de tel ou tel bateau était injustifiée. (Pourquoi dire alors : « On craint des naufrages » ?) L'état présent de la mer interdisait aux bateaux de gagner les ports, mais, selon les autorités, les capitaines étaient des marins éprouvés et ils resteraient croiser au large. (Pourquoi la *Fleur des Vagues* a-t-elle rallié terre, elle ? Pour s'excuser d'avoir perdu deux hommes ?) Aussi fallait-il accueillir avec une extrême réserve les rumeurs de naufrages qui pouvaient se faire jour ici et là et, si des épaves étaient rejetées à la côte, attendre leur examen. (Tiens – cela ne voulait-il pas dire qu'on avait trouvé des épaves ?) Attentives aux inquiétudes légitimes (Allons bon ! elles deviennent légitimes !) des familles et désireuses de rassurer au plus vite les vaillantes populations de nos régions côtières, si souvent éprouvées, où notre marine nationale puise le meilleur de ses effectifs, les autorités avaient décidé que plusieurs avisos, un ou deux hydravions…

Incapable de lire l'article jusqu'au dernier mot, Étienne froissa le journal en boule et, tandis qu'il se traitait d'imbécile pour ne pas avoir examiné la rubrique « PÊCHE », où il devait être question de leurs sardines, il le jeta par-dessus bord. Il regarda ses hommes et il connut dans leurs yeux leur surprise de cette violence. « Y avait encore rien d'dans », remarqua-t-il d'une voix sereine et, le ton militaire, il ajouta : « On va rentrer. S'agit pas de louper la commande… »

Une heure plus tard, ayant fait le plein d'essence et chargé quatre pains de six livres, le bateau démarrait, sous les yeux mi-narquois, mi-admiratifs des pêcheurs indigènes. L'équipage du *Maréchal Joffre*, au grand complet, s'appuyait contre le garde-fou. « Aujourd'hui, faudra vous dém… tout seuls ! » criait Lagadec, « on ira pas vous chercher ! » ce qui déclencha des rires.

Mais Étienne le cloua en répliquant : « Si on a besoin du bateau de sauvetage, forcément que vous viendrez quand même que ça vous emm... ! »

Jusqu'au tournant du Grand Gouin, partie de plaisir. Un coup de « Nacelles brestoises » dans un pardon. Le bateau dansait, mais d'une bonne danse qui excitait l'esprit et les entrailles. Je penche à bâbord pour Louis, à tribord pour Fanche, je... D'une seconde à l'autre, la *Thérèse Masson* pénétra dans l'antichambre des vents ; elle bourlingua comme un cageot et, sans attendre davantage, les haubans dégringolèrent : une foutaise, le replâtrage du mât ! Avec une gaucherie de crawleur à fin d'épreuve la barque s'essoufflait à descendre les lames, à reprendre élan, à se soulever. Le flot se dérobait comme un courant contraire, patinait comme la boue d'un raidillon, tandis que les tonnants rivages, derrière la cohue qui les assaillait, semblaient demeurer immobiles. Voilà qui promettait ! L'isthme du Toulinguet exerçait un rôle d'écran protecteur et la brave pinasse, malgré les apparences, gagnait toujours, mais il arriverait un moment où Dieu retirerait son ultime appui.

Le moment fut là. Une infinitésimale accalmie et, d'un seul coup, la ruée des diables. « Oui, ça, moi j'appelle ça la tempête », hurla Étienne à l'oreille de Louis avec une joie étrange. « Oui, gast, sûrement va falloir étaler ! » répondit l'autre. Le bateau avait pris le swing en plein nez comme un boxeur novice et il glissa mollement sur les cordes d'un creux qui n'en finissait plus. Une houle triangulaire à face d'énorme raie vert sombre accourait dans le tumulte d'un grain et, avant que la *Thérèse Masson* eût achevé de relever la tête, déversait sur son avant des tonnes de chair liquide et blanche. Un flot d'écume qui roule, un nuage qui fouette la vitre, les deux hommes aperçurent le visage de la mort. Le pont ne creva point ; la barque se redressa et ruissela sur la mer et, crampon fuyant après crampon fuyant, entreprit une montée grinçante et décisive au terme de laquelle, pour lui éviter de s'enorgueillir, éclata dans son ampleur l'effarant paysage du pack océanique. Un chaos de crêtes et de pentes flasques éclairé par une lumière d'abîme. Et les neuf cent quatre-vingt-dix-neuf vents de l'espace la frappèrent de leurs lances. Elle eut l'air de s'agenouiller et d'abandonner la lutte. Elle glissa en avant le long des sables sombres…

Étienne avait rappelé dans la cabine l'homme dont il se sentait le plus proche. Louis avait refusé de quitter le bord. Louis s'était fâché avec le camarade qui proposait la désertion. Louis pensait à un matelot du *Saint-Joseph*… Le gris du ciel blanchissait. Naviguant de trois quarts au vent, et moteur à vitesse réduite, le bateau atteignait les abords du Lion. La mer baissait toujours – si, dans le tumulte, le mot conservait un sens ! D'énormes lames se brisaient sur les énormes rocs, s'engouffrant dans les couloirs avec un bruit de gaves, escaladant les parois dans un élan qui penchait le récif et lapant dans les creux les longues tables de pierre, avant d'éclater çà et là en gerbes folles et de regrouper leurs débris en ressacs qui engageaient le combat entre eux et contre des lames nouvelles. Et alors se soulevaient et se plissaient des collines glauques, troubles et blanches et le cataclysme se propageait indéfiniment, tournant et grimpant en rond autour des rocs… Entre le Lion, Penhir et la plage du Toulinguet, ce n'était pas un endroit pour naufrage ! Mais, jeté dans la tempête, Étienne faisait la tempête. Il oubliait son fils. Il était le patron douarneniste qui ramène durement le bateau et les hommes. S'il avait montré de la présomption en se fourrant tête la première dans le péril, la mer, qui avait englouti les dernières années trop pleine ration de pinasses et de thoniers, n'oserait pas le démentir. Nous passerons, nous passerons ! La tempête ne trichait pas, elle se tenait présente avec ses violences et ses ruses ; mais, en face d'elle, il n'était pas non plus la moitié d'un homme ni la *Thérèse Masson* la moitié d'un bateau ! Et, tandis que sur le haut des blocs de vagues son ennemie prétendait le fasciner en lui remplissant les yeux d'un paysage où il lisait cent fois l'annonce ironique de sa mort, il se sentait filer contre l'eau comme une lourde et vivante lumière. L'isthme du Toulinguet n'était pas la dernière protection de Dieu.

Une décantation s'opérait dans l'âme de Louis, n'y laissant non plus demeurer que l'essentiel. Le farouche désir de vivre et de ne pas couler à pic ; la certitude que le bateau se tirerait d'affaire. On échapperait, c'était fatal, c'était impossible autrement ! Ne serait-ce que pour raconter aux gars de terre cette foutue traversée. Cette piquée dans le gras d'une lame. Ce redressement de l'avant par un croc invisible. Ce charivari. Ce monceau de vipères sifflantes. Cette obstination bretonne du bois à flotter puisqu'il avait été mis sur l'eau pour qu'il flottât, cet entêtement des clous, des pointes, des vis, à ne pas lâcher prise, du coaltar à rester coaltar et à boucher les fentes, des planches à garder leur cohésion fraternelle et sauvage.

Les visages de Maria et de Jean ne le quittaient guère et, tout en se cramponnant pour ne pas tomber, en respirant fort pour soulager l'effroi purement physique qui lui serrait le cœur, il subissait dans ce climat extraordinaire le charme d'une révélation. Son ami et son amie. Les deux irremplaçables. Un bouleversant et saugrenu bonheur le submergeait. Le même hilarant éblouissement que lui causait le vain effort de cette lame sournoise pour faire tournoyer une pinasse.

La *Thérèse Masson* surgissait pesante sur le col d'une crête et apparut le relief hercynien de la mer. Étienne se demandait si, depuis certaine pêche au maquereau sur les côtes anglaises, il avait rencontré un tel tohu-bohu. On s'en souviendrait, nom dé chien ! Incapable de se retenir, il colla une tape sur le dos de Louis.

— Alors, fils, combien de p'tits rhums tu prendras à Douarnenez ?

Et, lorsque l'autre eut cligné de l'œil et crié avec une grimace moqueuse :

— Faudrait d'abord qu'on soit avisé de rentrer… il se dit qu'il tenait un bon matelot, qui comprenait les situations.

Une vague explosa sur l'avant et versa sur le pont un échantillon de sa marchandise. Pas trop heureusement. Et puis il fallait prendre quelque chose à la mer ou ce n'était point la peine qu'elle fît une tempête ! D'autant que les vents semblaient monter. Un beau coup de tosse-tosse, le retour… L'homme auquel, mieux qu'à Louis, Étienne donnait le nom de « fils », décidément il n'y songeait pas.

VII

Comme trop souvent, les chagrins, les pensées insidieuses revinrent avec le port. Aussitôt que le cap de la Chèvre, laissé à bonne distance, eut été franchi et que la *Thérèse Masson*, les vents passés plein ouest avec tendance à remonter encore, eut découvert au large des falaises du blanc château de Beuzec une houle moins creuse, dans le ciel qui se haussait creva une culotte de gendarme et brilla par transparence l'éclat poreux du soleil. Le bateau roulait beaucoup moins. Les prisonniers du poste sortaient avec des jurons qu'ils n'étaient plus obligés de crier pour entendre. On se serait cru filer dans un chemin carrossable après une effroyable piste. La tempête n'existait plus et l'on apercevait les pins de l'île Tristan, le clocher de Ploaré, qui guettaient le retour… Guetteraient-ils bientôt le retour du *Saint-Joseph* ? Étienne se rappelait enfin qu'il arrivait dans un port où il trouverait des nouvelles…

Comme les vents s'adoucissaient, comme à toutes les secondes s'illuminait le ciel où la grisaille débâclait en gros nuages blanc-bleu debout dans l'azur avec une grâce de reines des prés sur le bord d'une eau limpide, les camarades douarnenistes remarquaient peu la hardiesse dont la *Thérèse Masson* avait fait preuve. Tout le monde savait que, le matin, la mer n'était pas sortable. Mais l'on se demandait inconsciemment si le tableau n'aurait pas été noirci. La *Thérèse Masson* avait joint le port ; donc la mer se prêtait au passage !

Minuscule et première déception ; elle valait surtout pour les hommes de l'équipage, qui eussent été heureux, par quelques jurons et bouts de phrases, de suggérer le beau et le brutal de l'aventure. Sans forfanterie. Histoire de montrer ce que l'espèce humaine, en eux, avait pu accomplir et ce que demain elle accomplirait dans les autres. Un bateau qui marche, un patron qui commande, des matelots qui en ont, c'est capable de grandes choses. Ah oui, gast !

Un attroupement s'était formé sur le quai autour de Mathieu Le Gonidec pour attendre le canot. « Content qu'on est de voir rentrer du monde », expliqua un patron à Étienne. « Le premier qui passe, forcément que c'est un homme !… » Puis : « Alors, paraît qu'il y a eu des Camarétois pour vous pousser au derrière ? » Étienne cracha par terre et il répondit par une question : « Les bateaux en pêche, on a des nouvelles ? » L'interlocuteur se rappela qu'un fils Masson avait embarqué sur un thonier ; il dit que, pour savoir, il ne savait pas, mais qu'on n'entendait pas raconter de mauvaises choses. « Ah ouais », commenta Étienne d'une voix rude et il n'osa point, devant tout le monde, poser une nouvelle question moins générale.

À l'Inscription maritime, aussi, l'administrateur attaqua sur le remorquage. Sa bonne tête jeune et ses moustaches gauloises avaient l'air ennuyées avant qu'il eût aperçu Étienne mais, à ce moment, un sourire l'éclaira. Les marins de Douarnenez qui n'arrivaient plus à se débrouiller seuls ? Se faire sauver par des Camarétois, et encore par un bateau plus petit… Étienne l'écoutait, souriant de même. Il acceptait la moquerie sans fiel d'un ami des pêcheurs. Il se gratta la tête avec une gêne feinte et il déclara que l'administrateur de Camaret avait dû taire pas mal de détails.

À bord de la *Thérèse Masson* il y avait un certain petit bonhomme, du nom d'Auguste Jézéquel, et qui avait oublié d'être bête. Alors que ça cognait de partout… En quelques mots il eut dit la réparation sous la tempête et de quelle virile manière ils avaient obligé les Camarétois à renvoyer une amarre foutue.

Les deux hommes rirent de bon cœur.

— Tu aurais quand même réfléchi avant de foncer dedans ? s'enquit l'administrateur.

Le pêcheur eut un haut-le-corps.

— Sûr que non, monsieur Rivoallon. On dit ou on dit pas. Mais, quand on dit, il faut faire. Et j'aurais fait.

— Tu aurais fait ? Tu m'aurais mis dans de très vilains draps.

Étienne leva une main indifférente et, tout de go, il enchaîna sur les thoniers. Ses gros yeux noirs, piqués par le sel des embruns au fond de leurs orbites, regardaient avec zèle et, malgré leur fatigue, ne perdaient pas une réaction de l'interlocuteur, qui allongeait le bras pour saisir une gomme. On savait encore peu de chose… Une toux légère… Une chaise qui remue… Aucune vraie raison de s'inquiéter ! Un pêcheur averti juge la situation : les bateaux croisent au large ; ils ne peuvent pas donner de leurs nouvelles et ils attendent. En quoi ils sont sages. Les journaux gonflent la tempête. Celle-ci a été forte, mais un bateau marin en supporte de plus terribles… Certains en ont déjà fourni la preuve… Il bredouille… La *Thérèse Masson*, une simple pinasse, vient de montrer que…

Étienne interrompt d'un geste mais, avant de parler, se recueille plusieurs secondes. Il revoit les montagnes d'eau contemplées le matin entre le Toulinguet et la pointe de la Chèvre, il revoit l'épouvantable image d'un thonier, jadis, sous lequel, à un mille devant son bateau, la mer s'ouvrit jusqu'en ses abîmes... Il se secoue... Il dit que, forcément, certains bateaux auront déjà envoyé des nouvelles. Quelques-uns, dans le tas, avaient bien la T.S.F. ? Tous les postes, absolument tous, ne se seront pas cassés ? « Je crois, monsieur Rivoallon, que je dis ce qui est... J'ai pas raison ou quoi ? »

Un silence, qui vaut un consentement. Puis l'administrateur demande au discret et raisonnable capitaine Thérèse de le comprendre. Les renseignements ne sont pas encore suffisamment sûrs. On a tout lieu de penser que... il n'y aura pas de catastrophe... Cependant, les autorités manqueraient à leur devoir en jetant trop vite des noms dans le public. Les familles des autres pêcheurs s'affoleraient. À Douarnenez couraient des rumeurs, circulaient des listes officieuses – cela regardait les gens et il ne convenait pas d'ajouter au désordre.

— J'ai ta parole que ceci restera entre nous ?

— Oui, monsieur Rivoallon, je vous la donne. Seulement...

— Seulement quoi ?

— Forcément que, si vous auriez eu de bonnes nouvelles du *Saint-Joseph*, vous m'auriez dit...

Monsieur Rivoallon fit un hochement de tête approbateur, mais aussitôt il leva la main.

— Pardon ! On sait que Théo Magueur est un as.

— Ouais, se contenta de répondre Étienne.

Et il se leva.

L'équipage, directement, s'était rendu au bistro. Il fallait faire les comptes et, entre l'aventure commune et la dispersion, mettre un temps d'arrêt bien marqué par un coup de vin fraternel. Les vagues qu'on avait essuyées ensemble valaient ça ! Ils passeraient chez eux plus tard : on apporterait des sous et les familles, normalement, devaient croire le bateau encore à Camaret. Une vingtaine d'autres pêcheurs avaient suivi le mouvement ; dans leur inaction l'arrivée de la *Thérèse Masson* représentait une trouée lumineuse. Mais eux ils ne s'asseyaient pas, ils entouraient les camarades avec de bons airs de convalescents, de grands-papas, de chiens domestiques. L'important de la réunion, c'était le groupe du milieu : tous ces gens hirsutes, pas rasés ni lavés depuis deux jours, qui puaient la mer, la sardine et le gasoil. Jurons, plaisanteries, lourdes remarques. Le pinard du pays qu'on est heureux de retrouver. Le Grand Algérois de Douarnenez. Le Sidi Ben Pouldavid !... Étienne arriva de l'Inscription maritime et des mains vigoureuses lui tapèrent sur l'épaule, lui claquèrent dans le dos. « Alors, capitaine Thérèse, toujours fidèle au poste ? – Toujours, toujours », répondait-il sans impatience. Mais, au bout de cinq minutes, il dit que la *Thérèse Masson* avait besoin de rester seule pour établir ses comptes et les gars se levèrent tout de suite. Allez, au revoir, pêcheurs de sardines millionnaires...

Millionnaires ! Édouard le mareyeur et tous les usiniers devaient être millionnaires, mais eux ! Le Gonidec prit la parole et conta ses faits et gestes d'avant-hier. Et comment il avait mis en concurrence trois de ces messieurs. Et comment il avait failli rester le bec dans l'eau. Et comment il avait triomphé... Il posa sur la table, en vrac, des billets et des pièces ; de plus sales billets, on n'aurait pu en trouver dans toute la ville, n'empêche qu'ils signifiaient un tas de jeunes et frais bonheurs...

Étienne prit un crayon et il se fit un grand silence. On allait connaître la dernière phrase du dernier chapitre de l'aventure ! Pour les réparations, le patron demandait que l'on réservât deux cents francs – adopté. Il y eut des soustractions, des additions et des divisions, des vérifications, des contre-vérifications, après quoi il fut révélé qu'il restait en gros cent vingt francs par personne. Un silence : chacun se mettait en face de l'événement. Puis les bravos éclatèrent. C'était pas gros, bien sûr, cent vingt francs, mais cela marquait un redébut et l'on ne devait rien à personne ! La distribution finie, Étienne prit Louis à part ; rendez-vous ici même dans un quart d'heure. Pendant leur compagnonnage du retour, ils n'avaient soufflé mot du *Saint-Joseph*, mais il avait senti, mais il sentait que son matelot gardait une confiance intacte et il désirait y puiser largement. Pour une grande conversation, tout à l'heure, avec la mère, ce serait utile... Inviter Louis à manger la soupe, il ne disait pas non... Et Louis demeura donc.

La salle était vide, puis entrèrent deux vieux pêcheurs du *Père Sévellec*, un fort et un maigre, qui s'assirent devant des bocks. On se salua.

— J'ai mon copain sur le *Saint-Joseph*, dit Louis à brûle-pourpoint, Jean Cam. Les gars savent quelque chose ?

— Le *Saint-Joseph*, déclara le maigre, c'est Théo Magueur, l'homme qui assomme les bélugas en deux coups d'aviron. (Il ricana :) C'est lui qui raconte !, puis il devint sérieux. Faut pas dire plus qu'il ne faut. J'ai pêché avec lui et ça c'est un homme ! Trois fois qu'il a chaviré... ça suffit comme ça.

— Sacré tonton, tu réponds à côté ! Je te demande si on sait quelque chose !

— Je réponds dedans ! On sait rien, mais un homme qu'a chaviré trois fois, forcément qu'il a son compte de chavirements. Si on pourrait être tranquille pour tous les bateaux comme pour çui-là, une belle chose que ce serait !

Tandis que Louis réfléchissait, le gros intervint.

— Coute, Yves, si c'est marqué tout de même – une supposition ! – qu'il doit chavirer une quatrième et rester dedans... avec une tempête comme ça !

Yves le maigre, Louis, Jeannie la boiteuse, protestèrent ensemble. On n'avait pas le droit de jouer ainsi avec le sort des bateaux. On avait vu des cas où ces histoires portaient malheur. Et la débitante ajoutait :

— Faut si peu de chose pour démolir la vie d'un homme.

Louis se retrouva seul, face aux vieilles préoccupations. L'enchantement de la tempête avait disparu et, envolée la bonne humeur des camarades, il sentait sa fatigue. Et le patron qui n'en finissait pas ! Le débit roulait à droite et à gauche. À tribord et bâbord, gast ! Et pourtant Jean ne peut pas ne pas revenir... Théo Magueur a quand même chaviré trois fois... Ça prouve qu'il ne suffit pas de naufrager pour se noyer – ça prouve aussi que les pêcheurs chavirent... Dans la mer ces jours-ci pas recommandé de chavirer... Tandis que je suis là, peinard dans ma crasse et ma vieille barbe, et mes bottes collées aux pieds comme des moules, songer que… Pas possible… Le plaisir que j'ai eu avec lui… il était comique, c'était terrible… Pas possible…

Louis donne encore cinq minutes au patron pour arriver – sans quoi, nom dé chien, il démarre. Laisser tomber la veuve Abaléa, une des plus vigoureuses résolutions sourdement prises en mer, s'évanouit. Derrière, et dans sa fatigue momentanée, sa force le harcèle et le bouscule. Quand on a vaincu des vagues comme celles de ce matin, qu'on s'est tiré d'un mauvais pas comme celui d'avant-hier, nom dé Dié on s'envoie une femme. On touche terre, quoi ! Autrement, on ne saurait même pas qu'on vit, on garderait les yeux noyés dans la brume, on ne serait qu'un morceau de paysage… Les vagues, elles ne sont pas dehors seulement, ni les rafales non plus.

Longtemps après lui traînèrent des odeurs de poisson et de fond de cale, comme si le bateau lui-même était venu boire.

Le lendemain samedi, pour rattraper une des deux journées perdues, les bateaux sortirent, contrairement à l'usage, et ce fut à qui tâterait le premier les lieux où Étienne, le mercredi, avait brillé. La mer était pêchable et grasse. Sur les plages qui donnaient face au large, Kerlorc'h, Losmarc'h, le Toulinguet, s'abattaient en série des rouleaux fantastiques. Plusieurs mètres de haut, éboulis de forteresse, poitrail immaculé trois fois sur quatre, ils signifiaient l'arrivée à bout de course d'une profonde houle. Mais, par-delà cette zone, qui au Toulinguet atteignait plus d'un mille, une fois le rythme pris et en évitant l'approche des récifs, entourés d'eaux tumultueuses, où cognaient d'autres séries de vagues, un bateau s'adaptait facilement... Il n'y avait que le poisson qui n'abondait pas ou qui attendait dans les caves que la terrasse devînt plus calme. Assez pour nourrir les familles, mais rien à vendre.

Les idées de la tante Catherine changeaient souvent, changeaient trop, estimait Maria. L'algarade qu'avait essuyée François Le Bris révoltait la vieille femme et puis, vingt-quatre heures plus tard, en apprenant que la *Thérèse Masson* n'était pas portée revenue des lieux de pêche, elle regardait sa nièce les larmes aux yeux et soupirait : « Dommage ! Tu retrouveras pas tous les jours un comme ça ! » Et, pour un peu, elle eût accusé la jeune fille d'indifférence. Ce qui ne l'empêchait pas, le lendemain, après avoir ouï dire dans la rue que la *Thérèse Masson* avait gagné un port, de hocher la tête : « Il peut dire qu'il a de la chance, çui-là ! Tant mieux, bien sûr, le pauvre garçon... ! Mais pour gentil, il est pas ! »

Ces volte-face décontenançaient Maria, qui avait le respect des liens de famille chevillé au corps et n'eût pas admis que la bonne tante battait la campagne. Seule joyeuse perspective dans cette confusion, arrivait le pardon de Sainte-Anne, qu'elle se jurait de faire plus sérieusement que les dernières années. À la manière du temps de Plomodiern. Communion, prières et cantiques... Elle ne suivrait pas Antoinette, qui voulait « faire ça en bande ». Maria irait avec Alberte ou bien elle irait seule.

Dimanche. Petits animaux têtus et réguliers, les vents étaient remontés au nord, nord-est et un ciel neuf, fraîchement peint de bleu, sortait des plâtras et décombres. Sans d'imperceptibles rides et comme un cerne blanchâtre, et sans la carrure sèche et rousse du haut des rivages, on eût dit la tendre gloire du printemps, des mois plus tôt, dans le sourire des liserons naïfs et les premières chantantes ascensions d'alouettes. Bleu-gris et vert bouteille, la baie, tous flots soudés en une même masse tranquille, autour de laquelle falaises et plages formaient leur couronne familière, chantait l'harmonie, l'union, un tas de vieilles vertus. Comme un ivrogne, elle ne se rappelait plus rien. Elle avait oublié ces nuits où, sans s'arrêter une seconde, elle avait copieusement scandalisé le voisinage.

Dimanche. Les journaux, hier particulièrement vides, soudain lâchaient mille nouvelles. Le thonier concarnois *Michel Strogoff* était considéré comme perdu, plus bas qu'Étel on avait ramassé des épaves, une chaloupe démolie. La *Notre-Dame de Recouvrance* avait recueilli en mer le cadavre d'un matelot et enfin, la dernière fois qu'on avait vu le bateau, le mercredi soir, il était en difficulté. Comme en avarie de gouvernail. Le *Michel Strogoff* avait un équipage de treize hommes, tous originaires de Concarneau ou de Lanriec, mais aucun journal n'en donnait encore la liste, promotion d'août des péris en mer, nom et prénom, âge et qualité, état civil et nombre d'enfants. Et le public douarneniste se raccrochait à ce détail : car il signifiait peut-être que les milieux officiels gardaient un espoir.

Le *Jean Valjean*, pinasse audierniste, avait perdu un homme dans les conditions faussement mystérieuses qui sont le lot des tempêtes. Un gars qui devait se marier huit jours plus tard ! Pauvre gars, pauvre fille ! Ses camarades, en se comptant, s'étaient aperçu qu'il manquait. Et, en mer, lorsqu'un homme manque… Disparu aussi un matelot de l'*Itroun Varia*, thonier concarnois, arraché avec le banc de quart.

Suivaient des annonces d'avaries et de blessures. Une dizaine de bateaux avaient rallié des ports, dans la journée de samedi, en assez piteux état. En particulier le *Fructidor*, thonier douarneniste, qui avait eu plusieurs voiles arrachées et dû faire admettre deux hommes à l'hôpital. Les journaux ne disaient pas lesquels, mais les familles avaient été prévenues dans la nuit par télégramme et tout le port savait déjà. Rien de terrible – des contusions multiples, une jambe et un bras cassés. Il ferait beau voir que des gars vigoureux, essentiellement nourris de poisson frais, leurs os ne se recollent pas d'ici huit jours ! L'un d'eux, Marc Pichon, avait été l'amant en titre de Charlotte Abgrall, qui lui attribuait la paternité de son numéro un ; et la grand-mère disait à la tante Catherine qu'un homme de sa catégorie, un garçon qui soulevait des armoires pleines, ça ne pouvait pas mourir.

Sous différentes rubriques, les journaux parlaient de la flottille demeurée sur les lieux de pêche et, au total, ils se trouvaient citer un grand nombre de bateaux, où les familles douarnenistes reconnaissaient leur bien. Le *Va de l'avant*, la *Janua Cœli*, le *Guynemer*, le *P'tit Mathieu*, le *Julot*, le *Fantasque*, l'*Ami des Vagues*, etc. La ville respira un bon coup. Grâce à Dieu, la tempête, malgré sa brusquerie et sa violence, n'aurait pas tourné à la catastrophe ainsi qu'elle l'avait fait une saison qu'il valait mieux ne jamais sortir de l'ombre. Des noms manquaient à l'appel mais la cohue des rassurés chahutait gaiement les mères ou les femmes qui avouaient leur souci. Tout le monde reviendrait. Bien sûr ! Pas de raison pour que la *Bernadette* eût moins de chance que le *Guynemer* – deux bateaux jumeaux ! Allez, bois un coup, puisque les uns se sauvent les autres se sauveront pareil !

Vers midi, les facteurs à pantalon jaune apportèrent dans plusieurs maisons des cartes postales, malhabilement crayonnées, dont le contenu eut vite fait de se répandre un peu partout. La liste des bateaux retrouvés s'allongeait de plusieurs noms... Pour l'agglomération Douarnenez-Tréboul, avec ses ports et ses anses, les unités dont on demeurait sans nouvelles descendaient maintenant au chiffre de sept. Les familles qui avaient des leurs dans les équipages crurent pouvoir argumenter d'une déception supplémentaire pour justifier leurs inquiétudes mais les rassurés, dont le nombre venait de grossir, envoyèrent promener ces histoires. C'était l'espérance qui avait raison ! Demain aussi l'on verrait des journaux et des facteurs et l'on connaîtrait de nouveaux noms de barques sauvées !

Louis battait la ville aux fins de contrôler ce fait qui lui paraissait invraisemblable : aucune nouvelle du *Saint-Joseph.* Du *Saint-Joseph*, patron Théo Magueur, avec, parmi ses matelots, le copain Jean ! Nom dé Dié, nom dé Dié, nom dé Dié. Il se fit lire et relire toutes les cartes postales – rien, absolument rien. Pour la première fois il commençait à craindre et il se rappelait avec colère l'homme du *Père Sévellec*, avant-hier, chez Jeannie la boiteuse, et ses remarques perfides. Si jamais il le rencontrait, il lui dirait deux mots ! La vieillesse ne donnait pas tous les droits !... Il finit par se tenir sur le port. Il n'osait se rendre ni chez Étienne, ni dans la famille Cam et, un pied sur la barre inférieure de la rambarde, les mains croisées sur la supérieure, il s'efforçait de reprendre courage en écoutant les clameurs des gamins. Un ciel pur, une mer tranquille, un monde salubre. L'odeur de poisson mort ne suggérait même plus des images de pourriture, c'était l'odeur d'hier et de demain, le symbole de l'énergie des hommes et du port qui leur avait été confié… Louis s'adressait naïvement au compagnon dont il restait sans nouvelles comme à un blessé, à un malade retenu très loin. « Ne sois pas triste, petit ! Tu le reverras ton Douarnenez ! Ses pins de l'île Tristan, son anse de Pouldavid ! Tu la sentiras son odeur de poisson mort ! » Et il ajoutait : « Tu les pinceras, ses filles ! » mais la conviction alors n'y était plus. Il se demandait soudain s'il n'avait pas exagéré volontairement son inquiétude pour se détourner de tomber dans les regrets sentimentaux… Si Maria m'avait fait peur, je ne serais pas venu ici où elle peut arriver d'un moment à l'autre… Seulement, tu gardes la tête vers la mer, tu veux te donner la liberté de ne pas la voir… Et alors ?…

Vers le soir, alors que le gros des touristes avait fui et qu'approchait un crépuscule bonhomme, il gagna le môle. Trois palangriers sortaient en mer dans le chant monotone de leurs petits moteurs. Une eau joufflue. Des moires lisses, des mouettes qui tournent. Une planche, à demi brûlée, qui flotte…

Planche, épave, *Saint-Joseph.* À ce moment, Goasduff et Gourmelon, qui arrivaient la bouche en cœur, lui apprirent que Job Fichou, patron du *Fonce quand même*, thonier trébouliste, venait de rassurer les gens, par télégramme, sur le sort de son unité. Restait donc à six.

— Et le *Saint-Joseph* ?

— T'en fais pas pour ton Jean, c'est un démerdard.

— Les démerdards, probable qu'ils savent aussi se démerder pour donner des nouvelles…

— Sois pas plus pressé que les papa-maman. Chiche que demain y aura plus à s'inquiéter…

Louis cherchait à s'imprégner de confiance et il resta sans répondre. Les mains à plat sur le parapet de granit, les trois camarades contemplaient la mer – cette mer municipale et douarneniste autant que sauvage où s'avancerait bientôt, et Louis se butait sur ce spectacle, un *Saint-Joseph* faraud de ses voiles, de son sillage, de sa tempête vaincue, du zinc radieux de ses thons…

Mais il se répétait en sourdine qu'un bateau concarnois, le valeureux *Michel Strogoff*, ne pourrait plus être décelé à l'horizon de sa grande baie ouverte, dans le même temps que, derrière l'essaim des voiles et des mâts, ses hommes eussent vu monter au loin les promesses de leur terre, les remparts de la Ville close…

Et le lendemain, tandis que les barques avaient gagné les lieux de pêche, les journaux réduisirent à cinq la liste des unités locales dont on restait en peine, un télégramme à quatre, la première tournée des facteurs à trois : le *Ménez-Hom*, le *Turco*, le *Saint-Joseph.*

Et l'on apprenait qu'un thonier ételois avait perdu son mousse, un grésillon un père de six enfants. Deux thoniers concarnois qui revenaient mal en point s'étaient abordés dans la brume : gros dégâts matériels et une main coupée… Audierne signalait des épaves…

Un croiseur avait aperçu, cinquante milles sur l'ouest des Glénans, un thonier désemparé que lui avait dérobé un bouchon de brume… Dans des circonstances qui n'avaient rien à voir avec la tempête, un chalutier de Lorient, par brouillard et mer d'huile, avait coulé sur un récif : les hommes avaient été sauvés, mais on désespérait de renflouer le bateau, âgé seulement de trois ans. Les vieux Douarnenistes enrageaient pour son capitaine et ils s'excitaient l'imaginative sur le problème qui les avait toujours tarabustés : le plus bisquant pour un marin, est-ce de perdre deux matelots dans la tempête, ou son unité dans le brouillard ? Et l'on ne pensait pas qu'il y eût de réponse car, si mort d'homme semblait le plus terrible, perdre un bateau, ouh là là ! quand on réfléchissait ce n'était pas rien…

Premier jour ouvrable d'une semaine qui s'achevait sur le pardon de Sainte-Anne, donc sur une bonne perspective de dépenses, les sardines maillaient ferme et il y en avait pour tout le monde, usines et mareyeurs, particuliers et hôtels… et familles de pêcheurs. La *Thérèse Masson* se distingua. On allait pouvoir tout à l'heure faire soigner la réparation du mât et des haubans !…

Lorsque la livraison à l'usine eut pris fin et que, le canot vide, Étienne eut monté la petite échelle de fer, immédiatement les trois pêcheurs qui bavardaient à quelques mètres, debout sur le quai, se turent. À l'un échappèrent des clins d'œil trop rapides, le second ébaucha un mouvement de fuite, le troisième regarda au loin. Étienne dit « Salut » d'un ton ferme. « Salut », répliquèrent-ils avec des voix de gorge et il nota qu'eux non plus ne l'interrogeaient pas. Il prit son temps pour mettre ses sabots et s'ajuster et, accompagné de ses hommes, il se dirigea, l'air très habituel, vers son débit. Un doute brusque lui faisait mal. Il avait conclu jusqu'ici au manque de nouvelles – est-ce que cela suffisait encore ?... Il se raidit. Je suis un mauvais patron-pêcheur, pensa-t-il, un véritable enfant peureux. Ma femme, une voisine, quelqu'un serait venu m'attendre sur le quai si on avait appris quelque chose. Tu es un homme, Étienne, gast ! Avec délice il respira l'air natal et la fine odeur du poisson mort.

Pourtant, chez Jeannie la boiteuse, il demanda et obtint qu'on les servît dans la petite salle du fond, où il désirait, une fois les comptes établis et l'argent distribué, faire faire par Auguste la lecture du journal. Assis devant leurs verres de rouge, les hommes, les yeux en dedans, ne bronchaient pas. Un raclement de gorge par intervalles – rien de plus. Derrière l'oreille droite chacun avait placé une cigarette pour plus tard, même fumer leur eût semblé distraction. Les mots familiers *bouchon de brume... emporté par une lame... désemparé... Le malheureux était père de six enfants en bas âge... le tapecul cassé en deux... le poste de T.S.F. avait cessé de fonctionner...* défilaient lentement, terne et indéfinie mélopée, comme leur épître et leur évangile du jour. Puis un silence stagna. Étienne gardait l'esprit fixé sur certaines images, les mêmes qui poursuivaient Louis. Des épaves étaient venues à la côte dans la baie d'Audierne. Il ne paraissait guère croyable que le *Saint-Joseph,* en trois jours de navigation, n'eût pas gagné des lieux de pêche plus lointains, mais une telle trouvaille restait inquiétante...

— Ça fait quand même du sale boulot, ces tempêtes, dit Étienne et il saisit son verre, imité à la ronde.

Ils burent et personne ne commenta la phrase, fût-ce pour déclarer son accord. Le temps de fumer une cigarette, de sécher un second verre, l'équipage se disloquait. Une corvée retourna au bateau, qu'il s'agissait de conduire à Port-Rhû, vers Pouldavid, contre le quai des chantiers Lazennec. La réparation du mât, qui ne devait pas exiger plus d'une heure…

Louis se rendit chez la veuve s'informer de ce que le journal pouvait taire. Il ne cachait rien, lui apprit-on. Rien, on ne savait rien toujours. Il prit place à une table solitaire et il eut l'impression que des mains le serraient à la gorge. Le *Ménez-Hom*, le *Turco*, le *Saint-Joseph.* Gast ! il espérait, bien sûr, il voulait espérer, il fallait espérer, il avait comme tout le monde mille fois le droit d'espérer et de tenir pour indice favorable la chute du nombre des bateaux qui n'avaient pas donné de nouvelles, mais gast ! la partie se jouait maintenant. Cela faisait six jours que la tempête avait éclaté, trois que la mer était redevenue calme et que des bateaux gagnaient les ports en livrant des noms, et que des navires de guerre et des hydravions battaient la zone litigieuse… Sûr qu'il ne fallait pas, encore une fois, désespérer et il se produisait, dans le métier de pêcheur, des événements tellement extraordinaires ! mais dans vingt-quatre, trente-six heures, quarante-huit heures, si on n'apprenait rien, on pourrait cependant s'inquiéter ferme. Et il y avait ces satanées épaves de la baie d'Audierne – il fallait bien qu'elles eussent une origine… Il tendait sa réflexion et, dans une vigoureuse et poisseuse télépathie, sentait la réflexion d'Étienne présente autour de lui en cette même salle Abaléa. Ce qui signifiait qu'ailleurs, au même instant, le patron s'enfonçait dans les mêmes problèmes... Un Audierniste ? une pinasse de Penmarch ou de sa région ? C'était à exclure. Les gens de là-bas, sur place, avaient dû y songer tout de suite. Un de Camaret ? un du Conquet ? un de... ? La tempête laissait encore aux hypothèses un champ très large. Ce cochon de suroît avait pu déborder un Grésillon ou un Ételois qui pêchait loin des côtes et qui aurait loupé son redressement...

Un dégoût le souleva : il cracha dans la sciure. Quelle besogne de charognard ! Chercher ainsi à débarrasser Douarnenez d'un naufrage et à le faire endosser par un autre port. Songer qu'il eût aimé pouvoir se dire, en bonne certitude, que les épaves appartenaient à un bateau audierniste, à un bateau concarnois ! Comme si ce n'étaient pas toujours de braves camarades qui s'en étaient allés par le fond, un mousse qui n'avait pas fini sa croissance, un patron qui mettait des lunettes pour lire, des gars solides, rougeauds et mal rasés qui remplissaient leurs vêtements ! les compagnons de lourdes cuites et de tant de pêches harassantes, les chanteurs de tant de refrains, les révoltés de tant d'injustices !... Il se leva. Au train dont allaient ses idées, il n'aurait plus découvert de recours que dans le vin rouge... Et il en avait assez de boire...

Sur le quai il aperçut un mouvement de foule dans la direction du môle et il le suivit. C'était, sur sa dernière bordée, le *Turco* qui arrivait... Encore un, et toujours pas le *Saint-Joseph.* Le thonier arrivait sans crier gare, annoncé par ses seules présence et vitesse admirables – ni un journal, ni une lettre, ni un télégramme, ni un appel de sémaphore n'en avaient soufflé mot. Le premier thonier, retour à la fois de campagne et de tempête et qui surgissait des plus lointains de ses secrètes aventures et de son dédain pour l'inquiétude. On le détaillait comme un camarade perdu de vue pendant de longues années et qui aura normalement vieilli – mais les regards critiques des connaisseurs ne découvraient pas une flétrissure dans sa ligne. Tangons repliés, tous haubans intacts et toutes voiles dehors avec, dans son foc brun, la même grande pièce orange que le jour du départ, il arrivait, collé aux moustaches de la mer, traçant une allée de sillage, sans l'ombre d'un roulis ni d'un tangage, en cette heure où les vents s'étaient retirés. La jalousie de Louis pour le compte du *Saint-Joseph* avait disparu. Chaque bateau témoignait pour tous les bateaux. C'était la jeune audace douarneniste, c'étaient les pêcheurs d'aujourd'hui et de toujours, qui avançaient là. Loin de mettre son pavillon en berne, le *Turco,* dont un matelot avait seulement perdu un pouce, avait hissé les trois couleurs au haut de son grand mât. Fièrement, emphatiquement, un pavillon propre comme un sou neuf, et en paraissant ignorer que des camarades flottaient entre deux eaux et que plusieurs bateaux ne reviendraient plus – tout à la joie d'avoir défait la tempête et, en ramenant au port pleine cargaison de belles prises musculeuses, de rappeler la ville natale aux enthousiasmes nécessaires.

Dans le ciel de Tréboul, au-dessus d'une jachère, tournoient des mouettes. Une odeur les enivre – les têtes de thon séchées et boucanées qui fument le sol…

Quand le crépuscule tombera, sur ce festin qui pue l'aventure et la mort s'abattront les mouettes. Et, plus tard, rassasiées, elles s'envoleront avec des cris aigus rejoindre leurs trous des falaises.

Un couple de cormorans a dit à un couple de cormorans, qui l'a dit au ciel, que les sardines étaient revenues, nombreuses et brillantes. Les pâturages marins se sont déplacés, des steppes immenses d'animalcules ont viré de bord ; les bancs modifient et modifient leur route.

Au-delà de ce retour et du rassérénement des choses, renouvelées par le calme issu de la tempête, les mouettes savent encore des remous et des coups de chien, encore des renaissances de calme, encore des remous et des coups de chien. La vigueur du soleil a perdu son éclat. Le chant des étoiles diminue. Quelque vertu secrète, un charme, s'est dérobé. Les lapins de l'archipel d'Ouessant fortifient les cloisons de leurs terriers contre les pluies qui rôdent. L'été magnifique décline, les escadrons triangulaires des canards sauvages vont gicler dans l'espace. Encore un peu de temps inéluctable et le souffle court de l'automne éteindra la lumière, et les horizons maritimes où sonnait la trompette du soleil blettiront et se racorniront – et à l'ombre légère, filant sur le flot, de la mouette long-courrière aux ailes sensibles, ne répondra plus l'opaque reflet des bancs se frayant leur voie dans les hautes couches fertiles et glauques.

Fernand le chauve discute le coup avec un « responsable » et l'administrateur interroge le patron du

Turco et les bateaux sont sortis et des bancs de sardines croisent à l'ouvert de la baie et un peu partout dans la baie même et les journaux, qui énumèrent les disparus du *Michel Strogoff* et signalent qu'un chalutier a trouvé un cadavre entre Houat et Hoedic, annoncent (après les affiches jaunes déjà clouées dans le vestibule des églises !) que trois évêques, deux *in partibus* et un abbé mitré, assisteront dimanche au grand pardon de Sainte-Anne-la-Palud.

Le responsable parisien trouve que le Douarnenez communiste ne va pas fort. Extérieurement, la situation est bonne, intérieurement, elle devrait l'être aussi, mais ne l'est pas. Les uns après les autres, il a visité les centres de pêche bretons et il a trouvé partout de la misère, un sens profond de la justice et de la solidarité prolétarienne, mais la révolte, où donc ? On lui dit qu'elle couve – oui, comme une vieille poule accroupie sur des œufs morts ! Où est le temps que les gars enfonçaient les cordons de police avec les mâts de misaine ! Certainement, il ne pourra pas faire aux camarades parisiens un rapport favorable.

— Récapitulons, dit l'administrateur. Le 3 août tu t'en vas ! Le 6…

Il a reçu le matin, par pli cacheté, du quartier d'Audierne, une description détaillée des épaves venues à la côte et, bien qu'il se refuse à une conclusion pessimiste, la crainte l'obsède. Chaque heure qui passe acquiert une valeur sinistre. Le *Ménez-Hom* et le *Saint-Joseph*, partis ensemble, avaient normalement de l'eau pour trois semaines ; la limite est aujourd'hui atteinte.

— … le 16 tu aperçois une première fois le *Ménez-Hom* ; le 17…

— Je ne vous comprends pas, vous autres Bretons, continue le responsable parisien. Il vous tombe une tempête. Profitez-en !

Abasourdi, Fernand le chauve se tient le menton d'une main énorme et, tous sourcils froncés, il médite. Le camarade a un sacré bagout... Quelle phrase ! « Profiter » de la tempête ?

— Écoute, Fernand, tu es communiste ou pas ?

— Sûr que je suis communiste, proteste le pêcheur. Comme si je pourrais être autre chose ! Ce serait pas toi qui me demanderais ça, je croirais qu'on m'insulte !

— Ne te fâche pas... Et permets-moi de te dire que, pour un communiste, tu n'es pas combatif.

— ?

La mer se retira sur la plage de Tréboul, découvrant à gauche une zone de cailloux et de rocs. Les vagues, lentes et menues, ont une limpidité de source pure et la baie heureuse vibre dans le soleil.

Tandis que se baignent des touristes, des gamins se rhabillent parmi les rocs avec des gestes tremblants. Sur leurs corps minces, qui dégouttent, vont et viennent de petites risées bleues. Pour se fourrer dans leurs pantalons, ils sautillent sur une patte.

Les chevelures drues, versées comme champs après l'orage, pointent en avant et, malgré l'éclat mou du soleil, les fronts et les joues couverts de rousseurs grimacent et composent de vieux petits visages sérieux et simiesques : « T'as pas l'heure, grand ? » demande le chœur à un jeune homme.

Les maillots, fripés de lumière, mouillent les cailloux bleus. Les gamins regardent la mer. Leur sang bruit en eux, tombe et monte, et, de temps en temps, ils frissonnent comme chevaux à l'arrêt. Ils regardent les rivages familiers, riches de leurs caps futurs, les maisons solitaires, les sombres hauteurs, les plages couleur de blé, l'île, un point mystérieux.

Et maintenant ils jouent à compter les bateaux. Ils comparent les chiffres qu'ils trouvent et ils s'expliquent longuement sur les différences qui les séparent. Il y en a qui voudraient exclure les canots, d'autres les yachts. Un rouquin s'obstine à donner un chiffre supérieur d'une unité à tous ceux de ses camarades et, comme ils l'engueulent, il les invite à chercher un thonier dans le paysage. On l'engueule de nouveau ; de thonier, il n'y en a pas ! Il dit : « Faut bien chercher » et, comme il accompagne sa phrase d'un rire sournois, les autres parlent de le jeter dans la flotte. Alors il crie – et il a l'air, dans sa fierté, de gagner deux ou trois centimètres : « Et le *Ménez-Hom*, alors, ça compte pour du beurre ? » Tout le monde considère la belle montagne et pouffe de rire, à commencer par Yves Thépaut, dix ans et demi, dont le père a embarqué sur le thonier qui porte le même nom.

Il y a un silence et le rouquin s'adresse à Yves :

— Qu'est-ce qu'il est lent, quand même, le bateau de ton père !

— Oh ben, pas plus que le *Turco* !

— Tu sauras même pas le reconnaître de loin parce que tu connais pas les bateaux.

— Eh ben, et toi, comment tu les reconnais ?

— D'après la voilure ! ou d'après quelque chose… du plus loin qu'ils arrivent, je dis…

— Moi, interrompt Jeanjean, j'accepterai jamais qu'un thonier à moteur… sans ça tu traces pas assez…

— Moi aussi, déclare Yves, un beau moteur Diesel comme sur les torpilleurs de tonton Jules ; ça fait tac-tac-tac-tac-tac.

Le rouquin les traite de têtes de c… C'est pêcher qu'il faut et pas tracer… Or le thon, tout le monde sait cela, ne…

Et le lendemain, les pinasses, faisant leur devoir, coururent encore la mer avant l'aube. Et, tandis que le soleil illuminait la baie, une joyeuse et fine surprise attendait dans le port les premiers acheteurs de journaux – des vieux et des femmes.

On a des nouvelles du *Ménez-Hom* et du *Saint-Joseph.* De simples avaries.

Puis, ce même matin, car un bonheur n'arrive jamais seul, cinq thoniers vinrent à la vente. Leurs poissons, comme ceux du *Turco* le lundi, avaient souffert et les représentants des gros acheteurs, qui jugeaient sur pièces et en silence et ne s'intéressaient pas aux histoires de tempête et d'amener le tapecul ou de lui mettre trois tours de rouleau ou de casser le hauban-tribord du bout-dehors, débinaient la marchandise. Les emmerdements marins, c'était une chose. L'état du poisson, une autre chose. Et ils travaillaient, eux, dans l'état du poisson. Mais attention, ces messieurs étaient roublards, ils disaient plus qu'il n'y en avait. Pas de la roustissure, quand même ! C'était du poisson qui flaquerait bien. On en ferait autre chose que des boîtes de miettes ! Le déchargement commença et il y eut l'espoir d'un gain solide pour les jeunes ouvrières que les usines avaient rappelées. Elles fêteraient le pardon de Sainte-Anne sans honte. Une activité de chantier se manifesta sur le port, qui ne s'accrochait pas à des gestes précis, à une fièvre, à des courses et qui tenait plutôt à un surcroît de présences humaines – beaucoup de vieux et d'enfants, des hommes à chapeau mou, des scouts et une charretée de demoiselles anglaises – ou de l'air tonique et d'un grand ciel lumineux qui portait des mouettes. La limonade et le vin rouge marcheraient aujourd'hui, et le lit de milieu – et tout ! Lorsque débarqueraient pour de bon les hommes de ces bateaux et que, mêlés aux camarades sortis le matin et qui allaient revenir, ils raconteraient leurs aventures…

Et voilà que de tous les lieux de pêche accouraient les longues pinasses plates, les noires, les bleues, les blanches, les jaunes, les vertes, qui se rejoignaient dans les approches du port afin de composer sans nulle consigne préalable le bon vieux spectacle du retour en commun. Et cette fois non plus les grands-pères et les touristes oisifs ne manquèrent pas de soupirer après les anciennes voiles. Mais, tandis qu'ils hochaient la tête devant les petits mâts seuls, nus, godichement plantés à l'avant des bateaux, une fois encore les éblouit et les maîtrisa la splendeur de l'élan collectif, et le bruit du moteur, monotone et sauvage, trouva rapidement grâce à leurs oreilles, qui soulignait d'un rythme dur la coulée du temps, ce temps qui tout domine…

Aux lourds thons cadavériques, dressés dans les voitures comme les fournées de victimes d'un massacre, s'ajoutèrent donc, sous le ciel bleu naïf, et pour mieux célébrer le triomphe des hommes, les fins maquereaux dont le rutilement gardait le charme capricieux et subtil de la vie, et les petites sardines droites, suavement proportionnées comme les feuilles d'un hêtre sain. Ce matin déjà, vers l'aurore, le quai avait retenti des claques sonores et gluantes des raies et des turbots qui dégringolaient sur les pierres – et, maintenant, cet empilage de paniers bruns égouttant auprès des courts balais de chardons qui avaient étrillé les bêtes visqueuses, c'étaient des bataillons d'araignées et de dormeurs qui se préparaient pour un grand voyage. La mer avait trinqué, pas de doute ! On avait souqué, on avait gagné ! Et alors s'engagèrent, entre pêcheurs de différentes disciplines, des palabres dont on ne voyait pas la fin, sinon devant des bouteilles.

Coquine de journée. Le *Ménez-Hom* et le *Saint-Joseph* qui donnaient de leurs nouvelles ! Douarnenez battait toute concurrence. Les bateaux et les marins douarnenistes avaient encore une fois passé au travers. Des blessés, des avaries – un peu de chiqué, quoi, histoire de dire qu'il avait existé une tempête. Mais pas un mort, pas un naufrage. Quel beau pardon se célébrerait dimanche à l'orient de la baie… Et comme on aurait du plaisir !

La veuve Abaléa avait guetté sur le port l'arrivée d'une certaine pinasse. Au risque d'afficher son intrigue, elle désirait que Louis apprît d'elle, et de personne d'autre, que Jean était sauvé. Encore un peu, elle eût détaché un canot et se fût portée, en godillant, à sa rencontre. Peut-être m'embrassera-t-il devant tout le monde, songeait-elle… Et peut-être…

Elle mit, à tout hasard, son beau chapeau…

Chez Jeannie la boiteuse, Étienne, qui parlait de choses et d'autres, mais dont les yeux pétillaient, offrit le coup et chacun devina ses raisons. Puis ce fut le tour de Louis…

Dans la grande salle de la veuve Abaléa fumait, buvait et discutait l'équipage de la *Marie-Suzon,* thonier douarneniste. Un matelot, sous sa grosse casquette dure, avait la tête bandée ; un autre portait des pansements aux deux mains. Les visages étaient cuits, sales de barbe et jaunis, avec des yeux très creux et des paupières écarquillées. « Salut ! » dit Louis à la ronde et il fendit les rumeurs, des histoires de grosses lames et de coups de gaffe. La patronne le suivit dans la cuisine. Du fond de sa réflexion, contrôlée par sa mémoire, il sort un poncif, qu'il salue comme une vérité toute fraîche :

— Y a pas… C'est quand on est privé de quelqu'un…

Il s'arrête. Les yeux au loin, il regarde s'agiter des choses vagues. Ses pensées ont choisi un tour qu'il ne prévoyait pas. Un nom et un visage s'imposent à lui qui ne sont plus ceux de Jean, ni ceux d'un camarade…

VIII

Il a fui. Et ce n'est pas tant à la grosse veuve qu'il désire échapper qu'à la petite garce qui se dissimule en lui comme une punaise dans du bois. Il faut écraser ça ! Il faut que le copain, à son retour, trouve place nette et qu'il en siffle d'enthousiasme.

Il suit le trajet inimitable que Jean a tant de fois suivi – la rue Camille-Pelletan et son camélia poussif, la rue Maurice-Bouchor et ses écuries abandonnées qui servent la nuit de caserne à rats et de refuge pour amoureux, voici la petite sainte Anne en faïence polychrome protégée dans sa niche par un grillage… Là-bas une allée de marronniers, on est tout près du port et l'on se croirait à la campagne : prenez le Crêt aux Vaches et vous longerez indéfiniment un mur de pierres sèches, fendillé par des *krampouès mouezic,* des lilas sauvages et les griffes de lierre, derrière lequel montent des figuiers à l'odeur chaude et des cerisiers ; après quoi il y a un terrain vague et, derrière une haie d'aubépines, un champ d'avoine…

Oui, mais, au lieu du Crêt aux Vaches, il fallait prendre la rue Danton, longue suite de petites maisons à un étage avec un jardinet devant, un autre derrière, odeurs de fleurs et de cuisine, linge aux fenêtres, poules qui sortent picorer, chansons de T.S.F., et vous auriez débouché rue Massenet, riche en commerces et en bistros – et surtout en bistros-commerces –, que vous suiviez à droite, pour tomber dans la rue Maximilien-Robespierre. Un entrepôt de ferrailles, un garage de vieilles autos, une caisserie et une fabrique de boîtes métalliques, des bistros et des masures, se suivent ou se regardent. Et enfin…

Enfin se dressent à gauche quatre maisons pareilles, grandes maisons à deux étages et trois fenêtres de façade, torchis passé au crépi blanc et toit d'ardoises. C'est de la maison habitée par le brave populo et derrière s'étend une mauvaise friche où les voiles peuvent sécher tranquilles et les gamins jouer au gendarme et au voleur, mais cela sonne digne. Il est bon que les pêcheurs logent aussi dans ces constructions imposantes, qu'on sent bourrées jusqu'à la gueule de vie démocratique. Populo en haut, populo en bas, populo partout… Et, plus particulièrement, sans doute, populo du *Saint-Joseph.* L'image d'un certain thonier hante ces lieux. Aujourd'hui ces fenêtres pourraient pavoiser ! L'itinéraire a pris la valeur d'un pèlerinage. Ici a cheminé un fin dompteur de faune marine, un fier chaloupeur et connaisseur de chansons : Jean, fils de Léon, petit-fils de Mathieu et de Jean, tous quatre marins-pêcheurs… Ensuite la trace est perdue, mais on peut croire qu'elle continuait sans changement. Rien ne vaut l'union des hommes dans l'effort ! Il sourit : tandis qu'il donnait aux mâles ce coup de casquette, une douce inquiétude l'a envahi. Ne serait-il pas en train, au fait, de mailler tête la première dans un nouvel amour ? Au premier étage de la maison numéro trois habite Thérèse Cam, la jeune fille au cœur libre.

À Dieu vat ! En ce coin de ville, si proche et en même temps si lointain de la mer, il se sent une âme de voyageur.

Il enlève ses sabots et grimpe. À l'étage, quatre portes, des voix, des odeurs de cuisine et, comme tout cela est Cam et compagnie, il tape au hasard.

Une petite ménagère se montre, châle de laine sur les épaules, cheveux poivre et sel bien tirés.

— C'est pour quoi ?

Deux longues filles en blouse grise, les jambes nues dans des espadrilles blanches, ont surgi.

— Monsieur Marzin !

Happé par deux ou trois bras, il entre… Ici, à chaque retour de pêche, Jean casse la croûte, les pieds dans ses chaussons. C'est ici que se refait la substance humaine Jean Cam ; que la machine irremplaçable à bonne humeur et à sentiments loyaux répare ses rouages… Les regards de Louis se promènent sur la barre de cuivre du fourneau, le papier tue-mouches, le calendrier du facteur (un paysage normand), la toile cirée crevassée aux angles, le réveille-matin gros comme une lanterne.

— C'est bien, chez vous, dit-il.

— C'est comme partout, répond la mère Cam.

Louis aperçoit dans l'évier un plat où reposent une quarantaine de petits maquereaux, roses, frais lavés et vidés, bons pour la friture.

— Tiens ! des camarades ! s'exclame-t-il.

On rit, on déclare que c'est ainsi qu'on l'imaginait, il riposte que près de Jean il a l'air d'un bonnet de nuit, Jean ça c'est vraiment le garçon drôle et aimable. Quel plaisir qu'on a avec lui ! Et, en phrases hachées, avec des intonations dures, il explique sa démarche – quand on a comme ça espéré le copain plusieurs jours et puis qu'on reçoit des nouvelles, on a envie d'apporter des félicitations.

— T'avais pas besoin de dire ! interrompt la mère Cam.

Elle s'essuie les yeux : « Allez ! on s'embrasse ! » Et, comme Louis hésite à s'avancer vers les jeunes filles, elle le pousse : « Celles-ci pareil ! C'est meilleur que moi ! »

— Vous aussi, dans le temps, vous avez dû être jolie, remarque-t-il naïvement.

— Çui-ci, c'est un galant tout à fait, répond-elle et, après un échange de signaux optiques avec Madeleine et Suzanne, elle tranche qu'il va rester manger la soupe. Le meilleur copain de Jean, c'est comme qui dirait de la famille ! Il y aura là les frères Le Saout, il y aura là Thérèse, qui met des thons en boîte à l'heure qu'il est, ah ! et puis le père Cam, bien sûr.

— Tout le monde aura soif ce soir ! dit Louis, qui veut aller chercher du liquide.

— Garde tes sous donc ! Avec moi les hommes font pas partir leurs sous avec la vinasse. Les sous dans l'armoire, cléiée l'armoire, la clef dans ma poche, mon mouchoir par-dessus ! Les frères Le Saout, si on ne les surveillerait pas, ils se soûlent. Des bons garçons pourtant. Yves qu'est têtu pareil comme Julot… Mais moi, je dirai à ta femme, tu verras. Quand tu auras trouvé une… T'as pas voulu ou t'as pas trouvé ?

Madeleine, l'air navré, regarde Suzanne, qui, cette fois, intervient :

— Maman ! Mais laisse-le donc ! On n'a pas idée de chiner un homme comme ça !

— Un homme ! Çui-là c'est mon fils aussi !

Celle-là me tourne, me cerne, pense-t-il, mais bah ! le destin est une bonne vieille barque et il s'abandonne aux événements. Dans cette cuisine où rôde la présence invisible du copain, il ne peut rien arriver que d'heureux ou de drôle.

Madeleine et Suzanne, qui s'occupent à dresser le couvert dans la chambre voisine, vont et viennent en chantonnant, en se lissant les cheveux, en frôlant la chaise de Louis ou de la mère avec des gestes félins. La mère sort d'un tiroir une série de petites photographies qui figurent, sous les yeux de Louis, le film exact et merveilleux de Jean, pêcheur de poissons. Sept ans. Quatorze ans. Seize ans. Dix-huit ans. Pompon rouge. Premier thonier. Premier béluga…

De tout près, baissant la voix, Louis se confesse.

Dans les temps il a eu des mots avec un fils Le Saout. Rapport à ce que… La mère ne veut rien entendre. Un jour aussi beau, quand même ! Qu'ils se montrent tous raisonnables comme elle, qui a détourné Louis d'un achat de vin. Bouteilles, c'est batailles. Louis, copain de Jean, obligera les Cam en veillant sur le retour chez eux des frères Le Saout. Près du port, il y a des bistros pas intéressants, qui rouvrent lorsque les soiffards cognent sur les volets.

— Les hommes sont les hommes ! dit-elle, sur un ton de moquerie et de résignation… (Puis elle ajoute à voix très haute :) Heureusement qu'il y a les femmes pour s'occuper d'eux !

Et, comme les sœurs se rengorgent, elle se lève pour leur donner à chacune une petite tape sur la joue, en les traitant d'effrontées : « Tu vas voir Thérèse t't à l'heure comme elle est gentille… »

— Avec ça que les demoiselles, ici, sont pas gentilles ! Pour plus gentilles on peut pas être !

— Si tu aimes bien les demoiselles pourquoi que tu vas avec une bonne femme ?

— La reine d'Angleterre que c'est, grogne Louis, furieux de l'indiscrétion.

— Si ça fait pas pitié de voir de beaux hommes comme ça et de braves garçons tourner avec des créatures, soupire-t-elle. (Et, plongeant une cuiller dans une casserole, elle la retire, souffle, goûte, et commente :) C'est Jean qui aimerait ça !

Louis arbore un franc sourire. Les idées de la mère Cam sautent un peu vite, mais gast ! elle a oublié d'être bête et on ne s'étonne pas que Jean soit son fils… Sacré Jean !

Chez les Cam, on ne fait pas de chichis comme chez la veuve Abaléa, pas de nappe, pas de serviettes en bonnet d'évêque – les invités prennent leur mouchoir, quand ils en ont ! – et tout se mange dans la même assiette creuse, mais il y a de la belle ambiance et Louis chavire à fond dans cette grande bonne humeur cordiale, matrimoniale et ironique. La mère Cam, celle qui prétendait « Bouteilles vaut batailles », n'a guère cessé de remplir les verres. Allez comprendre ça ! Mais il n'y a rien à comprendre – puisque tout va bien. On a repoussé contre le mur le lit de milieu en merisier puissamment gonflé où il faut par les oreillers et l'édredon invisibles, et, sur la cheminée, une énorme pendule de cuivre persévère dans l'être, même si elle a perdu ses aiguilles et les trompettes de ses personnages nus, entre deux globes de verre qui protègent chacun une couronne en fleurs d'oranger. (Énigme : pourquoi deux couronnes ?) Contre les cloisons, une photographie de couple, dans un cadre ovale, femme radieuse, homme inquiet, et l'estampe d'un monstrueux six-mâts chahuté par les vagues. Et, au-dessus de l'endroit où s'appuyait le chevet du lit, un crucifix ordinaire en bois brun, le morceau de buis passé dans l'anneau…

Avant de se mettre à table, Yves et Louis se sont serré la main. Bons gars, les frères Le Saout ! Bons licheurs, bons avaleurs de patates. Et, pour la chanson, ils viennent tout de suite après Jean. La mélopée de Julot

Et dans le sous-marin
Ce soir ou demain
Tu mourras peut-être...

a de la gueule. Également sa grande affaire montmartroise : *Quand on a dansé tous les deux, au soleil de l'amour...*

Thérésic, longue fille maigre, attire Louis et le repousse. Pas bête ni vilaine ! À part soi il lui souhaite de se marier vite, mais il ne s'inscrit pas comme candidat. Les yeux verts aux cils noirs lui font des agaceries ? Non, ce n'est pas ce soir qu'il maillera dans un nouvel amour ! La demoiselle veut se marier pour se marier. Qu'elle s'arrange avec un autre. Quelques réflexions des sœurs aînées, désormais tranquilles sur leur sort, prouvent à Louis qu'ici on le juge un peu vieux : raison de plus pour ne pas se laisser mettre la corde au cou. Il y a beaucoup d'endroits, en ce même Douarnenez, où un Louis Marzin garde sa valeur !

Reste que Thérésic est une sœur de Jean.

Le père Cam chante :

Un jour Satan, au fond des enfers,
Dit : Je suis seul, je m'ennuie.
Camarades, parcourons l'univers
Pour trouver de la compagnie...

Un air traînant, une voix cassée qui monte mal, une histoire bizarre. Les diablotins, répandus sur la terre, qui rendent visite aux représentants de différents métiers : bon. Pas contents, les diablotins, et ils font des reproches à tout le monde : bon. Mais alors... on dirait qu'ils cherchent des crosses aux coupables ?... et voilà qu'ils crient aux gens de monter dans la « machine à vapeur » :

... Tu as volé le laboureur,
Monte dans la machine à vapeur.

Laquelle ? C'est bête, on ne suit plus. Dommage. Nul doute qu'il n'y ait à punir dans un certain nombre de métiers. La chanson ne les cite pas, mais ils s'ajouteraient sans peine :

... Tu as volé le bon pêcheur,
Monte dans la machine à vapeur !

N'importe, une chanson est une chanson, et les lourds applaudissements réglementaires jaillissent. Yves Le Saout, de sa voix nasillarde, annonce : *Les Surprises du mardi-gras*. Beau titre, et ça se termine sur :

J'étais aux pieds de ma belle-mère...

et un ouragan de rires.

Le ban claque. Le père Cam se dresse, verre en main, car ce n'est plus pour en pousser une. Il promène au-dessus de la table un geste solennel. On ne va pas boire à la santé des vieux, mais des jeunes ! Et d'abord de

Jean, qui n'a pas la chance d'être là, mais qui ne tardera plus ! Les gros verres se choquent. Louis, carrément, se tourne vers Thérésic, pour boire à son mariage. Après quoi il dit à la mère : « Gast ! Ça serait drôle qu'une comme elle reste vieille fille ! »

L'autre approuve en riant et, quelques secondes plus tard, elle songe que Louis ne surveillera guère le retour des Le Saout. Il serait plutôt capable de cogner avec eux sur les bistros pour se faire ouvrir. Ah ! les hommes ! Quel plaisir peuvent-ils trouver à boire du vin ? Dire que l'eau froide est si bonne... Mais son esprit chemine. Dimanche vient le pardon de Sainte-Anne. Elle interrogera Thérésic et puis se débrouillera.

IX

L'air avait la douceur au toucher d'une framboise mûre, la mer sur les grèves était plate comme un galet d'ardoise et le flux finissant montait par saccades tranquilles, avec un bruit de succion... Des têtes naïves dépassaient le parapet du môle, de longs mâts à pomme blanche grouillaient sur un fond de ciel. Sur le bateau, mission terminée, qui ramenait au port la vigueur de ses hommes et leurs petits trophées bleus innombrables, tout ce qu'il y avait à la fois de pleinement habituel et de neuf dans le paysage appelait une chanson. Elle tomba des lèvres de Louis :

Les fourmis vont à la file...

La *Thérèse Masson* ralentit, franchit la passe en décrivant un demi-cercle et, avec une allure molle, son avant tendrement heurté par un clapotis qui faisait un bruit de meute joyeuse, gagna son corps-mort, qu'elle poussa de flanc dans un geste mutin. Les prairies chaudes et bleues d'un après-midi d'été s'allongeaient au-dessus de la ville. Des sifflets de gosses, un hennissement, une rumeur de poulies. De grandes barques venues contre le quai déchargeaient lentement. À tous les carrefours, là-haut, devait s'être installé avec ses fourneaux froids un Italien en blouse blanche, offrant ses glaces roses et vertes. Les hommes se sentaient heureux. Une pinasse bleu ciel, le *Marsouin*, débouchait à tribord, mourant sur son erre…

Les visages transpiraient, la chaleur excitait les relents de poisson, mais la bonne vieille routine, en fin de compte, n'avait pas été faite pour les chiens et la besogne s'accomplissait. Ni plus ni moins vite… Et maintenant, caisses remplies et empilées, ils gagnaient terre, sur le canot que le mousse, calme, conduisait à la godille, Étienne et Louis tout en avant.

— Oh, Maurice, espère un peu !

Une pinasse jaune citron gênait la manœuvre, il fallut soulever des câbles, écarter des plates. Étienne examinait le bateau. Celui-là, il lui était arrivé quelque chose. Aucune blessure visible, mais la coque ne sonnait pas franc. Comme s'il venait de finir une rongeante maladie de peau, de subir un grand coup de vieux.

— Nom dé Dié !…

Bothorel jurait, hélant sur le quai un pêcheur barbu qui discutait au milieu d'un groupe.

— Alors, Jobic, pour un noyé t'es rien solide ! T'as pas eu trop de vilain puisque tu fais déjà des embouteillages avec ton automobile !…

Le *Ménez-Hom*, c'était le *Ménez-Hom*, le bateau qui n'avait donné de ses nouvelles qu'au dernier moment, avec le *Saint-Joseph.* Étienne et Louis eurent envie de crier, mais ils étaient des hommes – ils attendirent. Jobic le barbu, la figure toute ravagée de fatigue sous sa casquette pourrie, approchait du bord, mains aux poches.

— Fais pas l'imbécile, donc, Jules. Parce que…, parce que…

Ses yeux erraient sur les visages mais il ne flaira rien. D'une voix monocorde et prudente, il poursuivit :

— Parce que… si nous autres on a passé au travers… eh ben… eh ben… pas tout le monde.

Les narines du mousse, qui regardait la scène, sifflaient d'émotion. Il comprenait mal ce qui se passait, mais il sentait que cela compterait un jour. Jobic s'était tu provisoirement. Il attendait, pour continuer, qu'on l'interrogeât. Mais tous restaient muets, à commencer par l'homme que le pressentiment du malheur intéressait au plus profond.

Les exigences de l'honneur patronal l'emportèrent.

— Pourquoi tu dis « pas tout le monde ? »… demanda Étienne d'une voix douce, presque puérile, qui diminuait son accent breton.

— Parce qu'il y a un bateau qui est resté, répondit l'autre après un silence, mis à profit pour examiner le visage de son interlocuteur… et il n'en avait rien conclu.

— Le *Saint-Joseph*, probable ?

— Ouais, le *Saint-Joseph.*

Questions et réponses jaillissaient vite, contrairement à l'usage, mais, trop engagé dans le dialogue, le pêcheur du *Ménez-Hom* ne le remarquait pas.

— Il est resté avec son monde ?

— Ouais, avec son monde. Tu connaissais quelqu'un…

— Ouais, j'avais un fils.

— Ah, t'a…

Cette fois l'homme s'arrêtait, honteux du rôle qu'il venait de jouer. Il roulait des mensonges dans sa gorge. Tant qu'on n'avait pas retrouvé les corps. Il y en avait qui racontaient que… À parler ainsi il jugea qu'il aggraverait sa faute.

— Quel âge qu'il avait ? demanda-t-il pour témoigner au camarade, tant bien que mal, une sympathie humaine.

Et cet « avait » frappa Étienne comme une deuxième et définitive annonce : il ferma les yeux.

— Trente et un.

— C'est trop tôt quand même pour s'en aller…

Un silence. Le mousse, casquette en arrière, gardait la bouche ouverte et réfléchissait. Louis avait pris deux sardines dans la main et les fixait des yeux sans les voir. Par gestes, Gourmelon et Jézéquel essayaient de faire comprendre à des femmes qui voulaient du poisson qu'elles s'éloignassent.

— Il avait des enfants ? il avait une femme ?

— Non. Garçon qu'il était.

« Et un bon garçon », pensa-t-il âprement, mais il ne le dit pas.

— Dans un sens ça vaut mieux, déclarait sans grande illusion le pêcheur du *Menez-Hom*, vaguement heureux de glisser une phrase qui pouvait sembler consolante.

Et, gauchement, il tourna les talons et se dirigea vers un débit afin de chercher à oublier la scène.

Étienne mit un pied sur le bastingage, un autre sur le quai. Ses jambes lui devenaient atrocement lourdes.

— Y a des sardines pour nous ?

— Oui y a des sardines, bien sûr, répondit-il aux femmes sans colère. Entendez-vous avec mes hommes.

Il sauta sur le quai, se retourna vers le canot et leva la main droite quelques instants à hauteur de l'épaule. Cela voulait dire en même temps à la prochaine fois et qu'il en avait assez fait pour aujourd'hui.

CINQUIÈME PARTIE

I

Tristesse et remords, dans l'âme simple et confuse de Louis, menaient leur sarabande. Avachi, les yeux hagards, devant un Pernod des grands troubles, par intervalles il se martelait le front à coups de poing : manière à lui de battre sa coulpe. S'il s'était conduit en honnête camarade, il eût accepté l'offre de Jean et au moins les deux copains seraient morts ensemble. Et le pauvre Alexandre Masson, courageux fils d'un patron habile et d'une brave femme, ne flotterait pas sans sépulture entre deux eaux.

Gagner le bout du môle et se jeter dans la mer, ça ne se faisait pas : dommage. Il haïssait Maria, dont l'amour l'avait rendu lâche…

Longtemps après avoir fermé le bistro et renvoyé Suzette, la veuve, en peignoir et les cheveux défaits, le relança dans la cuisine solitaire. Les lèvres violettes et agitées d'un tremblement, il ne bougeait pas. Le niveau de la bouteille avait considérablement baissé, la carafe d'eau était vide.

— T'as tort, commença-t-elle d'une voix pateline, t'as bien tort ! Viens te coucher donc ! Reste pas comme ça, ça sert à rien…

Silencieux, il ne leva même pas la tête.

— Allez, viens-t'en, Louis !

Pâteusement, avec des jurons, il lui commanda de se taire et, à la fin, sa parole retrouva d'un coup toute son ancienne vigueur.

— Y a pas que le lit, sacrée bonne femme ! Fous-moi le camp !

Elle voulut lui prendre la tête et dit :

— Tu crois que ton Jean Cam, il aimerait pas mieux…

— Cause pas de çui-là ! Il valait plus cher que toi !…

— Plus que toi surtout, c'était pas difficile !

— T'as pas fini ? t'as pas fini ?

Il se levait lourdement et venait sur elle, qui ne reculait point. Recevoir des coups, après un échec, c'était encore une solution. Avec une mémoire fidèle, son corps retrouvait la sagesse dont il faisait preuve du temps de Félix – elle se protégeait le visage dans les mains pour ne pas avoir à exciter les railleries de la clientèle avec des coquards expressifs. Sur les bras, sur les épaules, sur la tête, Louis frappait, de plus en plus fort, jaloux de l'entendre pleurer. Elle se contentait de gémir… Lorsque, toujours en se protégeant le visage, elle tomba devant lui – et ses genoux cognèrent le plancher – il sentit la honte. Furieusement, il lui souqua les cheveux ; elle hurla, il lâcha prise.

L'air nocturne l'assomma. Il lui semblait qu'indéfiniment des monceaux de gravats se déversaient sur lui et qu'indéfiniment il devait dégager sa tête, son cou, ses jambes. En un quart d'heure il n'avait point parcouru deux cents mètres et il était tombé trente-cinq fois. Il s'écroula dans un amoncellement de casiers à homards et il ne bougea plus.

Le croissant de lune compose au reste de l'astre, qui apparaît en filigrane obscur, une mentonnière. Les étoiles broutent. La mer est calme et sombre, avec, au milieu, une flaque de lumière qui danse légèrement sur la houle paisible.

En haut du sable, sous les galets, les rênes du reflux commencent à tirer. L'impeccabilité de la plage reconstruite, les petites vagues, sans cesser de faire front, ne se lancent plus aussi avant et, de leurs millions de griffes minuscules, se dégage une laisse continue de goémons et d'algues où pétillent des crottins d'écume grasse et le sautillement éperdu des puces de mer.

Dans cet invisible nœud gordien de fucus arrachés ensemble et ensemble martelés par des rouleaux pointe une planche déchiquetée, débris anonyme qui ne sauve même point sa face d'unité sauvage comme la molle carcasse d'araignée empêtrée plus loin, ni cette coquille d'ormeau dont la mort est une seconde vie magnifique.

Nul ne saura jamais que ce bout de bois appartenait à un bateau qui fit naufrage ; et la veuve de pêcheur qui le ramassera demain, ses doigts ne reconnaîtront point le fragment de thonier péri dans le tumulte et dans l'angoisse. Sans pitié, sans réflexion, elle le brûlera pour chauffer ses aliments, comme un poisson mord à la chair encore fraîche de son semblable. Mais il faut que les choses aillent ainsi : les yeux et l'imagination épuisés de cette vieille lui ont, depuis toujours, valu miséricorde.

Le croissant de lune pâlissait au-dessus d'une baie moins ouverte, pareillement ourlée d'une laisse de goémons humides, et les lourds galets aux chocs merveilleux du fond de la grotte de l'Autel reposaient encore sous six pieds d'eau sombre, que la *Thérèse Masson* prenait la mer. Étienne gardait le silence et il n'avait pas serré toutes les mains – les autres jours il agissait de même et, à l'exception de Louis, qu'ils avaient ramassé sur le quai et qui ronflait allongé dans une voile, ses hommes attendaient le retour de la lumière pour chercher son visage. Ils avaient cru ce matin se diriger vers la pinasse à tout hasard, mais en retrouvant le patron ils avaient senti que pas une minute ils n'avaient douté du résultat.

La sardine travaillait bien. Étienne, qui avait à honneur de se montrer encore plus habile, faisait des prouesses d'économie. Une minuscule quantité de rogue avait suffi pour décider le poisson, et maintenant il ne descendait plus. Un béluga tournait dans les parages, mais le beau temps le rendait courtois (ou si c'était un vieux), il ne s'approchait pas d'une manière dangereuse…

Louis était resté, un temps, hébété de sa cuite. Quelque chose, pas possible, qui ressemblait au mal de mer ! Et pas moyen d'avaler un morceau… Mais la routine joua, les gestes amenaient les gestes et le pêcheur adroit, précis et calme, finit par renaître. Nul ne lui avait soufflé mot de son aventure…

Alors qu'ils revenaient et que tout de même il mangeait un quignon avec plaisir, debout contre le mât et en regardant la mer au-dessus de l'étrave, il eut bizarrement l'impression qu'Étienne songeait à lui. D'un geste brusque il se retourna et, en effet, leurs yeux se croisèrent. Il jeta dans l'eau son pain, vers lequel des mouettes plongèrent en criant, et il gagna la cabine vitrée ; mais, quand il ouvrit la porte, il se trouva bête. Que dire à un homme qui a perdu son fils en mer ? quand cet homme est le patron ? Et au lendemain d'une cuite, quand on a la figure d'un vrai sauvage ? Et…

— La mère Masson a tenu le coup ? demanda-t-il.

— Ferme la porte et viens plus par ici, dit Étienne, qui s'éclaircit la voix. Elle a tenu le coup quand même… poursuivit-il après un silence. Elle tiendra.

Les deux hommes entendaient le teuf teuf teuf teuf… de la pinasse border, de son bruit monotone et tremblant qui faisait penser à un cœur trop rapide, leurs pauvres remarques. Légèrement sur tribord, les assises de la pointe du Raz se dédoublaient à l'horizon dans un mirage glauque. Un panache de fumée montait, qui ne se rattachait à rien.

— Pour les femmes c'est plus dur que pour nous autres, reprit Louis.

Et, comme il n'obtenait pas de réponse, il constata : « Forcément » et, comme Étienne se taisait encore, il eut un : « Au moins on dit ça », qui s'enroua dans une gorge glaireuse.

Teuf teuf teuf teuf teuf teuf teuf teuf teuf teuf… La *Thérèse Masson* changeait de cap et devant elle apparurent, sur tribord et bâbord, une dizaine de pinasses, toutes filant vers la même terre et suivies d'un sillage dansant. Les moissonneurs regagnant la ferme… « Louis a peut-être raison », songeait Étienne. « Nous autres, le travail nous tient. Peut-être que, ce matin, je suis parti pour oublier plus vite… » Oui, peut-être. À quoi bon discuter là-dessus.

Tanguant et roulant parfois dans les vagues irrégulières d'un sillage qui se brisaient comme de gros fruits contre les sursauts de la coque, la pinasse gagnait sur plusieurs de ses rivales.

— Comment tu appelles ce bateau-ci ? demanda Étienne en désignant une pinasse qui avait rétrogradé de la troisième à la dernière place et qu'ils allaient doubler avant cinq minutes.

Et cela faisait un siècle que le patron et le matelot n'avaient plus échangé de phrases. Après un regard attentif, Louis se contenta de répondre :

— Nom dé Dié !

C'était le *Ménez-Hom* qu'ils remontaient ainsi. Les « teuf teuf teuf teuf » composaient dans le silence un duo fraternel. À moins de soixante mètres sur tribord le bonhomme Jobic devait regretter son sacré vilain rôle d'hier. La *Thérèse Masson* franchit le sillage du *Ménez-Hom* et, gagnant avec une régularité parfaite, atteignit sa hauteur. Étienne et Louis ne tournaient pas les yeux, mais ils entendaient le duo des moteurs et leurs rêveries tristes se perdaient au loin. Penser que le *Ménez-Hom* aurait pu tenir la place du *Saint-Joseph* ! La tempête se moquait de choisir, il lui fallait simplement un bateau douarneniste… Idée lamentable. Que le bateau s'emballe et qu'on en sorte !

— Il a dû quand même être esquinté – pour un moteur tout neuf, il se presse pas… dit Étienne, après qu'eut disparu le bruit du *Ménez-Hom.*

Et sa réflexion soudain évoqua pour Louis le prêtre des messes d'enterrement, qui clame des mots au sortir d'un silence… Il évita de répondre.

Beaucoup plus tard, lorsque la *Thérèse Masson,* passée quatrième à ces instinctives régates du retour, fut arrivée à un mille de la digue, il parla enfin. La haute mitre grise du clocher de Ploaré triomphait au-dessus d'un paysage clair. Il parla, et sa parole débouchait également hors de tout un songe.

— Et pourquoi qu'il serait noyé après tout ? Y a pas des îles par là, un petit bout de roche ?

— Par là ?

Étienne le regardait avec surprise et comme avec blâme…

Louis fronça les sourcils. Il ne doutait pas une seconde, et il le déclara comme il put, que la tempête n'eût assailli « le » bateau au large de la pointe de Penmarch. Il fallait descendre et fouiller les parages. Il fallait trouver « quelque chose », il répéta le mot plusieurs fois, laissant à la jugeote d'Étienne le soin de compléter : des épaves, un naufragé vivant, un cadavre… « Quelque chose, gast ! »

Espérer encore, espérer toujours, c'était quelquefois une bonne solution et le patron n'avait pas tenu à sa femme, hier, un autre langage. Mais un homme, et celui qui commande à un bateau, ne saurait se payer de balivernes.

— Tu connais la mer aussi bien que moi, commença-t-il. Faut pas non plus dire de bêtises… Faut pas se mettre à déc…

Et, comme Louis voulait parler, il continua plus vite :

— Chercher où ? On sait pas où... Des bêtises que tu dis avec ta pointe de Penmarch... On peut pas savoir où c'est qu'ils étaient... où c'est qu'on retrouvera leurs corps. Y a qu'à pêcher, moi je vois ça comme ça. C'est comme ça qu'ils auraient fait si ça serait nous à leur place...

Louis regardait briller sur leur pente les croix de pierre blanche dans le cimetière de Tréboul et il cherchait des yeux l'emplacement du grand cimetière de Douarnenez – deux villages de morts où, déjà, homme de quarante ans, l'avaient précédé tellement de fiers, de paisibles camarades.

La tante Catherine avait beau ne pas être une mauvaise langue – elle connaissait les voisins, qui connaissaient leurs voisins, et ainsi de suite. Elle ne sut pas que Louis avait battu la veuve Abaléa, mais le vendredi soir, en pleine table, elle annonça qu'il avait tiré une cuite sensationnelle. Écroulé sur le quai, pareil comme un docker de Brest, et ronflant ivre mort au milieu des casiers à homards. Vraiment il y avait un Dieu pour les soûlards ! Il aurait dû cent fois tomber dans le port et se noyer !

Jamais le nom de Louis Marzin n'avait été ainsi prononcé devant l'oncle, laissé par convention en dehors de ces remous. L'ex-adjudant voyait sa nièce pâlir et il rengainait ses tirades contre l'alcoolisme. Brusquement, Maria jeta sa serviette et sortit, étranglée de larmes.

— Il fallait en finir une bonne fois, murmura la tante à son mari, qui lui faisait des reproches : Y avait de quoi tourner en bourrique. Un jour pour lui, le lendemain tout changé ! Comme ça, on n'en parlera plus.

Elle se trompait. Maria éprouvait contre elle une vive rancune. Jeter à brûle-pourpoint l'ivresse de Louis, comme sujet de discussion familiale, dans l'odeur et la fumée de la soupe aux carottes, c'était trop dur…

Pour un peu, elle eût pardonné à Louis comme elle s'y sentait prête… sans une protestation intime. L'impudeur de ce grand corps d'homme incapable de tenir debout, vautré comme un chien malade, choquait la fille des monts qui avait attendu seize ans sa première goutte de vin. Louis pouvait bien s'abandonner à boire par tristesse amoureuse, cela ne le justifiait pas…

Le résultat de ces pensées et de quelques autres, brassées et emmêlées comme laisse de goémons, fut que Maria, le samedi matin, grimpa chez Antoinette : « C'est avec toi que je veux aller au pardon », dit-elle tout de go. L'autre n'en revenait pas et, pour s'assurer qu'elle entendait bien, elle réclama des sous pour les achats collectifs ; Maria sortit son porte-monnaie…

— Tu sais qu'il y aura trois *june* hommes ? Je te prends pas en traître, ajouta Antoinette, les billets en main.

— Trois, cinq, dix, je m'en fiche un peu !

Antoinette, songeuse, cuisina son amie. Et, quand elle se fut renseignée :

— T'es une bonne fille, déclara-t-elle, mais il y a des choses que tu sais pas…

— Quoi ?

— Eh ben, par exemple… tu vas trouver drôle… quand les hommes ont des copains, pour eux ça compte… Plus que pour nous. Et pourtant, hein !

Et, prenant sous le sien le bras de Maria, elle confia d'une voix triste ce qu'elle avait entendu dire : Louis Marzin s'était soûlé parce qu'il avait un copain sur le *Saint-Joseph,* le thonier disparu.

— Quand même… Quand même… répétait Maria faiblement et, une minute plus tard, elle s'en allait. Au revoir. Et à demain huit heures et demie, pluie ou soleil.

Elle savait déjà qu'il n'y aurait pas pour elle de pardon de Sainte-Anne. Elle avait mal jugé Louis, elle devait se punir. Il s'était soûlé – eh bien oui, quoi, il s'était soûlé ! Puisqu'elle préférait les pêcheurs à tous les autres hommes et se vantait d'avoir acquis une âme douarneniste, il était impossible qu'elle condamnât sévèrement toutes ces pauvres histoires… Même, en la circonstance, elle découvrait de la grandeur. Un homme a péri en mer : son camarade se soûle pour se rapprocher de son âme…

II

Le naufrage mettait en deuil une dizaine de familles – il en touchait beaucoup plus. Lorsque s'ouvrit la journée du dimanche, par une brume de chaleur qui emprisonnait toutes choses dans une glaise fumante et couleur de sable, et tandis que des cloches assourdies sonnaient les premières messes, les adultes se réveillèrent avec un poids sur le cœur. Hommes ou femmes, célibataires ou mariés, et ceux qui avaient trop bu comme ceux qui avaient été sages.

Car le pardon de Sainte-Anne-la-Palud allait aujourd'hui se célébrer, brûlant, coloré, immense. Un éblouissant temps de repos dans la série des jours et l'âme avait besoin de ces triomphes. Mais il devenait impossible de s'abandonner sans réserve à la joie…

Les heures passèrent. Le rideau de brume se déchira et les klaxons des premiers autocars, qui transportaient les gens d'Audierne, de Poullan, de Lescoff, de Beuzec-Cap-Sizun, excitèrent l'imagination. Un admirable azur léger, cerné de jaune-blanc, promettait une matinée, un après-midi, un crépuscule fameux. Comme les bannières de la grande procession, comme les gilets et les châles rutileraient sur la dune ! Comme on replongerait, d'un coup, en pleine bretonnerie ! Comme l'on rirait, sous les tentes, devant les crêpes et le café au lait ! Comme le retour des jeunes serait grisant parmi les chansons et les étoiles ! Et l'on se rappelait soudain : la veille au soir, une voisine s'était déjà rendue là-bas, qui entendait « faire son pardon », depuis A jusqu'à Z, et aurait passé la nuit dans la chapelle ; le pêcheur du dessous, un sauvé de la tempête, allait dans un instant prendre la route sur ses pieds nus ; une vedette spéciale et d'un prix raisonnable conduirait les amateurs à la plage de Sainte-Anne.

Et ainsi la plupart, ressassant des souvenirs et des projets faussement abolis, découvraient dans leur conscience que le naufrage d'un thonier ne pouvait pas entraîner l'abstention de la ville. Tout ce qui se déroulait sur les bords de la baie de Douarnenez, depuis le cap de la Chèvre jusqu'à la pointe du Château de Beuzec, tombait dans le lot douarneniste. Les trois évêques, les deux *in partibus*, l'abbé mitré, le ban et l'arrière-ban des chanoines, recteurs, vicaires, séminaristes, qui venaient chanter, parler ou prier en l'honneur de sainte Anne, venaient aussi pour bénir la rade admirable et pour lui rendre hommage. Sur ces mêmes eaux, un jour, une barque avait apporté les saintes – tout ce qui était barque avait pris une option sur la bonté de Dieu. Et, quand on parlait de tout ce qui était barque, on avait nommé Douarnenez.

Louis ne songeait pas aussi avant et sa douleur calme et farouche, puissamment mise en relief par le repos du dimanche, indéfiniment butait sur les mêmes idées simples : un camarade avait pris sur un bateau la place que refusait Louis Marzin, et le bateau avait naufragé, donc Louis Marzin était responsable de la mort d'un homme ; Louis Marzin avait refusé d'accompagner son copain et le copain s'était noyé, donc Louis Marzin était un faux frère. Pour les faux frères et les criminels, nul pardon de Sainte-Anne : mijoter dans un Douarnenez vide, voilà tout leur partage. Il avait failli ne pas se raser…

Au lendemain de la scène des coups, sa maîtresse avait senti poindre une certitude : elle épouserait Louis. Le premier signe, elle l'avait eu tandis qu'il la battait, dans une espèce de quiétude sombre qui l'empêchait de céder aux larmes. Qui agissait comme Félix avait déjà pris la place de Félix…

Quand elle avait ouvert sa porte sur la brume de chaleur où les mâts des premiers bateaux s'enlisaient comme des piquets maussades – et la mer semblait silencieuse et il fallait prêter l'oreille pour entendre son frottis –, elle songeait, bien sûr, à un thonier qu'on ne reverrait plus et aux bons drilles dont les sabots n'écraseraient plus les quais ni les ruelles, mais le bel azur lui remit en mémoire un dessein formé la veille, entre aube et aurore, dans la chaleur du lit commun : aller avec Louis au pardon de Sainte-Anne, conjugalement parée. Ils rencontreraient cent personnes de connaissance, qui jaseraient utilement. Elle jeta un coup d'œil dans la glace-réclame et vit avec plaisir que les bigoudis nocturnes avaient bien travaillé...

— Forcément que tu vas au pardon, dit-elle sans le regarder. Tu veux qu'on mange là-bas ou qu'on mange ici ?

— Au pardon ? T'es pas folle ?

— Pour folle je suis pas...

Elle souriait. Communiste ou calotin, il y avait des choses qu'un homme devait faire. Deux fois de suite le bon Dieu avait protégé Louis : il fallait mettre un cierge à sainte Anne.

Il la considérait, en mal de réponse.

— C'est pour allumer un cierge que tu as mis ton chapeau à fleurs et tes frisettes ? lança-t-il méchamment. T'as vu à quoi tu ressembles ? On a toujours honte avec toi...

— C'est sainte Anne, ce soir, qu'aura honte avec toi si tu viens pas, répondit-elle, furieuse.

— Tu sais pas ce que c'est un communiste. (Il parlait d'une voix plus douce.) On croit pas à des machines comme sainte Anne quand on est dans les idées...

— Pourquoi Fernand le chauve, alors, t't à l'heure, il va au pardon ?

— Fernand le chauve ? Pas possible, pas possible ! (Il n'arrivait pas à cacher sa surprise... Il cogna sur la table :) En tout cas, moi, j'irai pas...

Un redresseur de torts jaillissait en lui, prêtant main-forte au camarade affligé : quand les officiels du communisme douarneniste trahiraient leur propre cause et entraîneraient les gars dans leur défection, il y aurait un bonhomme à refuser de les suivre. Louis Marzin, marin-pêcheur. Sûr que non il n'irait pas à Sainte-Anne-la-Palud faire des simagrées devant les croix et les évêques. La tempête, nom dé Dié ! la tempête, nom dé Dié !

Combien les plus grands ? demandait Goasduff en breton à la vendeuse de cierges. Elle le regarda et répondit avec un rire qu'ils étaient trop chers pour lui.

— On est deux dessus...

Il désignait Gourmelon, elle secoua la tête. S'il avait été accompagné d'une bonne amie, un grand cierge unique aurait fait leur affaire, mais, pour deux hommes, et qui n'étaient pas des richards, il fallait deux cierges moyens.

— Je vais vous choisir ça, proposait-elle comme une aubaine...

Gourmelon poussa du coude son camarade, qui réclama deux grands cierges. L'autre jour, en mer, ils avaient été tirés d'un mauvais pas et, qui sait ? peut-être justement grâce à sainte Anne ; alors, « fallait bien ».

— Jamais de la vie vous aurez des grands cierges avec moi, riposta la vieille. Moi je connais sainte Anne ça fait quarante-deux ans ; je vendais des cierges que personne causait de vous… Je vous dis qu'avec des cierges moyens, elle sera beaucoup plus contente. Gardez vos sous pour un tour de casse-gueule…

— Alors on va acheter ailleurs, déclara Goasduff.

Avec l'espoir qu'elle les rappellerait tout de suite, ils firent mine de s'éloigner, mais la vieille les ignora. Ils revinrent, penauds. Sans mot dire, elle les servit.

La chapelle était sombre et sentait pêle-mêle cire, fleurs, encens, transpiration humaine. Une odeur chaude, le fond de cale de la religion bretonne… Dans un coin brasillait et ronflait un ample buisson que les deux hommes regardèrent longtemps avant d'oser approcher. Il leur paraissait qu'il y avait là, pour leur communisme, une zone interdite. Arrière, méchants, arrière. À la longue, ils devinèrent que rien ici ne tendait à les exclure et, après s'être consultés de l'œil, ils avancèrent lentement et, de leurs doigts qui tremblaient, ils allumèrent leurs cierges à des collègues et les plantèrent ferme comme des mâts.

Prier ? Ils croyaient qu'ils ne le savaient plus et qu'ils n'en avaient pas le droit. Mais, à leur insu, debout à quelques mètres du buisson dont la chaleur leur cuisait les joues, ils ne faisaient guère autre chose que prier.

L'épaisse brume bleuâtre sur laquelle Maria rejetait ses persiennes sentait la tenture de deuil qui a beaucoup servi. À l'église, il n'y eut point de prône et, depuis les marches de l'autel, le vicaire rappela que, vu le pardon de Sainte-Anne, les vêpres étaient supprimées.

Sous le bel azur qui peuplait le ciel, le port et les rues sonnaient le creux. Une pignouserie de bébé. Un vieillard marchant avec des cannes… Le repas fut morne, malgré la présence des Guennégués ; une conversation sur avantages et inconvénients de la T.S.F., qui aurait dû passionner tout le monde, n'intéressa personne.

La vaisselle rangée, la jeune fille descendit vers le port. Quelques phonographes gâchaient des romances. Des gamins pêchaient à la ligne. Assise sur une bitte d'amarrage, et face à deux thoniers superbes, une vieille écossait des petits pois en plein dans le domaine des hommes… Puisqu'il n'y avait plus d'hommes !

Avec des battements de cœur, elle passa et repassa devant le bistro de la maîtresse de Louis. Un scandale, dans une journée pareille, attirerait peu de monde : on pouvait se l'offrir ! Mais, derrière les fenêtres, nul ne l'épiait… Elle supposa que Louis et la veuve étaient allés au pardon et, de guerre lasse, elle se dirigea vers le môle. Elle s'assit au bord de la pierre, les jambes dans le vide.

Étienne, les coudes sur la toile cirée, contemple obstinément son petit verre de rhum. Il n'a pas envie de boire, non alors, et pourtant, puisqu'il joue à sa vieille la comédie de l'espérance-jusqu'au-bout, il faudra bien qu'il se décide. Un accablement pèse sur ses épaules. En ce même après-midi, plusieurs grands corps de braves Douarnenistes se promènent mollement, debout entre deux eaux, déjà gonflés et mutilés par les crabes, des corps qui furent joyeux et solides et, quand on leur demandait sur le bateau un effort supplémentaire, ils ne protestaient pas ! Ces yeux, pures merveilles qui distinguaient si bien les rivages, les nuages, les poissons, le fond des eaux, ces yeux sont à jamais éteints !

Cependant, sur les dunes de Sainte-Anne, les foules se pressent, toutes sortes d'hommes et de femmes qui sont heureux de vivre et d'avoir chaud ensemble, de s'asseoir et de manger, de chanter et de prendre des photographies. Et, triste à dire, on n'a pas le droit de s'en scandaliser : des milliers et des milliers de boîtes de sardines et de maquereaux auront été consommées, de sorte que ces gens-là auront fait leur devoir envers les pêcheurs et les ouvrières d'usine.

Kanomp gant joa
Meuleudi da Santez Anna…

Il faut, il faut, bien sûr, des journées pareilles. La preuve qu'Étienne le sait bien, c'est qu'il a donné vingt francs à Maurice. Le filleul a été confié à Jézéquel, gars sérieux, mais qui sait se distraire…

La débitante, écroulée sur son lit, voudrait rejeter de ses épaules le poids énorme de la tristesse de Louis, dont elle se découvre responsable. Comme tout cela changerait si elle était plus belle… ou un peu moins grosse. Quel trésor qu'une fine silhouette ! Allons, lui seulement ! Qu'il soit heureux d'abord ! Qu'il sorte de ce dimanche écrasant !

Elle se compose une mine pimpante et va chercher Suzette : « Coute donc un peu ! » Elle lui parle à l'oreille et sort de son sac un large billet. Un cinq et deux zéros. Presque deux mois de gages. L'autre, éblouie, avoue ne rien comprendre.

— Moi non plus ! dit la patronne. Plus tard, peut-être, on comprendra… Trop bon cœur que j'ai, c'est ça !

— Plus avancée !

— On se refait pas, ma pauvre fille ! j'ai trop bon cœur, c'est pour ça que je suis toujours victime…

Elle feint de ne pas remarquer l'air gouailleur de Suzette et quitte la pièce et quitte le débit.

Trop bon cœur. Jalousie aussi du péri en mer que son copain regrette avec tant de vigueur, jalousie de l'amant qui s'octroie le luxe d'un sentiment noble quand les autres foulent aux pieds le souvenir des morts.

Elle regarde l'eau qui, atteignant le bas du quai, monte avec une extrême lenteur. L'odeur des détritus de poisson qui, avant d'être recouverts, semblent réveillés par le flot et retrouvent la molle souplesse de la vie, monte, libre, puissante, écœurante. Que d'immondices dans ce fond de port. Et dans l'âme, donc ! Le jour du pardon de Sainte-Anne, jeter sa fille de salle dans les bras de son amant ! Quand elle considère ce bric-à-brac visqueux et puant, et découvre en elle-même quelque chose qui s'y accorde, madame Abaléa, d'un seul élan, gagne un monde mystérieux et pur. Au nom même de ces entrailles pourries, collées à du goémon souillé de cambouis, qui se soulèvent gauchement sur la vase et semblent marcher, être de cauchemar encore jamais vu, au nom de tous ces instincts et envies qui grouillent dans un cœur de femme, il n'est pas possible qu'ailleurs n'existent et ne fleurissent de beaux pays immaculés, peuplés d'anges aussi propres dans leur tenue que bons et courtois dans leur âme. Au nom de ce goulot cassé de bouteille de bière, qui reflète un instant le soleil avant de glisser sous l'eau trouble, la Vierge existe, la bonne Vierge toute blanche, la fille de sainte Anne. Chère Sainte Famille. Dieu soit loué, il y aura foule cette année au pardon. Trois évêques, deux *in partibus*...

Une série d'instants elle demeure ainsi, rêveuse, sollicitant des yeux la laideur de l'eau sale pour en extraire, avec le sentiment d'une réparation, des splendeurs, des charités, des honnêtetés intactes. Elle soupire et adresse à la Vierge une courte prière pour que Suzette ait réussi. La bonne sainte Vierge doit comprendre, il ne faut pas y regarder de trop près : ce qui importe, c'est que madame Abaléa veut essayer de ramener Louis pour le conduire, finalement, dans une église. Ils se marieront de bonne heure, quatre cierges et un vicaire, sans flafla ; et, pour les œuvres de « ces messieurs », on aura la main largement ouverte. Ça va comme ça ?...

Suzette, attifée à bloc, s'est mise au travail. Elle est arrivée à pas de loup derrière l'homme et, de ses mains, lui a couvert les yeux.

— Coucou !

— Coucou quoi ? tu vas me lâcher, nom dé Dié !

Il s'est levé, il la regarde avec une haine dédaigneuse. Elle se campe et lui lâche un rictus comme dans un film.

— Tu cherches des coups toi aussi ?

Dans un film, à cet endroit-là, on dirait quelque chose, mais elle ne trouve rien. Elle sourit de nouveau, une lueur terrible passe dans les yeux de l'homme, alors elle se protège le visage et recule. Elle entend qu'il murmure d'une voix rauque presque douce un « Faut me foutre la paix » sur lequel une audacieuse brancherait un retour à l'offensive, mais, cette fois, ses jambes flageolent, elle va s'asseoir dans la cuisine.

Bien mal acquis ne profite jamais. Elle se fera faire la monnaie de cinq cents et partagera d'égale à égal avec le bon Dieu : deux cent cinquante pour un corsage, autant pour la quête. Pas question de rendre un sou à la mère Abaléa, une vicieuse et une richarde... La monnaie faite, la part du bon Dieu fut ramenée à cent cinquante, à cent, à cinquante. Seuls des millionnaires mettent davantage ! Pour que son harnachement et le pomponnement de son visage eussent leur plein emploi, elle allait se rendre au pardon ; et, lorsque le collecteur de sous passa, elle jeta dix francs dans le plateau. Elle s'étonnait que le vieux bonhomme ne la remerciât point.

Maria, au bout d'une demi-heure, s'est levée. La flottille est presque immobile sur l'eau calme et limpide et il y a, flanc au quai, des thoniers vigoureux raides comme des roches. L'odeur du poisson mort et de la vase a mis une sourdine. À Sainte-Anne-la-Palud, la foule et le gros prêtre dévoué qui tient l'harmonium doivent soupirer après la sortie de table du clergé et le commencement des vêpres. Seule comme une belle et fragile espérance, une mouette gonfle la pomme blanche d'un mât...

Il y a tout de même dans les rues et sur les chemins quelques personnes, mais qu'on ne sent pas à leur aise. Aujourd'hui, ce n'est plus à Douarnenez ni sur les lieux de pêche que se déroulent les choses importantes, un hameau voisin capte et retient la curiosité, la chaude ardeur du monde. La ville ne pèse plus au regard comme une conserve bien close et bien dense ; elle évoque la boîte justement vidée où stagnent des fragments de peau collés à un reste d'huile...

— Moi, j'ai un beau bateau avec une misaine...

Un garçon d'une huitaine d'années s'est planté devant Maria et la dévisage.

— Fais voir !

— Chez ma mère !

— Tu as pas eu envie d'aller au pardon ?

— Je sais pas.

— Comment tu t'appelles ?

— ...

— Quel nom que tu as ?

— ... Vincent Argouach.

Il ne songe pas à s'éloigner : le groupe qu'il forme en association avec la jeune fille, par ce dimanche désert, lui semble pleinement satisfaisant. Il sollicite un interrogatoire. Elle demande s'il est en vacances, où il va à l'école, si la maîtresse est gentille – un maître que c'est – et, après lui avoir donné une pièce de cinq sous, elle se dispose à le congédier. Une dernière question :

— Qu'est-ce qu'il fait, ton papa ?

L'enfant se bombe la poitrine et plisse les yeux.

— Il était sur le *Saint-Joseph* avec Théo Magueur.

— Ah il é...

Elle comprend mieux comment il n'arrivait pas à la quitter ; une pitié maternelle l'envahit pour le petit bout d'homme. L'embrasser. Lui offrir un verre de limonade, du café au lait, des tartines... Gauchement, elle roule en cigarette un billet de cinquante francs.

— Prends ça, Vincent, tu le donneras à ta mère.

Elle lui tapote les joues. Au revoir. Tâche de faire un bon garçon.

Elle reprend sa marche, envahie d'un bien-être inattendu. Un apaisement la gagne... Louis, demain, peut aussi mourir en mer. Quelle vilenie de discuter sur ses qualités et ses défauts. Ce n'est pas un paysan ni un monsieur, c'est un pêcheur. Un risque-tout, dont il ne faut pas éplucher les actes. En elle éclate, aveuglante, la conviction de son amour.

Seul avec son billet de cinquante francs, Vincent Argouach se creuse la tête. Depuis plusieurs jours, il se passe des choses bizarres...

Un déjeuner solide et morose n'a pas rapproché Louis et la débitante. Méprisant le traditionnel petit verre de rhum, Louis se lève et sort. Il avait l'intention d'aller dans le bois de pins au-dessus de Tréboul, mais la chaleur le fit reculer. Jamais il n'aurait la patience nécessaire. Le sang à la tête, il vint machinalement jusqu'au bord du quai, sauta dans un canot et dénoua l'amarre. Tirant sur des filins, il atteignit le flanc d'une grosse barque, où il monta prendre une rame. Puis il zigzagua dans le port, maître et seigneur stupéfait d'une flottille solitaire.

Un nom parmi d'autres : le *Ménez-Hom.* Il fit le tour de la pinasse, une fois, deux fois, et il accosta. Le bois du bastingage brûlait de soleil mais le bateau se trouvait silencieux et désert comme une épave des grands fonds. Les sabots de Louis frappèrent les vieilles planches nettes. Grimpant ici, l'homme se fixait un but : il gagna le poste. En ce lieu étroit, plein d'odeurs fades, un équipage, la semaine dernière, avait cru sa dernière heure venue. Tous à Sainte-Anne aujourd'hui, naturellement ! Avec des gestes lourds, il se fourra dans une couchette, moins d'une minute après il ronflait.

III

Deux jours et trois nuits passèrent. À la fin du troisième jour, Louis guetta la sortie d'usine de Thérèse. Il attendit longtemps – il y avait un gros afflux de thons en ce début de semaine – et il songeait à partir quand, dans un groupe de jeunes filles qui franchissaient la petite porte, il la reconnut. Il nota qu'elle pâlissait et n'était pas vêtue de noir.

Tant pis pour le chuchotis des ouvrières, il l'aborda carrément.

— Chez toi, comment ça marche ?

Elle n'était pas son genre… Trop peu de poitrine… Et qu'elle fût la sœur de Jean, loin de la rapprocher, créait un élément de sacrilège : il se sentait désorienté, comme le personnage des drames populaires qui découvre, en la femme aimée, sa sœur, disparue depuis l'enfance.

Ça ne marchait pas bien. Le père et la mère voulaient croire, mais ne cherchaient-ils pas à s'abuser mutuellement ? La mère, pour déclencher des mots d'espoir, accumulait les arguments pessimistes, que le père, de jour en jour, écartait avec plus de mollesse.

Un long silence. D'instinct, sans regarder Louis, Thérèse reculait vers la porte, comme si elle se préparait à chercher un refuge dans l'usine. Il la saisit par le bras.

— Tu rentres chez toi ? On ira ensemble, faut que je voie ta mère… Faut que je lui porte des sardines !

La première moitié du chemin se déroula sans une parole, deux âmes simples rongeaient leurs réflexions… La gêne grandissait. Il faut que je lui demande son avis, pensait Thérèse. Seulement… poser une question, c'était déjà une avance, un appel à la complicité… Elle croyait lire, dans le regard de Louis, que sa personne n'éveillait aucun trouble chez le séducteur numéro un – ce dont elle ressentait une vague amertume… Il faut que je l'encourage, pensait Louis. Elle aidera mieux sa mère si elle reprend confiance, mais moi… et puis c'est déjà trop tard.

Ils marchaient au même pas ; à plusieurs reprises, ils avaient essayé l'un et l'autre de briser ce rythme ridicule – vainement. Soudain s'éleva la voix de Thérèse.

— Tu t'étais disputé avec Jean ? Il m'avait chargé d'une commission : te dire que ça ne comptait pas…

— Il avait dit ça ? J'y pensais plus… Jean, c'était un bon garçon… (Il reprit d'une gorge malhabile :) C'est un bon garçon… un très bon garçon… un sacré copain.

Et revint le silence.

Une douce lumière, nette et fraîche comme du sable pluvieux pompé par le soleil, baignait les choses. Des enfants, garçons et filles mêlés, jouaient à la marelle. Les pieds nus couverts de poussière, une toute petite, vêtue d'un maillot de bain jaune citron trop étroit pour elle, s'arc-boutait à s'en faire éclater les fesses contre la barre d'une voiture de bébé posée par terre sur ses moyeux et qui demeurait immobile. Devant un tas d'ordures, un groupe confus de gamins et de chiens rafistolait un toboggan.

Louis et Thérèse arrivaient devant la maison Cam. Voilà le seuil que Jean a usé, les marches qu'il a montées tant de fois, pensait Louis dans le vestibule. Et l'image du camarade, d'un seul coup, se dressait devant lui, éclatante. Cet œil dans le bois, combien de soirs il l'aura contemplé, de ce regard lentement ironique, si apte à discerner et à jauger. Où es-tu donc, vieux frère ? Toi qui ne pouvais mourir... Au fond de quelles eaux ? Sur quels lits de sable ou de roche ? Oh ! trouver au moins la route et la suivre, seul à bord d'un bateau jusqu'au lieu où tu reposes !

— C'est pas mal ! murmure la mère Cam, qui entrouvre une porte. Pourquoi tu viens ?

Il semble qu'elle tende les épaules pour recevoir la mauvaise nouvelle redoutée.

— Je suis venu envoyer du poisson !

— Ah ! bon !

Et il y eut un silence. La mère Cam avait soulevé le panier de sardines et, du bout de l'index, par habitude, elle écartait la première couche pour vérifier le fond du panier. Mais on sentait qu'elle regardait mal. Elle posa le tout sur les dalles qui entouraient le fourneau et plongea les mains dans la grande poche avant de son tablier noir, où elles se recroquevillèrent sur un trousseau de clefs.

— Y a toujours pas eu de télégramme ! dit-elle à Thérèse. (Puis elle interrogea Louis :) Jean qui donne pas de ses nouvelles, tu trouves pas ça drôle ?

Elle parlait d'une voix sans timbre, les yeux perdus dans le vague. Il la considéra et répondit, en cherchant ses mots, qu'après les tempêtes c'était chaque fois la même chose. Des bateaux, sauvagement repoussés vers l'ouest, n'arrivaient plus, durant des semaines, à communiquer avec la terre. Il fallait s'armer de patience.

— Ça fait rien, voilà plus de vingt jours tantôt qu'il est parti !

— Qu'est-ce que c'est que ça, vingt jours, quand il sera revenu de retour ! ricana-t-il. Un thonier, ça peut rester dehors des plus longtemps que ça !

— Mais depuis le temps que les bateaux de la marine et les avions ont fouillé… quand même !

— Ça prouve qu'ils ont pas bien fouillé, voilà tout !

L'air absent, elle réfléchissait. Elle finit par hocher la tête et, parlant seule, avec des mots incompréhensibles, elle s'affaira. Un verre qu'on frotte, un torchon qu'on range, une bouteille de Dubonnet qu'on attrape… Glou glou glou glou.

— Eh ben, c'est toi qu'as raison, dit-elle soudain au pêcheur. On est bête de s'agiter comme ça ; pour des motifs, y en a pas !

Et de dévoiler ses batteries. La sainte Vierge, qui avait tellement aimé son propre fils, empêcherait le bon Dieu de laisser périr Jean et ses camarades. Les pêcheurs, ça gueule, les têtes sont dures, mais pour du mauvais monde, c'est pas. Et puis saint Joseph voudra jamais laisser couler un bateau qui a pris son nom. Et puis, si Jean arrivait tout d'un coup, on se trouverait trop bête d'avoir eu si peur. Alors, si on est bête, c'est qu'on a tort ! Non, on n'a pas besoin d'avoir peur. Vraiment.

— Oh non, gast, sûrement qu'y a pas besoin !

Louis cherchait le regard de Thérèse, qui approuvait.

La mère Cam respirait fort, la bouche ouverte, en considérant tour à tour les deux jeunes gens.

— Alors tu me promets, gémit-elle, que je le reverrai comme je te vois, grand et solide ?

— Je vous promets, assura-t-il, et il fut obligé de baisser les yeux.

Elle grommelait des bouts de phrase où revenaient les mots « grand et solide », et soudain :

— Embrasse-la, dit-elle à Louis, tu me feras plaisir.

Gêné de son personnage, il ricana qu'il n'embrassait pas ainsi les demoiselles, mais Thérèse, que sa mère houspillait, s'approcha de lui. Pour ne pas avoir l'air d'un mufle, il dut s'exécuter.

Les bancs de sardines tournoient et foncent de nouveau le long de la baie d'Audierne et devant Douarnenez, dans la grande frayère qu'indique le cap de la Chèvre. Sur les innombrables tiges de la mer grouillent les animalcules, vivants et morts, tous chimiquement savoureux, et se déploie la magnifique luxuriance de végétaux lilliputiens. Verger et charnier d'élection aux petites gueules insatiables…

Ou qui le furent. Elles ne sont pas rares, les femelles qui cessent de dévorer. Encombrées de leurs œufs, leurs songes gras se simplifient encore et ne veulent plus connaître que deux remous centraux : lâcher au bon signal et, d'ici là, tenir. Des tribus, des peuples, des générations sommeillent en elles, pesante cargaison que mille liens arriment. Au plus délicat, au plus vigoureux des parois et des machines, l'idée charnelle de la race dispose ses antennes. Environnés, enveloppés de nourriture, les yeux noyés dans la plus succulente farine des mers, et la queue engluée dans le plus capiteux bouillon, jeûnent des poissons hagards : parmi l'huileuse nuit de leur conscience, ils voient, ils entendent, ils sentent des œufs, encore les œufs, toujours les œufs.

Sur les rocs du raz de Sein que la tempête a dégarnis de leurs algues profondes apparaît le semis des lianes futures. Lorsque le goémon va, tout va. Seigneur Congre a retrouvé sa nonchalance écrasante. La température craque, de nouvelles tempêtes souffleront mais, sur les écueils nécessaires, poussent en compactes prairies les vignes vierges qui couvriront demain le soubassement des rivages pour l'étincelant plaisir des homards et des pieuvres.

Depuis le pardon de Sainte-Anne, Maria passait chaque jour devant le RETOUR DE LA PÊCHE. Il finira bien par me voir, songeait-elle ; il sortira, je tâcherai de m'expliquer… Mais jusqu'ici, et à supposer qu'il se tînt dans le débit, Louis ne sortait pas.

Une semaine achevée, une autre commençait. Défilé des compagnies de thons sur les camions découverts, ventes gluantes des poissons plats, retours teuf-teufants des pinasses, réarmement à la sardine des maquereautiers d'occasion, la vie du port se déroulait monotone et changeante. Un poisson inconnu, qui tenait du grondin et de la sardine, avait été pris par un équipage, un autre avait attrapé un béluga, un pêcheur s'était cassé la jambe, une ouvrière d'usine avait eu deux doigts enlevés ; un soûlard avait battu un soûlard ; une femme, jetée dans la rue, avait dû se réfugier chez des voisins... Mais, pour ceux qui attendaient le *Saint-Joseph*, les huit jours avaient été vides. Trois semaines, bientôt, que la tempête avait éclaté, un mois que le thonier, un jour sans vent, avait pris le départ. Et rien. Pas une lettre, ni une épave authentique, ni un cadavre.

Les gens raisonnables, qui, sans liens de famille avec les disparus, pouvaient s'abandonner à leur fatalisme, n'apprenaient point le naufrage. Dès le retour du *Ménez-Hom,* ils savaient ! Mais, quand ils rencontraient les autres, ils s'efforçaient de n'en rien dire et de les justifier dans leur attente. Ce qui était possible sur le coup de dix heures du matin, en quoi cela devenait-il impossible à sept heures du soir – et possible sur le coup de sept heures du soir, impossible le lendemain à l'aube ? On n'avait pas reçu non plus de mauvaises nouvelles ? Nul homme n'était qualifié pour limiter dans une série de jours les chances d'éclosion de l'unique et immense instant qui pouvait détruire en bloc les heures d'angoisse. Il fallait serrer les mâchoires. On avait vu des noyés revenir à la vie alors que les sauveteurs renonçaient à les ranimer ; un prisonnier rentrer deux ans après l'armistice ; une lettre arriver vingt ou trente ans après avoir été postée... À défaut de pouvoir créer des îles subites en ces mers où les pêcheurs ne contemplaient d'atolls que dans des mirages aussitôt détruits, l'imagination ébauchait tellement d'aventures : le bateau désemparé, pris en remorque par des Allemands ou des Russes, et les gars empêchés d'écrire ; une défaillance du service télégraphique en Cornouaille anglaise ; et quoi encore ?...

La mère Cam n'imaginait rien. Elle roulait dans sa tête ses vieux motifs de certitude, plus un autre : on ne mourait pas quand on avait pour copain Louis Marzin, un connaisseur qui ne se tourmentait pas une seconde. Elle mêlait à ses soupirs, à ses prières, à ses calculs à haute voix, de chaudes louanges sur la fidélité des amitiés masculines.

Thérèse, elle aussi, songeait à Louis. Elle ne laissait pas de le voir dans un halo glorieux. L'ami de Jean. Le cœur généreux. L'élu de la Providence, qui le détourne d'un embarquement funeste. Le marin sans peur et sans reproche, beau, altier, cher aux hommes et irrésistible aux femmes – qui sait gagner même le cœur d'une mère de famille, pourtant braquée sur la pensée de son propre fils !

Les dernières journées avaient mal tourné pour la mère qui, le dimanche, au saut du lit, avait annoncé : « Si on n'a rien reçu à midi, y aura plus rien à espérer ! » À midi, pourtant, on avait pu lui faire admettre que l'heure des vêpres serait une limite plus convenable, et, à la limite plus convenable, que la poste du dimanche fonctionnait mal. La soirée n'en avait pas moins été accablante, interminable, le début de la nuit pire encore. Vers trois heures du matin, comme le père s'habillait à tâtons pour aller en mer, elle avait affirmé, désireuse de se faire rejeter encore une fois dans le doute : « Ah ! Je sais maintenant qu'il est noyé ! » Et, comme l'homme se gardait de répondre : « Tu entends ce que je dis, Joseph ? » Ensommeillé, il grommela : « Je suis pas sourd ! J'entends que tu racontes des bêtises ! » Alors elle avait gémi, crié que c'étaient trop de souffrances ; non seulement on lui tuait son fils, mais son mari ne s'en souciait pas. Il avait fallu réveiller les filles pour la calmer, tandis que Joseph achevait de prendre le large. « Et vous, mes enfants, vous vous mettez avec votre père ou avec votre mère ? – Tais-toi donc, maman, tâche de dormir ! – C'est de sa faute si Jean ne revient pas ! C'est lui qui l'a tué en le laissant partir… – Mais tais-toi donc, maman, dors ! – Si à huit heures je n'ai pas de nouvelles… » À huit heures les filles aînées, qui n'allaient pas en usine, démontraient que les messages n'arrivaient pas dès l'ouverture de la poste ; à dix heures, que le télégraphe ne fonctionnait pas le lundi dans les pays étrangers ; à midi…

Et aujourd'hui mardi tout était à recommencer.

Thérèse, n'y tenant plus, sortit et se dirigea vers le RETOUR DE LA PÊCHE ; elle y trouva Louis. L'éclat de ses yeux tremblait comme une lumière de bougie et ses épaules se tassaient – il aurait déjà, pensait-elle, vidé plusieurs verres. Un homme désemparé, un homme à la côte… Elle ne voulut rien accepter. Une main appuyée sur le dossier d'une chaise, elle resta debout en face de lui, toujours assis de l'autre côté de la table.

— Dehors on serait plus à l'aise… murmura-t-elle.

Il se leva sans un mot et, en la poussant devant lui entre les tables, il la mena jusqu'au comptoir. Il regarda en face la mère Abaléa, désigna Thérèse du menton et déclara :

— Celle-ci c'est une sœur à Jean Cam…

Et, sans permettre aux femmes de s'adresser la parole, il bouscula Thérèse et marcha vers la porte. À deux mains, sous sa vareuse, il reficelait sa ceinture.

Dehors, ils se contentèrent de traverser le quai. Thérèse écarta les mains et les appuya sur le garde-fou, auquel s'adossait Louis, qui se tournait pour narguer le bistro.

— Coute donc, Louis, s'agit de ma mère.

— Ça va pas avec elle ?

— Forcément, tu peux penser…

Elle reprenait souffle, lorsque Maria, qui exécutait sa provocation quotidienne du hasard, les aperçut. D'un instant à l'autre, elle se mit à courir. Mais, avec un bel illogisme, elle n'avait pas commencé par faire demi-tour : en courant droit devant elle, elle se rapprochait à toute vitesse de l'homme qu'elle ne voulait plus voir. Louis, bouche bée, s'était redressé, le buste en avant.

— Maria ! cria-t-il. (Et, comme elle ne s'arrêtait point, il se précipita par grandes enjambées :) Maria ! Maria !

— Toutes les femmes qui sont des garces ! jeta-t-elle avec rage, les dents crispées, le visage clos.

Et ses yeux se braquaient sur le cou de Louis, sur un espace sans yeux, tendu par de larges veines.

Cependant, il barrait le passage. Il maintenait le frêle poignet serré à en bleuir entre son pouce et ses autres doigts et un pouls affolé lui battait dans la main. « Lâche-moi ! Lâche-moi ! » répétait-elle, haletante, mais sans essayer de rompre l'étreinte. Elle ne secouait pas le bras prisonnier, et son bras libre faisait le mort. Et il vint un moment où elle se tut. Ses yeux montèrent jusqu'au visage de l'homme et rencontrèrent des yeux.

Et, de part et d'autre, ce que les regards découvrirent, ce ne fut point la haine…

Elle se reprit vite :

— Si tu me lâches pas, dit-elle, je vais crier ! T'as pas honte, non ? Et d'aller encore avec une autre femme ? La femme Abaléa pour l'ordinaire, et celle-ci pour le supplément ? Si ça continue, il aura fait le tour de tous les jupons de Douarnenez !

L'amour change une femme, songea-t-il, et il ne s'en trouvait pas peu fier. La placide villageoise qui se sentait si bien encore dans l'ouvrière d'usine paraissait morte : une effrontée douarneniste, forte en gueule et sachant ce qu'elle voulait, surgissait dans la lumière. Quelque chose vacilla en lui et il abandonna sans réfléchir davantage le poignet qui ne se défendait pas.

— Maria, dit-il faiblement comme un gamin fautif… il n'y a que toi qui comptes… Et celle-ci, c'est pas ce que tu crois… c'est pas ce que tu crois…

— Pourquoi alors tu m'as laissée comme tu as fait ?

— Je sais plus…

Elle voulut parler, eut peur, secoua la tête, s'éloigna. La rattraper ? pour quelles paroles ? Il demeurait là, stupide, une main levée sans raison comme un pêcheur dont la prise a filé… Lorsqu'il se retourna pour rejoindre Thérèse, il eut un choc : plus personne. « Gast ! » grogna-t-il, puis il rejeta les épaules en arrière et cracha dans le port de toutes ses forces. Il se demandait, après tout, comment il aurait pu expliquer les choses.

Le mieux était de regagner la niche Abaléa. Pauvre idiot, il avait cru narguer la veuve et sa servante, il leur avait seulement rincé l'œil d'une scène sur quoi elles allaient pouvoir s'exciter la comprenette. Eh bien tant pis ! Tant pis pour lui. Le jour où les natives du Ménez-Hom trouvent la force d'engueuler un pêcheur à la face de Douarnenez, ce pêcheur mérite son engueulade s'il n'exécute pas enfin une vieille décision : rompre avec une maîtresse qu'il n'aime pas… Il rejette les épaules en arrière et part d'un éclat de rire.

Dans ce qui devenait peu à peu son ancienne chambre, il trouve une voiture de bébé où dort une blondine. La petite de la Quimpéroise d'en face, une qui tricote des chandails… Forcément, explique la logeuse. Depuis le temps qu'on ne le voyait plus c'était bête de perdre de la place… quand d'autres n'en avaient pas… Louis reste silencieux, mais son visage n'est pas hostile. Lorsqu'il se trouve seul, après une tape amicale sur la joue des gosses, il s'amuse à reconnaître successivement *sa* chemise de nuit, *ses* savates, *ses* brosses à chaussures, *ses* photographies… Négligeant sa chaise, il se plaît à éprouver les ressorts du brave « ramasse-tout ». Oppala ! Il en avait écrasé des sommeils, là-dessus ! Et dans le souvenir la figure de Maria se levait, radieuse.

Maria rentre à toute vitesse, se jette sur son lit, les yeux secs, les joues chaudes, les cheveux lourds. La maison est déserte. Elle revit la scène en maudissant le sort et sa propre stupidité. Tout pourrait être merveilleux, maintenant, si elle avait eu le temps de se retourner. Elle imagine des phrases, un dénouement paisibles… Une grande heure s'écoule sans qu'elle ait le courage de se relever. Le sang lui monte aux joues tandis que ses membres se refroidissent, ses cheveux se mêlent, ses paupières gonflent. On frappe : « Je n'ai pas de goût. » se dit-elle et elle ne bouge pas, mais les coups se renouvellent et, pour ne pas mériter les reproches de sa tante, la jeune fille finit par descendre. Elle ouvre la porte, maussade, et se trouve en présence d'une forte femme, belle comme un astre, chapeau à fleurs sur la tête, renard autour des épaules, comme une qui se rendrait à un mariage ou à un enterrement.

— C'est pour vous que je viens, dit la femme, et, comme Maria demeure interdite, elle entre d'autorité, s'affale sur une chaise. Le temps est lourd, oh ! comme le temps est lourd !

Maria craint de deviner…

— Tu me reconnais pas ? Tu m'as jamais vue ? interroge l'autre, renonçant à ses intentions de vouvoiement pour mieux dominer la gamine. C'est moi la patronne du RETOUR DE LA PÊCHE. C'est moi Francine Abaléa…

La jeune fille rougit et croise derrière elle, gauchement, ses mains tremblantes. Elle veut parler, rien ne sort. Elle s'assied à son tour…

Alors, forte de son âge, de sa raison sociale, et du sentiment qu'elle a de s'immoler avec une générosité merveilleuse, Francine Abaléa, coudes sur la table comme des rocs, se lance à fond de train dans une tirade. Et qu'il faut bien la comprendre. Et qu'elle ne serait pas venue si elle avait été une égoïste. Et qu'elle veut le bonheur des jeunes…

Sur le quai, tout à l'heure, une dispute a éclaté. Du débit, on ne pouvait entendre les paroles, mais on suivait les gestes et Francine aurait voulu pouvoir secouer Maria comme un prunier pour lui apprendre à vivre.

— Me parlez pas des jeunes, tenez ! Avec la chance que tu avais. Tu peux te vanter d'avoir embarbouillé les choses, dégourdie sans malice, va !

Maria, consciente d'avoir mérité l'épithète, continue de se taire avec une espèce d'humilité heureuse.

— Si tu crois, jette l'autre d'une voix forte, qu'y a beaucoup d'hommes comme Louis. Costaud comme tout et intelligent qu'il est ! P't-être qu'il a quarante ans et qu'il a roulé sa bosse d'un bord et de l'autre, mais pour un homme, c'est un homme. Et ça, c'est quèque chose, c'est moi qui te le dis !

Elle tend une main vers la jeune fille, qui recule.

— T'as eu du chagrin ? T'es plus bête que méchante ; tu sais même pas qu'il faut jamais pleurer pour pas abîmer sa figure ! Pour gentille tu es, mais tu feras plus la grimacière comme ça…

Elle prend Maria dans ses bras et lui colle deux bons gros baisers.

— Allez ! Je pourrais être ta maman !… presque. Laisse-moi me débrouiller, tu regretteras pas. À bientôt la noce, et vive la France et les pommes de terre frites !

IV

L'administrateur se passe la main gauche contre le front, contre les paupières – à peine s'il a déjeuné tout à l'heure et il éprouve comme des nausées… Les supérieurs, bien sûr, ne lui avaient pas caché que cela figurerait aussi dans ses attributions mais, vue de loin, la scène pouvait tailler dans le grandiose facile, comme un tableau de musée provincial… Un si vilain rôle. Il se sentait semblable au bourreau, dont la fonction reste l'objet d'un opprobre, et en qui l'imagination populaire voit le symbole de la cruauté... C'est la tempête qui brise les bateaux, noie les équipages ; ce sont les règlements qui imposent d'avertir les familles des naufragés ; mais, quand tout se réduit à des épaves douteuses, à des calculs de date et à de vagues rapports, un élément d'appréciation personnelle subsiste : on aura beau dire et redire qu'après tant de jours il est matériellement invraisemblable qu'un bateau sauvé n'ait pas donné de ses nouvelles ou que soient vivants les hommes d'un bateau sorti en pêche avec quinze jours d'eau potable, l'administrateur, qui doit prendre sur lui d'annoncer la mort administrative, semble agir sur le destin. Comme s'il maintenait à des hommes la tête dans la mer...

Monsieur Rivoallon fourre dans sa poche la liste des marins du *Saint-Joseph*, avec l'adresse de leurs familles, et, délibérément, quitte le bureau. Il traverse la pièce où les commis écrivent des paperasses – les heureux, non chargés de mission – et fonce dans la rue. Hier encore, sa femme lui a demandé ce qu'il pensait du *Saint-Joseph* et quand il envisageait de « prendre des mesures » – elle n'avait pas osé dire « visiter les familles » –, il a répondu évasivement. Désir de ne pas ébruiter son dessein et d'éviter une question concrète.

Non, il n'a rien ébruité, seulement il marche vite, il baisse la tête, il a son feutre enfoncé de travers, il ne répond pas aux saluts ou il ne les voit pas et, en une minute, il a buté deux fois dans un trottoir. Et, comme il dédaigne les ruses de détective, il a suivi du premier coup une certaine direction, pas une autre.

Et alors, bien que monsieur Rivoallon ait le droit de marcher dans les rues comme n'importe quel passant et qu'il ne batte pas la ville tous les jours, Dieu merci ! pour accomplir ces sombres corvées – plus d'un an s'est écoulé depuis le dernier naufrage –, Douarnenez flaire un événement. Les gens s'arrêtent, tendent le cou, clignent des yeux. Ils n'émettent pas d'hypothèses, ne hochent pas encore la tête, mais ils surveillent l'allure et l'itinéraire de leur représentant de la marine. Serait-ce que… Monsieur Rivoallon débouche dans la rue où habite la première famille de sa liste, avec trois noms, le père et les deux fils, et, instinctivement, il essuie sa nuque moite et rectifie le nœud de sa cravate. Que tous ceux qui ont des yeux comprennent… Et tout le monde a compris.

Tandis que l'administrateur s'engage dans la petite entrée anonyme, jetant un coup d'œil sur les boîtes aux lettres, dernière étape avant la porte du logis fatal, une rumeur court. Un groupe se forme, qui augmente sans cesse, devant la maison, tandis que des gens s'agitent de droite et de gauche.

— Madame Lannuzel ?

Dans la pièce basse et blanchie à la chaux il y a trois femmes assises. Deux qui saisissent des mouchoirs pour pleurer, sitôt que l'Annonciateur a franchi le seuil, et une troisième, les yeux brûlés par d'anciennes larmes, qui ne manifeste point et se lève très digne.

— Monsieur Rivoallon, dit-elle d'une voix douce, je sais pourquoi vous venez.

— Oui, madame, et il tousse légèrement.

Les formes sont les formes. On sait pourquoi il vient, mais on veut l'entendre de sa bouche.

— Madame, j'ai attendu jusqu'au dernier moment pour vous faire ma visite… cette douloureuse visite… Jusqu'au dernier moment… J'ai la grande, la très grande tristesse d'être obligé de vous dire que nous sommes contraints de considérer aujourd'hui le *Saint-Joseph*… comme perdu corps et biens.

Les pleureuses ont éclaté en sanglots mais l'épouse et mère reçoit le coup sans faiblir. Les yeux clos, elle semble récuser les formules émues toutes prêtes, comme si elle voulait que l'événement gardât bien ses couleurs farouches.

La victime a trop cru dans ses forces. Échappant à l'administrateur qui lui tenait les deux mains, elle a saisi sur la cheminée une photographie de « ses hommes ». D'un pan de son tablier noir elle en essuie familièrement le verre poussiéreux : « Doux Jésus… », balbutie-t-elle, et la voici qui tombe à la renverse dans les bras de sa belle-sœur. Monsieur Rivoallon aide à l'installer dans un fauteuil, puis sur un lit. Les pleureuses, muées en femmes énergiques, lui tapent dans les mains, lui mouillent le front, lui desserrent les lèvres pour qu'elle boive du rhum. La malheureuse revient à elle et gémit. « La *prestation* qui commence », explique à mi-voix, d'un air entendu, la belle-sœur, et l'administrateur, mi-officiel mi-convaincu, se laisse envahir par l'émotion. Son regard, ses gestes, ses mots touchent les femmes éplorées, atteignent peut-être l'infortunée qui se débat, seule malgré les présences humaines, dans la détresse de son âme et la débandade de ses forces physiques. Et, en même temps, le messager de malheur éprouve un réconfort et une détente. Son rôle odieux n'est pas sans grandeur, ni son cœur sans charité. Il peut poursuivre sa route… Quand elle sera mieux, il faudra lui dire de porter ses pièces le plus vite possible à l'Inscription maritime pour qu'on lui établisse un livret de pension.

— Elle avait des économies ? demande-t-il.

La belle-sœur et la voisine se regardent. La première déclare qu'il y avait tout de même quelques sous dans la maison.

— Les livrets de Caisse d'Épargne sont dans ce tiroir ici.

Elle brûle peut-être d'y fourrer le nez, mais il l'arrête d'un geste. C'est bien, c'est bien !… Qu'on n'hésite pas à venir le déranger pour un renseignement, une réclamation, n'importe quoi… La voisine, qui a aussi un mari et des fils pêcheurs, se lance dans l'exposé d'un grand système de secours aux familles qu'elle a bâti cette nuit et qui ne coûterait pas à l'État un sou de plus. Il hoche la tête avec lassitude et murmure : « Oui, oui, c'est une idée… Il faudra voir… » Et il brusque ses poignées de main en disant que monsieur le curé ne tardera pas.

Monsieur l'administrateur ne fréquente pas trop l'église, mais l'idée du chemin de croix s'impose à lui. Première station. Première chute.

Les gens qui bavardent dans le vestibule de la seconde maison le voient entrer, leurs conversations s'arrêtent, ils s'écartent avec des « chut ! ». Lui passe, front soucieux, craintif, dans un lourd silence et, quelques secondes plus tard, il entend derrière lui une voix qui commente : « Il va chez Cam ! » Il sourit tristement…

Prévenu, il y a quelques minutes, que monsieur l'administrateur faisait une tournée de naufrage, le père Cam a vêtu son costume de drap noir et sa grosse chemise empesée. Ceux-là qu'il doit emporter au cimetière, si Dieu le laisse mourir dans son lit. Mais le grand sanglot qui lui a traversé la gorge, crevant le silence comme une sirène de malheur, a fait éclater du même coup la douleur que sa femme maintenait captive, de toutes ses forces, depuis tant de jours. C'est en pleine explosion de ses cris et de ses larmes que paraît monsieur Rivoallon. « Pleure pas », dit inlassablement le père à la mère. « Allons, pleure pas ; pense à nous. Tu vas pas rester comme ça tout de même ! – Oh ! je veux pas, je veux pas ! » crie-t-elle.

Le visiteur, éperdu, confesse son impuissance. Monsieur le curé doit passer tout à l'heure ; il sera d'un secours autrement plus précieux...

— J'ai des enfants moi aussi, madame, et je peux vous comprendre...

— Si vous me comprenez, fallait pas venir me trouver. Vous étiez obligé, bien sûr, mais tout de même !...

Un silence, que rompt le père Cam. En leur nom à tous deux, il remercie monsieur l'administrateur de sa visite ! C'est dur pour lui aussi !

— Vous avez d'autres à voir, conclut-il, faut pas vous attarder chez nous.

Sur le palier, l'administrateur consulte sa liste. Numéro trois, Alexandre Masson. Il respire. Cette visite ne déclenchera point de manifestations bouleversantes. Étienne, le « capitaine Thérèse », est un vrai seigneur de la mer, et son épouse est digne de lui. Ça soufflera davantage chez les jeunes qui avaient pris femme et qui laissent des enfants... Il descend l'escalier. On pleure chez les Cam et la voix du père murmure : « Allons, t'as des filles, t'auras bientôt des gendres, t'auras bientôt des p'tits gars... »

La cérémonie funèbre que méritaient les gens du *Saint-Joseph* était la chose de Douarnenez. Un grand as comme Théo Magueur n'avait sûrement pas commis de faute maritime et la tempête l'avait traité, lui et son bateau, en bouc émissaire. Une ville de pêcheurs, livrée à un métier fameux, mais dur et extravagant, ne pouvait espérer qu'elle échapperait à des coups de malheur. Le *Saint-Joseph* avait écopé pour lui-même et pour la communauté douarneniste !

Les journaux ouvraient une souscription, les organisations syndicales et politiques votaient des secours, la municipalité « avait le geste », les camarades se cotisaient dans les débits – bravo ! Quelques réalistes et des femmes grommelaient par-ci par-là qu'on en faisait trop pour les uns, pas assez pour les autres, et que, si les pauvres étaient morts séparément, dans d'humbles sinistres isolés, leurs familles n'auraient pas touché le dixième de ce que leur vaudrait aujourd'hui une disparition collective bien tragique, dans une tempête qui avait secoué la flottille mais qui n'offrait rien de spécialement noble – qu'était-ce à dire ? Ces dénigreurs avaient en partie raison : dans beaucoup de cas moins spectaculaires la solidarité ne jouait pas, hélas ! comme elle l'aurait dû, mais il eût été malséant de prétendre que le *Saint-Joseph* était trop gâté.

Le monseigneur de Quimper se dérangeait exprès pour la cérémonie et, dans une église comble (la moitié de la foule n'avait pu entrer), devant les familles en deuil, devant monsieur l'administrateur en uniforme, devant tout le conseil municipal, bouffeurs de curés compris, devant plusieurs officiers de marine brestois et les chefs de la police et de la douane, devant un tas de messieurs à col blanc et à cravate noire qui représentaient d'autres messieurs ou des groupements considérables, il improvisa un discours. Il commença d'une voix basse et lente, par phrases brèves, en cherchant ses mots dans la voûte de l'église. Mais, quand il eut achevé la manœuvre des passes et qu'il n'y eut plus d'obstacle devant lui, quel élan soudain ! C'était beau comme un bateau à voiles naviguant plein large de trois quarts au vent...

Des sanglots étouffés ponctuaient son éloquence et la galvanisaient.

Naturellement, quand un seul matelot se noie, un onzième d'évêque ne fait pas le voyage de Douarnenez, ne prononce pas le onzième d'un tel discours. Mais, ô dénigreurs, écoutez bien. Dans cette malheureuse occasion le monseigneur de Quimper n'est pas venu seulement pour le *Saint-Joseph* mais pour tous les anciens péris en mer qu'il n'avait pu saluer encore et que sa miséricorde ramasse. Ce sont tous les naufragés d'hier et d'aujourd'hui qu'il présente à Dieu dans ces périodes longues et souples comme des lianes marines au terme desquelles un léger sifflement de poulie sort de sa bouche épuisée.

Magnifique le discours, magnifique le service funèbre. Beaucoup de prêtres des villages environnants s'étaient dérangés, par amitié pour les pêcheurs et par honneur pour l'évêque et, dans les passages difficiles que les chantres ânonnent, fournissaient une masse chorale sûre d'elle-même, un banc de voix qui frayait avec calme et puissance au milieu des mots latins. Il faisait dehors un petit jour gris laiteux tombant d'un ciel sans soleil, et, dans l'église, l'exacte lumière d'automne qui convenait à la cérémonie. Après le *Dies irae,* lorsque les orgues se turent, jaillit un sanglot plus long, témoignage indispensable…

La foule se dispersa lentement, comme si, malgré tout, elle avait attendu les cercueils. Le petit jour gris laiteux s'obstinait à peser sur la ville où, entre pêcheurs endimanchés, les équipages se reformèrent. Des groupes d'hommes silencieux pénétrèrent dans les débits. Nul ne souhaitait pour soi une mort qui entraînât le déplacement et le discours de l'évêque, le tonitruant brouhaha des orgues ni, entre les murs de l'église, cette atmosphère de merveilleuse souffrance et d'union, mais chacun se sentait le corps et l'âme paisibles. Envers les gars du *Saint-Joseph* comme envers tous les gens que prélève la mort maritime sur les bateaux de Douarnenez, les camarades avaient fait leur devoir. Et la pêche n'était plus un métier honteux, ni Douarnenez une ville de mort.

V

Il pleuvait le silencieux crachin breton, monotone et doux comme la neige, et qui tombe indéfiniment du même ciel gris sur une terre immobile. Par ces jours de septembre il n'y avait que les derniers touristes pour se plaindre et le monde ne faisait que suivre sa lancée. La campagne et la mer semblaient se recueillir.

Il pleuvait sur le trèfle de Plomodiern, l'église de Poullan, la vieille tête noire du Ménez-Hom, il pleuvait sur les quais de granit, sur les ferrailles, les gros galets blancs et les longs galets bleus des grèves, il pleuvait sur le goémon et sur le sable, il pleuvait sur la baie qui s'était rétrécie et dont l'eau plane se hachait et craquelait avec la tendresse d'un feuillage d'acacia.

Tous les bateaux étaient sortis ce matin et il paraissait incroyable, dans la quiétude mouillée, que leur pêche pût être mauvaise. Aujourd'hui les poissons demeuraient à peine des animaux – ils n'étaient plus, en tout cas, des animaux sauvages. Des bêtes de basse-cour, qu'on laisse picorer et se fortifier dans les champs, puis qu'on attrape. La pluie et le ciel offraient la glauque et boueuse luminosité du jour trouble qui éclaire les hautes couches marines et le paysage sans vent se tenait droit comme un filet plombé.

Tant pis pour les jaseurs, la veuve Abaléa pénètre dans l'usine Celton avec le flegme d'un buveur chez elle ou d'un banc de poissons dans la rade. Le juteux – la mère Sardine – bluffé par une telle audace, a immédiatement donné les permissions nécessaires et Maria Le Meur a quitté le travail pour dix minutes... qu'elle a dit !

Protégées par le gros parapluie Abaléa, les deux femmes, bras dessus bras dessous, longent à pas lents le mur de l'usine, couvert sur le haut de tessons opaques. Un moineau chante. Violemment, délibérément, l'air sent le poisson. Là-bas la route ébauche une descente, qui ouvre une échappée sur la mer...

La veuve a déclaré tout de go qu'elle n'était pas venue complimenter la jeune fille, mais lui laver la tête.

À quoi donc a pensé Maria en négligeant la cérémonie du *Saint-Joseph* ? Elle a manqué à son devoir et perdu l'occasion facile d'une rencontre avec Louis.

— Tu peux dire que t'as une sacrée tête ! Pour deux ou trois mots ! Vaut mieux qu'un homme vous envoie deux ou trois mots de travers plutôt qu'il ait la figure de travers ! J'ai pas raison ou quoi ?

Présentée ainsi, l'histoire change. Attention ! Maria se méfie des discours qui expliquent trop bien les choses... Elle ne veut pas se laisser convaincre.

— Quand on vous envoie des mots de travers, ça prouve qu'on est un mauvais homme et qu'on ne vous aime pas !

— Qu'on vous aime pas ! Tiens, c'est pas drôle qu'il t'ait lâchée ! Tu lui aurais fait tourner son sang en eau de Javel ! Mais qu'est-ce que tu as dans ta tête, à la fin ! Tu crois que les hommes, y savent causer comme nous et ci et ça, et combien que tu paies les artichauts, et la mère Machin qu'a la grippe, et du galon blanc qu'on trouve plus dans les boutiques, est-ce que je sais ? Pour la langue, nous autres, on se débrouille, mais les hommes, c'est trop costaud... C'est pas fin comme nous, les hommes, c'est des blocs.

Si Antoinette entendait ça, quelles gorges chaudes !... Mais la grosse femme a repris le fil de son discours.

— Décide-toi au plus vite. Louis n'est pas homme à rester sur un affront – il suffit de le regarder pour s'en convaincre. Il partira n'importe où, pour La Rochelle, Saint-Jean-de-Luz, Les Sables, mais il partira. Finie la campagne, au revoir et merci !

Maria éprouve un pincement au cœur.

— Vous croyez ? demande-t-elle en s'arrêtant.

— Sûr, sûr, que je crois ! tonne la veuve, satisfaite de son effet d'inquiétude. Il a connu des tas de femmes, alors il a ses petites idées. Il peut plus se dire qu'il sera heureux. « Vieux garçon que je reste, vieux garçon que je mourrai », c'est tout ça. Et il boira. Et il partira dans l'autre monde dix ans avant son tour. Mais je te dis aussi : compte pas trop sur un autre. Quand on est allée une fois avec un homme comme Louis, tous les autres vous paraissent mous.

Elle est en nage. Elle sort son mouchoir et s'essuie les yeux, le front, les joues, le nez. Puis, brusquement, elle se mouche.

— Si tu serais ma fille, dit-elle, quelle paire de claques tu aurais avec moi ! Laisser filer un homme, et un comme çui-là, c'est pas pardonnable !

Maria ne peut s'empêcher de rire et de souligner qu'elle a plus de vingt et un ans et que, dans la circonstance, elle est la principale intéressée – ta ta ta ! Cause toujours ! Une petite gamine, voilà comment tu t'appelles !... La veuve a fermé son parapluie, l'a serré sous son bras gauche, et entraîné Maria dans une déambulation rapide.

— Mets-toi bien ça dans la tête : le jour des noces, AU RETOUR DE LA PÊCHE fournit gratis toute la boisson, depuis les apéros jusqu'aux liqueurs. Et avec le coulant ce serait rare qu'on n'aperçoive pas un morceau de solide, un solide à trois zéros, le genre d'un billet de mille francs... Dis pas merci surtout !

Et ce n'est pas fini. Maria, qui s'essouffle au bras de sa rude compagne, entend raconter toute une histoire. Francine Le Gall bonne de bistro à Brest. Rue Louis-Pasteur. Chez les marins. Un grand blond, un jour, une espèce de Suédois qui avait bu trois bocks en cinq minutes, paie ses sous et puis lui met une bague dans la main. Sans lui demander de coucher, parole d'honneur ! Et puis il s'en va et on ne l'a jamais revu. Tu penses comme elle avait caché la bague ! Mais il faut croire que c'était du bijou honnête, car la police est restée tranquille !... Un beau bijou, une turquoise comme ils appellent ça.

Seulement, hein, rien avant le jour des noces !

Réfléchis !

Sur le pourtour de la baie descend et descend la mer, comme évaporée à vue d'œil par le soleil. Jusqu'à la limite du roc jamais atteinte, jusque tout en haut des galets, parfois même sur la chaussée ou sur la dune, d'un tranquille et silencieux effort elle s'était hissée à l'aube, léchant de douces vagues crémeuses les innombrables plantes amphibies sur lesquelles, bisannuellement, elle fait valoir ses droits, comme une nation qui délègue un torpilleur vers un archipel contesté. En gage de sa puissance et de sa bienveillance elle apportait dans ses grandes mains tout un pullulement de cadeaux chétifs, un humide et déchiqueté bric-à-brac de goémons, de coquilles, de morceaux de bois, de bouchons. Des boîtes vides et rouillées. Des poissons morts, des os de seiche, un squelette de goéland, une tête de vache. Des échalotes. Des carcasses de crabe...

Elle recule maintenant, toujours cérémonieuse, à l'asiatique, par successifs replis et sans tourner les talons une seule fois. Au-dessus des grandes plages, elle se sent merveilleusement pure et jouit de cette limpidité. Les vagues ne s'effondrent pas ; petites et minces elles glissent et, quand elles expirent, leur écume gris argent court sur le sable avec un souriant murmure.

L'équinoxe d'automne, cette année, a pris la sagesse pour mot d'ordre. La mer ne renouvelle point sa crise du mois d'août, qu'elle regrette. À moins qu'elle ne l'ait oubliée. Dans l'azur léger du ciel et le bleu myosotis de la mer, dans les teintes sombres des rivages et la blancheur des mouettes, dans la transparence des lointains et la fraîche tiédeur des vents, il y a une magistrale exhortation à l'équilibre. Il devient clair à vivre ces jours que, dans les hauts jadis, les tribus nomades aient renoncé à poursuivre leurs errances et que leurs tentes se soient changées en maisons et que des civilisations souveraines, fondées sur l'union des hommes, aient jailli. La terre promise, c'est aussi toute la couronne de rivages qui s'étend depuis Beuzec jusqu'au cap de la Chèvre, autour de ce grand Génésareth paisible…

Les enfants ont retrouvé le chemin de l'école et les chasseurs les routes sans nombre du gibier. Les poissons travaillent. Des bébés sont mis en chantier, des livrets de Caisse d'Épargne hissent la voile, des préfiançailles s'ébauchent. La vieille Françoise Mescam, qui vendait quelques bonbons et quelques épingles à cheveux histoire de dire qu'elle tenait commerce, meurt de vieillesse dans un lit. Un maçon italien, qui roulait à motocyclette dans la descente de Ploaré, se jette dans un autocar, démolit sa machine et s'en tire avec l'émotion et des égratignures. La saison raisonnable veut ça ! Les petits caséieurs doublent leur récolte de homards et de congres et un bateau de Morgat a donné sur la plage du Portzic un coup de senne qui ressemblait à ceux d'avant-guerre. Un plein tombereau de mulets.

Étienne Masson a jeté son dévolu sur Joseph Lagadec pour le remplacer un jour, mais il n'en dit rien à personne. Le même Joseph « fréquente ». L'autre jour, à l'église, après la cérémonie funèbre, une petite brune aux yeux verts, mince et nerveuse, lui a tapé dans l'œil. Plus besoin d'aller au bal pour trouver des demoiselles, hein ! Encore la saison qui veut ça. Il s'approchait des Cam avec Louis pour serrer la main et il a entendu Raymonde (un beau nom, toujours !) offrir ses condoléances ; il l'a vue, les yeux pleins de larmes, serrer Thérèse dans ses bras. Il était pris. Il a senti qu'il ne pourrait se libérer avant d'avoir consolé ce beau chagrin et montré à la triste enfant au cœur sensible qu'il restait encore de la joie et de bons garçons à Douarnenez.

Le cœur dolent, Louis se compare à un crabe malade ou qui change de peau – et, flairant un mauvais coup à faire, les ennemis rôdent… En laissant tomber Francine il a reconquis sa liberté, non pas son ancienne vigueur… Sur le bateau, le vent de la vitesse, la houle du large, la souquance des filets ou les jurons nets qui échappent aux camarades, point de cure plus idoine à guérir pêcheur mal-aimé… À terre, autre musique. Il n'ose plus regarder les femmes dans les yeux, sauf les toutes vieilles, ni passer près d'elles en sifflant ou en chantonnant. Et les garces devinent son malaise. Et, entre elles, c'est le grand bavardage. Et ça rapplique, et ça frôle, et ça chantonne – comme si les rôles étaient inversés – et ça voudrait lui capter le regard.

Jusqu'à sa logeuse, brave personne fruste et un peu morose avec laquelle il n'a jamais badiné, qui intervient dans la compétition. Encore qu'elle n'agisse pas pour elle-même, le fait est significatif. Voilà qu'à partir du 6 octobre elle va prendre, comme pensionnaire, une nièce, Amélie Floch, aide-comptable à l'usine Leroux et Jaouen. Cinq cents francs par mois, chambre et nourriture. Il paraît qu'avec tout cet argent elle étalera la hausse du pain pour elle et ses quatre petits ! et qu'elle compte sur sa pensionnaire pour l'aider à la lessive ! Louis n'en croit rien. Il se persuade qu'on veut simplement lui caser cette Amélie ; une garce qui occupera la chambre voisine et s'arrangera pour se faire voir en troublante chemise de nuit et chantera des refrains d'amour derrière sa cloison… À d'autres !

La discrétion de Maria apparaît en contrecoup… Elle se terre, on ne la rencontre nulle part où vont les filles, dans les bals ou au cinéma. S'il lui arrive de se promener, disent les gens, c'est toute seule, ou avec des amies, jamais en compagnie d'un homme… On aurait chance de la retrouver, le dimanche matin, à l'église. Pour la messe de huit heures. Louis ne se résout pas à provoquer les événements, mais, dans son âme, l'image de la jeune fille monte et grisolle…

Un soir, malheureusement, il apprendra qu'elle a quitté Douarnenez pour aller dans sa famille. Et celui qui le renseigne ne sait rien de plus. Il ne peut pas dire s'il s'agit d'un voyage ou d'un départ définitif.

Louis a couché – comme beaucoup d'autres – avec Charlotte Abgrall, la couturière en chambre dont la mère habite la même maison que les Salaun. Charlotte est une fille sale et pas trop maligne, mais elle a bon cœur. Louis grimpe chez elle et, à la vue du capharnaüm qu'il découvre et de la femme négligée qui se lève pour libérer une chaise, il se sent honteux. Dire qu'il a aimé ça ! On se croirait ici dans une vieille barcasse en train de crever ! Charlotte, nullement déconcertée, l'écoute. Son lourd visage farineux arbore un sourire. Elle sort… Louis tire de sa poche un billet de cent francs, qu'il dissimule aux trois quarts sous une gravure de mode. Puis, les bras croisés, il attend… Une demi-heure plus tard, Charlotte remonte, hors d'haleine et triomphante. La mère a interrogé les Guennégués : Maria va revenir, son nom figure toujours sur les listes de l'usine.

À la même heure, la jeune fille, les bras croisés devant un bol vide sur la vieille toile cirée de son enfance, écoute pour la énième fois les récriminations maternelles. Bien joli de venir dire un petit bonjour à sa mère – ceux qui ont des sous de trop ont de la chance. Mais c'est bon pour les millionnaires de Paris, ceux-là qui peuvent jeter l'argent par les fenêtres, pas pour une Le Meur. Depuis quand les enfants gardent plus tous leurs sous pour envoyer à leurs parents ? Et surtout une fille qui a suivi l'école libre sur ceux de sa famille, alors que sa pauvre mère n'a jamais connu l'instruction ? Débarquer du car avec une valise neuve ! La tante n'avait donc pas dans son grenier un vieux cabas, un carton ? Et des souliers neufs, et un joli sac… « Jamais je ne resterai », pense Maria. « Et jamais je ne parlerai de mon histoire avec Louis. » Monsieur Trellu a été nommé dans une autre cure, sœur Hélène est morte, Mère Marie de Jésus devenue sourde comme un pot… Folie que ce voyage… Elle qui arrivait pleine de si bonnes intentions ! Et la rosée sur les basses fougères où butinait le soleil semblait si accueillante ! Et le panorama de la baie douarneniste si allègre ! Dans la bruyère, le pin planté par le vent et qui n'atteignait pas jadis les épaules de la fillette avait poussé jusqu'à trois ou quatre fois la taille d'un homme. Maria s'est arrêtée, des larmes lui sont montées aux yeux. Et, naïvement, elle a posé sa valise pour traverser la lande humide jusqu'à l'arbre. Sur le tronc, à hauteur de bras, quatre pommes formaient grappe – des pignes mi-partie rouges et vertes, closes, compactes, luisantes comme des meubles. Et sa main, retrouvant l'enfance, les atteignit. Elle allait en décrocher une lorsqu'un coup de vent passa et les aiguilles chantèrent…

Et pas davantage l'homme douarneniste n'a été créé pour qu'il se satisfît des exploits du *Fouquier-Tinville* malgré leur classe !

Dans le golfe de Gascogne, la même journée, un bateau a sorti trois thons qui dépassaient chacun les deux cent vingt et un et six cents grammes. On comprend que les gars aient tenu à être photographiés à côté de leurs monstres et que l'événement ait couru le port et l'arrière-port et que les journaux aient écrit à ce sujet de longs articles. Avec le matricule et le tonnage du bateau, les nom et prénoms du capitaine, et les coordonnées du lieu où la mer roulait de tels bijoux… Bien. Ces triomphes, que tu les attribues ou non à la chance, tu les salues en ôtant le béret. Seulement, gast, pour ça il faut des hommes. Il faut des hommes pour tirer de l'eau les poissons, des hommes pour reconnaître l'action des camarades et l'applaudir… Condition indispensable. Alors ?

En son Douarnenez désert et grouillant de vie marine, Louis Marzin se replie sur sa mémoire. La pellicule est usée, mais, patiemment, il se projette et reprojette des bouts de scène… Il juge son existence, calcule ses responsabilités… Fernand le chauve, à bout d'arguments après de pesants palabres, le refile à un camarade parisien venu avec le mot d'ordre INTENSIFICATION DE LA PROPAGANDE. Un dur et un malin, aussi extraordinaire dans le genre savant qu'un thon de deux cent vingt dans le genre charnu, malheureusement il n'est pas du pays ; il confond tribord et bâbord, n'aime pas les sardines à l'huile, et on sent qu'il reste soupçonneux. Il verse une giclée d'éloges sur les militants douarnenistes, mais par-ci par-là il insinue des choses. Et que les chiffres électoraux ne prouvent rien. Et que la proportion des lecteurs de Marx – qui c'est, encore, çui-là ? – reste très inférieure à celle qu'on relève dans tels secteurs industriels. Et qu'il faudrait davantage penser aux autres… Quel culot ! « Penser aux autres », on ne fait que ça !

Le soir où Amélie Floch a débarqué chez la tante Gélébart, Louis fut prié à souper. Il a payé son écot, et plus, avec un cent de sardines, et il est resté sur la réserve, couvrant à plusieurs reprises son verre avec sa main pour qu'on ne le grise pas. La demoiselle souriait beaucoup. Les filles par là doivent être plus effrontées qu'à Plomodiern ! Elle sortait de chez la coiffeuse et ne sentait pas précisément le poisson. (C'est pas obligé non plus !) Au dessert, sur un mot de la tante, elle s'est levée pour chanter sa romance. Des trucs faux-timides, qui régaleraient kif-kif un patronage et un gaillard d'avant.

Entrez, entrez par la porte de derrière,
De crainte de rencontrer ma mère !

conseille une fillette à son amoureux. La mère surgit quand même ; le joli cœur bafouille :

J'avais donné des chemises à faire à Finette,
Je venais voir si elles étaient prêtes !

Louis, sollicité, se dérobe avec un bougonnement maussade.

Et, le lendemain, après longues réflexions, il a pris une cuite dehors pour réussir avec naturel un retour bruyant et dégoûter la Poullanaise. Ah ! tu t'extasies sur mes sardines ? Ah ! tu voudrais p't-être que je te conduise au cinéma ? Un soûlard que je suis, un sale soûlard !

Il avait de plus vastes projets, mais la pensée de Maria l'a retenu. Et peut-être une crainte que sa logeuse ne le mît dehors… Il ne souhaite point déguerpir ! Avec Amélie Floch, sa malle et ses chansons, l'appartement tourne à la cohue, et d'autant que la tante a délivré à la nièce, dès la première heure, un droit de gifle sur les gosses. Une leçon de catéchisme a dégénéré en drame et Louis a dû sortir de sa chambre pour arrêter les frais. Mais cette pièce basse, où pend en plein milieu le gros hameçon d'une ampoule, n'en reste pas moins la place de Louis sur la terre, son vieux trou de crabe, sa bonne cachette de congre où il se love chaque soir… Un jour,

Maria entrera ici. Elle enveloppera d'un coup d'œil la tanière du navigateur et, l'instant suivant, fleurira une grâce nouvelle…

Un matin de départ d'hirondelles, Maria s'en retourne à Douarnenez. Du haut des crêtes, les regards aperçoivent entre les calmes rivages une grande flaque de peinture bleue où clapotent des libellules. Tonique et tiède, l'air sent le goémon et la feuille morte.

— C'est toi ? a dit la tante Catherine et la jeune fille a gardé le silence.

Elle s'est assise, puis a fondu en larmes… L'oncle a pris une canne, et, sous prétexte d'acheter un second journal, il s'est esquivé par discrétion.

— Pleure pas donc, mignonne. Je vais te faire un bon café. Il y en a beaucoup qui croient dans le biniou pour soigner les douleurs – allons donc, rien comme un bol de café, du vrai par exemple et du frais moulu, quarante pour cent café, soixante chicorée, deux pierres de sucre et une floupée de lait froid avec sa crème. (Pour les veillées mortuaires, supprimer la floupée de lait. Augmenter la dose de chicorée.)

On dirait que la simple annonce du café a guéri Maria, qui lève la tête et s'essuie les yeux… Pleure pas donc, mignonne !

VI

De trois jours le vent n'a pas cessé sur Douarnenez – un gros vent têtu tombeur de feuilles qui procède par longues rafales. Du pays où caillent et pourrissent les nuages accourent de grises débâcles, qui vont chercher fortune au-delà du Ménez-Hom. La baie moutonne, le flot déferle sur l'île Tristan et sur le brise-lames du port et, des falaises de Beuzec aux falaises du cap de la Chèvre, un ourlet blanc ceint les rivages. De dures averses dégringolent, que ne précède plus l'annonce des arcs-en-ciel…

À l'ouvert de la baie, sur le raz de Sein, vers Dinant et le Toulinguet, la grande houle s'installe à demeure dans sa violence d'arrière-saison et, si ce n'est pas encore forte tempête, la mer fonce contre les écueils, cogne sur les récifs et les promontoires, secoue chaudement les bateaux avec le regret rageur qu'ils ne soient pas des roches.

Voilà les préparatifs convenables de la Toussaint… Mais, sur toute une semaine, Louis, pas une fois, n'a songé au camarade péri en mer. Ou alors dans le rêve, et il a brisé le matin ces envolées nocturnes. Quelle honte. Lui qui approche régulièrement le père d'Alexandre… Quelle inconscience, quelle ingratitude.

Douarnenez commence son retirement hivernal et ce ne sont pas les seuls bateaux qui vont désarmer. Les fatigues de sept à huit mois se sont accumulées, incrustées contre les corps à la manière des moules et des anatifes ; tant que le poisson et la lumière du jour donnaient, on ne s'en souciait pas une miette, mais un sérieux décapage va être mis entrain. À grands coups de sommeil, premier racloir du monde, et de vie à terre. Les cinémas vont se remplir, les meneurs politiques retrouver leur assistance. Tous les dimanches de football, un public suivra les joueurs. Et allez 'tit Louis, et c'est bien ça Jean-Jean… Le doux sable des mois noirs et des tempêtes va enliser peu à peu Douarnenez-le-vif comme un lançon.

Mais Louis ne se reconnaît pas le droit à une convalescence. Le bilan qui s'offre est trop lamentable ! Le bonheur manqué, le vrai copain qui fait naufrage et, par-dessus le marché, une campagne au maquereau épuisante et presque déficitaire...

Les bateaux ne sont pas sortis pendant deux jours car la mer n'était plus pêchable et, quand ils sont sortis enfin, le poisson n'a guère travaillé. Des mouettes, du goémon d'épaves, ça ne manquait pas. Mais, sauf dans un coin où fonctionnaient une dizaine de pinasses, la sardine ne s'est pas affolée. Les gens de la *Thérèse Masson* auraient presque pu compter les bulles qui crevaient à la surface. Et encore ne se plaignaient-ils pas : beaucoup de camarades ont été plus mal lotis.

Le lendemain, même chanson.

Le surlendemain, samedi, une moitié des bateaux chôma. Respect du règlement ? Plutôt souci de ne pas gaspiller l'effort. Et, lorsque les autres revinrent de la pêche (la *Thérèse Masson* était du nombre), il fallut reconnaître que l'obstination ne payait point.

Le dimanche matin arriva et il y eut un instinctif rassemblement des pêcheurs sur le quai et sur le môle. De Concarneau, La Rochelle et ailleurs, presque toutes les pinasses avaient fini par regagner le port. Le long de la rambarde séchaient indéfiniment les filets bleus et bruns, qu'on retrouvait pendus sur les barques... Langues déliées par un déjeuner plus choisi, les gars papotaient moins lentement et entreprenaient des considérations plus nombreuses. Pas un seul touriste. Les Parisiens étaient rentrés dans leur coquille parisienne, les bourgeois de Quimper chassaient le lièvre et la perdrix dans leurs champs de ratas ; et les autocars de *plouks*, avec le bout de voile de mariée sous le pare-brise, on ne les reverrait que juste avant ou après le carême, ces messieurs de l'agriculture étant obligés, comme les pêcheurs, de sérier les occupations... Le grand village douarneniste s'était reformé. Tu aurais dit la mer où, à telle profondeur, tu rencontres tel poisson et pas d'autres. Rien ici que des pêcheurs douarnenistes. Des ligneurs, des caséieurs, des jeteurs de filets, des inventeurs ou retrouveurs de lieux fertiles, tout le gratin des épuiseurs de bancs et des pourfendeurs de lames...

On parlait beaucoup du *Saint-Joseph.* Nombre de vieux barbus à béret immense comme poêle à crêpes jargonnaient doucement que les corps devaient commencer à remonter. L'étonnant resterait qu'on n'en eût pas ramassé déjà un ou deux, mais la plupart des camarades avaient dû être noyés dans le poste. Et, à moins qu'ils n'eussent coulé par fond considérable, le gros temps, cette semaine, pourrait bien avoir fracassé l'épave... Le port n'oubliait pas.

Sur la Lieue de Grève, la plage où avait couru Maria enfant lors des promenades solennelles de son école, pas un être humain ne se découpe. Entre la lisière lointaine du flot et la dune où croupissent les goémons des équinoxes, personne. Et dans les miroirs immenses que le soleil propose çà et là sur le sable humide se reflètent la mollesse d'un nuage et les grosses mouettes immobiles comme des oiseaux de porcelaine.

Le paysage, lentement, régulièrement, se recharge en sauvagerie. De toute leur puissance, faune et flore oublient l'odeur et le fracas humains. À la pointe de Talagrip, les bigorneaux et les crabes, les oursins et les crevettes se regroupent. Dans les trous que fouillèrent des armes indignes se lovent les anguilles et les trigles. Les grandes raies ont recommencé leurs pirouettes à quelques mètres du rivage. La gravette blanche a repris confiance dans la valeur de sa race et creuse à nouveau, dans le sable vaseux, ses dégoulinantes galeries.

L'hiver, comme une lourde grotte paisible, va recueillir le monde. Au plus violent de ses tempêtes il lui voudra du bien. Il l'assommera, mais il veillera sur lui.

Avec une sage lenteur, les bancs de sardines quittent les parages. Si les hommes les décimèrent, les survivants restent nombreux et ils se sont repus à leur désir. Ceux qui n'auront pas crevé reviendront un jour, lorsque refleurira la chaleur, accompagnés de la foule de leurs descendants minces et nerveux, dont la perfection doit s'épanouir dans la richesse admirable des eaux.

Sur le quai, Louis Marzin, sale d'une barbe de plusieurs jours qu'il n'a pas rasée, malgré le dimanche, pour mieux dégoûter son Amélie, cherche du travail. Étienne Masson parle de désarmer plus tôt que les autres. La tempête du mois d'août lui a coûté une quinzaine de casiers – il hésite à racheter des engins avant l'année prochaine. Il reste lié à ses gars, en principe, jusqu'au bout de la campagne, quelle que soit la nature de la pêche, mais volontiers il passerait au petit maquereau, présentement plus tenace que la sardine. Il sait bien que c'est là une spécialité de vieux, qu'il devrait se défaire, pour s'y adonner, de la moitié de son équipage, et il ne force personne, mais, quoiqu'il reste le valeureux « capitaine Thérèse », bon pied bon œil et fin marin, son deuil lui a porté un choc. Qu'on ne retrouve pas les cadavres du *Saint-Joseph,* cela s'explique et ce sont des choses qui arrivent, mais il ne se libère point d'un sentiment de honte. Comme si, par convention tacite, les pêcheurs qui font naufrage ne dussent pas se dérober aux vivants d'une manière aussi totale. Il garde cette faiblesse pour lui, mais il se creuse la tête. La fatalité qui cause les naufrages ne suffit pas à expliquer pourquoi la mer garde les cadavres... ou ceux-ci auront-ils voulu leur solitude, tapis au plus profond de la mer et d'une inépuisable rancune ?

L'existence avec une épouse qui reproche de ne pas prier, ou de ne pas prier assez, pour ce recouvrement des corps, devient lourde. Après qu'on a trimé en mer, se faire réveiller sur le coup d'une heure du matin pour s'entendre dire des malhonnêtetés – par exemple qu'un homme ne doit pas ronfler tant que le corps de son fils ne repose pas au cimetière – épuise à la longue. Une femme si vaillante et si dévouée. Trop de malheurs, bien sûr, pour la même tête. La fille, le fils...

Étienne compte sur l'hiver pour reprendre pied. Le capitaine Thérèse montrera aux gens qu'un capitaine douarneniste, c'est quelqu'un. Et la pinasse, complètement innocente du malheur qui frappe la famille Masson, ne sera point privée des beaux jours que lui garantit la jeunesse. Comme elle filera au printemps sous ses ordres !

Atteindre rapidement l'hiver.

Louis va de capitaine à capitaine... Neuf fois sur dix, les gens lui rient au nez. Çui-ci veut commencer quand les autres finissent ! Tu serais pas soûl ? Mais il s'obstine...

VII

Rien d'autre à faire que patienter. L'habileté de ces hommes ne compte pas en ce moment dans le sort de l'*Albatros II*. Eugène et Joseph, là-haut, ceux-là peuvent dire qu'ils jouent un rôle, et leur vue perçante, et leur présentation du bateau à la vague, ce n'est pas de la frime, mais, dans le poste, à quoi sers-tu ?... À la relève ? Bon, d'accord. D'ici là ?

Sans vouloir vexer les deux camarades, on se demande aussi ce que pèse leur action. La tempête n'a pas leurs yeux ni leur astuce – du moins ça ne paraît pas – mais son énorme violence pourrait bien figurer l'élément décisif.

Les hurlements et sifflements du vent et des vagues empêchent d'entendre les pulsations du moteur, mais ce que les oreilles ne reçoivent plus, les membres continuent de le recevoir ; et le rythme qui les frappe garde, sous le roulis, une régularité presque parfaite. L'hélice ne s'affole pas, ne joue pas les poissons volants. Les grosses mains d'Eugène, ça ne recoudrait pas un ventre comme les chirurgiens, mais gast, ça sait manœuvrer dans les lames ! Ça n'a pas tenu longtemps les porte-plume sur une table d'école et ça ne lèverait pas un profil de colline pour la chose vicinale, mais ça sait construire des routes ! Et les casse-cailloux, le cul assis bien au sec contre une terre tranquille, peuvent toujours lui chercher affaire…

Du jour sombre et las qui traîne dehors, avec un ciel semblable à un vieux mur gorgé d'eau et qui va céder, les deux hublots livrent une lumière faible et trouble, impuissante à déchirer l'obscurité opaque qui traîne dans le fond. Les visages se détachent, hâves, mangés de barbe, également impassibles. Vrai convoi de noyés, songe Louis, dont la mémoire a enregistré avec soin les « Vlo… o… op » que lâchait un jour le moteur de la *Thérèse Masson.* Comment se défendre contre la hantise ? Le moral ne bronche pas, mais ces « vlo… o… op » harcèlent pire que des cousins de nuit. La faute à l'inaction. S'il existait par là une besogne à se casser le tempérament ! Louis est assez grand sans ces « Vlo… o… op » pour savoir que le succès dépend du moteur !

Nom dé Dié. Gast. Gast. Vlohop. Gast…

Dans ces cas-là, il faut faire flèche de tout bois. Se fabriquer de la confiance avec les moyens du bord. Douarnenez a payé ses cotisations aux catastrophes marines pour un bout de temps, non ? Et on ne va pas trimbaler le pauvre évêque, avec son aorte qui ne tient pas le coup, de Quimper à Douarnenez, pour encore un discours funèbre ? Dans le sinistre du *Saint-Joseph,* qui a raflé treize gars en une seule et même séance, impossible de croire que le port n'ait pas versé tous ses arriérés de noyade et pris de l'avance. Laissez filer l'*Albatros II.*

Tu n'as pas honte, Louis Marzin ? Jongler ainsi avec la mort des copains ? Ce qui a été bon pour Jean est bon pour toi.

Vlohop… Boum ! Tribord a écopé… Vlohop… Gast ! On arrivera quand même… Boum ! Encore tribord ! Alors quoi, Eugène, ça ne va plus… Sssssssiiii… Sssssssiiii… Sssssssiiii… Boum !

Les hommes du poste échangent des regards, jurent et haussent les épaules. Un roulis profond, et qui opère en deux temps, les fait s'arc-bouter et se cramponner aux couchettes, après quoi il faut recommencer l'effort dans l'autre sens. Les pulsations du moteur ne se sont ni arrêtées ni emballées. Boum, Eugène ! Ton *Albatros II* ne connaît ni le latin ni le français, mais il n'a pas l'aorte malade ! On réussira peut-être à se faufiler… Boum ! Bâbord a reçu le morceau ! C'était son tour… Vlo… o… op ! Mais tais-toi donc, sacré vlohop, ça n'a pas le sens commun de venir casser les oreilles à des pauvres bonshommes qui ne peuvent même pas se les boucher !… Allez, Eugène, fous-nous un roulis qu'on se cramponne, qu'on ait quelque chose d'utile à faire au moins… Boum… Vlo… o… op… Et moi je te dis que le moteur ne lâchera pas. C'est pas nous qui bouzillerons le bois du menuisier pour des cercueils ! On la reverra, la petite île Tristan, la brave vieille putain d'île Tristan, la… Boum !

En ce bateau nouveau, avec ces nouveaux camarades, Louis désire ne pas éveiller les commentaires, mais il n'y tient plus, il faut qu'il bouge. Glissant le long d'une couchette entre deux roulis, le voilà qui se penche vers le trou noir où est étendu le patron. L'homme respire bien. Lui non plus n'a pas l'aorte malade. Lui aussi on le ramènera au port ! Une lame, dans les premières minutes, l'a plaqué contre le mât et il est resté choqué un bout de temps – c'est vieux, un

« capitaine Albatros », enfin ça va chercher dans les soixante et quelque – mais rien de cassé, pas de fièvre, et maintenant le dodo des braves ; sincères félicitations. Ça n'aurait pas coûté davantage à la tempête de le jeter par-dessus bord, tout patron qu'il était, et va-t'en le tirer de là ! Un bonhomme qui, de ses yeux, sur la côte sénégalaise, a vu des Noirs harponner des raies de deux tonnes !... La tempête a respecté l'individu, on a une mascotte à bord ! Le vent et la mer, c'est brutal, violent, cruel, mais c'est pas des faux frères ! Pour celui qui les connaît, ce sont des amis et des bons ! Les pêcheurs, quand ils sont soûls, arrivent bien à donner des mauvais coups. Alors la mer, alors le vent, ils auraient jamais le droit d'être soûls ?

Mais tout ça, on le dit mieux à terre, quand on a envie de faire le flambant. Pour l'heure, c'est sur la mer qu'on est et il faut se débrouiller avec !

Une voix s'élève. Celle de Chariot Bizouarn, grand diable à l'oreille droite atrophiée et père de six enfants.

— Et comment qu'on fera, cette nuit, pour les feux ! C'est pas moi qui monterai au mât accrocher une lanterne !

— Non, fils, et y aura pas besoin, jette Louis, qui envoie promener la discrétion. On t'arrimera la gueule sur le pont avec une grande bougie dans le derrière, c'est ça qui nous fera un balaise d'éclairage !

Un roulis secoue le bateau, mais tout le monde a rigolé dur.

— Si tu serais marié avec des petits à nourrir, proteste Bizouarn, tu serais pas si fier !

— Et à quoi que t'as pensé quand tu faisais tes gosses ? T'as pensé à rien ? Eh bien les autres, ils penseront pour toi. Une supposition que tu reviennes pas, les gens laisseront pas tes petits mourir de faim, sûr !

— Sûr ! approuvent six ou sept voix et Louis constate que sa situation s'est vite transformée.

L'élément de raccroc, engagé par demi-charité et à des conditions inférieures, le pêcheur dont les voisins contrôlent plus ou moins les faits et gestes, n'existe plus. Il y a Louis Marzin, ou Marzin, ou Louis tout court, un homme, un copain.

Bizouarn attend une série de « Boum », suivie de craquements peu sympathiques (rien de commun avec les honnêtes bruits d'armoires, flux et reflux du bois, aux changements de temps ; ici quelque chose se décourage, pense à fuir, à lâcher la partie), pour geindre encore.

— C'est égal ! J'ai six enfants, j'ai droit de vouloir leur garder leur père !

— Personne dit le contraire ! Si tu veux revoir tes gosses et la patronne, t'as qu'à être un homme. Et pas seulement pour faire des petits !

Un long grommellement du public appuie ce langage. Dans les sales traverses, à la gare les geignards ! Ils seraient fichus de porter malheur. Et puis, gast, un Douarneniste qui pleure comme un Marius, on n'a pas vu ça souvent. C'est le château de Beuzec son vieux camarade, c'est pas le château d'If !

Un craquement retentit sur tribord, qui s'arrêta, repartit et augmenta sinistrement. Il donnait l'impression à tous de naviguer des lézardes plein la coque.

— Ça, c'est un chien de mer qui dégobille un congre ! trancha Louis, mais un énorme roulis fit s'entraver les rires.

Le coup n'en avait pas moins porté, car François Jestin, roux peigné au quart de poil, raie au milieu comme un labour, même nombre de brins à droite qu'à gauche, s'esclaffa :

— Et ça, c'est Ugène qui balance le bâtiment pour nous flanquer la frousse !

— Non, c'est les turbots qui dansent du ventre ! lança un troisième et un quatrième opina que les turbots avaient depuis longtemps fini de faire les marriolles.

Mais Bizouarn intervint :

— Au lieu de dire des c…, vous feriez mieux de penser à Ugène et à Jo.

— Laisse Ugène et Jo. Ils sont enfermés dans leur cabine, ils bougeront pas.

— Et si une porte fout le camp, comme l'autre jour, sur la *Notre-Dame des Vagues* ?

— Eh ben, elle foutra le camp ! Et Ugène avec ! Et Jo aussi pour faire le poids ! Et en attendant…

En attendant, il se libéra du bois de la couchette, où il se cramponnait, pour attraper Bizouarn et lui coller deux maîtres swings. Le géant dégringola dans les bras d'un camarade.

— Pignouseur, va ! Dis tes prières si tu veux, mais nous bassine pas avec tes ouin-ouin ! Si on est pour rester, on restera ! C'est du lait tourné que t'as dans les veines, c'est pas du sang !

Un roulis, un craquement, un roulis… Nul ne pipait mot. Ils trouvent peut-être que j'y suis allé fort, songeait Louis, qui demanda l'heure d'un ton calme. Et, aussitôt, il entendit craquer les allumettes. Quatre ou cinq grosses mains cherchaient à trouver et à saisir un oignon la première.

— Deux heures moins… huit.

Il y eut des contestations. Mais Louis n'écoutait plus. Et la chute d'une paire de bottes sur sa tête ne le détourna point de ses idées.

— Gast ! D'où c'est qu'elles arrivent, maintenant, celles-là, murmura-t-il sans colère. T't à l'heure, probable, ce sont les chapeaux qui vont monter du plancher !

Il s'essuya un peu, donna un coup de pied dans les bottes, puis déclara :

— C'est pas le tout non plus ! On va pas continuer à chômer comme ça. On va jouer aux cartes !

Les camarades demeurèrent ahuris… Louis dut réitérer sa proposition. René Cadiou, un mètre soixante-deux et visage d'enfant de chœur, laissa tomber :

— Les cartes marines ou les cartes autrement ?

— Le bateau joue tout seul aux cartes marines ! répondit Louis. De l'autobridge comme on dit ! Et sûrement qu'il s'ennuie pas ! Non, nous autres, ce sera des cartes comme au bistro !

Un silence. Et, soudain, avec le même à-propos qu'un chahut de dortoir, mille clameurs sonnèrent dans l'espace et des violences nouvelles assaillirent le bateau. Boum ! Boum ! Rrrroûm !… Sssssiiii… Ssssiii… Sssssssiiiiii… Krank ! Plak !… Rrroûm !… Ssssiii… Uuuuu – uuU… ô… ô… Krank… Rrroûm… Les pulsations du moteur ne s'excitaient pas et la brave hélice tournait dans la couenne de la mer, seulement, comme bourrasque, c'était une bourrasque ! Et, sans vouloir exprimer des craintes à la façon du gros Bizouarn, on pouvait se demander s'il n'allait pas prendre fantaisie aux lames de se creuser encore et de se mettre à déverser sur l'avant tout le paquet. L'*Albatros II* était un bateau marin, mais il avait gagné sa retraite et le pouce ; il ne faudrait sans doute pas lui peser trop gaillardement sur les planches ! Du bois costaud, du bois costaud, facile à dire, et aussi que tu n'aurais pas enfoncé ton doigt dedans comme dans de la chair de coquille Saint-Jacques, ouais, mais tout cela ne changerait pas l'*Albatros II*, vieux palangrier, en paquebot transatlantique.

Le tumulte s'apaisa. C'est-à-dire que le vacarme se poursuivait dehors, mais qu'ici on pouvait recommencer à parler… Et les camarades n'en profitaient point. Ils attendaient peut-être un nouveau déchaînement ou s'ils voulaient faire comprendre à Louis que la tempête se moquait de ses histoires ?

— T'es pas fou ? dit le vieux Gélébart, un homme dont le petit-fils venait d'être reçu à l'École centrale et qui portait à la manche droite un crochet de fer (sa main qu'il avait fallu couper). Pas pignouser, bien sûr… Jouer aux cartes ?

— Si donc ! Une bonne partie de belote ! Ceux qui auront pas de cartes regarderont faire. Toi par exemple, grand-père, avec ton crochet ça doit pas être commode. Et, quand on sera revenu de retour, l'équipe perdante offrira l'apéro à tout le monde !

Le grand-père bafouilla que son crochet, c'était une autre chanson et que, si les gars jouaient aux cartes, il ne… Mais Bizouarn, qui jugeait le moment propice à coincer son boxeur, gueula :

— Des c… ! Des c… qui joueraient aux cartes !

— T'as pas eu assez avec moi ? riposta Louis et, de la main droite, il agrippa René Cadiou.

— Allez, René la fifille, donne le jeu donc !

Les coups de bélier succédaient aux coups de bélier, et fflank et fflank ! et rroûm ! et prroûm ! le bout de la tempête ne se verrait pas de sitôt, et encore admis qu'on échappât à la violence des vagues, mais, sans que nul eût prononcé un mot d'acceptation, le sort en était jeté : les hommes du poste abandonnaient le dehors à la tempête, avec liberté pour elle de vouloir démolir le bâtiment et de les soumettre à une danse extravagante, et ils se réservaient un minuscule, sale, puant et admirable domaine. Ils n'avaient jamais entendu dire que les anciens jouaient aux cartes lors des coups de torchon – eh bien ? Il avait fallu des gars pour découvrir le Ravin de la Mort, les lieux de pêche dont l'*Albatros II* essayait de revenir, d'autres gars pour découvrir les fosses à langoustines et qu'en tapant sur les pieuvres mortes avec un battoir à linge tu les attendris comme le filet mignon d'un repas de noces, aujourd'hui il faudrait Marzin, Cadiou, Jestin François et Jestin Guillaume, Gélébart et Maguérès, Donnard, Quéméneur, et allez donc Bizouarn lui-même, pour lancer à la tête des ports de Douarnenez, Camaret, Guilvinec, Étel, Concarneau et toutes autres pépinières d'hommes courageux, que rien ne vaut une partie de cartes, sur un palangrier, pour se donner du cœur au ventre !

En un clin d'œil Donnard le taciturne avait allumé une lanterne, l'avait accrochée au plafond, et comme un mouvement de foule avait désigné les joueurs : Marzin, Cadiou, François Jestin et Quéméneur dit Jo-l'eau-de-Cologne. (Depuis quinze ans que sa femme tenait un commerce, la même et unique bouteille se prélassait toujours dans la petite vitrine sur un journal encombré de mouches mortes !) Les camarades joueraient debout, une main tenant les cartes, et l'autre prête à se cramponner sur n'importe quoi. Comme tapis, un béret que Maguérès, le mousse, leur présenterait aux uns et aux autres. Et attention, fils, à ne pas laisser tomber, car, maintenant, on pataugeait lourd dans la flotte.

Cependant qu'ils choisissaient la couleur, une suite de coups de bélier, tribord, bâbord, tribord, bâbord, secoua le bateau et, quand ils se croyaient tirés de presse, krroûm... tsii, krrroûm – tsiiiiiii..., le gros tangage des familles les souleva et les précipita. Distinctement, ils perçurent que l'hélice sortait de l'eau et se débattait comme une queue de raie mise à sec. Tandis qu'un tremblement de vieillard poussif agitait les membrures. Dagadagadagadagadagadaga... et ça n'en finissait plus. Krrrroûm – tsiii... Krroûm-tsii...

Ils ne purent s'empêcher de se regarder.

— Qu'est-ce qu'il fout, Ugène, là-haut ? demanda Jo-l'eau-de-Cologne.

Aucune réponse de personne, jusqu'à ce que Louis se décidât. Et il comprit que l'âme du copain Jean s'exprimait par sa bouche.

— Il se fout un shampooing de vagues !

La situation était rétablie – les copains éclatèrent de rire. « Je passe », dit Cadiou, l'équipier de Louis Marzin. « Atout... cœur ! » demanda Jo-l'eau-de-Cologne. Et, comme Gélébart, rajeuni de trente ans, matraquait la tête de Jo en déclarant qu'il fallait handicaper les cocus, trop vernis au départ, les rires jaillirent encore : « Maria serait fière si elle savait ! » pensa Louis. « Je suis toujours bon à quelque chose ! Les gens s'embêtent pas avec moi ! » François Jestin distribua le restant des cartes et un long et puissant roulis pencha tout le monde. Bâbord, tribord... Bâbord, tribord...

— M'est avis que les cocus sont restés à la maison ! dit Jo-l'eau-de-Cologne, renversé tête en arrière. Un apéro à l'eau de mer, çui qu'on boira t't à l'heure !

— Dans des verres à dégustation ! ponctua René Cadiou, sur lequel enchérit la basse du jeunot Maguérès : « Dans des lessiveuses ! »

C'en était trop : la cohésion du groupe devenait trop solide pour qu'une chanson ne jaillît point. Ce fut Louis qui commença, mais il n'eut pas besoin d'attendre, tout le monde braillait ou fredonnait – se donnait l'impression d'en pousser une. Le patron se réveillerait ? Il serait le premier à comprendre et applaudir !... Les familles, les tempêtes, les sous, les poissons, les amours, la religion et la politique, tribord, bâbord, gasoil, Jean Cam, les omelettes aux fines herbes de la mère Jestin, le pain brûlé de la boulangerie Floch, la bicyclette rouge du beau-frère, tout, tout aboutissait dans ce chœur archifaux si agréable à Dieu :

On fait une petite belot-te...
Et puis ça va !
On belote, on rebelot-te...
À tour de bras...

Ici, une hésitation. Aucun n'en savait davantage... Ils se hâtèrent de remonter la pente et de relancer leur toboggan sonore :

On fait une petite belot-te...

Quand ils eurent achevé la deuxième édition, ils se turent quelques secondes et jouirent de leur exploit. Ça par exemple ils n'étaient pas des bonnets de nuit !

— Dommage, dit François Jestin, que l'appareil de radio soit bouzillé ! Autrement que ça, on aurait appelé Douarnenez et on leur-z-y aurait envoyé un concert ! Qu'est-ce qu'y se seraient marrés !

— Marrés de quoi ? s'insurge Louis. On a tort de vouloir sauver sa peau ? C'est pas la peine d'aller trouver les poissons chez eux !... N'importe comment, Bizouarn il avait pas la manière... Moi je dis çui qu'a la trouille il est déjà moitié foutu ! Si le bonhomme doit faire son trou dans l'eau, le mieux pour lui c'est quand même de jouer aux cartes et de rigoler. Pas la peine de regarder le trou avant pour voir s'il est assez profond !

Le crochet du vieux Gélébart se lève chaleureusement.

— T'as raison, fils. T'iras encore dans mon bateau.

— C'est pas d'aller dedans qu'est difficile, grand-père, c'est partir de dedans et debout sur ses pieds !

Les camarades rient encore et il enchaîne :

— Allez quoi, gast, c'est pas le tout. On n'est pas ici pour s'amuser. Faudrait voir les annonces, aussi, p't-être...

— Tierce...

— À quoi ? Tierce aussi...

— Ça vaut rien... Cinquante...

À terre, lorsqu'ils chantaient, ils se trouvaient en général assis devant une table – une table sur laquelle se dressaient des bouteilles. *On fait une petite belote...* avait remué dans le fond des gorges les sacrées envies traditionnelles.

Et alors une voix, celle de Donnard le taciturne qui se manifestait dans les circonstances graves, se fit entendre.

— Si qu'on buvait un coup de rhum ?

— Çui qui touchera au rhum, éructa Louis, il aura affaire avec moi. Y a un blessé ici, faut pas oublier ça. Est-ce qu'on sait seulement combien de temps on va rester prisonniers dans ce bout de bois ? On est des hommes, on n'est pas des petits chiens ! On va pas s'amuser à tout boire du premier coup...

Donnard le taciturne se le tint pour dit et, un temps, un énorme coup de vent accapara l'attention. Un qui arrivait de loin et qui avait les dents longues !

François Jestin supplia son nouveau camarade.

— On pourrait mettre de côté ce qu'il faut pour le blessé et boire le reste ? Si les bonshommes qu'on est doivent faire un trou dans l'eau t't à l'heure, autant descendre les boyaux réchauffés. Alors, les gars, j'ai pas raison ou quoi ?

Mais, en douce, avant qu'il eût terminé, Louis avait fait main basse sur les deux bouteilles. Il avait repéré leur emplacement tout à l'heure, en cherchant le patron... Il les plongea dans une poche de son ciré.

— T'as qu'à manger du pain si tu veux te chauffer le ventre ! cria-t-il. Sacré dégourdi ! Pour du rhum vous aurez pas maintenant !

— T'es pas le capitaine ! objecta Bizouarn d'une voix molle.

Et il comptait sur l'appui des camarades, mais il ne vint pas… Un engagé de raccroc n'a point qualité pour jouer les grands chefs ? Tant pis ! Dans le péril on ne discute plus. Marzin s'était imposé à tous.

— Je suis pas capitaine mais je suis dans mon bon sens ! riposta Louis sans hausser le ton. Et je vous dis que vous êtes des hommes !

Ssiii… Sssiiiii… Flankk ! Flankk !… U – uuu… U – u uuu… O… O… Flankk ! Sssiiiiii…

— Quelle heure ?

U – uuuuu… Ssssiiiii…

— Trois heures moins dix-neuf.

Encore le tangage. Apparemment les lames étaient trop grosses pour qu'Ugène pût l'éviter. Pour la navigation il en connaissait un bout et le bateau fonçait toujours et ne fléchissait pas de sa route, continuellement rectifiée par les grosses mains techniciennes, mais il ne fallait pas non plus lui demander d'aplanir la mer ! L'hélice déchira la surface et, soulevée encore, tourna bêtement dans l'air comme une clef d'automobile de bazar. Une kyrielle de frissons bruyants secoua les membrures. On aurait dit un nageur frileux qui claque des dents sur la plage. Nom dé Dié, ça ne valait rien pour la boutique, ces plaisanteries-là ! Le vieil *Albatros II* risquait en même temps la voie d'eau et l'avarie de machine ! Et Jézéquel lui-même, dans le plein de cette tempête et dans la nuit qui s'amassait, aurait été obligé de mettre les pouces !

— Je monte là-haut voir un peu, déclara Louis. Chariot, eh, Bizouarn, prends ma place donc. Et tâche de ne pas faire perdre René !

Secrètement flatté que Louis l'eût désigné comme joueur, Bizouarn oublia de dire qu'Ugène et Jo n'attendaient personne avant trois heures et demie. Il bougea en silence. Et la seule parole fut prononcée par le vieux Gélébart :

— Reste pas trop longtemps au moins... On aura encore du plaisir avec toi... Qu'est-ce qui aurait cru ?

Louis grimpa les marches mouillées et, à quatre pattes, pénétra dans le hourvari du pont. Une douleur le poignait à l'épigastre. Jamais ils ne rentreraient ! « Tu es un homme, tu es un homme ! » se répétait-il, comme du temps de son enfance, mais que signifiait ce petit cri de coq dans un tumulte pareil ! Un homme, un homme – la mer, aussi, était la mer ! Et peut-être ne l'avait-il encore jamais vue ni entendue s'affirmer avec une telle puissance. Les lames, sous le ciel vinasse qui étouffait le monde, donnaient l'image de falaises grises, piquetées de fleurs blanches, qui se bouleversaient indéfiniment au fil de leur course, les longues crêtes versant dans les cirques crémeux dont les pentes se relevaient du dessous avec rage. L'*Albatros II* les prenait en flèche, obligé par sa route de chercher à les remonter, essayant au maximum de longer leur élan, et il roulait et il roulait, en déséquilibre perpétuel, comme un crawleur débutant qui s'affole dans les vagues. Pour passer d'une lame à l'autre, Ugène lofait, mais ces garces renouvelaient sans arrêt leur présentation et le cataclysme de leurs remblais se gardait bien de suivre une formule, et il était impossible tantôt d'esquiver le coup de bélier, tantôt de ne pas embarquer sur l'avant, tantôt d'éviter le tangage et une agression contre l'hélice.

Dirigés par un mitrailleur, les vents balayaient un champ de l'espace, heureux sinistrement de toujours osciller. Et je descends et je monte, ils s'agitaient avec frénésie dans leur tuyau de peur d'en perdre sur les bords. Installés dans un coin de l'horizon comme truites femelles sur le lit d'un ruisseau, les meneurs catapultaient à jet continu leurs œufs innombrables et ça foisonnait et ça grouillait comme le banc de sprats qui s'engouffre dans une rade.

« Tu es un homme, tu es un homme... » Peut-être, mais un homme se tient debout et Louis se tenait à quatre pattes...

« Si je ne reviens pas... » Mais, tandis qu'il cherchait dans sa tête une conclusion valable, une idée qu'il avait roulée tout à l'heure au fond du poste et qui lui était apparue comme stupide se réimposait à lui. Cela faisait trente secondes qu'il avait débouché sur le pont, trente secondes pendant lesquelles un bateau condamné à mort avait poursuivi dans les lames son furieux voyage et sans que l'hélice battît l'air une seule fois. On ne rentrerait jamais ? Pourquoi donc ? Il ne semblait pas possible que, plus loin sur sa route, l'*Albatros II* rencontrât jamais de lames plus violentes... Le palangrier penchait à bâbord, à tribord, à bâbord, à tribord, un coup de matraque, un paquet de mer, un coup de matraque, mais il avançait, il avançait, relativement impassible, comme la vieille voiture d'un touriste étranger dans une capitale en révolution...

La confiance était revenue, la confiance déguerpit. L'*Albatros II* ne jouirait plus longtemps de la pénombre sale qui dégouttait du ciel ; une heure encore et il aurait plongé dans la ténèbre. La nuit, la nuit, qui peut être si belle ou si terrible selon qu'elle le désire, l'envelopperait, totale et hurlante. Partout, devant et derrière, encre de pieuvre, clameurs, spectres et précipices…

En rampant, et après avoir risqué deux fois d'être projeté à la mer, le pêcheur atteignit la cabine. L'avant du bateau était une baille à soupe, où l'eau roulait d'un bord à l'autre comme un ballon de football, toute fumante d'embruns et crépitante d'écume. C'était ici, en même temps que sur l'hélice, que la partie se jouait. Le profil et la hauteur de l'étrave, la robustesse et l'étanchéité des planches fixeraient la victoire ou la défaite… Louis signala sa présence par quelques coups sur la porte ; il attendit le roulis favorable et il poussa.

— Le patron qui va plus mal ? demanda Jo, sans cesser de braquer les yeux sur le chaos d'où l'*Albatros II* prétendait sortir vivant.

— Non.

— Alors, pourquoi t'es monté ? T'avais envie d'être foutu à la mer ?

— Besoin de vous voir…

Deux gros rires naïfs éclatèrent.

— Tu croyais qu'on était partis chez les poissons ? C'est ça ?

Louis ne répondit pas que la bonne tenue du palangrier sur l'eau donnait aux gens du poste la certitude que des mains humaines le dirigeaient toujours – il cracha et il précisa que c'était pour lui-même qu'il avait besoin de les voir.

— T'as pas confiance en nous ou quoi ? T'aimais mieux ta *Thérèse Masson* ? plaisanta Jo.

— J'ai pas dit ça, rétorqua Louis, dont la vexation disparut quand l'autre lui eut collé en riant un coup de poing dans les omoplates.

— Allez, allez, on te chine. Fais pas attention…

Un silence. Les trois hommes, les yeux contre la vitre, suivaient la lutte du bateau dans les vagues, tandis que les grosses mains poilues d'Ugène, doucement crispées contre la barre, donnaient sans trêve léger tribord et léger bâbord. Rrrouff !… uuuUuuu – u Flankk !… Pour sa dernière sortie de l'année, l'*Albatros II* n'avait pas tiré un bon numéro !… Un rideau de pluie accourait sur la mer. Tout en malmenant le navire, la mitraille des larges gouttes atténuerait pour une minute la violence des vagues… Le rideau de pluie approchait avec un roulement de tambour et l'eau fumait comme un tapis qu'on frappe… Un tremblement de toute la coque, une bourrasque précédait ou fuyait l'averse ; et, dans les entrailles du bateau, hissé de force au sommet de lames plus hautes, c'était comme si la cargaison de poissons se fût mutinée contre l'équipage… Et puis la cataracte. Précises et puissantes comme des grêlons, innombrables comme des sauterelles, les gouttes dégringolaient furieusement et la vitre claqua sous leur masse. Du monde ne subsistaient qu'un brouillard blanc et un faible espace dur couleur de lande où se multipliaient les impacts…

L'âme ne laissait point de goûter une impression d'asile et l'averse brutale avait dressé pour elle, dans la tempête, comme une tente où se recueillir. La surface de l'eau n'offrait plus l'image d'un déchaînement sans frein. Ce que l'on en voyait ressemblait aux plaques de houle qu'au sortir des baies quiètes lance par beau temps le premier large…

Et puis, d'un seul coup, le plateau de scène s'approfondit sur le tumulte ; sur l'assaut, dans les lointains chaotiques, des lourdes lames irrégulières. Le jour avait baissé. Le désespoir jouait du cor dans l'échevèlement des nuages. Louis sentit une douleur le repoindre mais il regarda ses compagnons et un flot de sympathie lui noya le cœur pour eux et le brave palangrier qui poursuivait la lutte.

Ugène Coatanéac'h, le corsaire à poissons deux fois torpillé, moustaches de phoque et des yeux vert olive où couraient des ouragans et des fanfares, Jo Lucas, le « krakic » à long nez, longues mains, longues jambes, qui mâchouillait indéfiniment le même sale mégot, voilà des hommes. Jean Cam ne serait point remplacé, cependant sa race n'était pas éteinte. Pour l'étrange douceur du premier répondait une femme qui lui arrivait aux épaules et tenait sa maison propre comme un sou neuf. Cou de taureau et jamais une plainte ! Le second passait pour ronchonneur et susceptible, mais il avait une telle capacité d'enthousiasme et un amour si profond de la justice que dix fois par jour il méritait le nom de « frère »… D'un sardinier à un palangrier la galerie douarneniste continuait aussi belle. Mourir avec ces gens qui ne pouvaient sans arrêt vaincre la tempête, mais qui avaient au moins dompté une part d'eux-mêmes et se sentaient responsables, devant la mer et les rochers, de la grande cause des hommes, destin magnifique.

L'*Albatros II* chemina sur le flanc d'une lame et, redressé par Ugène, il coupa en deux une crête. Un petit tangage, rien de plus…

— Tenez, buvez un coup ! Vous au moins, vous avez droit !… Pas trop si vous pouvez ! dit Louis, incapable de témoigner son admiration par un autre moyen.

Et il se trouva très petit bonhomme quand les deux camarades répétèrent à plusieurs reprises le même signe de refus. Pas besoin ! Pas besoin ! Et un blessé à bord !

Pour cacher sa déception il s'écrasa le nez contre la vitre. La nuit sortait de partout. De grandes armées sombres prenaient possession de l'air, de la mer et du ciel. Le mât et l'ancre commençaient à ne plus se distinguer exactement et les lames, hypocrites, feignaient de rapetisser. La tempête abandonnait sa franchise…

— Où c'est que tu nous conduis comme ça ? dit-il à Ugène. Bientôt on verra rien !

— On arrivera toujours quelque part !

— Même si on chavire ?

— Aller *ar* fond, c'est arriver quelque part.

Un rire de Jo, légèrement forcé, approuva.

— Tâche voir quand même, reprit Louis, à ne pas nous chavirer. Un bateau comme çui-ci a mérité de finir aux Invalides de Pouldavid-sur-vase.

— Un vieux bateau qui crève en mer, c'est sa place… Non mais j'ai pas envie de nous crever ! Ce serait un trop gros coup et j'aurais honte, avec un patron blessé !

— T'aurais honte, grommela Jo, t'aurais plus honte puisque…

Il interrompit une phrase dont la suite n'était que trop claire et il y eut un silence. Les poches à nuit continuaient, sous les hurlements du vent, à se vider de leur poudre innombrable. Encore un peu et la pomme du mât ne se rattacherait plus à rien.

— Faudrait pas allumer les feux de route ? demanda Louis.

— Au point où on est, dit Ugène, ça serait de l'argent foutu.

— Eh ben alors, gast, faut les allumer ! On peut tout se permettre au contraire ! Une illumination !

Ugène réfléchit.

— Fais à ton idée, conclut-il.

Avant de sortir pour allumer le feu vert de tribord, Louis se colla de nouveau le front contre la vitre et il ne put retenir un sentiment de défaillance. La nuit dense, gluante, épaisse, la nuit hurlante et sifflante environnait le bateau qui s'enfonçait en roulant dans l'eau et dans la crasse et les pulsations du moteur lui composaient en sourdine un tamtam plein d'effroi. Finies les bonnes soupes chaudes, finis les bons lits de la terre, fini le nasillement des phonographes… Le pêcheur se découvrait comme un enfant, seul et nu, abandonné dans la forêt nocturne. À tribord, à bâbord, rien que des pièges, des ennemis sauvages et moqueurs…

Un ululement tourbillonna et des coups violents ébranlèrent la coque. La tempête montait à l'abordage. On voyait rire les cruelles dents de ses vagues.

Mais il se raidit et, d'un ton impassible, il demanda :

— Où c'est qu'on est ici ?

— Nulle part, dit Jo en riant, nulle part et quelque part.

— À pé près ?

— À pé près entre le départ et l'arrivée, entre ici… (Un geste large…) et là… (Un autre geste large). Ça va comme ça ?

— Tu sais pas bien, quoi !

— Non, fils, je sais pas bien, pas bien du tout !

La voix du compagnon, devenu invisible, était franche et sérieuse et Louis se trouva en même temps comme assommé et libéré. Il avait envie de rire follement et, sinon de pleurer – un homme ne pleure pas ! – d'être triste. Ce palangrier qui plongeait dans la tempête ne connaissait même plus sa route ! Plage de Gâvres, pointe de Penmarch, pointe du Raz, cap Lizard, cap Finistère, ces lieux originaux et prestigieux se mélangeaient dans la bouillie nocturne. Il allait errer comme un innocent, les yeux bandés, jusqu'à ce que la mer se décidât à le briser et à le prendre !

Les trois hommes ne disaient plus rien. La nuit hurlait et sifflait. Louis avait oublié son feu vert.

Jo parla. Si l'appareil du bord avait marché, en quelques secondes on se serait repérés sur la carte. On n'aurait pas forcément été sortis de presse, mais on aurait su dans quels parages on faisait le plongeon… Oui, la T.S.F., c'est merveilleux quand ça va bien.

Ugène et Louis laissèrent tomber le propos, mais, tandis qu'ils rêvaient à leur sort, ils écoutaient à leur insu les glapissements du vent et le fracas des vagues comme pour y percevoir, tout au fond, les doux appels de la terre ferme : « Je suis Eckmühl ! Je suis Eckmühl ! » – « Je suis Ar-men ! Je suis Ar-men ! » – « Ici Douarnenez. J'appelle *Albatros II*, j'appelle *Albatros II.* Répondez, répondez, donnez-nous votre position et dites-nous si tout va bien à bord… » Avec les immenses gaffes de ses radiophares la chère Bretagne aux maisons basses et aux églises de granit se penchait loin de ses rivages et, inlassable, fouillait l'ombre. Mais leur pauvre bateau n'entendait rien et ne pouvait émettre aucun cri.

Muets. Sourds. Aveugles… Aveugles ? Le rêve profond de Jo suivait le même cours que celui de ses voisins car, brusquement, l'homme parla encore. Il dit combien la lumière d'un phare, dans cette gadoue de nuit noire, d'averses et de tempête, serait agréable aux yeux.

Un énorme roulis précipita Jo et Louis sur tribord. Ugène s'était arc-bouté contre la barre. Plusieurs minutes, le bateau dansa comme un bouchon. Impossible de voir comment l'étrave prenait la vague, il fallait la sentir dans son corps et interpréter le fouettement de la vitre par l'écume.

Un « Gast ! » roula des lèvres d'Ugène, seul commentaire du trio sur la violence des choses. UuuuuuuuuU... Sssssiiii... Hou – hou... O... O... hurlait, sifflait, glapissait le vent. Rrroûm ! Rrroûum !... Plankk !... Plankk !... tapait la mer. Sans arrêt, sans arrêt. Le bateau errait dans les ateliers d'une usine déchaînée. Les pulsations du moteur, que la surexcitation nocturne du sens auditif rendait enfin perceptibles, comptaient comme simple tic-tac au chevet d'un lit... Plankk !... Plankk !... Uuuuuu Uuuuu... Sssiiii... Cependant que, de tribord à bâbord, de bâbord à tribord, un roulis écœurant se poursuivait.

Un tangage vint ajouter au tumulte. Krrroum-tssiiii... Krroum-tsssiiiii... L'hélice sortit de l'eau et le vieil arrière crotté de moules, fait pour dormir sur le sable des ports, reçut de côté la charge des vagues... L'avant piquait dans la mer... Les trois hommes sentaient dans leur bouche un goût fade, un goût de graisse et de sang...

Louis allait dire que la tempête n'encourageait pas les beloteurs. Il se réjouissait d'apprendre à Ugène et à Jo que, là-dessous, les gars avaient entamé une partie de cartes. Et cela dissiperait l'atmosphère. Sur bâbord un choc ébranla la coque, une colonne blanche se dressa...

Prrouhh !!… Une lanière plombée cogna tout au long de la vitre… D'une seconde à l'autre Jo, Ugène et Louis recevaient dans le visage une grande gifle d'eau et de débris.

— De l'air qu'on aura comme ça, fanfaronna Louis doucement.

Il avait posé sa lanterne éteinte et se frottait les sourcils. Mais nul ne répondait. Quelques secondes plus tard, Jo étouffa un juron.

— Ça va pas, vous autres ? demanda Louis.

— Un bout de verre qui veut pas foutre le camp… expliqua Jo, et Ugène déclara en second qu'il se trouvait dans le même cas…

— Un gros bout, précisa-t-il d'une voix calme… Enfoncé en plein dans la main…

— Comment que tu nous conduis ?

— On se débrouille…

De tribord à bâbord, de bâbord à tribord, l'eau roulait bruyamment dans la cabine. Par la blessure de la vitre entraient le froid de la nuit et son parfum sauvage. Sel, brouillard et meurtre. L'ennemi passait à la phase finale…

— Les blessés, faut partir de delà ! Y a de la teinture d'iode dans le poste et vous verrez quelque chose…

Dans la nuit noire il pouvait conduire ce bateau qui avait perdu sa route. Presque aussi bien qu'Ugène.

— Mets-toi à genoux.

Pendant que Jo tenait la barre il sortit avec Ugène, qu'il conduisit vers l'arrière sans essayer de se presser. La tempête hurlait, proche et lointaine, dans les ténèbres. Appeler ça la solitude, foutaise. Des armées, des groupes d'armées, chargeaient dans le ciel, et sur la mer grondait l'émeute de peuples sans nombre. Ugène, sa main blessée pendant autour du cou de Louis, obéissait militairement aux indications. « Pour malin on doit pas avoir l'air ! » songeait Louis, qui bandait sa vigueur. Ils naufrageraient peut-être, ils naufrageraient presque certainement, mais Ugène soignerait sa main et, jusqu'à la dernière seconde, le bateau serait mené comme s'il allait regagner le port.

— V'là du monde ! cria-t-il dans le poste, où les copains avaient continué, comme ils avaient pu, à jouer aux cartes. Collez-moi un coup de rhum à çui-là et arrangez-le. Je remonte là-haut relever Jo qu'a aussi quelque chose !

— Je monte aussi, lança Gélébart.

— Non, pas toi, grand-père ! T'es trop précieux avec ton crochet. T'en donneras un coup à ton monde s'ils veulent vider le rhum trop vite. Les blessés d'abord !... C'est toi qui vas garder les bouteilles !... Allez, René, tu vas venir avec moi.

— Je peux pas monter ramener Jo ? demanda Bizouarn, soucieux de rentrer en grâce.

— Jo peut descendre tout seul. Viens quand même, ça te fera prendre l'air... et du cinéma tu verras aussi.

Les trois hommes, l'un derrière l'autre, rampaient sur le pont, dans le charivari de la tempête nocturne. Roulis, vagues, élan du bateau et tangage, tout allait de son bord. Et les imprécations du vent étaient plus discordantes que les musiques de chat sauvage des hôtels de Morgat. Le mât grinçait comme un ours en peluche. Un chiffon coincé tambourinait sur une planche. Les membrures claquaient. Et, par intervalles, montait de la mer et tombait du ciel une longue plainte qui ressemblait à une voix humaine.

Ils pensaient « Hou, gast, ça souffle ! » et ils serraient les fesses, mais ils se trouvaient profondément joyeux. Chacun sentait en soi une telle confiance dans le courage et dans l'habileté des autres. Et Bizouarn et Cadiou, séduits par les coups de gueule du camarade, savaient qu'un esprit et une volonté dirigeaient encore le vieux bateau…

Et une grâce mystérieuse. Jo, le ronchonneur qui ne voulait pas dire ses souffrances, s'était trouvé mal. Il ne s'était pas évanoui, mais il avait dû s'asseoir dans l'eau et les débris de verre et il manœuvrait la barre au petit bonheur. Cadiou et Bizouarn le traînèrent doucement sur le pont et entreprirent de le guider jusqu'au poste.

Un nouvel élan d'amitié pour l'*Albatros II* et pour les camarades assaillit Louis, demeuré seul, face à la nuit vertigineuse au goût de sel et de glace où s'engouffrait toujours le bateau, comme dans la tempête d'une formidable rivière souterraine. Un élan plus mâle, encore plus enthousiaste. « Si jamais je reviens… » Cette fois il connaissait la suite de la phrase. Si jamais il revenait il épouserait Maria…

L'*Albatros II* fut soulevé sur des crêtes et subit un tangage qui l'ébranla et le fit gémir, puis une averse dégringola des murailles noires. Les gouttes s'écrasaient sur le pont comme des sauterelles, pétaradaient contre les morceaux de vitre qui n'avaient pas cédé, flagellaient le visage de l'homme… Le chapelet des pulsations du moteur ne s'était pas arrêté : la masse obscure de l'*Albatros II* cheminait et roulait toujours dans les ténèbres.

VIII

Et si d'autres ne reviennent pas, celui-là revint. Et il revint tout droit au port, sans comprendre, sans pouvoir expliquer. Et l'équipage hirsute et insomnieux, dans les nuées sombres du petit matin qui éteignait les phares, aperçut avec un serrement de cœur le long clocher de Ploaré qui chantait sur sa colline. Et les mâts des bateaux que dans le port bousculait la houle, les yeux ne les comptaient pas tant ils se fermaient de fatigue et tant les mâts étaient nombreux. Après un retour pareil, que le sommeil débouchât sur la mort, qu'importe ! L'âme aurait déjà éprouvé un tel bonheur...

Et puis les bonnes gueules des camarades, rasées au coupe-chou mais virilement trempées, furent là toutes. Les copains de la *Thérèse Masson* parmi les premiers. Et des bras aidaient à décharger le poisson, à porter le capitaine, et des femmes couraient d'elles-mêmes prévenir partout du joyeux retour. Une servante qui avait couché la nuit avec un homme (les nuits de tempête, on a peur toute seule !) apportait d'un bistro une énorme cafetière, sur ses talons un petit gars pieds nus qu'elle avait chargé de la bassine des verres et qui marchait fièrement dans les flaques et sur les débris d'ardoises.

— C'est Augustine qui va être contente !

— Comment que vous avez fait pour passer Ar-men ?

— Et votre moteur a tenu le coup tout le temps ?

— Et le poisson donnait tant que ça ?

Les survivants de la nuit fameuse riaient continuellement, d'un rire un peu hagard, et ne songeaient plus à mourir. Et chacun s'éblouissait lui-même, en silence, de toutes les bonnes choses que ramenait la terre, de la mine de richesses que constituait Douarnenez. Les coiffes, les sabots, les parapluies, les bérets et les mâts. Et toutes ces grosses pierres verdies par les algues, ces quais et ces digues. Et ces persiennes… Où que le regard s'accrochât, il découvrait une joie… Dommage seulement, quel dommage d'être obligé, pour repénétrer dans le bonheur quotidien, de se décimenter du groupe. Quelle colonie d'hommes l'équipage avait formée cette nuit contre la tempête ! Dans le rire un peu hagard qui tombait des lèvres gercées, il y avait de la fatigue mais aussi une tristesse. Comme s'ils risquaient de perdre le fruit d'une révélation.

Louis, tenu pour l'as du bord et le grand sauveur, les camarades voulaient tous l'avoir chez eux pour le premier repas en terre ferme. À commencer par le rayonnant Bizouarn, qui voulait justifier certaines paroles en lui montrant la femme et les petits. Louis se dégageait. « On » l'attendait – il prenait, pour dire ce « on », des inflexions égrillardes… « On » ne l'attendait pas. Pour lui, directement, n'existait pas de bonheur quotidien. Tout restait à construire. Et, sous les chantonnements du noroît qui soufflait comme un forcené, mais, dans la lumière ventre-de-poisson-plat du ciel douarneniste, arborait une allure guillerette, il se trouvait las, terriblement. Il avait mal aux yeux, aux oreilles, aux jambes. Il avançait par acquit de conscience. Le souvenir des brusques feux nocturnes entraperçus comme des pointes d'épingle dans une rainure de plancher lui élançait à la mémoire. Il souhaitait oublier le passé, oublier qu'approchait un avenir. Piquer dans le sommeil comme un serpent sous des pierres… La ruelle dansait autour de lui comme l'*Albatros II*…

Maria surgit dans l'embrasure d'une porte où elle s'était cachée. Louis s'arrêta net. Au-delà des phares et du tapage des vagues revivait comme un doux cantique une ancienne rencontre, ménagée par un hasard qui ressemblait à une providence. Leur première rencontre dans cette ville. Tout n'avait pas commencé alors, mais tout pouvait ce jour-là se dessiner avec tant de grâce. Un bonheur simple et total comme une belle sardine, une feuille de hêtre dans le soleil de juin… Par sa faute, le roman avait été gâché…

— Pauvre Louis, d'où tu viens comme ça ?

Il se vit du dehors, dépenaillé, trempé, hirsute, une cicatrice fraîche au-dessus de l'œil droit. Un pirate. Ou tout comme. Et, quand il eût si volontiers pressé contre sa poitrine et couvert de baisers – quitte à fondre en larmes ! – la chère petite qui avait eu l'idée de guetter son passage, il se raidit dans un orgueil opiniâtre.

— D'où ? De faire la noce avec la mer, probable ! T'as pas entendu cette nuit quelle ribouldingue ?

— Dis pas de bêtises. L'autre jour j'ai été mauvaise. Faut plus penser à ça… Il y avait une personne avec toi…

— Je sais pas !

Il se fût battu à grands coups de poing… Mais il refusait de se laisser happer par la tendresse.

— Ah ! dit-elle, la gorge serrée, tu sais pas…

La dureté du pêcheur fut impuissante à le faire mentir encore et il couvrit sa défaite par un ton violent :

— J'épouserai personne ! Que les coups de tabac !

Et, malgré lui, il ajouta sa plaisanterie classique :

— Un beau-père et une belle-mère que j'ai déjà ! Tu sais bien que je peux pas me marier !

La jeune fille sentit un espoir ; elle s'empressa de riposter que cette histoire « beau-père belle-mère » n'était qu'un mot pour rire.

— Un mot pour rire de n'avoir plus ni père ni mère arrivé à l'âge de douze ans ! Tu trouves que…

— Dis pas ça, Louis, tu fais exprès de pas comprendre ! Moi qui trouve justement que tu n'as pas été gâté, moi qui voudrais te gâter un peu ! Tu t'es blessé. Comment tu as fait ça ?

— La mer qui m'a foutu un bout de bois sur la figure !

— Faut soigner ça tout de suite ! Viens donc, on va aller ensemble chez un pharmacien.

— Jamais de la vie ! De quoi j'aurais l'air ? Quand on va pêcher d'où je reviens de retour, probable qu'il faut pas s'attendre à une bataille de fleurs, comme les apprentis marins du Midi !…

— Comme tu dois être fatigué ! Tu veux pas… je sais pas, moi… tu veux pas que j'aille chez ta logeuse te chauffer un bol de café ?

Louis resta un temps sans répondre… Maria entrerait dans la chambre. Elle jugerait tout. Elle rangerait tout. Elle s'encadrerait dans la fenêtre pour regarder la ruelle…

— Laisse-moi donc, Maria. P't-être que, si je t'aurais connue plus tôt… je serais allé de bon cœur avec toi. Mais ç'a pas été le bon filon. Les uns vont d'un bord, les autres de l'autre… On est passés auprès un moment, fallait crocher dedans, maintenant c'est trop tard. Un vieux crabe que je suis ! Laisse-moi donc me coller dans mon trou.

— Pour un vieux crabe tu n'es pas du tout ! Tu ne devrais pas parler comme ça tout le temps !

Louis s'éloigne déjà. Pour mieux marquer les choses il crie d'une voix sombre :

— Cherche pas ! Te mêle pas des affaires des autres !

Des mimosas fleurissent parmi les jardins de Tréboul, des ajoncs tardifs sur les collines et les falaises. Les cinémas sortent des films toniques, cargos en flammes, jeunes premiers en gros plan, fusillades. L'U.S.D.P. a gagné contre Orléans un match de Coupe de France ; et le journal de la ville choisie pour la rencontre a qualifié les Douarnenistes de joueurs élégants et directs. Chaque semaine le temps puise dans ses réserves une ou deux journées bleues, avec de fins nuages posés çà et là comme des nids… Mais Douarnenez plonge à fond dans l'arrière-automne. L'air a trop souvent une couleur de granit pourri, un goût de cendre froide. Il pleut, il pleut. La vile chanson des ruisseaux pleins d'eau boueuse a mal remplacé la course des hirondelles et leurs cris éclatants… Et quel souffle court montre la lumière ! Le soleil, quand il est là, ne sait plus grimper, il se traîne… Le ciel habituel pèse au-dessus de la ville comme une vieille tôle sombre.

Mais Dieu a fourni cette période aux hommes pour qu'ils réfléchissent. Résultats de la pêche, prix des poissons, valeur des bateaux et des capitaines, engins nouveaux, histoires de coups durs, projets de campagne, politique d'ici et d'ailleurs, les sujets ne manquent pas.

Et les jeunes, comme toujours, ont leurs affaires de cœur.

La soupe, la lessive, les filets à réparer ou à faire, les femmes triment. Les hommes donnent un coup de main. Pour les filets, sinon pour la soupe... Elles n'en demandent pas trop, il faut que les fils et les maris se reposent avant de repartir ; elles grognent si, avec les loisirs, les sous tombent dans les profondes caisses des débits.

On vous racontera que les femmes se mettent à boire. Les jeunes en particulier. Toutes ces saloperies modernes, hein !... Ne croyez pas trop ce que disent les tambours de village. Laissez-en la moitié, laissez-en beaucoup...

L'*Albatros II* a fini son temps. Après discussion avec les quirataires décision a été prise d'enlever tout le matériel et de vendre la coque... Les amateurs ne se pressent pas : le bateau repose, couché sur tribord, au fond de l'anse de Pouldavid, à la limite entre une vasière et le sable brun. Et ses écubiers penchés lui composent deux grands yeux tristes, comme à un cheval tombé, bon pour l'équarrisseur.

Les meilleurs flaireurs de coque ont dit et répété que l'équipage avait eu fameuse chance de revenir sous une tempête avec un bois pareil. Plusieurs anticalotins ont prononcé l'adjectif *miraculeux*... Pauvre bateau ! Ça fait quelque chose de penser qu'il ne se lèvera plus sur la houle épaisse des beaux matins de juin.

Des bancs de harengs, une pêche comme une autre, ont envahi la baie. Resquille imprévue. Et voilà au moins, s'il ne faut pas compter vendre cher, de la nourriture pour la maison…

Alors que Louis fainéantise dans sa chambre, furieusement certain de ne pas embarquer l'année prochaine au gros maquereau, mais incapable de fuir le Douarnenez natal et de descendre sur Lorient, le père Cam ouvre la porte, les yeux rouges. Un Camarétois a trouvé en mer et ramené au port un cadavre qui pourrait être celui de Jean. Cela ressort d'un coup de téléphone entre les quartiers maritimes. Est-ce que Louis Marzin ne…

Louis hésite à comprendre le service qu'on lui demande. Reconnaître un cadavre – au bout de plusieurs mois ?

Pourtant, comme son interlocuteur soupire et déclare d'un ton calme : « Si tu vas pas, j'irai », il juge qu'il serait lâche de se dérober à cet appel. Tant pis pour les nausées ! Il est un homme, il exécute une mission de confiance…

Et le lendemain il sort, le visage lourd comme un ivrogne, du hangar, aménagé en chapelle ardente, où a été déposé le cadavre. L'administrateur, qui tient un mouchoir devant sa bouche et dont les yeux clignotent, demande :

— Tu aurais préféré que ce fût ton camarade ?

Louis lève à demi la main et crache dans un tas de copeaux. Il regarde l'anse de Camaret, où la mer est plate ce matin sous le ciel gris-blanc. Le flux chantonne sur une grève… Il ne voit pas qu'il puisse répondre à une telle question.

L'administrateur commente ce silence.

— Oui bien sûr !… Retrouver quelqu'un dans un état pareil !

Le pêcheur voudrait parler – impossible. Il se laisse offrir une cigarette, puis du feu. Et les deux hommes, qui regardent la mer, lâchent ensemble leur première bouffée…

La nuit est tombée sur Douarnenez, levant peu à peu les lumières de la ville. Louis erre, les bras ballants, avec sa grosse peine têtue.

Une tradition honteuse le pousse devant le RETOUR DE LA PÊCHE et le voilà qui entre, les yeux fixes, l'allure mauvaise, dans un bistro sans clients. Le journal échappe des mains de madame Abaléa qui lisait un grand article : « Le chic parisien ». Parlons-en, du chic parisien !

— Salut, la patronne ! lance Louis, et il arrive se planter à cinquante centimètres de la grosse veuve, qui étouffe.

— Mais qu'est-ce que tu fais ! crie-t-elle enfin, avec une voix de tête. Quel fou, alors, çui-là ! C'est plus ici ta place !

— Un coup de rhum !

— Un coup de rhum ? Tu vas aller trouver Maria, oui, au lieu de courir après les vieilles ! Si c'est pas honteux !

— Je comprends pas ! Un coup de rhum !

— Non !

— Un coup de rhum !

Momentanément fascinée, la veuve a saisi une bouteille.

Louis pose les coudes sur le comptoir de zinc. Les humiliations intérieures d'une sale période où il tergiverse, incapable d'être un homme, l'excitent à plastronner.

— Tu trouves qu'un citoyen qui a été voir un noyé de plus de trois mois et après ça est allé dire à la famille d'un camarade que le noyé, c'était pas leur fils et qu'il fallait espérer encore, tu trouves qu'un frangin comme ça n'a pas le droit de reprendre des forces ? Le rhum, c'est l'ami du marin !

— Alors, comme ça, je dis pas... Ouais ! Pauvre Jean Cam ! Pauvre enfant !

Et, le cœur lourd, la veuve se sert d'instinct, à elle aussi, un petit quelque chose. Pas pour le plaisir. Pour tenir le coup...

Elle boit, sent l'énergie revenir avec cette brûlure qui lui court dans la gorge... et, soudain, elle éclate. Il n'y a pas que les pauvres noyés qui finissent trop tôt leur vie ! Il y en a d'autres, les gars qui se découragent et qui ne veulent pas fonder une famille. C'est allé voir un cadavre de pêcheur et ça ne se décide même pas à faire des gosses pour remplacer les pauvres malheureux qui ne seront plus jamais là.

— Tais-toi donc, t'es pas un homme ! crie-t-elle à Louis, les yeux dans les yeux. Assez couru les femmes que tu as fait pourtant !

— Pour maintenant, j'ai fini de courir, dit le pêcheur.

Et, en lui-même, s'il osait y lire, il se découvrirait penaud.

— Mais je me marierai pas. Trop vieux que je suis maintenant !... (Il a un gros rire.) Une comme toi, c'est ça qu'il me faut !

— Ah oui, tu crois ça ? Eh bien moi, c'est pas toi qu'il me faut. Tu me dis plus rien. Je suis pas toujours été une femme honnête, mais je vais pas commencer à détruire les ménages. Allez ! Ouste ! À la baigne ! Pars d'ici !...

Tu vas partir de là, nom dé chien ? Va trouver ta Maria et tu verras si t'es trop vieux !

Tout en criant, elle n'a pas laissé de tourner le comptoir et de venir bout-à-Louis, que son éloquence méduse. Profitant d'une complicité secrète, elle lui empoigne le bras et le pousse dehors, dans la nuit qui sent le poisson… Elle verrouille et barricade sa porte.

Mais, sur-le-champ, Louis s'est éloigné.

IX

Les phares ponctuent la nuit opaque où le vent souffle dans son clairon bouché. Le flux a commencé de remonter immensément la Lieue de Grève. De nouvelles forces marines pénètrent dans la grotte de l'Autel, dont les mortes-eaux n'avaient point dégagé les laminaires. La ténèbre y écoute murmurer une source ferrugineuse et tinter une à une sur la cuirasse du flot les gouttes qui suintent du roc. Le courant de l'Aber et les bancs de lançons qui le descendent ont rebroussé chemin : lentement, puissamment, la rivière gagne sur le sable…

Louis a demandé à sa logeuse une casserole d'eau chaude et, pour la seconde fois aujourd'hui, voilà qu'il se rase. Il se tâte le menton, devenu lisse comme une anguille… Il dîne dans un restaurant. Jeannie la boiteuse lui a prêté deux cents francs à valoir sur la prochaine campagne et, là où il doit se rendre, il veut se présenter en pleine forme… Il retourne chez lui parfumer son mouchoir et le cœur lui bat comme au temps de ses premières amours. Amélie Floch chantonne derrière sa cloison la malheureuse histoire d'un joueur de tangos qui avait cru que c'était arrivé – chante, chante, on ne s'occupe pas de toi !

À l'étage des Salaun brille une lumière. S'il se rappelle ce que lui avait expliqué Maria, les gens se trouvent dans la salle à manger…

La soupière, coiffée de son couvercle pointu, fume doucement sur la table. Le pain trempe. Les trois convives attendent la fin de l'opération en lisant chacun une feuille de journal. La tante la rubrique nécrologique et les faits divers, l'oncle les nouvelles maritimes, la nièce le feuilleton.

« … *Sébastienne était rouge de confusion. Ainsi l'inconnu du jardin et l'homme qui se trouvait là debout devant elle ne faisaient qu'un ! Elle voulut…* »

— Maria !

La jeune fille tressaille et lève la tête. L'oncle et la tante la considèrent.

— Louis ! chuchote-t-elle.

— Maria ! crie de nouveau la rue.

L'oncle enlève ses lunettes et regarde sa femme.

— Tu fais comme tu veux, Maria !

Dans le ruisseau de Lestrevet une anguille descend vers la mer. Une vive, sur le sable de Telgruc, a déclenché sa course, un bar saute devant la pointe du Raz.

Maria, d'un bond, s'est levée. Elle ne prend pas le temps d'accrocher son tablier, qu'elle jette dans un coin, ni même de vérifier sa chevelure. Elle se fourre dans son manteau, dans ses sabots, et se précipite.

La tante voudrait entrouvrir la fenêtre et guetter derrière la persienne, mais l'oncle interdit l'espionnage. Et, d'ailleurs, on ferait mieux de commencer la soupe.

Un cormoran, effrayé par une bouée sonore, file au ras du flot dans la direction des Pierres Noires.

Maria sort de la maison et tend les bras vers Louis, qui se dérobe. Elle recule à son tour.

— Alors, pourquoi tu m'as appelée ?

— Je sais plus.

Elle se mord les lèvres jusqu'au sang et déclare :

— Pareil pour moi. Je sais plus pourquoi je suis sortie… Bonsoir… puisque nous sommes si bêtes !

— Bonsoir !

La force leur manque, à l'un et à l'autre, de consommer leur déconvenue – ils ne bougent plus, ils attendent… Enfin, Maria décide qu'elle se sauve… Elle va peut-être le faire… Louis l'appelle à voix basse :

— Maria… Maria…

— Quoi encore ?

Elle a parlé d'un ton rogue, mais elle se rapproche. Dans le chenal du Four un banc de harengs file à toute vitesse, un cargo donne un coup de sirène.

— Maria, dit Louis, j'ai envie de f… le camp de Douarnenez. Avant, j'ai besoin de savoir quelque chose. C'est vrai ou c'est pas vrai que tu me trouves trop vieux ?

Un espoir, un désespoir jaillissent dans le cœur de Maria, angoissée par l'importance que va prendre sa réponse. Elle se cabre, elle songe à fondre en larmes – elle jette vite ce qui lui passe par la tête :

— Vieux, je sais pas… Mais, pour bête, sûrement que tu es bête !

Louis l'a saisie par les épaules et les deux visages glissent dans l'ombre l'un vers l'autre et l'immense baiser où se perd leur souffrance n'est plus un marché de dupes, mais le signe flamboyant du mutuel amour.

Puis ils sentirent qu'il leur fallait descendre vers la mer ; et la ruelle, et le port avaient attendu cet instant. Le vent soufflait, vigoureux, sincère, amical, et l'odeur du poisson mort claquait dans l'air comme le drapeau douarneniste. Les feux d'un remorqueur mouillé en grand-rade éclataient au loin et, entre eux et le quai, l'imagination voyait dormir la flottille sensible des barques…

Ils gardaient le silence, heureux comme jamais encore, et au-delà de leurs espoirs. Dans l'espace frissonnaient des choses bienveillantes ; et vingt mille camarades – les usiniers, les mareyeurs, tous – habitaient la ville magnifique.

— Pour une fois je regrette de pas être riche, murmura Louis. J'aurais donné ton nom à un bateau. *Maria*. Un beau thonier avec une coque verte et des voiles rouges…

— Eh bien tu donneras ce nom à une fille… Une bonne patronne…

L'avenir s'étendait devant eux, invisible comme le monde, aussi beau et aussi large que lui.

Le vent du môle chassa brusquement une odeur d'abîme. Des chaînes et des membrures grincèrent. Une mouette cria.

— Pauvre Jean, dit l'homme, qui se rappelait une vision horrible. Un si bon camarade. Toujours en train. Mourir comme ça !

— Il vit toujours, chuchota la femme. Et toi non plus, tu ne mourras jamais !

Le flux pénétrait entre les blocs du brise-lames avec un bruit de succion tendre et persuasif que rompait à intervalles une avancée vive et sonore. Les feux du remorqueur bougeaient dans l'air, sous la houle, comme des palanquins.

— Je ne mourrai jamais ? C'est toi qui veux ? Ou bien c'est comme ça ?

— Parce que c'est comme ça…

Ils s'accoudèrent sur la pierre dure, mouillée d'une ancienne averse. La mer clapotait dans un couloir et le parfum de l'univers frappait en plein leurs visages.

Au-dessus de l'arche invisible de Kadorc'h veillait le phare de Morgat.

Au pied de sa vieille montagne, la grande baie pensive, ensablée dans la nuit, reposait entre ses falaises et ses plages. L'héroïsme et les bancs grouilleraient encore sur ses rivages et dans ses eaux ; et la beauté du monde y ruissellerait encore de toutes ses claires fontaines, les fleurs, l'azur, le retour des barques, la voilure allurale des thoniers, et gambaderait au loin pour tous les hommes de bonne volonté dans les prismes de la lumière et de l'amour.